Anna Salter

Die Psychologin

Roman

Aus dem Amerikanischen
von Eva Riekert

W0316226

GOLDMANN

Die Originalausgabe erschien 1997
unter dem Titel »Shiny Water« bei Pocket Books,
a division of Simon & Schuster, Inc. New York

Umwelthinweis:
Alle bedruckten Materialien dieses Taschenbuches
sind chlorfrei und umweltschonend.

1. Auflage
Neuveröffentlichung August 2005
Copyright © der Originalausgabe 1996 by Anna Salter
Copyright © der deutschsprachigen Ausgabe 1997
by Wilhelm Goldmann Verlag, München,
in der Verlagsgruppe Random House GmbH
Umschlaggestaltung: Design Team München
Umschlagfoto: photonica/Neo Vision
Satz: DTP-Service Apel
Druck: GGP Media GmbH, Pößneck
Krimi 5522
AL · Herstellung: MW
Made in Germany
ISBN 3-442-05522-9
www.goldmann-verlag.de

1

Es gibt wohl nicht viele, die bei einem Leichenfund an der Kaimauer ausgerechnet ihr Kind herbeigerufen hätten, damit es den Toten anschauen könnte. Aber so war Mama. Sie glaubte eben, es würde mich interessieren. Ich war nur froh, daß es nicht Daddy oder ein Verwandter war. Bei Mama wußte man nie. »Wahrscheinlich ein Herzinfarkt«, meinte sie.

»Aber man blutet doch nicht bei einem Herzinfarkt, Mama«, sagte ich. »Vielleicht ist er erstochen oder erschossen worden oder so.«

»Mädchen«, seufzte Mama und wandte die leuchtendblauen Augen himmelwärts. »Wir sind hier nicht in New York.« Damit war die Sache für Mama klar. In New York wurde man ermordet, in Wilsons Pond nicht. Wir waren nicht in New York, also lag hier auch kein Mord vor.

»Aber das Messer da«, sagte ich und deutete auf eine Klinge, die – wenn auch etwas verdeckt – in der Leiche steckte.

»Was?«

»Das Messer, Mama, paßt nicht zu deiner Theorie.«

»Also, ich weiß nicht«, sagte sie. »Die einen sterben so, die anderen so.« Es war mir nicht klar, was sie damit meinte. Vielleicht, daß manche Leute in Wilsons Pond doch ermordet wurden, oder vielleicht, daß manche Leute eben bluteten, wenn sie einen Herzinfarkt erlitten. Bei Mama wußte man nie so recht.

Eines wußte ich jedoch genau. Wenn Mama mal starb, dann würden ihre Brillantohrringe auf dem Nachttisch liegen. Vierzig Jahre lang hatten sie in ihren Ohren gesteckt, aber Mama hielt nichts davon, wertvolle Brillanten mit unter die Erde zu nehmen, traute aber auch keinem zu, sich im Ernstfall an ihre Einstellung zu erinnern.

Manche Leute waren der Ansicht, daß man nicht wissen könne, wann man sterben würde. Manche glaubten, daß man einfach einschliefe. Aber keiner, der Mama kannte, war der Ansicht, daß solche Regeln auf sie zuträfen. Mama faßte die Dinge schon lange im voraus ins Auge. Ich persönlich war mir ja nicht sicher, ob Mama überhaupt sterben würde, weil nicht mal der liebe Gott Lust haben dürfte, sie sich aufzubürden.

Ich rieb mir die Augen, die denselben leuchtendblauen Farbton hatten wie die von Mama, und setzte mich auf. Komisch, wenn ich nichts zu tun habe, ertappe ich mich häufig dabei, wie ich an Mama denke. Es kommt zwar nicht so oft vor, daß ich nichts zu tun habe, aber heute war mein Patient zu spät dran. Ich drehte Däumchen und hing meinen Gedanken nach. Die Krankenstation in der Psychiatrischen Abteilung der Jefferson Universität war noch nicht geöffnet, deshalb war ich ganz allein.

Ich bin Gerichtspsychologin – Spezialistin für gerichtsrelevante, psychologische Fälle: Kindesmißhandlung, Sorgerechtsstreitigkeiten, Gewalt in der Ehe – und manchmal bekomme ich schwierige Patienten. Ich ziehe es vor, sie am frühen Morgen zu mir zu bestellen, wenn keine neugierigen Mithörer im Wartezimmer sitzen.

Ich hatte mit diesem Fall schon nicht mehr gerechnet, als ich im Flur Geräusche hörte – keine sehr verheißungsvollen Laute. Sie wurden lauter, und ich starrte gerade die Tür zum Wartezimmer an, als sie auch schon aufgestoßen wurde.

Mein Fall, ein kleines Mädchen, wurde strampelnd und kreischend hereingebracht. Die zwei Leute, die sie begleiteten, hatten es kaum durch die Tür geschafft, da riß sie sich bereits los und fiel auf den Boden. Schnell wie ein zurückprallender Gummiball war sie wieder auf den Beinen und hechtete kühn zur Tür. Doch einer ihrer Begleiter, um vieles größer als sie, griff nach dem Türknopf und hielt ihn zu. Sie schrie: »Laß los! Laß los!« und als er ihrer Aufforderung nicht nachkam, fing sie an, gegen die Tür zu treten. Die andere Aufsichtsperson versuchte, sie zu packen, aber sie entwand sich der Frau und fiel dabei wieder hin. Diesmal blieb sie liegen und strampelte wild mit den Beinen. Dann fing sie an, den Kopf auf den Boden zu schlagen und schrie so laut sie konnte – zumindest hoffte ich, daß sie ihr stimmliches Limit erreicht hatte.

Ich beachtete das Kopfschlagen nicht und sprach mit den beiden Aufpassern meiner Patientin. Dazu mußte ich praktisch schreien, damit sie mich bei dem Gekreische überhaupt hören konnten. »Schieben Sie sich Stühle an die Tür, setzen Sie sich, und verhalten Sie sich bitte so unauffällig wie möglich. Sehen Sie niemanden direkt an. Schauen Sie in eine Zeitschrift, und tun Sie so, als wären Sie unsichtbar.« Genau solche Anweisungen funktionierten nie, wenn das Wartezimmer voll war.

Der Mann und die Frau setzten sich und sahen den kleinen Schreihals an, der noch immer kein Anzeichen von Beruhigung zeigte. Es schien also nicht gerade verheißungsvoll anzufangen. Man konnte allerdings auch nicht von Kommunikationsverweigerung reden: Die Kleine machte sich schon verständlich. Ohne viel Worte hatte sie verdeutlicht, was sie von dem Besuch beim Gerichtspsychiater hielt. Das Gericht wollte möglicherweise wissen, ob sie von ihrem Vater sexuell mißbraucht worden war. Das hatte jedenfalls ihr Bruder behauptet, aber die dreijährige Adrienne war da scheinbar ganz anderer Ansicht.

Vielleicht wäre sie in Begleitung ihrer Mutter etwas zugänglicher gewesen. Aber Müttern war die Anwesenheit bei einer Beurteilung der Kinder durch den Gerichtspsychiater nicht gestattet, wenn mitten in einem Sorgerechtsverfahren die Klage wegen sexuellen Mißbrauchs erhoben wurde. Handelte es sich um falsche Anschuldigungen, wurde das Kind schon allein durch die Gegenwart der Mutter im Wartezimmer gezwungen, bei seiner Geschichte zu bleiben, stimmten die Vorwürfe, würde der Anwalt des Vaters die Anwesenheit der Mutter dazu benutzen, Zweifel an der Geschichte anzumelden. Deshalb war Adrienne mit einem Onkel und einer Tante gekommen, die so entfernt verwandt waren, daß sie von beiden Elternteilen als neutral akzeptiert wurden. Mit anderen Worten, Adrienne kannte sie kaum.

Es war offensichtlich, daß sie kein besonders enges Verhältnis zu Adrienne hatten – und für sie nur begrenzte Autoritätspersonen darstellten. Adrienne drehte die Lautstärke noch ein paar Dezibel höher. Ihr Wutanfall war wirklich beeindruckend.

Ehrlich gesagt liebte ich solche Situationen, weil das richtige Herausforderungen waren. Wer immer nur Erwachsene beurteilen mußte, hatte gar keine Ahnung von der Schwierigkeit so einer Aufgabe. Ich hatte schon viele erwachsene Patienten gehabt – dazu gehörten gewalttätige Vietnamveteranen, die dasaßen und murmelten: »Schon wieder dieses komische Gefühl«, genauso wie psychopathische Postangestellte, die sicher waren, von irgendwelchen Außerirdischen mehr Post als andere zum Sortieren zu bekommen, oder auch Leute mit so vielen Persönlichkeitsspaltungen, daß man das Gefühl hatte, es mit einer ganzen Gruppe zu tun zu haben. Aber kein einziger Erwachsener war eine solche

Herausforderung wie eine um sich tretende, durchgeknallte, störrische Dreijährige.

Ich mußte also dieses schreiende, außer Kontrolle geratene Kind dahin bringen, mir – einer Fremden – von Vorgängen zu erzählen, über die es – falls diese überhaupt stattgefunden hatten – mit niemandem geredet hatte, nicht mal mit den Menschen, die es am besten kannte und am meisten liebte. Adriennes Bruder Andrew hatte seiner Lehrerin gegenüber etwas von sexuellem Mißbrauch angedeutet. Adrienne selbst hatte davon jedoch nie ein Sterbenswörtchen gesagt, auch nicht, nachdem Andrew ausgesagt hatte, daß er den Vater dabei beobachtet hatte. Jetzt war es an mir, Adrienne zum Reden zu bringen, ohne irgend etwas zu sagen, das von einem der Beteiligten auch nur entfernt als Suggestivfrage ausgelegt werden konnte.

Ich saß einmal neben einem begabten Anwalt, der gerade ein Kind ins Kreuzverhör nehmen mußte. Dieser Jurist hatte im Laufe seiner langen Karriere Hunderte, wenn nicht Tausende von Mandanten und gegnerischen Zeugen befragt. Er war beschlagen genug, jeden ins Kreuzverhör zu nehmen – vom ausgefuchsten Schwindler bis zum College-Direktor. Dennoch hörte ich ihn »Ach du lieber Gott« murmeln, als er sich langsam erhob, um einen sechsjährigen Pimpf zu verhören, dessen Kopf kaum über das Geländer der Zeugenbank ragte.

Ich verstand das Gefühl. Auch für mich würde es jetzt ein hartes Stück Arbeit werden, Adrienne dazu zu bewegen, ihr Schweigen zu brechen. Es wäre schon ein kleines Kunststück, sie überhaupt zum Verlassen des Wartezimmers zu bewegen. Genaugenommen würde es an ein Wunder grenzen, wenn ich sie dazu brachte, mit dem Schreien aufzuhören.

Ich bewegte mich auf sie zu und versuchte zunächst

herauszufinden, wo ihr persönliches Distanzbedürfnis lag, das für Kinder anders als für Erwachsene war. Letztere wahren gewöhnlich den gleichen Abstand, egal ob es sich um Freunde oder Fremde handelt und in welcher Verfassung sie sind. Kinder dagegen halten unterschiedliche Distanz zu anderen, je nachdem, wie gut sie miteinander bekannt und in welcher Stimmung sie sind. Wenn man näher als einen Meter an sie herankommt und sie einen nicht unterbringen können, reagieren sie mit Abwehr – vor allem, wenn sie verstört sind. Klar, kennen und mögen sie die Person, dann pflanzen sie sich bei ihr auf den Schoß oder schmiegen sich an ihr Schienbein – was Erwachsene eher selten tun. Vor allem machen Kinder sofort dicht, wenn Erwachsene die unsichtbare Grenzlinie übertreten. Sie wenden sich einfach ab, schauen weg oder erstarren, wenn fremde oder bedrohlich wirkende Erwachsene ihnen zu nahe kommen.

Ich hatte mal ein Video gesehen, auf dem die Therapeutin bei einer gerichtspsychologischen Untersuchung dem Kind immer wieder zu sehr auf die Pelle rückte. Das Kind wich jedesmal zurück, so daß die Therapeutin, die überhaupt nicht bemerkte, daß sie ihm zu nahe kam, das Kind durch den ganzen Raum verfolgte. Am Ende der Sitzung notierte sie ihre Diagnose: Wahrnehmungsstörungen und Hyperaktivität.

Ich war ein bis zwei Meter entfernt, als Adrienne sich von mir abwandte und ihren Kopf zur Wand drehte. Ich trat wieder einen Schritt zurück. Es verblüfft mich immer wieder, daß Erwachsene, die doch eigentlich wissen, daß sie dabei die Intimsphäre eines Kindes verletzen, einfach weiterwalzen.

Ich ließ mich auf die Knie nieder – wenn keine anderen Erwachsenen dagewesen wären, hätte ich mich der Länge nach hingelegt –, zog eine große grüne Stoffschildkröte aus der Tasche und stülpte sie über die Hand. »Ist ja gut«, beruhigte ich die Handpuppe. »Es ist doch nur ein kleines Mädchen. Sie tut dir nichts. Sie will im Spielzimmer mit mir spielen. Du weißt doch, wir haben da Knetmasse, ein Puppenhaus, Marionetten und den kleinen Sandkasten. Die anderen Sachen fallen mir gerade nicht ein. Sie muß selber nachschauen, auf was sie Lust hat.«

Adrienne hatte aufgehört zu schreien, während ich mit dem Stofftier sprach, und sich mir wieder zugewandt. Ich beachtete sie nicht. Kaum hörte ich zu sprechen auf, fing sie wieder mit dem Geschrei an. Ich machte schnell eine Faust und zog den Kopf der Stoffschildkröte darüber. »Schon gut«, beschwichtigte ich, »sie will dir doch keine Angst machen. Sie ist ein liebes kleines Mädchen, das uns einfach besucht und spielen will.«

Adrienne hörte wieder mit Schreien auf und streckte ihre Hand nach der Schildkröte aus. Ich beachtete sie nicht, beruhigte das Stofftier weiter und streichelte es. Adrienne kam näher, und schnell zog die Schildkröte wieder den Kopf ein. »Schon gut, schon gut«, sagte ich beruhigend zu dem Tierchen. Dann wandte ich mich zum erstenmal an Adrienne und erklärte ihr behutsam: »Sie ist so scheu, und große Mädchen machen ihr ein bißchen angst.« Sofort streckte Adrienne wieder die Hand aus, mit einer gebieterisch-fordernden Geste, wie sie Dreijährige an sich haben.

Ich griff erneut in die Tasche und zog eine kleinere Version der gleichen Stoffschildkröte hervor, die auf ihre winzige Hand paßte. Ich zeigte Adrienne, wie man mit der Handpuppe umging. Sie schwieg, setzte sich aber auf und fing an, damit zu spielen.

Das Abstandsproblem war überwunden, oder vielmehr, Adrienne hatte es überwunden, indem sie den ersten Schritt getan hatte. Wäre er von mir ausgegangen, hätte sie es nie zugelassen. Der Trick bestand darin, die Kinder kommen zu lassen und sich nicht aufzudrängen.

Jetzt standen meine Chancen fifty-fifty. Wenn die große grüne Schildkröte Adrienne aufforderte, in mein Zimmer zu kommen, war es möglich, daß sie mitkam, aber sie konnte sich auch immer noch weigern. Und wenn sie erst mal »Nein« entgegnet hatte, war ich in Nöten. Absolut verkehrt wäre es, jetzt mit Nachbohren anzufangen. »Wie geht's?« Eine total dämliche Frage vom Standpunkt einer Dreijährigen aus. – So was würde sie gar nicht beantworten. Erster Fehlschlag. Dann würde man fortfahren: »Was für ein hübsches Kleid. Ist das deine Lieblingsfarbe?« Auch darauf würde sie nicht reagieren. Zweiter Fehlschlag. Und anschließend vielleicht fragen: »Wie heißt du?« Ebenfalls keine Antwort. Dritter Fehlschlag.

Inzwischen hätte sie sich auf das »Keine-Antwort-Spiel« versteift, nach dem Muster: Die Spielregeln verlangen, auf gestellte Fragen nicht zu antworten. Dabei würde es dann während der ganzen restlichen Sitzung bleiben.

Also wandte ich mich der Wartezimmertür zu. »Schildkröte«, erkundigte ich mich, »hast du nicht auch den Vogel Strauß gehört?« Ich drehte die große Schildkröte zur Tür hin. »Ich glaube, ich hab den dummen Strauß gehört. Ich schau mal nach.« Ich ließ die Schildkröte auf dem Boden liegen und trat in mein Sprechzimmer, das an den Warteraum angrenzte. Dort nahm ich einen Stoffstrauß hoch, der so groß war, daß er gerade noch in eine Babykarre paßte, und zog ihn mir über den Arm. Dann versteckte ich mich seitlich neben dem Türrahmen, ließ den Vogel Strauß um die Ecke schauen und schnell wieder im Sprechzimmer verschwinden. Mit seinen langen, gebogenen Wimpern und dem neugierigen Blick sah der Vogel richtig fesch aus. Mein Aussehen dagegen war nicht eindeutig zu bestimmen, wie ich da so hinter dem Türpfosten hockte und quiekende Laute von mir gab. (Beim letzten Mal war eine Gruppe von offiziellen Besuchern aus dem *National Institute of Mental Health* vorbeigekommen. »Und das ist eine unserer Kinderpsychies«, sagte der Typ, der die Besucher durch die Abteilung führte, und zeigte auf mich. »Die benehmen sich immer etwas seltsam.«)

Gebannt starrte Adrienne auf den Türpfosten, hinter dem der Strauß verschwunden war. Er lugte noch einmal hervor. Wortlos stand Adrienne auf und kam ins Sprechzimmer, um den frechen Strauß zu fangen. Die kleine Schildkröte hielt sie noch immer umklammert. Sachte schloß ich die Tür – Adrienne schien es kaum zu bemerken – und sperrte die Welt hinter uns aus.

Wie nun das Schweigen brechen? Das Entscheidende war, keine Fragen zu stellen. »Hallo, Adrienne, ich heiße Vogel Strauß und . . .« Der Stoffvogel brach ab und vergrub seinen Kopf unter meinem Arm.

»Heute sind aber auch alle verschüchtert, Adrienne!« sagte ich und seufzte tief. »Die große Schildkröte ist scheu, die kleine Schildkröte ist scheu, und der Strauß auch. Du kommst ihnen eben wie ein richtig großes Mädchen vor, und sie haben ein bißchen Angst.« Ich wandte mich an den Strauß und versicherte ihm umständlich, daß Adrienne ihm nichts tun würde. Dann zählte ich ihm auf, mit welchen Dingen Adrienne statt dessen spielen könnte. Ich blieb die ganze Zeit auf den Knien hocken, damit mein Kopf Adrienne nicht überragte. Es war einem Gespräch nicht förderlich, wenn man bedrohlich über den Kindern thronte.

Warum kapieren Erwachsene einfach nicht, welche Bedeutung Größe für Kinder hat? Total verrückt. Besonders nervig finde ich, wenn sie zu Vorschulkindern sagen: »Keine Angst, der tut dir nichts« – und dabei springt ein riesiger

Köter auf die kleinen Racker zu. Wie solche Leute wohl reagieren würden, wenn ein Pferd über eine Weide auf sie zugaloppierte, um dann zu steigen und die Vorderbeine auf ihre Schultern zu legen? Würden sie sich tatsächlich beruhigen lassen, wenn jemand sagte: »Keine Angst, es tut dir nichts«, während sie von dem Pferd umgeworfen würden? Aber allem Anschein nach verstehe ich den Kinderstandpunkt generell besser als den von Erwachsenen. Meine Freundin Carlotta jedenfalls sagte mal, daß Erwachsene für mich immer noch »die Großen« sind.

Es ist schwierig, keine Fragen zu stellen – viel schwieriger, als man glaubt. Erst mal sprach ich über jedes einzelne Kleidungsstück, das Adrienne anhatte. »Dein rosa T-Shirt gefällt mir. Ich hab auch solche Turnschuhe, nur sind meine . . .« Über Kleider konnte man endlos reden, vor allem, wenn man die eigenen mit einbezog: Schwarze Leinenhose, schwarzer Rollkragenpulli, knallrote Weste mit vielen gelben Sonnen darauf. In meinem Job zahlte es sich aus, etwas zu tragen, worüber Kinder gerne redeten. Über meine Ohrringe ließen sich auch ein paar Sätze sagen. Nur meine Schuhe gaben leider absolut nichts her. Ich habe keine Ahnung, warum, aber Kinder lieben auffallende Schuhe. Ich besaß ein Paar schwarze Ballerinas, ein Paar braune Halbschuhe, ein Paar Laufschuhe, ein Paar elegante Stiefel, ein Paar warme Stiefel und ein Paar Sandalen. Nichts dabei, wofür sich ein Kleinkind interessieren würde.

Während ich noch meinen Modekommentar runterleierte, ging Adrienne schnurstracks auf das Puppenhaus zu, und ich schlüpfte von der Modeberaterin in eine Sportreporterin. »Ui, der Mann rutscht das Puppenhausdach runter«, kommentierte ich, »und da auf der Couch sitzt ein Mädchen.« Ich beschrieb, was Adrienne mit den Puppen veranstaltete, und war so vertieft in den Spielkommentar, daß ich versucht war zu sagen: »Und hier ist Ihr Reporter von den Boston Celtics«, aber das war nicht witzig für eine Dreijährige.

Eigentlich war ich darauf vorbereitet, ewig in diesem idiotischen Stil weiterzumachen, auch wenn ich wußte, daß Adrienne früher oder später selbst etwas sagen würde. Doch sie überraschte mich, indem sie sofort mitmachte. »Er ist hingefallen«, sagte sie. »Er muß zum Doktor.«

Alle Achtung. Die Kleine war beeindruckend. Sie hatte vielleicht nicht zu mir kommen wollen, aber bestimmt nicht, weil sie schüchtern war. Sie hatte sich von ihrem Wutanfall erholt, sich damit abgefunden, hier zu sein, und sie redete tatsächlich schon – das alles innerhalb kürzester Zeit. Zugegeben: Sie war streitbar, und es würde mir schwerfallen, sie aus der Ruhe zu bringen. Aber streitbar bedeutete gleichzeitig, daß ich die Lage leichter einschätzen konnte. Beißen und Fauchen war nicht halb so schlimm wie verstocktes Schweigen.

Ich hatte sowieso schon eine Theorie, was passiert war, da ich meine Hausaufgaben gemacht und die ganzen Berichte von Polizei, Psychologen und Jugendamt studiert hatte. Mom und Dad hatten jeweils psychologische Gutachten über sich erstellen lassen, für den Kampf um das Sorgerecht, der zwischen beiden wütete.

Adriennes Mutter war entweder eine hysterisch-paranoide Persönlichkeit oder hatte paranoid-hysterische Züge – das hing ganz vom Standpunkt ab. Mit anderen Worten: Sie war emotional labil, theatralisch und eine furchtbare Nervensäge. Außerdem zeigte sie sich davon überzeugt, daß alles, was ihr Mann sagte oder tat, nur ein Trick war, um sie reinzulegen. Die Gutachter waren sich allein darin uneinig, welche ihrer Charakterzüge dominierten – als hätte das einen großen Unterschied gemacht.

Es war ein bißchen so, als würden sich zwei Ärzte darüber

streiten, ob ein Patient nun am Herzinfarkt oder Schlaganfall gestorben sei, und dabei vergessen, daß der Patient tot. Übertragen auf meinen Fall: Das Entscheidende war, daß die Mutter mit keiner der beiden Diagnosen Pluspunkte für sich verbuchen konnte.

Ganz anders stand es mit Adriennes Vater: Er hatte in jedem Test normal abgeschnitten. Was natürlich nicht zweifelsfrei bedeutete, daß er unschuldig war, denn ungefähr vierzig Prozent der Kinderschänder wurden als normal eingestuft.

Aber hier handelte es sich um ein Sorgerechtsverfahren, und dabei kam es besonders oft vor, daß falsche Anschuldigungen erhoben wurden (wenn auch nicht so häufig, wie das die Medien behaupteten). Unter dem Strich blieb – eine verrückte Mutter, ein nichtverrückter Vater und der Vorwurf von sexuellem Mißbrauch mitten in einem Sorgerechtsprozeß. Es erschien durchaus möglich, daß es sich hier um eine Falschaussage handelte. Mir sollte es nur recht sein.

Und zwar aus vielerlei Gründen: Es bedeutete, daß das Kind nicht mißbraucht worden war und nicht mit einem Triebtäter in der Familie fertig werden mußte, der möglicherweise auch noch das Sorgerecht zugesprochen bekam. Bei Gericht ging es nun mal zu wie in der Fußball-Liga: Mal gewann der eine, mal der andere.

Wer konnte heutzutage schon voraussagen, wie eine Verhandlung ausging? Beim letzten Fall, den ich verloren hatte, war ein vierjähriges Mädchen in den Zeugenstand marschiert und hatte in allen Einzelheiten beschrieben, was der Vater ihr angetan hatte. Doch unglücklicherweise war ihr Vater ein angesehener Bürger, von dem jeder nur Gutes hielt. Die Geschworenen entschieden, daß so ein netter Mann nicht in der Lage war, etwas derartig Schreckliches zu tun.

Und überhaupt, argumentierten sie, wenn das Kind wirklich mißbraucht worden sei, hätte es zu geschädigt sein müssen, um so genau aussagen zu können. Hätte das Mädchen andererseits bei ihrer Aussage gestockt oder gezögert, dann wäre von den Geschworenen behauptet worden, daß ihre Nervosität, ihr Unvermögen, dem mutmaßlichen Täter in die Augen zu sehen, nur bedeuten konnte, daß sie log.

Fand man heutzutage heraus, daß es sich um eine falsche Anschuldigung handelte, lag man voll im Trend. Anscheinend war es genau das, was alle – Richter, Geschworene, Presse, Öffentlichkeit, ganz zu schweigen von der Verteidigung – hören wollten.

Wenn man jedoch feststellte, daß eine Anzeige wegen sexuellen Mißbrauchs begründet war, konnte man gleich den Kopf in den Rachen des Löwen legen. Der Vater schaffte es immer, den ausgekochtesten Teufelsanwalt zu bekommen. Er brachte so viele Verwandte und Freunde zur Verhandlung mit, daß der Gang zum Verhandlungsraum ein regelrechtes Spießrutenlaufen wurde. Und die Lokalpresse – meine Güte, die war völlig voreingenommen! Einmal druckte eine der Zeitungen einen so verzerrten Bericht eines Falles ab, daß ich ihn nicht mal als meinen Fall wiedererkannte.

Kurzum: Mir sollte es nur recht sein, wenn die Kleine »nein« sagen würde auf meine Frage, ob jemand sie irgendwann mal auf unzüchtige Weise berührt hatte.

Aber so weit kam ich überhaupt nicht, denn Adrienne nahm fast sofort die männliche Testpuppe und legte deren Kopf in den Schoß der Puppe, die das Kind darstellte. »Adrienne«, fragte ich, »was machen die Puppen da?« Und ich hoffte inständig, daß unsere Beziehung inzwischen reif genug für eine Frage war.

»Er leckt ihre Muschi«, sagte Adrienne mit unbekümmertem Stimmchen, »wie mein Daddy.«

»Daddy macht das? Bei wem?« fragte ich.

»Bei mir«, erwiderte Adrienne, riß ihre Beinchen auseinander und deutete auf ihren weißen Schlüpfer. »Da.«

Großer Gott. Das klang kein bißchen nach ungerechtfertigter Verdächtigung. Spontane körperliche Demonstrationen waren völlig untypisch für irrtümliche Beschuldigungen. Die Gesten waren in solchen Fällen nie so eindeutig. Sie hatten immer etwas Mechanisches, gingen oft mit erwachsener Ausdrucksweise und erwachsenen Ansichten über Schicklichkeit einher. Bei meinem letzten Fall von falscher Anschuldigung hatte das Kind ständig wiederholt: »Daddy macht ungehörige Sachen mit mir.« Ohne erklären zu können, was genau er tat.

Adriennes Äußerung schockierte mich. Wenn das stimmte, war es nicht nur schlimm für Adrienne – auch mir würde es eine ganze Weile das Leben schwermachen. Der Rechtsstreit dürfte sich unendlich lange hinziehen. Es käme dabei zu monatelangen Vorverhandlungsanträgen und Anhörungen. Ich würde tagelang im Zeugenstand stehen und mit jedem erdenklichen Gegenargument konfrontiert werden. Ich machte weiter mit meinem Test, in der Hoffnung, daß Adrienne etwas tun würde, was die Eindeutigkeit ihrer anfänglichen spontanen Reaktion wieder in Frage stellte.

Leider blieb sie dabei, egal, wie ich an die Sache heranging. Ich formte Figuren als Knetmasse. Adrienne deutete auf den Schritt der männlichen Figur und sagte, daß aus dem Pillermann ihres Daddys weißes, klebriges Zeug käme. Im Puppenhaus legte sie die männliche Puppe über das Kind und ahmte die Bewegungen eines Geschlechtsakts nach. Sie zeichnete einen Mann mit drei Beinen, oder so ähnlich, nur daß das dritte Bein nach oben zu stehen schien. Je länger die Sitzung dauerte, desto niedergeschlagener wurde ich.

2

Ihr Bruder war ganz anders, als ich erwartet hatte. Er war viel ordentlicher gekleidet als für einen Sechsjährigen üblich und trat mit ernster Miene in mein Sprechzimmer. Adriennes Besuch lag eine Woche zurück, aber ihre Lebhaftigkeit stand mir noch deutlich vor Augen. Wahrscheinlich hatte ich eine sechs Jahre alte Ausgabe von Adrienne erwartet, ihr Bruder schien jedoch ein völlig anderer Typ zu sein. Er sah sich in dem Spiel- und Sprechzimmer um, entdeckte den Kindertisch, die kleinen Stühle und fragte artig, ob er sich setzen dürfe. Das hatte noch nie ein Kind gefragt, und schon gar nicht ein sechsjähriges.

Ich wollte erst im späteren Verlauf der Sitzung ein paar psychologische Tests mit ihm machen, aber da er einfach nur dasaß, ohne spielen zu wollen, beschloß ich, gleich damit anzufangen. Geregelte Abläufe schienen ihm zu liegen – mal milde ausgedrückt. Ich erklärte, daß ich ihm nun ein paar Bilder zeigen würde, zu denen er eine Geschichte erfinden müsse. Er solle mir erzählen, was die Leute auf den Bildern fühlten und dachten, was vor der Szene passiert war und was als nächstes geschehen würde.

Meistens waren die Geschichten, die sich die Kinder ausdachten, ziemlich banal – drei oder vier Sätze, die beschrieben, was die Person tat. Man mußte ihnen ohne Ausnahme nachhelfen, um etwas über das Innenleben der Leute zu erfahren, und selbst dann fielen die Antworten gewöhnlich kurz aus. »Er ist glücklich«, oder: »Er ist traurig.« So in der Art.

Auf der ersten Karte, die ich Andrew gab, war ein Junge abgebildet, der ein Spielzeugschiff anschaute, das vor ihm auf einem Pult stand. »Also«, begann Andrew, »die Geschichte spielt 1861. Das ist schade. Wenn sie 1860 spielen würde, hätte ich eine tolle Geschichte.« Ich war fassungslos und wartete, aber es kam nichts mehr.

»Was meinst du damit? Was war denn 1861?« fragte ich ihn.

»Der Anfang vom Bürgerkrieg«, antwortete er. »In dem Krieg sind eine Menge Leute gestorben – es waren genau 837 938. Haben Sie gewußt, daß zwei Prozent der Südstaatler in dem Krieg umgekommen sind?«

»Äh, nein, eigentlich nicht.«

»Es stimmt aber. 290 524 Südstaatler. Der Krieg war total doof. Ganz sinnlos. Dabei weiß doch schon ein Kindergartenkind, daß es böse ist, Sklaven zu halten. Es ist gemein. Aber im Süden haben alle gefunden, daß es in Ordnung ist. Es kommt mir echt blöd vor. Wie können Leute so gemein sein?«

»Meinst du, Krieg zu führen oder Sklaven zu halten?«

»Sklaven zu halten. Und deshalb mußte es Krieg geben. Man darf doch nicht zulassen, daß die Leute so was Dummes tun. Meine Mom sagt, daß die Leute im Süden immer noch Dixie spielen und die Südstaatenfahne hochziehen. Wenn ich da wäre, würde ich hingehen und die Fahne runterreißen und fragen, wie sie es denn fänden, wenn sie jemand gehören würden.«

»Und was war 1860 so toll?«

»Ich hab nicht gesagt, daß 1860 toll war«, stellte Andrew richtig. Er klang etwas ungeduldig. »Ich hab gesagt, dann hätte ich eine tolle Geschichte.«

»Und wie geht diese tolle Geschichte?«

»Ich sollte doch eine Geschichte über das Bild erzählen«, erklärte Andrew sorgfältig. »Die Geschichte von dem Jungen auf dem Bild. 1860 war das Jahr, bevor die schlimmen Dinge in seiner Familie passiert sind. Er hätte sein Spielzeugschiff angeschaut und an schöne Sachen gedacht. Aber das kann er nicht mehr, weil schon 1861 ist.« Er starrte das Bild noch einen Augenblick an. »Manchmal kann er sich nicht mal mehr an schöne Sachen erinnern.« Andrew legte das Bild beiseite.

»Was für schlimme Dinge?« wollte ich wissen. »Haben die mit dem Krieg zu tun?«

»Möglich«, sagte er ausweichend. »Zeigen Sie mir noch andere Bilder?«

Das war möglicherweise ein Fehler gewesen. Vielleicht wäre er mir nicht ausgewichen, wenn ich die letzte Frage nicht gestellt hätte. Andererseits war es ohnehin am schwierigsten, von den schlimmen Dingen zu sprechen, ganz gleich, was ich nun sagte.

Es war verlockend, Andrew einfach zuzustimmen, seine Klugheit zu bewundern und über »Kindermund tut Wahrheit kund« nachzudenken. Man konnte es auch ermutigend finden, daß die neue Generation ein bißchen gerechter zu sein schien als die anderen davor. Aber darum ging es hier nicht. Es ging um Andrews Art – seine Abwehr durch Intellektualisierung, sein entwicklungsmäßig unangemessenes Verhalten. Er war völlig zwanghaft – ein Pessimist ersten Ranges. Ich hatte schon öfter solche Fälle gehabt, und sie gingen alle gleich mit ihren Problemen um. In den Lehrbüchern stand, daß Kinder seines Alters konkret seien. Sie machten sich Sorgen, hieß es, ob ihr Baseballteam gewinnt oder nicht. Sie waren noch nicht in der Lage, hieß es, abstrakt zu denken oder sich über theoretische Dinge einen Kopf zu machen.

Auf Kinder wie Andrew traf das jedoch nicht zu. Sie neigten dazu, eine große, abstrakte Sache auf ihre eigenen, ganz persönlichen Probleme zu übertragen. Kinder, die zu Hause nicht genug zu essen bekamen, machten sich Sorgen über die hungerleidenden Kinder in Somalia. Kinder, die Angst hatten, daß sich ihre Eltern scheiden lassen könnten, machten sich Sorgen über verlassene Kinder in Bosnien. Kinder, deren Eltern dauernd stritten, waren besorgt über die Umweltzerstörung. Zwanghafte Kinder waren immer sehr klug, früh entwickelt und bis oben hin voller Sorgen.

Ich wollte gerne glauben, daß Andrew nur über die Scheidung seiner Eltern redete, aber so klang es eigentlich nicht. Die Leute waren gemein zu anderen, hatte er gesagt, und deshalb mußte es Krieg geben. Man konnte den Leuten die gemeinen Dinge nicht durchgehen lassen. Das klang danach, daß die Gemeinheiten vor dem Krieg passiert waren. Wer weiß? Seine Geschichte konnte auf verschiedenste Weisen gedeutet werden.

Ich bekam mehr Klarheit, als ich ihn direkt nach seinem Vater befragte. Da wurde er ganz konkret und genau. Er wisse, daß es unrecht sei, was sein Vater mit ihm mache, sagte er, aber er erzähle es keinem, weil er nicht ins Gefängnis wolle. Sein Vater hätte damit gedroht, er käme ins Gefängnis, wenn er darüber reden würde. Andrew war eines Nachts in das Zimmer seiner Schwester gekommen und hatte seinen Vater dabei überrascht, wie er sich mit heruntergelassenen Hosen über Adrienne beugte, die im Bett lag. Das Gesicht seines Vaters war ganz rot und aufgedunsen, und er rieb seinen Penis an Adriennes Gesicht.

Andrew hatte die ganze Nacht überlegt, berichtete er, ob er seiner Lehrerin davon erzählen soll, und war schließlich zu dem Entschluß gekommen, lieber ins Gefängnis zu gehen, als zuzulassen, daß sein Vater so etwas mit seiner Schwester machte. Sie war noch nicht so groß wie er selbst, sagte er, und er glaubte nicht, daß sie damit fertig würde. Entsetzt stellte ich fest, daß er immer noch dachte, er käme ins Gefängnis und nicht sein Vater.

»Andrew, hast du deiner Mutter davon erzählt?« wollte ich von ihm wissen. »Bevor du mit deiner Lehrerin gesprochen hast?«

»Nein«, sagte er und rückte ein Spielzeug zurecht, das etwas schief auf dem Regal neben ihm stand. »Ich wollte es, aber ich konnte nicht.«

»Warum nicht?«

»Ich wollte nicht, daß sie sich aufregt«, erklärte er. »Sie regt sich dauernd auf und weint, dann fängt Adrienne auch an zu weinen, und ich weiß nicht, ob ich mit Mom reden oder Adrienne trösten soll. Am Ende sagt Mom, ich soll zum Spielen gehen, aber ich kann nicht spielen, weil ich mir Sorgen um sie mache und Adrienne immer noch weint.«

»Andrew«, bat ich ihn, »ich frage dich jetzt was ganz Wichtiges, und es ist ganz wichtig, daß du ehrlich darauf antwortest. Hast du dir das alles ausgedacht, um deiner Mom irgendwie zu helfen?«

Andrew sah mich voller Erstaunen an. »Wie soll das denn meiner Mom helfen?« fragte er. »Sie regt sich furchtbar darüber auf. Es macht alles nur noch schlimmer.«

Ich blickte in das ernste Gesicht vor mir, das Gesicht eines Kindes, das immer noch glaubte, ins Gefängnis zu kommen, weil es alles erzählt hatte. Ich fand es schrecklich, diejenige zu sein, die ihm erzählen mußte, daß niemand dafür ins Gefängnis kam. Kein Zweifel, die Anzeige wegen Kindesmißbrauchs entsprach den Tatsachen, aber mir war auch vollkommen klar, daß vor Gericht keiner diesem Kind hier glauben würde.

Andrew hatte recht. Das Problem war das Jahr, wenn auch nicht das Jahr 1860. Es gab eine Zeit, die noch nicht allzu lange zurücklag, da hatte man der Aussage eines Kindes, daß es mißbraucht worden sei, eher Glauben geschenkt, vor allem, wenn alle bekannten Stichhaltigkeitskriterien zutrafen – ganz zu schweigen von einer Aussage, die von einem zweiten Kind bestätigt wurde. Aber das gehörte der Vergangenheit an.

Das Problem war, daß die Öffentlichkeit immer noch meinte, Triebtäter seien komisch gekleidet, hätten Dreitagebärte und würden sich schuldig bekennen, wenn sie erwischt wurden. Triebtäter, so dachte der Mann auf der Straße, konnten einem nicht in die Augen sehen und ihre Tat abstreiten, zumindest nicht auf überzeugende Weise. Außerdem waren Triebtäter nicht gebildet und kamen erst recht nicht aus wohlhabenden Verhältnissen. Eine Gruppe, die sich SAM nannte (Schuldlos Angeklagte Männer), hatte Untersuchungen veröffentlicht, die Einkommenshöhe und Urlaubsgepflogenheiten ihrer Mitglieder darstellten. Triebtäter seien ärmer, ging daraus hervor, und machten nicht so tolle Urlaubsreisen.

Und ganz sicher würden Triebtäter nicht in der Lage sein, so vehement zu leugnen, schon gar nicht mit einer derartig selbstgerechten Empörung, die zum Beispiel einen Priester, gegen den ich aussagen mußte, veranlaßt hatte, seine Opfer – zwölf Kinder – zu verklagen, nachdem sie ihn angezeigt hatten. In dem Verfahren kam der Priester mit einem vierzigseitigen, engzeilig getippten Schriftstück an, das die Schilderungen der Kinder widerlegen sollte. Doch im Verlauf der Verhandlung brach er zusammen und gestand, die Kinder sexuell mißbraucht und die Widerlegungsschrift erfunden zu haben.

Ich hatte das ungute Gefühl, daß der jetzige Verdächtige dem Priester in nichts nachstand: Nathan Southworth, Thoraxchirurg, Stütze der Gesellschaft, Mitglied der freiwilligen Feuerwehr und Vater von Adrienne und Andrew. Er würde nicht mit einem Dreitagebart vor Gericht erscheinen und mit Sicherheit alles abstreiten. Außerdem handelte es sich zunächst um ein Sorgerechtsverfahren, bei dem Anzeigen wegen sexuellen Mißbrauchs erfahrungsgemäß einen schweren Stand hatten.

Aber wenn auch mit Ärger vor Gericht zu rechnen war, zumindest hatte Andrew seine Mutter auf seiner Seite. Rund fünfundneunzig Prozent der Täter waren männlich, also der unschuldige Elternteil gewöhnlich die Mutter. Bei noch bestehenden Ehen hielt ich immer den Atem an, wenn ich mit der Frau sprach. In ungefähr der Hälfte von allen Fällen stellte sie sich hinter ihren angeklagten Gatten und beschuldigte das Kind, die Unwahrheit zu sagen. In Sorgerechtsverfahren stand wenigstens einer auf der Seite des Kindes.

3

Für den nächsten Tag hatte ich mich mit Sharon Southworth, der Mutter der Kinder, verabredet. Zum einen brauchte ich nähere Informationen darüber, wie Adrienne und Andrew aufgewachsen waren, und zum anderen wollte ich so viel wie möglich über etwaige Äußerungen der Kinder zu dem Mißbrauch erfahren. Hatte Sharon schon vor Andrews Eröffnung einen Verdacht in dieser Richtung gehegt? Hatte sie die Kinder jemals gedrängt oder direkt gefragt, ob etwas vorgefallen sei? Hatte sie mit anderen im Beisein der Kinder über das Thema gesprochen? Ich hatte wenig Hoffnung, eine andere Erklärung für die ausführlichen und bildlichen Beschreibungen zu finden, aber ich mußte alle Möglichkeiten in Betracht ziehen. Da ich für das Gespräch keine Probleme befürchtete, ging ich ohne besondere Wachsamkeit vor, die ich habe, wenn ich weiß, daß ein Vulkanausbruch vor mir liegt.

Sharon schüttelte mir schlaff die Hand. Sie war so groß

wie ich – ungefähr einssiebzig – aber rundlicher, ein richtig mütterlicher Typ. Die langen dunklen Zöpfe, das weite Kleid aus handgewebtem Stoff, die Sandalen – das alles erinnerte mich angenehm an meine Hippie-Zeit. Mit dem Unterschied, daß ich damals natürlich arm wie eine Kirchenmaus gewesen war und das edle handgewebte Kleid, das Sharon trug, keinerlei Ähnlichkeit mit meinen alten, abgetragenen Klamotten von früher hatte. Meine Autos aus dieser Zeit waren wahrscheinlich billiger gewesen als der indianische Schmuck um Sharons Hals.

Auch als reiche Arztfrau hatte sie die typische bodenständige Art der Leute aus Vermont an sich. Pelze konnte man sich an ihr nicht vorstellen. Bestimmt war sie Mitglied in einer Kontratanz-Gruppe – der Hippie-Version vom Squaredance, der ja in Neuengland so beliebt war – und kaufte biodynamisches Gemüse im Naturkostladen.

»Der Richter bestand auf ein psychologisches Gutachten. Ich übrigens auch«, fügte sie hinzu. »Ich möchte die Sache so schnell wie möglich geklärt haben.«

»Leider bin ich nicht sicher, ob sie richtig geklärt werden kann«, erwiderte ich. »Aber ehe ich über meinen Eindruck von den Kindern rede, möchte ich, daß Sie mir ein wenig über ihr Leben erzählen.«

Das erwies sich jedoch als schwierig. Sharon war zwar alles andere als auf den Kopf gefallen, aber sie schweifte immer wieder ab und landete bei ihrem Exmann. Die Scheidung würde ein erbitterter Kampf werden, so schien es.

»Gab es Schwierigkeiten während der Schwangerschaft?« Wir hatten schon zehn Minuten geredet und waren noch nicht einmal bei der Geburt des ersten Kindes angekommen. Ich begann zu wünschen, daß Andrew jünger wäre – es hätte die Angelegenheit beschleunigt.

»Es war eine schreckliche Schwangerschaft. Nathan war

nie zu Hause. Er sagte immer wieder, daß er so viel Arbeit hätte, aber man kann doch nicht immer arbeiten, verdammt noch mal.«

»Er war doch damals Assistenzarzt an einer Klinik? Das war bestimmt schwierig. Der Zeitplan von jüngeren Chirurgen ist ziemlich brutal.«

»Nathan hat seine Arbeit als Ausrede für alles genommen. Aber ich weiß genau, daß das alles Blödsinn war. Egal wann ich anrief, immer hat er gerade operiert.«

Ich zögerte, denn ich verstand nicht ganz. »Wie meinen Sie das? Er war Chirurg an einer Klinik. Die meisten Chirurgen operieren nun mal den ganzen Tag. Warum glauben Sie, daß er gelogen hat?«

»Ich habe ihn dabei erwischt. Eines Tages bin ich einfach aufgetaucht.« Ich haßte solche Gespräche. Sharon beantwortete meine Fragen einfach nicht. Sie war wie eine Dampfwalze, die einfach weiterlief.

»Und was ist passiert?« Warum fragte ich eigentlich? Sie redete ja sowieso weiter. Bei solchen Gesprächen stellt man permanent Fragen, von denen man weiß, daß sie beantwortet werden, ob man nun fragt oder nicht, sonst würde man sich total überflüssig vorkommen.

»Zwanzig Minuten mußte ich warten – genug Zeit für ihn, von dort herzukommen, wo er gerade steckte. Es war zum Totlachen. Ich war im Wartezimmer und machte ein Höllenspektakel. Plötzlich kommt er rein, in der komischen grünen Verkleidung, die Hände in den blutverschmierten Handschuhen von sich gestreckt, und schreit mich an, daß ich auf der Stelle verschwinden soll. Stellen Sie sich das mal vor. Ein absoluter Witz.«

Ich konnte es nicht fassen. Hörte ich richtig? Hatte sie wirklich eine derartige Szene gemacht, daß er aus dem OP gekommen war, um sie rauszuschmeißen? Das konnte doch nicht sein. Die Operationsstab hätte das nie zugelassen. Aber wer weiß? »Sharon, behaupten Sie tatsächlich, daß er die Operation unterbrochen hat, um mit Ihnen zu reden?«

»Natürlich nicht«, sagte sie und verdrehte die Augen. »Sie sind vielleicht naiv. Er war gar nicht im OP. Es war nur eins seiner Spielchen.«

»Sharon, irgendwie komme ich da nicht mit«, sagte ich langsam. »Nathan kommt im grünen OP-Kittel raus, hält die blutigen Finger in Handschuhen von sich gestreckt und rührt nichts an. Wie kommen Sie darauf, daß er nicht im OP war?«

»Sie kennen eben Nathan nicht. Die Szene ist ganz typisch für diesen Scheißkerl.«

Wenn ich Paare vor mir hatte, die vor Scheidungshaß bebten, versuchte ich mir manchmal vorzustellen, wie sie zu dem gemeinsamen Kind gekommen waren. Ich konnte einfach nicht verstehen, wie Leute, die mal Sex miteinander gehabt hatten, sich irgendwann so total hassen konnten. Aber es gibt ja auch viele Paare, die sich hassen, wenn sie miteinander schlafen.

Unser Gespräch schleppte sich von einer feindseligen Spitze über ihren Ex zur nächsten. Wenn Sharon nicht über Nathan sprach, klang sie recht vernünftig. Die Entwicklungsphasen ihrer Kinder konnte sie präzise beschreiben, und sie wußte viel über ihr Großwerden zu erzählen.

»Sie unterscheiden sich von ihrem Naturell her genauso voneinander«, sagte sie, »wie durch ihr Aussehen. Andrew war schon immer eine Bohnenstange und Adrienne von Anfang an ein kleines Energiebündel.« Sharon fuhr weiter fort: »Im Sommer sind wir oft mit dem Dreierlift den Killington raufgefahren, zum Picknicken. Als ich Andrew das erstemal mitgenommen habe – er war vielleicht zwei – saß er ganz ruhig da, mit gefalteten Händen, die ganze Strecke rauf und runter. Ich weiß noch, wie ich staunte, daß der Fahrtwind nicht mal sein Haar durcheinanderbringen konnte.

Als ich dagegen Adrienne in diesem Alter das erste Mal mitnahm, hat sie sich im letzten Moment geweigert, in den Lift zu steigen. Wir standen bereit, während der Sessellift um die Kurve schwang, da beschloß sie, nicht zu fahren, fing zu schreien und zu strampeln an. Ich mußte sie schließlich vom Boden hochheben, mich mit ihr in den Lift setzen und aufpassen, daß sie mir nicht ins Gesicht trat – und das alles in ungefähr zwei Sekunden. Beim Runterfahren hatte sie sich natürlich schon an den Lift gewöhnt, und es lief anders ab. Während Andrew immer noch so ruhig dasaß wie mit zwei Jahren, versuchte Adrienne bereits, mit wehenden blonden Locken aufzustehen und herumzutanzen.«

Ihre Stimme klang warm, wenn sie von den Kindern sprach, und ihre Gesichtszüge wurden dabei so weich, daß ich unwillkürlich lächeln mußte. Ich hatte zwei ganz verschiedene Frauen vor mir – die Ehefrau und die Mutter. Ich betrachtete ihre Hände. Hände sagen oft viel über Menschen aus. Ihre machten fließende Bewegungen, kamen ohne aggressive Gesten aus, selbst wenn sie über Nathan sprach. Vielleicht war ihre mütterliche Seite die wahre Sharon.

Ich mußte noch ansprechen, was mir die Kinder erzählt hatten. »Es tut mir leid, Ihnen sagen zu müssen, daß beide Kinder ziemlich überzeugend davon gesprochen haben, von Ihrem Mann sexuell mißbraucht worden zu sein.«

»Das ist wieder mal typisch für ihn«, fuhr sie zornig auf.

»Was, die Kinder mißbraucht zu haben?« entgegnete ich überrascht. Ihre Reaktion war ungewöhnlich. Die meisten Mütter, sogar diejenigen, die ihre Exehemänner verabscheuten, konnten es einfach nicht glauben, daß diese sich an ihren Kindern vergriffen.

»Nein, nicht, sie mißbraucht zu haben.« Sie wurde ärgerlich. »So was überhaupt in die Welt zu setzen.«

»Was?«

»Na, diese Falschanzeige«, polterte sie los. »Das ist doch ganz offensichtlich, oder nicht? Sonst kommt doch niemand in Frage.«

»Sie halten es also für eine gezielte Falschanzeige?« Ich war immer noch durcheinander. »Das glaube ich nicht. Allem Anschein nach stimmt die Beschuldigung.«

»Großer Gott, dieser Mann ist ja so ausgekocht«, erwiderte sie. »Er hat sogar Sie überzeugt.«

Der liebe Gott, schoß es mir durch den Kopf, hatte diesen Kindern mit keinem der beiden Eltern einen Gefallen getan. »Mrs. Southworth«, holte ich aus, »kein Mensch würde sich doch selbst mit einer Falschanzeige belasten.«

»Warum nicht?« meinte sie. »Es ist die beste Art, um mich auszutricksen. Ich höre doch auch Nachrichten und weiß, wie das läuft. Wem wirft man denn meistens eine falsche Anzeige vor? Den Müttern!« So verrückt es klang – sie hatte nicht einmal unrecht. Keine Frage: Eine Mutter, deren Kind mitten in einem Sorgerechtsstreit sexuellen Mißbrauch durch den Vater anzeigte, saß in der Klemme. Mit ziemlicher Sicherheit wurde der Mutter vorgeworfen, eine solche Anzeige in die Welt gesetzt zu haben, ganz gleich, was sie von nun an sagte oder tat.

Sharon war noch nicht fertig. »Das hat er getan, um sich an mir zu rächen. Es hat nichts mit den Kindern zu tun, gar nichts. Er heckt einfach eine Gemeinheit nach der anderen aus, und keiner kann ihn daran hindern. Aber diesmal hat er sich geschnitten. Ich laß ihm das nicht durchgehen.«

Wo sollte ich anfangen? »Selbst wenn jemand verrückt genug wäre, eine Falschaussage gegen sich selbst in die Welt zu setzen«, wandte ich ein, »dann würde es bei einem

Sechsjährigen nicht funktionieren. Andrew steht mit beiden Beinen in der Welt und ist ein kluges Kerlchen.«

»Nathan hat ihm bestimmt mit etwas gedroht«, entgegnete sie. »Andrew würde nie lügen, außer in einer absoluten Notlage. Dieser Scheißkerl hat mein armes Schätzchen bestimmt unter Druck gesetzt. Und wieso? Kapieren Sie denn nicht, warum er das getan hat? Weil er mich als verrückt hinstellen will, darum!«

O nein, dachte ich. Wenn er so schlau war, wie sie dachte, dann wußte er ja, daß man ihr dabei nicht nachhelfen mußte.

4

Sechs Monate später

Ich haßte diesen Fall. Ich haßte die Tatsache, daß die Kinder die Leidtragenden waren, egal, wer nun das Sorgerecht erhielt. Ich haßte die Tatsache, daß ihre Mutter verrückt war – oder zumindest nicht ganz normal – und daß ihr Vater ein Kinderschänder war. Ich haßte die Tatsache, daß ich vor Gericht für eine Frau aussagen mußte, der kein Richter auf Erden glauben würde.

In Fällen wie diesem wurden die Mütter gewöhnlich für verrückt erklärt, was sie meistens gar nicht waren. Häufig waren sie nur frustriert und zornig, weil sie glaubten – oft zu Recht – daß ihre Kinder von den Exgatten belästigt worden waren. Aber ich mußte nun gerade an einen Fall geraten, bei dem die Mutter tatsächlich so verrückt war, wie alle behaupteten.

Die Frau war der Traum eines jeden Verteidigers. Die Geschichte ihrer Wahnvorstellungen bezüglich ihres damaligen Ehemannes reichte zurück bis in die Zeit, als sie noch verheiratet waren, und – konnte es noch schlimmer kommen!? – sie hatte ihn öffentlich beschuldigt, Dinge zu tun, die er gar nicht tat. Was alles nur halb so schlimm gewesen wäre, wenn es sich tatsächlich um einen unbestätigten Vorwurf gehandelt hätte, aber daran glaubte ich leider ganz und gar nicht.

Die Sache erinnerte mich an einen Fall, der so richtig vermasselt worden war – und zwar im Jefferson Memorial, dem Krankenhaus, das zur medizinischen Fakultät gehörte, bei der ich angestellt war. Ein Assistenzarzt hatte einen Hypochonder untersucht und war zu dem Ergebnis gekommen – nur, weil der Patient als eingebildeter Kranker galt –, daß er keinen Tumor habe. Der Mann hatte aber doch einen. Keiner nahm die Sache ernst, bis es zu spät war.

»Auch Hypochonder können einen Tumor kriegen«, hatte der Oberarzt den Assistenzarzt angeschrien. »Vergessen Sie das nie«, hatte er gebrüllt. »Vergessen Sie niemals wieder, daß Hypochonder und Hysteriker und alle Verrückten, die es sonst noch so gibt, die gleichen Krankheiten kriegen wie Normalsterbliche. Sie sind nicht davon befreit, nur weil sie verrückt sind.« Und vergiß nie, sagte ich mir, daß Dad, nur weil Mom Wahnvorstellungen hat, nicht automatisch unschuldig ist. Übrigens gab es in der Fachliteratur jede Menge Hinweise darauf, daß Kinderschänder Frauen bevorzugten, die krank waren oder irgendwelche anderen Macken hatten.

Aber Paranoiker machten sich vor Gericht besonders schlecht, sie klangen schrill und wirkten verrückt. Ganz im Gegensatz zu Kinderschändern, die den größten Teil ihres Lebens damit zubrachten, der Umgebung etwas vorzumachen. Das Gericht zu verschaukeln war nur die Fortführung einer Vorgehensweise, die sie seit langem perfektioniert hatten. Sie konnten alles vortäuschen: Unschuld und Ahnungslosigkeit, Verwirrung und Schmerz. Sie konnten sogar die Tränen kullern lassen angesichts des Unrechts, das man ihnen tat.

Der letzte Kinderschänder, gegen den ich ausgesagt hatte, war ein Zahnarzt, der bis zu seiner Verurteilung praktiziert hatte. Warum hatte die Ärztekammer nicht gehandelt? Offensichtlich, weil keiner in dem Verband über Kinderschänder Bescheid wußte. Der Zahnarzt hatte sich noch zwei Stunden vor dem Gerichtstermin an einem neuen Opfer vergangen – und bei der Verhandlung legte er ein leidenschaftliches Bekenntnis seiner Unschuld ab. Er erzählte, was für ein vorbildliches Leben er führte, wieviel er für die Gesellschaft getan hatte, wie ungerecht und unwahr die Anklage sei. Seine Stimme versagte genau an den richtigen Stellen. Mehrere der Anwesenden im Saal hatten Tränen in den Augen. Pech für den Zahnarzt, daß der Richter das Theater durchschaute.

Meine These, daß es leicht für Kinderschänder sei, andere zu täuschen, klang vielleicht zynisch, aber die meisten Leute waren einfach hoffnungslos naiv. Für sie war alles ganz einfach. Kinderschänder waren Ungeheuer. Ihr netter Nachbar, Pfarrer, Ehemann, Bruder, Hausarzt war kein Ungeheuer, deshalb konnte er auch kein Kinderschänder sein. Und der nette Mann dort im Zeugenstand, dem die Tränen über die Wangen liefen, war gewiß ebenfalls kein Kinderschänder.

Die öffentliche Meinung jedenfalls machte seit einiger Zeit meine Arbeit nicht leichter. Man hielt jeden, der mit mißbrauchten Kindern arbeitete, automatisch für einen »Kinderrechtler«, einen Idealisten, der glaubte, Kinder würden niemals lügen und alle Enthüllungen über sexuellen Mißbrauch seien wahr. Man nahm außerdem an, daß er ununterbrochen auf nicht mißbrauchte Kinder einredete, bis sie aus lauter Verzweiflung eine fingierte Anschuldigung hervorbrachten. Ich hatte zwar noch nie so jemanden kennengelernt, war aber ihrer Legende vor Gericht schon oft begegnet. Es war wie bei den Einhörnern – man sah sie nie, aber der Mythos lebte weiter.

Viel ist über die »neuen Hexenprozesse von Salem« geschrieben worden. Es heißt, daß »beeinflußbare« Kinder heutzutage aufgrund von Falschaussagen unschuldige Männer und Frauen wegen sexuellen Mißbrauchs hinter Gitter bringen, ähnlich wie einst jene Kinder in Salem, die mit Lügen von Teufelskulten unschuldige Leute in den Tod schickten. Um zu erklären, warum die Kinder von heute so unglaubliche Geschichten von sexuellem Mißbrauch erfinden, beschuldigen Verteidiger und Angeklagte immer wieder Therapeuten, Polizisten, Sozialarbeiter und Ärzte – kurz, jeden, der die Kinder verhört hatte –, daß man ihnen die Falschaussage eingeredet habe. Aber von meiner Warte aus sah die Sache anders aus: Meistens wurde ich von der Anklägerin zur Angeklagten und kam als Therapeutin auf den Scheiterhaufen.

Dieser Fall war nicht zu gewinnen. Dad war zu glaubwürdig und Mom zu unglaubwürdig, und keiner hörte auf die Kinder. Wir steckten in der Tinte. Vielleicht war es das, was mich am meisten nervte. Die einzigen, die ich nicht haßte an dem ganzen Fall, waren die Kinder. Nein, die Kinder haßte ich nicht.

Ich hatte die sechs Monate mit Vorverhandlungen, Anträgen, Anhörungen und Beweisaufnahmen, die Anrufe der hysterischen Sharon und alle möglichen rechtlichen Winkelzüge überstanden – mit Mühe überstanden. Ich hatte weder Sharon noch die Kinder gesehen, seit meine Gutachten fertiggestellt waren, hatte aber Sharons Stellungnahme gelesen. Kinder mußten in Sorgerechtsverfahren fast nie aussagen. Das war auch in diesem Fall so, weshalb von ihnen keine Aussage vorlag.

Sechs Monate bis zur Verhandlung war eine kurze Frist, aber Richter Fishbein hatte den Vorsitz am Familiengericht und daher war der Zeitpunkt nicht verwunderlich. Fishbein als Vorsitzenden zu haben war, wie mit Schlittschuhen einen gefrorenen Wasserfall runterzusausen. Nichts konnte einen Verhandlungstermin an seinem Gericht hinauszögern. Es gab keinen Aufschub. Die meisten Anwälte versuchten es nicht einmal. Es kursierte der Witz, daß ein Aussetzen der Verhandlung bei Fishbein ganz einfach war: Ein Attest vom Arzt genügte. Doch sogar dieser Witz war hinfällig, als ein Anwalt eine Herzoperation vor sich hatte und den Antrag stellte, die Verhandlung auf sechs Wochen nach der Operation zu verschieben. Fishbein sagte dem Anwalt, er sei doch in einer Gemeinschaftskanzlei, oder etwa nicht? Wolle er dem Gericht etwa weismachen, daß keiner seiner Kollegen kompetent genug sei, um für ihn einzuspringen? In diesem Fall, sagte er, würde das Gericht vorschlagen, der geschätzte Verteidiger solle sich rasch selbst um einen Ersatz kümmern, denn den würde er benötigen, damit jemand in seiner Abwesenheit den Fall übernehme.

Ich wußte also, daß es keinen Aufschub gab. Ich hatte mich zu Tode geschuftet und bergeweise Dokumente produziert als Antwort auf schriftliche Beweisfragen, mit denen die andere Seite erreichen konnte, daß man alles beantworten und vorlegen mußte, bis hin zum ersten Schulzeugnis. Dads Rechtsanwälte hatten Auskunft über jeden einzelnen Fall verlangt, an dem ich jemals beteiligt war. Sie hatten gefordert, mein Kriterienprotokoll einzusehen, nach dem ich Fälle von Kindesmißbrauch beurteilte, und wollten jedes einzelne Buch kennenlernen oder jeden Artikel, den ich gelesen hatte und auf den ich mich stützte. Sie wollten wissen, wieviel ich an den gerichtlichen Fällen verdiente (bei weitem nicht genug, gemessen an dem Aufwand). Es war mir nicht klar, ob sie das ganze Zeug lesen oder mich nur schikanieren wollten.

Am Tag der Verhandlung war ich zumindest froh, daß dieser vertrackte Sorgerechtsfall jetzt in die entscheidende Phase ging. Den Kindern würde es danach vielleicht nicht bessergehen, aber wenigstens mir. Ich betrat das Gerichtsgebäude und hatte nichts dagegen, daß man meine Tasche und meine Aktenmappe durchsuchte. Sie hätten von mir aus mitten in der Halle eine Leibesvisitation vornehmen können, so wild war ich darauf, den Fall endlich hinter mich zu bringen.

Als ich in den Gerichtssaal trat, wurden gerade die Anklageschriften verlesen. Einmal wöchentlich trug man alle neuen Fälle vor. Der Richter vergewisserte sich dabei, daß die Angeklagten hörten, wie die Anklage lautete, daß sie einen Rechtsbeistand hatten, und erkundigte sich, auf was sie plädieren wollten. Unser Fall sollte im selben Saal verhandelt werden, in dem die Anklageschriften verlesen wurden, und erst nach Ende dieser Prozedur würden wir aufgerufen werden.

In einer städtischeren Gegend wäre der Gerichtssaal vollständig für das Vorlesen der Anklageschriften, das den ganzen Tag dauern konnte, reserviert worden. Aber wir waren in Vermont, in einem Staat, in dem insgesamt nur fünfhunderttausend Einwohner leben. Das Vortragen der Anklageschriften in unserem Saal würde knapp eine Stunde dauern, einmal wöchentlich, ansonsten fanden hier nur noch Verhandlungen statt.

Ich ließ mich hinten in einen Sitz fallen und sah mich um. Das Vorstellen der Fälle bedeutete, daß der Gerichtssaal voll war mit den angsterfüllten Gesichtern von Jugendlichen. Es war einfach so, daß die meisten Straftaten, vor allem Gewaltverbrechen, von jungen Leuten begangen wurden. Je mehr mir klar wurde, daß die meisten, die hier endeten, jung und arm waren, desto unsympathischer fand ich das Gericht.

Ich war nur im Saal, um mich zu akklimatisieren. Ein Gerichtssaal hatte immer was Förmliches und Fremdes an sich, auch wenn man schon hundertmal dagewesen war. Deshalb kam ich zu Aussagen immer etwas zu früh und versuchte mich in die Stimmung eines Gerichtssaals hineinzufühlen. So ungefähr wie ein Reiter, der den Parcours ja auch vorher abläuft, ehe er mit dem Pferd über die Hindernisse springt.

Na ja, es gab einen Unterschied. Auf dem Parcours konnte man beim Abgehen erkennen, wie hoch und wie tief die Hindernisse waren. Sie wurden nicht verändert, während man das Pferd bestieg. Aber vor Gericht mußte man immer blind reiten.

Ein Name wurde aufgerufen, und vor mir erhob sich ein Jugendlicher. Ein älterer Mann, der dieselbe Haltung hatte wie der Junge, stand mit ihm auf. Gut, denn wer einen Familienangehörigen mitbrachte, wurde immer besser behandelt. Der Junge trug die üblichen Klamotten eines Teenagers: alte, zerschlissene Jeans und ein verwaschenes T-Shirt. Möglicherweise aus Trotz, aber wer weiß, vielleicht hatte er auch nichts anderes. Seine Schultern waren verkrampft, und er hielt die Hände vor sich ineinander verknotet. Ohne sein Gesicht zu sehen, wußte ich, daß er die typische Teenager-Pose an den Tag legte, aber ich saß nah genug, um mitzukriegen, daß dabei sein linkes Bein zitterte.

Ich war schon niedergeschlagen genug, flüchtete aus dem Saal und suchte meine Leute. Bald mußten wir in den Ring. Sie hockten in einem der kleinen Konferenzzimmer, die vom Hauptkorridor abgingen. Marv Gleason wandte sich um, als ich eintrat. Marv sah wie der typische Analytiker aus: klein, schütteres Haar, schlecht gekleidet und mit Bauchansatz.

Normalerweise schlurfte er gemütlich vor sich hin, aber heute waren seine Bewegungen schnell und ruckartig. »O Gott«, stöhnte er, als er mich sah. »Wieso hab ich mir das alles nur von dir aufschwatzen lassen?«

Das Gesicht vor mir war angstverzerrt. Ich konnte kaum glauben, Marv gegenüberzustehen. Wo war der Mann, der es mit der gesamten psychologischen Welt aufgenommen hatte, als ich ihn kennenlernte? Das war lange bevor er in der Jefferson Medical School gelandet war – lange bevor ich ihn gebeten hatte, ein Zweitgutachten zu erstellen, ob diese Kinder Opfer eines sexuellen Mißbrauchs geworden waren. Ich hatte Marv bei einem Psychologenkongreß kennengelernt. Damals hatte ich das Programm durchgeblättert und nach einem Vortrag gesucht, den ich ertragen konnte, als mir Marvs Thema auffiel: »Mutterschläger aus psychoanalytischer Sicht: Hobby oder Gewohnheit.« Ein Thema, in das ich mich fast augenblicklich verliebte. Ich stürzte in den Vortrag und bekam noch das Ende mit.

Seiner Ansicht nach war die analytische Psychologie Müttern gegenüber voreingenommen. Man vernachlässigte die Rolle unterschiedlicher Veranlagungen, den Einfluß des Vaters und mögliche äußere Traumata. Mir war unklar, wie es jemand wagen konnte, seinen Theorien zu widersprechen – sie waren doch offensichtlich richtig –, aber die Zuhörer stimmten nicht zu.

Ich bemerkte, wie sich langsam eine Stimmung im Saal breitmachte, die wahrscheinlich derjenigen vor einer Lynchjustiz ähnelte. Marv, der in diesem Moment kurz vor einem Panikanfall stand, weil er in einer Verhandlung ein Gutachten abgeben mußte, war dennoch völlig unbeeindruckt von der spürbaren Verärgerung, die bei den Kongreßteilnehmern aufkam. Vergnügt begann er, Fragen zu beantworten.

Also, ich bin ja eigentlich für mein streitbares Wesen

bekannt, aber der Mann war wie ein Ein-Mann-Fußballteam gegen den Rest der Liga. Ein älterer Mann – ein wissenschaftlicher Analytiker namens Teichner – stand auf, um ihm eine provokante Frage zu stellen. Zur Freude des Publikums bat Marv seinen Gegner zum Streitgespräch auf das Podium. Teichner machte den Fehler, gleich eingangs zu sagen, daß alle Kinder in erster Linie von ihrer Mutterbeziehung beeinflußt seien.

Marv hielt Teichner vor, seine Theorie sei eindeutig falsch. Er beschäftigte sich gerade mit einer familiären Konstellation, die genau das Gegenteil beweise. Marv skizzierte einen Fall, bei dem die Mutter keine enge Bezugsperson und nicht für die Kinder da war, eine Arbeitssüchtige, die kaum Zeit mit der Familie verbrachte. Als Hausmann war der Vater die Hauptbezugsperson, den Marv als eine erdrückend-dominante Figur darstellte, als einen Mann, der seine unerfüllten Wünsche in die Kinder projizierte. Teichner müsse doch sicher zugeben, daß der beherrschende, allgegenwärtige Vater größeren Einfluß auf die Kinder habe als die Mutter, die sie selten sahen.

Teichner widersprach dem und begründete in einer leidenschaftlichen Rede, warum die Abwesenheit der Mutter stärker wirkte als die Anwesenheit des Vaters. Immerhin, so argumentierte er, habe der Vater die Kinder nicht im Stich gelassen. Mit einem Blitzen in den Augen stand Marv auf und entschuldigte sich eifrig, den geschätzten Kollegen so verwirrt zu haben. Leider habe er sich beim Beschreiben des Falles geirrt. Hatte er gesagt, der Vater sei der erdrückende Elternteil gewesen und die Mutter die arbeitssüchtige Abwesende? Völlig falsch. Er hatte es umgekehrt beschreiben wollen. Doch er würde keine Sekunde lang annehmen, erklärte er, daß Dr. Teichners Antwort anders ausgefallen wäre, hätte er den Fall nur richtig dargestellt.

Marv hatte ihn reingelegt. Jeder wußte, daß Teichners Antwort anders ausgefallen wäre, wenn Marv die Rollenverteilung der Eltern umgedreht hätte. Aber das konnte Teichner natürlich nicht zugeben, ohne Marvs Theorie zu beweisen. Zu seinem Pech hatte er in dieser Konstellation Marvs Theorie untermauert.

Die Zuhörer jubelten. Es war völlig unerheblich, daß sie Marv kurz zuvor noch am liebsten gesteinigt hätten. Man mußte jemand, der so etwas abziehen konnte, einfach gut finden. Ich war mir nicht sicher, ob Teichner Marvs Gewitztheit anerkannte, aber er trat jedenfalls an das Rednerpult und erklärte gewandt, daß die psychoanalytische Theorie niemals dem Untergang geweiht sei, solange sie solch lebendige und kreative Vertreter habe.

Ich kam wieder zurück auf den Boden der Tatsachen und sah Marv an. Der Mann vor meinen Augen hier im Gerichtsgebäude war nur ein Schatten desjenigen, der damals auf dem Podium gestanden hatte. »Wird schon schiefgehen«, frotzelte ich und meinte das im Grunde wörtlich. Ich hatte gewußt, daß er nicht oft als Gutachter vor Gericht aufgetreten war, aber mir war nicht klar gewesen, warum, bis ich seine Aussage las.

Warum ließen sich manche Leute nur so ins Bockshorn jagen, wenn sie vor Gericht aussagen mußten? Man konnte diesen Psychiater mit den klügsten und geschliffensten akademischen Rednern der Welt zusammenstecken – und er würde sich mühelos behaupten, ein echter intellektueller Rambo –, aber sobald man ihm im Gerichtssaal einen Anwalt mit nur halb so viel Grips gegenüberstellte, klappte er zusammen. Ich hatte einen schweren Fehler gemacht, Marv für den Fall zu gewinnen.

Dabei waren die Anhörungen vor der Hauptverhandlung gar nicht so stressig. Der Anwalt der Gegenpartei fragte, was man bei der endgültigen Verhandlung aussagen werde und das meistens nicht einmal besonders feindselig. Was sollte man in Abwesenheit der Geschworenen sein Pulver verschießen. Der Anwalt, der Marv bei der Anhörung befragte, war gar nicht scharf, trotzdem ging Marv am Ende des Verhörs auf dem Zahnfleisch. Ich weiß noch, daß Marv gebeten wurde, ihm eine Titelliste der Bücher und Artikel zu geben, die er für sein Gutachten verwendet hatte, und Marv konnte sich nur an zwei Artikel über gerichtsmedizinische Befragungen erinnern. Zwei? Vor einer Woche hatte mir Marv eine Liste mit fünfundsiebzig Titeln zu dem Thema gegeben.

Als ich die Aussageschrift gelesen hatte, überlegte ich, ob Marv wohl krank gewesen sei. Oder vielleicht bekifft. Aber heute warf ich nur einen Blick auf sein Gesicht und fand des Rätsels Lösung. Marv hatte eine Gerichtsphobie!

Warum hatte er sich dann nur auf den Fall eingelassen? Na ja, zugegeben, ich hatte ihn ein bißchen gedrängt. Vielleicht gehörte Marv auch zu den Leuten, die Freunden nichts abschlagen können. Woher aber sollte ich das wissen? Ich hatte ihn bisher noch nie um einen Gefallen gebeten. Es war seine Sache, nein zu sagen, und meine, für die Kinder auszusagen. Ich konnte meine Schuldgefühle nicht ganz loswerden, aber ich arbeitete daran.

Hätte ich ihn nur etwas weniger gedrängt. Marv würde keine Hilfe für uns sein. Nachdem ich seine Aussageschrift gelesen hatte, wurde mir klar, in welchen Schwierigkeiten er steckte, und ich versuchte, ihm zu helfen. Aber selbst bei unserem Rollenspiel drehte er durch. Es war zum Verrücktwerden: Damals auf dem Kongreß stand sein ganzer Ruf auf dem Spiel – kein Problem. Ob er dagegen heute vor Gericht gut oder schlecht war, wirkte sich überhaupt nicht auf seine Karriere aus – und dennoch verhielt sich Marv so, als ob er derjenige wäre, der eingesperrt würde, wenn er versagte.

Gerichtsphobie. Im derzeitigen Diagnosehandbuch stand nichts darüber drin, aber es hieß ständig, die kommende Ausgabe würde einen Absatz enthalten. Wahrscheinlich ungefähr so: »Gerichtsphobie: Ein bekanntes und häufiges Leiden, das zum erstenmal in den Schriften von Sophokles beschrieben wird. Man nimmt an, daß Sokrates darunter litt und lieber den Tod wählte, als sich weiteren gerichtlichen Verfahren auszusetzen. Die Opfer haben die Eigenart, mit hoher, quiekender Stimme zu antworten; sie leiden unter plötzlichem Gedächtnisausfall, der oft psychotische Ausmaße annimmt. Häufig mit dem Auftreten von Stigmen verbunden. Differenzierende Diagnose: Paranoide Schizophrenie.«

Ich hatte die schlechte Angewohnheit, sarkastisch zu werden, wollte Marv aber meinen schwarzen Humor nicht zumuten. Mir kam nämlich plötzlich der Ausdruck »gerechtfertigter Totschlag« in den Sinn.

5

Nathans Anwalt John White hatte nichts dagegen, daß ich während Marvs Aussage im Saal blieb, was mich etwas überraschte. Eigentlich mag es die Gegenseite nämlich nicht, wenn ein Zeuge der Aussage eines anderen Zeugen zuhört. Aber – so legte ich mir später zurecht – vielleicht wollte die Verteidigung ja, daß ich sah, was ablief.

White rief Marv Gleason in den Zeugenstand. Ich merkte, wie ich bereits den Atem anhielt, als er aufstand. Aufrecht, Marv. Nicht so gebückt. Verbreite doch das Gefühl von Selbstbewußtsein, auch wenn es nicht der Wahrheit entspricht. Ich seufzte. Das hier war einfach nicht Marvs Ding. Sein Anzug wäre schon in Ordnung gewesen – wenn er gebügelt worden wäre und besser gepaßt hätte. Daß Marv überhaupt nicht auf sein Äußeres achtete, war vor Gericht ein Nachteil. Gerichtsverhandlungen sind Bühnenstücke, und Marv entpuppte sich als ein ganz schlechter Schauspieler. Schon sein Kostüm fiel total aus der Rolle.

»Setzen Sie sich für die Belange von Kindern ein, Dr. Gleason?«

»Ähm, ich . . . ja, . . . ich denke schon.«

»Dann haben Sie sich also schon eine feste Meinung gebildet, ehe Sie mit einem Fall anfangen?«

»Um Himmels willen, nein. Ich . . . das hab ich nicht. Ähm. Nein, selbstverständlich nicht.«

»Aber Sie habe doch gerade zugegeben, daß Sie auf der Seite von Kindern stehen, Dr. Gleason. Sie sind also von Anfang an nicht unvoreingenommen, oder? Denn Sie stehen ja bereits auf der Seite des Kindes, ehe Sie das betreffende Kind überhaupt gesehen haben. Ist das nicht so, Dr. Gleason?«

»Das glaube ich nicht. Ich meine . . . nein, so würde ich das nicht ausdrücken.«

»Dr. Gleason, stimmen Sie mir nicht zu, daß Objektivität bei einer Beurteilung wie dieser enorm wichtig ist?«

»Doch, natürlich.«

»Ah ja . . . und Sie verlangen von diesem Gericht, daß es Sie für objektiv hält, obgleich Sie sich das Wohl von Kindern aufs Banner geschrieben haben – vorbehaltlos.«

»Vorbehaltlos?« Ich konnte sogar von meinem hinteren Platz aus sehen, wie Marv ins Schwitzen kam.

»Vorbehaltlos – und zwar ohne Rücksicht auf die Fakten im jeweiligen Fall.«

»Doch. Ich meine, nein. Ich will sagen . . . so stimmt das nicht . . . ich lasse . . . ich lasse die Fakten nicht außer acht.«

White machte eine Pause und schaute in seine Notizen –

zweifellos, um diesen Redewechsel auf den Richter wirken zu lassen. Zähneknirschend mußte ich sein Gespür für Dramaturgie anerkennen. »Dr. Gleason, lieben kleine Kinder ihre Eltern?«

»Ähm, sicher. Zumindest im allgemeinen . . .«

»Bitte antworten Sie mit ja oder nein, Doktor.«

»Ja.« Ich schloß die Augen. Ich wußte, was jetzt kam – das Spielchen mit den »Zwanzig Fragen«. Wenn – wenn – wenn – wenn – dann. Und dieses »dann« würde Marv mit voller Breitseite erwischen.

»Und glauben Sie, daß kleine Kinder – zumindest ein so kluges Kind wie der sechsjährige Andrew – mitkriegen, daß ein Elternteil mit dem anderen böse ist?«

»Ja.«

»Und wollen kleine Kinder ihren Eltern gefallen?«

»Ja, natürlich.«

»Und ist es möglich, daß ein schlaues Kerlchen wie Andrew damit rechnet, daß es seiner Mutter gefällt, wenn er sich weigert, seinen Vater zu sehen?«

»Ähm, ich . . .«

Tom Gaines, der Anwalt von Sharon, erhob sich. Sharon mochte so hysterisch sein, wie in dem Gutachten behauptet wurde, aber sie hatte ein Näschen für einen guten Anwalt.

»Einspruch, Euer Ehren. Was möglich ist, steht hier nicht zur Debatte. Wir befassen uns mit dem, was wahrscheinlich ist und am ehesten zutrifft. Möglich ist alles.«

Eigentlich hätte man Tom stattgeben müssen, denn er hatte zweifellos recht. Aber bei Fishbein konnte man nie wissen.

»Abgelehnt«, erwiderte er. »Ich würde die Antwort gerne hören.« Bei Fishbein war es schlimmer als in der Football-Liga: Manchmal gewannen sogar die Cheerleader. War der Fehltritt so schlimm, daß Tom Beschwerde einlegen konnte?

Nein, wohl nicht. Fishbein hatte eben die unübertreffliche Fähigkeit, nur solche Fehlentscheidungen zu begehen, daß er gerade noch damit durchkam. Nicht revisibler Rechtsfehler – er war ein Meister darin.

»Dr. Gleason, bitte nur ja oder nein.« White schien merklich angestachelt durch Fishbeins Entscheidung.

»Ähm, ich nehme an, daß es möglich ist, doch.«

»Und ist es nicht auch möglich, daß ein so intelligentes Kind wie Andrew weiß, daß Erwachsene Kinder nicht unsittlich berühren dürfen?«

Tom stand wieder auf. »Ich erhebe wiederum Einspruch gegen diese ganze Art der Fragestellung, Euer Ehren.« Dieser Einspruch war zu erwarten gewesen, denn wenn die Wendung »möglich« nur einmal unzulässig war, war sie das immer. Tom mußte dann nicht bei jeder erneuten Frage aufspringen und damit riskieren, Fishbein zu verärgern, was nur allzu leicht passieren konnte.

»Dann soll es ins Protokoll aufgenommen werden«, bemerkte Fishbein ungeduldig.

Alle warteten auf Marvs Antwort. »Ja«, entgegnete der nur noch kleinlaut.

»Und ist es möglich, daß ein kluges Kind wie Andrew darauf spekuliert, daß ein Erwachsener, der das tut, in ziemliche Schwierigkeiten gerät?«

»Kann schon sein. Wenn er bis dahin gelernt hat, liebevolle von unsittlichen Berührungen zu unterscheiden.«

»Ist es dann möglich, Doktor, ich wiederhole, ist es dann möglich, daß der hier erhobene Vorwurf des sexuellen Mißbrauchs überhaupt nicht wahr ist, sondern daß Andrew ihn sich ausgedacht hat, um seiner geliebten Mutter zu gefallen?«

Natürlich. Immer wieder die gleiche Masche. Das Kind hatte sich die Aussage, von seinem Vater sexuell mißbraucht worden zu sein, einfach zusammengeschustert, weil es glaubte, damit seiner Mutter ganz besonders zu gefallen. Es gab noch eine andere Variante: Mama wußte, daß ihr Kind nicht mißbraucht worden war, redete es ihm jedoch vorsätzlich ein. Bei dieser Version scherte sich die Mutter weder einen Dreck um die Wirkung auf das Kind, wenn sie ihm einredete, sexuell mißbraucht worden zu sein, noch verschwendete sie einen Gedanken daran, wie verwirrend es für das Kind sein mußte zu glauben, daß der Vater inzestuös mit ihm verkehrt hatte. Egal. Hauptsache, man konnte den Vater wegen irgendwas drankriegen. Frauen waren nun mal die Schlechtigkeit in Person.

Ich wußte nie so recht, welche Variante weiter hergeholt war. Obwohl es mit Sicherheit Falschaussagen gab, hatte ich bisher keine Mutter getroffen, die begeistert darüber war, daß ihr Kind von dem einst so vertrauten Ehemann sexuell mißbraucht worden war. Andererseits fragte ich mich, ob die Befürworter von Variante zwei jemals versucht hatten, einem Kind beizubringen, bitte oder danke zu sagen. Man braucht mindestens achtzehn Jahre dazu, und selbst dann sind die Erfolge nicht garantiert.

»Ich glaube kaum . . .«

»Der Zeuge beantwortet die Frage nicht, Eurer Ehren. Es geht doch nur um ein einfaches Ja oder Nein.«

Marv bat darum, die Frage noch einmal vorgetragen zu bekommen – zweifellos, um Zeit zu gewinnen. Die Stenographistin brauchte ein paar Augenblicke, um sie auf ihrem Ausdruck zu finden. Dann las sie mit monotoner Stimme vor: »Ist es dann möglich, Doktor, ich wiederhole, ist es dann möglich, daß der hier erhobene Vorwurf des sexuellen Mißbrauchs überhaupt nicht wahr ist, sondern daß Andrew ihn sich ausgedacht hat, um seiner geliebten Mutter zu gefallen?«

»Ich . . . ähm, ich nehme an, es ist möglich . . . ja.«

Es war nur gut, daß wir uns nicht im Freien aufhielten. Marv war so mausetot, daß er Aasgeier angezogen hätte.

Nachdem Marv erst einmal dazu gezwungen worden war, die Aussage des Sechsjährigen in Zweifel zu ziehen, war es ein reiner Klacks, die Schilderungen der Dreijährigen auseinanderzunehmen. Der Anwalt zwang ihn zum Eingeständnis, daß sich Adrienne möglicherweise von ihrem Bruder beeinflussen ließ und ihm alles nachplapperte.

Als nächstes kam ich an die Reihe und war so richtig in Fahrt, konnte mein Adrenalin bis in die Fingerspitzen fühlen. Zuzusehen, wie Marv auseinandergenommen und gevierteilt wurde, hatte meine Niedergeschlagenheit verfliegen lassen. Es war mir einfach zuwider, wie jemand so fertiggemacht werden konnte. Am liebsten hätte ich gebrüllt: Sucht euch doch einen gleichstarken Gegner. Ich wollte nur noch in den Ring und losschlagen. Ich würde es ihnen schon zeigen. Immer hatte ich so ein seltsames Selbstvertrauen, daß ich die Bessere war. Manchmal stimmte es.

Am liebsten wäre ich über die Absperrung gesprungen, die zwischen Teilnehmern und Zuschauern stand, aber das hätte wohl nicht gerade einen guten Eindruck hinterlassen. Statt dessen öffnete ich langsam die Pforte. Erfahrungsgemäß lief ich doppelt so schnell, wie ich annahm – wegen des Adrenalins. Deshalb zwang ich mich, quälend langsam zur Zeugenbank zu schreiten. Ich ging weder gebeugt noch stark steif. Mir war klar, daß ich vom Moment des Aufstehens an im Rampenlicht stand.

Ich erhob die Hand zum Eid. Jeder im Gerichtssaal war durch das Hinrichtungsspektakel, das die Verteidigung mit Gleason veranstaltet hatte, hellwach und wollte sehen, wer nun dran war. Sogar Fishbein schaute zu mir herüber und hob die Brauen. Er war von kleiner Statur, obwohl das keiner für möglich hielt, der ihn nur bei Gericht erlebte. Ähnlich wie bei meiner Mama war es seine Art, die bewirkte, daß man ihn für groß hielt. Er hatte eine hohe Stirn und einen Bürstenhaarschnitt, der so altmodisch war, daß man ihn schon wieder für schick halten konnte – fast punkig. Ich hatte ihn schon immer mal fragen wollen, ob er bei der Navy gewesen war. Ich hatte mal im Rahmen eines Falls auf einer Marinebasis zu tun und dort den Eindruck gewonnen, daß jeder Soldat klein und drahtig war und irgendeinen Komplex hatte.

Ich nahm einen ruhigen, freundlichen Ich-will-ja-nur-helfen-Ausdruck an und lächelte in Richtung Fishbein. Nur nicht zu dick auftragen. Ich kam ganz gut mit ihm zurecht, weil ich als pragmatischer Typ galt. Theoretiker und Quasselköppe hatten bei Fishbein nichts zu lachen. Natürlich war ich mit der Hälfte seiner Entscheidungen nicht einverstanden, aber das wußte er nicht. Es verstieß gegen die Regeln, mit Richtern über die Fälle zu reden, es sei denn über formell zugelassene Beweise.

Ich setzte mich und nahm meine Notizen heraus, legte sie mir so zurecht, daß ich rasch Einsicht nehmen konnte, beugte mich vor und sah erwartungsvoll auf. Ich war vor dem Prozeßpfleger der Kinder als Zeuge aufgerufen worden, da ich die Gutachten über die beiden in seinem Auftrag erstellt hatte. Der Prozeßpfleger wurde vom Gericht als rechtlicher Vormund der Kinder bestimmt, um ihre Interessen bestmöglich zu vertreten. Manche machten ihre Sache gut, andere schlecht. Der Prozeßpfleger in diesem Fall, Arthur Morrison, war eine Edelausführung und einer der wenigen Lichtblicke in dem ganzen Fall.

Etwas war merkwürdig an diesem Fall. Normalerweise wird mein Gutachten von einer der beiden Seiten – Kläger oder Angeklagter – anerkannt. Wenn ich sage, der Fall ist ein

Schwindel, ist der mutmaßliche Täter froh. Wenn ich sage, daß der vermutete Mißbrauch stattgefunden hat, wird der unschuldige Elternteil unterstützt. Dieser Fall jedoch war so verrückt, weil beide Seiten meinem Gutachten nicht zustimmten und beide vorhatten mich anzugreifen.

Die Mutter behauptete immer noch, die ganze Sache sei vom Vater inszeniert worden, um sie schlechtzumachen, und sie war wütend, daß ich die Enthüllungen der Kinder für wahr hielt. Ich war ziemlich sicher, daß Tom Gaines, ihr Anwalt, nicht glaubte, daß alles nur eine Intrige des Vaters war, aber er schien wenig davon zu halten, die Mutter mehr als nötig in die Anklage einzubinden. Er wußte nur zu gut, wie oft Müttern vorgeworfen wurde, die Mißbrauchsbeschuldigung, die während eines Sorgerechtsverfahrens auftauchte, erfunden zu haben.

Der Vater war natürlich mit meiner Beurteilung genausowenig einverstanden, da ich ihn ja nun mal beschuldigte, ein Kinderschänder zu sein. Das alles erschien mir ziemlich merkwürdig. Ich war meines Wissens bisher die einzige meines Fachs, die in einem Sorgerechtsverfahren von beiden Seiten angegriffen wurde.

Arthur Morrison war ein rührender und gewissenhafter Mann von Anfang Sechzig, der vor Urzeiten an der Jefferson Universität studiert hatte. Nach dem Tod seiner Frau im letzten Jahr hatte er seine erfolgreiche Kanzlei in Boston aufgegeben und sich hier, in der Nähe seiner alten Alma Mater, niedergelassen. Schon nach einigen Monaten langweilte er sich und fing an, bei Kindesmißbrauch in Scheidungsfällen als Prozeßpfleger zu arbeiten. Einen wie ihn konnte man in dem Bereich gut brauchen. Er war jemand mit großer juristischer Erfahrung, der gleichzeitig die Ausstrahlung eines gebildeten Bostoner Seniorpartners aus angesehenster Anwaltskanzlei hatte. Wenn er ein Kind vertrat, benutzte er denselben Ton, den er für die Vertretung von hochkarätigen Konzernen benutzt hatte, und die Richter hörten ihm zu.

Ich mochte Arthur. Er hatte meine ablehnende Haltung gegenüber dem Amerika der Großunternehmen etwas ins Wanken gebracht. Schon seit Jahren, so erzählte er mir mal, hatte er etwas Sinnvolleres tun wollen, als nur dem Alltagsgeschäft nachzugehen, aber irgendwie nie den Absprung gefunden. Die Pensionierung und der Tod seiner Frau waren für ihn die Wendepunkte, diesen langgehegten Wunsch endlich zu verwirklichen. Er wolle damit ein Zeichen setzen, sagte er, so blöde das auch klänge.

Ich warf ihm einen Blick zu. Arthur stand völlig gelassen an dem Podest zwischen den Tischen der Klägerpartei und des Beklagten. Sharon dagegen sah aus, als stände sie kurz vor einem Ohnmachtsanfall. Sie trug ein langes Seidenkleid mit unauffälligem Muster – und ich wäre jede Wette eingegangen, daß sie es extra für diesen Anlaß gekauft hatte. Es paßte eigentlich nicht ganz zu Sharon, sah eher aus wie eine Mischung aus einem Kleid, das sie selbst bevorzugte, und einem, zu dem Tom ihr geraten hatte.

Ich finde seit Jahren, daß die Modenschauen alles falsch machen. Dort zeigt man Kleider für Abendveranstaltungen, Hochzeiten und dergleichen. Irgendwann organisiere ich auch mal eine Modenschau, aber für andere Anlässe. Was zieht man zum Scheidungstermin an? Was trägt man, wenn man zu einem Sorgerechtsverfahren vor Gericht muß? Wie kleidet man sich, wenn man Geld unterschlagen hat oder betrunken Auto gefahren ist? Die feinen Unterschiede in der Garderobe können ausschlaggebend für den Ausgang solcher Verfahren sein. Was trägt man, um »der Anderen« gegenüberzutreten? Was trägt man, wenn man selbst »die Andere« ist?

Sharons Anwalt jedenfalls hätte einen Kleidungstip gut

gebrauchen können. Ohne Zweifel hatte er Sharons Outfit beeinflußt, aber sogar ich, die über Männermode ungefähr so viel wußte wie über die Vermehrung von Weichtieren, konnte sehen, daß er mindestens zehn Jahre hinter der aktuellen Mode lag. Es war für einen, der so viel weg war wie Tom, ohnehin schwierig, in dieser Hinsicht auf dem laufenden zu bleiben. Doch in einer Welt, in der Dicksein als Todsünde galt, war Tom unglaublich dickfellig. Mit ihm essen zu gehen, war jedenfalls nichts für Leute mit empfindlichem Magen.

Zu meiner Rechten saßen Nathan und sein Anwalt John White: Zwei, die sich glichen wie ein Ei dem anderen. Beide waren typisch männliche »WASPs« (weiße angelsächsische Protestanten), beide waren auf Erfolg gepolt, beiden stand das Wort Karriere ins Gesicht geschrieben. Also die totalen Gegensätze von Tom, dennoch mußte sich White hüten, ihn zu unterschätzen. Tom spielte nur gerne den Verschlafenen, war aber in Wirklichkeit hellwach.

Arthur hatte eine Liste mit Fragen vor sich, die er mir stellen würde und die ich bereits kannte, weil ich sie selbst aufgeschrieben hatte. Arthur blickte auf und sah mich nachdenklich an. Vielleicht war er noch nicht so recht daran gewöhnt, daß der Zeuge selbst die Fragen vorgab. Ich hatte aber die Erfahrung gemacht, daß die meisten Prozeßpfleger in Strafverfahren froh darüber waren, weil sie nicht besonders viel Zeit und oft einen Berg von Fällen auf dem Schreibtisch hatten. Ich schrieb die Fragen auf, weil ich am besten sagen konnte, was ich über den Fall wußte und was nicht. Der Prozeßpfleger wußte weder das eine noch das andere, so daß es mir schon passiert war, Antworten auf Fragen parat gehabt zu haben, die letztlich keiner stellte, was mich nicht besonders glücklich gemacht hatte.

»Dr. Stone«, begann er, »würden Sie dem Gericht bitte

Ihren beruflichen Werdegang schildern.« Ich wollte mich zunächst als Expertin qualifizieren. Gewöhnlich ging die Gegenseite zwar davon aus, daß ich kompetent war, aber es war mir wichtig, das ganz ausdrücklich zu unterstreichen. Es war einfach besser, der Richter oder die Geschworenen hörten meine Referenzen, als sie stillschweigend vorauszusetzen.

Normalerweise machte ich mir überhaupt nichts aus solchen Sachen, aber vor Gericht erkaufte man sich damit seine Glaubwürdigkeit. Also langweilte ich alle ordentlich mit jedem einzelnen medizinischen Praktikum, Forschungsstipendium, Lehrauftrag, mit jeder Auszeichnung, allen Referaten und Vorträgen, die irgendwann einmal in meinem Berufsleben eine Rolle gespielt hatten. Klar, daß Fishbein dies alles schon mal gehört hatte, aber das war mir egal. Doppelt genäht hält besser.

Andrew kam zur Begutachtung der Kinder. »Gehen Sie nach einem Protokoll oder einem festgelegten Schema vor, wenn Sie angeblich sexuell mißbrauchte Kinder befragen?« Ich skizzierte mein Befragungsprotokoll, das ich für die Gutachten bei mutmaßlichen Opfern von Kindesmißbrauch benutzte. Dabei legte ich die Betonung auf »mutmaßlich«. Ich hatte die Mitschriften meiner Gespräche dabei, und Arthur setzte durch, daß sie als Beweismittel zugelassen wurden. Sie waren die Grundlage meiner Gutachten, und wir hatten uns abgesprochen, daß er mich bitten wollte, dem Gericht die entscheidenden Passagen daraus vorzulesen und meine Fragen zu erläutern.

Als nächstes kam der Teil, der der gegnerischen Partei den Wind aus den Segeln nehmen sollte. »Haben Sie außer der Möglichkeit des sexuellen Mißbrauchs auch andere Hypothesen in Erwägung gezogen, die als Erklärung für die Enthüllungen der Kinder in Frage kommen könnten?«

»Ja, das habe ich.« In allen Einzelheiten ging ich etwaige Interpretationsansätze für die Enthüllungen der Kinder durch. Ich prüfte die Annahme, daß die Mutter den Kindern beigebracht hatte, was sie sagen sollten, erwog den Umstand, daß sich die Kinder ohne Wissen der Mutter etwas ausgedacht hatten, was diese hören wollte. Ich zog sogar die Möglichkeit in Betracht, daß sie ihre Beschreibungen aus Erwachsenenfilmen abgeschaut hatten bzw., daß sie den richtigen Tatbestand, jedoch den falschen Täter meinten. Kurzum: Ich ging jede erdenkliche Erklärungsalternative durch und demonstrierte, warum keine davon zu diesem Fall paßte.

Ich schloß auf Arthurs Bitte mit einer Zusammenfassung der gängigen Forschungsergebnisse zu Fällen von Kindesmißbrauch und zu Falschaussagen. Dabei stellte ich jedes nur mögliche Gegenargument auf und entkräftete es.

Während meiner gesamten Aussage bemühte ich mich, sehr langsam zu sprechen, denn wenn ich einmal in Fahrt bin, klinge ich oft wie Robin Williams – nur leider ohne dessen Witz.

Arthur und ich waren kein schlechtes Team. Wir hatten erst bei zwei Fällen zusammengearbeitet, aber unser Teamwork schien jedesmal besser zu funktionieren. Er blieb seiner Rolle treu und stellte genau die Fragen, die ich brauchte, um sagen zu können, was ich wußte. Arthur reichte mir den Mörtel, und ich setzte die Steine zusammen. Speziell in diesem Fall kam es darauf an, die Festung so robust wie nur möglich zu machen, damit ihr die feindliche Artillerie nichts anhaben konnte. Ich versuchte, wie es in einem Märchen so schön heißt, das Haus aus Steinen und nicht aus Stroh oder Zweigen zu bauen, und nun wartete ich auf den Wolf.

Es war mir zwar sehr unrecht, daß ich einer Frau mit der geistigen Stabilität eines Federballs zum Sorgerecht für ihre kleinen Kinder verhelfen sollte, aber eine neurotische Mutter war für Adrienne und Andrew immer noch besser als ein Kinderschänder. Außerdem hatte ich noch deutlich Sharons Hände vor Augen – verglichen mit allem anderen war sie eine verdammt gute Mutter.

Der Anwalt der Klägerpartei mußte mich als erster befragen. Sharon hatte die Scheidung eingereicht, also war sie die Klägerin. Tom Gaines erhob sich nur wenig von seiner Bank. »Keine Fragen, Euer Ehren.« Ich war überrascht. Seit Monaten hatte mir Sharon angedroht, daß mich ihr Anwalt auf ihr Betreiben hin im Zeugenstand kreuzigen würde. Sharon starrte ihn düster an. Tom dagegen faltete die Hände einfach über seinem ausladenden Bauch und sah nicht zu ihr hin. Es kam mir so vor, als wäre meine Befragung ein besonderer Streitpunkt zwischen den beiden gewesen. Aber mir erschien Toms Verhalten nur konsequent. Er ließ sich von Sharon nicht seine juristische Strategie vorschreiben. Offensichtlich war er weiterhin der Ansicht, daß sich seine Seite raushalten solle.

Die Verteidigung agierte natürlich anders. Nathan Southworths Anwalt war ohnehin die eigentliche Bedrohung, denn er verteidigte den Vater, und der war ja schließlich des sexuellen Mißbrauchs bezichtigt worden. Ich hatte Nathans Anwalt bisher noch nie gesehen. Ich wußte nur, daß er White hieß und aus einer der großen Anwaltskanzleien in Burlington kam. Er war hochgewachsen und hatte das kantige Gesicht eines Neuengland-Mannes.

Ganz bewußt beugte ich mich genauso ruhig, freundlich und hilfsbereit vor, wie ich es getan hatte, als Arthur aufgestanden war. Marv hatte seinen ersten Fehler begangen, ehe er überhaupt den Mund aufgemacht hatte. Er war körperlich zurückgeschreckt, als der Verteidiger aufgestanden war. So, als käme ihm eine Riesenkobra auf dem Boden entgegengekrochen. Natürlich hatte er Fishbein damit sofort signalisiert, daß er voreingenommen war und nicht der Typ von unparteiischem Experten, den Richter gerne sehen.

Ich schaute dagegen den Verteidiger einfach ruhig an, als er auf mich zukam, wich seinem Blick nicht aus, trank weder nervös aus meinem Wasserglas, noch rutschte ich auf dem Stuhl hin und her. Ich zeigte mein hilfsbereites Gesicht, das so viel sagen sollte wie: Ich bin hier, um Informationen beizusteuern, und will gerne alle Ihre Fragen beantworten.

Mir war von vornherein klar, daß es nur drei Möglichkeiten gab, einen Sachverständigen anzugreifen. Er konnte meine Unvoreingenommenheit in Frage stellen, meine Kompetenz oder aber die Informationen, auf die ich mein Gutachten stützte. In allen drei Fällen würde er wahrscheinlich wieder das Spiel der zwanzig Fragen spielen – würde mich zu überrumpeln versuchen, indem er mir scheinbar harmlose Fragen stellte. Wenn man dann darauf ganz normal und arglos antwortete, stand man unversehens am Abgrund, und der Absturz kam blitzschnell. Auf diese Art hatte White die Unvoreingenommenheit und Kompetenz von Marv torpediert. Er würde bei mir nichts anderes versuchen, höchstens eine neue Variante.

»Frau Dr. Stone, teilen Sie Dr. Gleasons Haltung über die Verteidigung von Kindern?« Geschickt formuliert. Man konnte kaum anders, als das zu bejahen. Jeder mit meinem Berufsbild mußte ja für Kinder eintreten.

Ich machte ein nachdenkliches Gesicht. »Ich weiß nicht, worauf Sie mit dem Ausdruck ›Verteidigung‹ zielen, auch nicht, was Dr. Gleason mit seiner Antwort meinte. Wenn Sie damit sagen wollen, daß ein Anwalt für Kinder jemand ist, der glaubt, daß alle Kinder die Wahrheit sagen und daß falsche Aussagen nie vorkommen, ist die Antwort ›nein‹.

Wenn Sie damit aber jemanden bezeichnen, der Gerechtigkeit für diejenigen Kinder erreichen will, die wirklich sexuell mißbraucht wurden, ist die Antwort ›ja‹.«

Ich machte mich auf weitere, ähnliche Angriffe gefaßt. »Meine Definition von Verteidigung beinhaltet nichts, das mich dazu verleiten würde, die Fakten außer acht zu lassen. Für mich ist entscheidend, ob ein Kind mißbraucht worden ist oder nicht, und das allein bestimmt meine Argumentation.« Aber zu dieser Aussage kam ich gar nicht. Der Verteidiger des Beklagten ließ diesen Punkt fallen. Was für ein merkwürdiger Beruf, in dem man an den Fragen, die nicht gestellt wurden, feststellen konnte, wie gut man war.

»Frau Dr. Stone, halten Sie Dr. Gleason für einen kompetenten Kliniker?«

»Ja, allerdings.«

»Und haben Sie Grund dazu, seiner Behauptung zu widersprechen, daß Kinder ihre Eltern lieben?«

»Tut mir leid.« Ich machte ein verlegenes Gesicht. »Ich weiß wieder nicht genau, worauf diese Frage zielt. Meinen Sie, ob ich genau derselben Ansicht bin wie er oder ob ich glaube, daß er ein Recht hat, auf seiner Meinung zu beharren?«

»Lassen Sie es mich genauer ausdrücken, Dr. Stone. Lieben kleine Kinder ihre Eltern?«

»Es kommt darauf an.«

»Bitte beantworten Sie diese Frage einfach mit ja oder nein.«

»Ich stehe unter Eid und muß die Wahrheit sagen. Ich kann auf diese Frage weder mit einem einfachen ›ja‹ noch mit einem ›nein‹ antworten.«

»Euer Ehren, die Zeugin geht nicht auf die gestellte Frage ein.«

»Das ist nicht korrekt, Mr. White. Wenn die Zeugin nicht

guten Gewissens mit ja oder nein antworten kann, müssen Sie ihr gestatten, auf ihre Art zu antworten.«

Es blieb ihm keine Wahl. »Worauf kommt es an?«

»Auf die Umstände. Die meisten Kinder lieben ihre Eltern und haben eine enge Bindung an sie. Einige traumatisierte Kinder lieben ihre Eltern jedoch nicht. Es kommt also ganz auf den Einzelfall an.«

»Liebt Andrew denn seine Mutter?«

»Andrew liebt beide Elternteile.«

»Beantworten Sie die Frage, Doktor.«

»Das habe ich meiner Ansicht nach.«

»Würde ein Kind, das seine Mutter so liebt wie Andrew, ihr einen Gefallen tun wollen?«

»Ja und nein.«

»Euer Ehren, diese Frage kann nun wirklich mit ja oder nein beantwortet werden. Die Zeugin weicht aus.«

Arthur erhob sich. »Die Zeugin weicht nicht aus, Euer Ehren. Wenn ihr die Verteidigung nur die Möglichkeit geben würde, ihre Antwort zu erklären, wird sich herausstellen, daß sie die Frage beantwortet. Mr. White mag die Antworten nur nicht, die er bekommt. Er versucht deshalb, die Zeugin zu zwingen, parteiische, unvollständige und ungenaue Antworten zu geben oder – wenn er das nicht selbst schafft – das Gericht dafür zu benutzen.«

Ich wußte nicht so recht, warum er mir zu Hilfe kam. Ich fand nicht, daß ich mich so schlecht schlug. Es geht mir generell gegen den Strich, wenn mir Anwälte vor Gericht beispringen, weil es für mich ein Zeichen dafür ist, daß sie mir nicht zutrauen, allein zurechtzukommen. Mir schien, Arthur hatte da etwas verwechselt. Marv war derjenige, der Hilfe gebraucht hätte, nicht ich, und Sharons Anwalt war der einzige, der ihm hätte helfen können. Vielleicht fand Arthur ja Marvs Lage so hoffnungslos, daß nichts mehr zu retten war. Dennoch ärgerte es mich, daß er glaubte, mir beispringen zu müssen.

»Mr. White, bis jetzt ist nicht bewiesen, daß die Zeugin die Frage nicht beantwortet«, sagte Fishbein. »Ich würde gern ihre vollständige Antwort hören.«

»Sicher wollen Kinder, die ihre Eltern lieben, ihnen manchmal einen Gefallen tun. Aber wie alle Eltern wissen, tun sie auch oft ganz bewußt Dinge, die ihren Eltern nicht passen.«

»Ist es möglich, Frau Dr. Stone, daß Andrew wußte, daß es seiner Mutter gefallen würde, wenn er sich weigerte, den eigenen Vater zu sehen?«

»Möglich ist alles, Mr. White. Möglicherweise lebt Elvis noch.«

»Also bitte, Frau Dr. Stone. Glauben Sie nicht, die Wahrscheinlichkeit ist größer, daß Andrew versuchte, seiner Mutter zu gefallen, als daß Elvis noch lebt?«

Jetzt war es an mir, eine dramatische Pause einzulegen. »Keine Ahnung. Ich möchte mir kein Urteil über die Wahrscheinlichkeit erlauben, daß Elvis noch lebt.« Der Gerichtsdiener lachte. Ich nahm derweil einen Schluck Wasser und bemühte mich, den triumphierenden Blick in meinen Augen loszuwerden. Als ich wieder aufsah, war das Blitzen verschwunden, und ich guckte wieder ernst und etwas reumütig aus der Wäsche. Ich warf einen Blick auf Fishbein. Er schaute noch immer in seine Notizen, aber ich sah ein Zucken um seine Mundwinkel.

Wieder wechselte der Verteidiger das Terrain. »Frau Dr. Stone, stimmt es nicht, daß Kinder höchst beeinflußbar sind?«

»Nein, die Wahrheit ist viel komplexer. Sicher sind sie in mancher Hinsicht leicht zu beeinflussen, in anderer dagegen weniger. Zum Beispiel kann man ihnen leicht einreden, was jemand getragen hat, viel weniger hingegen, was dieser jemand getan hat. Ein Kind ist vielleicht kein besonders verläßlicher Zeuge in bezug auf die Krawatte, die ein Kinderschänder trug, aber es kann sich gut an die Einzelheiten der Belästigung erinnern.«

»Ist Ihnen die Arbeit von Sauci vertraut?«

»Ja.«

»Hat er in ›Auge in Auge‹ nicht bewiesen, daß man Kinder mit Leichtigkeit zu der Falschaussage bewegen kann, daß sie mißbraucht wurden?«

»Ich entnehme meine Information eigentlich eher wissenschaftlichen Schriften, nicht Fernseh-Talkshows. Und ich kann Ihnen an diesem Beispiel auch demonstrieren, warum. Wenn Sie sich die Ergebnisse genauer anschauen, die Sauci im Fernsehen so unbekümmert beschrieben hat, entdecken Sie, daß die eine Untersuchung nur auf vier Testpersonen basiert. Seine Behauptungen wirken zwar gut in den Medien, sind aber wissenschaftlich gesehen mehr als dürftig.«

Das sind nun mal die Risiken, wenn man die Zeugen der Gegenseite nicht zu allem vorher anhört. White hätte mir diese Fragen während der Vorphase stellen können, dann hätte er gewußt, sie vor Gericht lieber zu unterlassen. Aber er wollte sich nicht in die Karten blicken lassen. So etwas kann schnell zum Eigentor werden.

Er ging zurück an seinen Tisch. »Einen Augenblick, Euer Ehren.« White durchwühlte seine Unterlagen und dachte nach. Ich wußte genau, was ihm in diesem Augenblick durch den Kopf ging. Ein rascher K.o. war nicht mehr drin. Entweder konnte er an dieser Stelle abbrechen, den angerichteten Schaden begrenzen und hoffen, daß er mich mit seinem Sachverständigen widerlegen konnte. Oder er konnte mich zwei Tage lang malträtieren und hoffen, daß ich zusammenbrechen, die Fassung verlieren oder irgendeine andere Dummheit begehen würde.

Ich hatte keine Ahnung, worauf es hinauslief. Whites Entscheidung hing von vielen Dingen ab: Wieviel Zeit er dem Fall eingeräumt hatte, wieviel Geld sein Mandant hatte, welche anderen Fälle anstanden, ob er einfach von Natur aus hartnäckig war und nicht zuletzt, ob er glaubte, daß er mit seiner Befragungsmethode schließlich Erfolg haben würde oder nicht. Wenn er mich zwei Tage lang auf diese Weise weiter bearbeitete und am Ende nichts dabei herauskäme, wäre das ein Riesenflop für ihn.

White hörte auf, in den Unterlagen herumzublättern, und kam auf mich zu. Direkt vor mir blieb er stehen, faltete die Arme, legte den Kopf etwas zurück und sah mich einen Augenblick lang an. Ich legte die Fingerspitzen – Handflächen aneinander gedrückt – unter mein Kinn, hob fragend die Augenbrauen und versuchte, eine wohlwollende Miene zu machen. Ich überlegte eine Sekunde, ob ich lieber besorgt aussehen sollte, entschied aber, daß es jetzt zu spät war, den Gesichtsausdruck zu wechseln. Deshalb erwartete ich einfach die nächste Frage. Es empfiehlt sich nicht, vor Gericht etwas Impulsives zu machen. Es ist besser bei einer Sache zu bleiben, als zwischen den Stühlen zu sitzen.

White lächelte, nickte mir leicht zu, so daß es nur jemand bemerkte, der genau hinsah, und wandte sich schließlich ab. »Keine weiteren Fragen«, sagte er.

Ich konnte gehen. Verdammt. Ich wollte doch weitermachen. Es war immer das gleiche. Entweder ich stand zehn Minuten oder zwei Tage im Zeugenstand. Und jedes verdammte Mal mußte ich mich auf zwei Tage vorbereiten, was mich dann mit so viel angesammeltem Adrenalin sitzenließ, daß ich Marathon hätte laufen können. Bestimmt brauchte ich den ganzen Tag, um mich wieder zu beruhigen.

Am Morgen hatte ich den verzweifelten Wunsch gehabt, diese ganze traurige Angelegenheit möge bald vorüber sein. Doch jetzt fühlte ich mich, als hätte man mich mitten in der Aufwärmphase aus dem Ring geworfen. Ich wollte wieder rein, herumtänzeln und noch ein paar Schläge parieren. Ich wollte ein paar Angriffe abwehren. Ich wollte noch einen Schlagabtausch. Aussagen im Zeugenstand, so heißt es, sind die einzige Art von Mannschaftssport in den Sozialwissenschaften, und Mannschaftssport hatte ich von klein auf gemocht.

6

Während der nächsten zwei Tage hörte ich mir die Experten der Verteidigung an. Tom Gaines, Sharons Anwalt, hatte mich gebeten, dazubleiben und als Widerlegungszeugin zur Verfügung zu stehen. Typisch für die ganze verfahrene Angelegenheit war, daß es Tom nicht im Traum eingefallen wäre, mich als seine Zeugin aufzurufen, sondern nur, um die Zeugen von Nathan zu widerlegen. Seine Logik war leicht nachzuvollziehen. Toms Ziel bestand darin, seine Mandantin so weit wie möglich von der Anklage des sexuellen Kindesmißbrauchs zu distanzieren. Mit der habe seine Mandantin, so Toms Behauptung, nichts zu tun, und sie unterstütze diese nicht einmal.

Andererseits mußten die Zeugen der Verteidigung ja irgend jemand für die Mißbrauchsklage verantwortlich machen. Wahrscheinlich würden sie der Mutter die Schuld geben, und dann müßte Tom sie verteidigen. Es würde schwer sein, mir eine Beeinflussung der Kinder anzuhängen: Ich hatte meine Gespräche sorgfältig aufgezeichnet. Mütter dagegen nahmen die Unterhaltungen mit ihren Kindern natürlich nicht auf Tonband auf, deshalb waren sie solchen Beschuldigungen leichter ausgesetzt. Tom wollte etwas Unterstützung von mir beim Abwehren der zu erwartenden Verdächtigungen gegen Sharon.

Die zwei Tage wollten nicht vergehen. Die »Experten« hämmerten Fishbein die Auffassung ein, daß kleine Kinder zu unzuverlässig seien, um ihnen irgendeine objektive Aussage zutrauen zu können. Sie glaubten ja auch an den Weihnachtsmann und den Osterhasen. Ich wollte dazwischenrufen: »Das ist doch absurd. Der Weihnachtsmann ist eine Erfindung unserer Kultur. Wir kleiden Männer in rote Mäntel mit Kapuze und setzen ihnen Kinder auf den Schoß. Woher sollen die Kleinen denn wissen, daß der bärtige Typ im roten Mantel nicht der Weihnachtsmann ist, wo es doch jeder behauptet? Das Entscheidende ist doch, daß es diesen Mann mit weißem Rauschebart wirklich gibt.« Aber ich verkniff mir diesen Kommentar.

Sharon wirkte so, als wolle sie gleich aufspringen. Sogar von hinten im Saal konnte ich feststellen, daß sich ihr Zustand mit jedem neuen Zeugen verschlimmerte. Sie wurde immer unruhiger und aufgebrachter. Häufig beugte sie sich zu Tom herüber, um ihm etwas zuzuflüstern. Mehrere Male bemerkte ich, wie dieser ihr dann die Hand auf den Arm legte und sie beruhigend tätschelte, während er ihr antwortete.

Nathans Körpersprache wirkte dagegen zunehmend selbstsicher – und das leider zu Recht. Der Zeitgeist stand auf seiner Seite, das war mir klar. Nathan Southworth hatte den Kampf um die öffentliche Meinung bereits gewonnen, denn stets gab es irgendwelche »Experten«, die den Leuten das intellektuelle Gerüst für das lieferten, was sie hören wollten. Wie hieß doch gleich jene »Krankheit«, die vor dem Bürgerkrieg von Doktoren diagnostiziert wurde? Der »Hang der Sklaven davonzulaufen« – daran hatte sich bis zum heutigen Tage wenig geändert.

Die Zeugen jedenfalls plauderten weiter. Man benötige eine objektive Erhärtung der Indizien, forderten sie, um sicher sein zu können, daß die Mißbrauchsklage auch stichhaltig sei. Und ihre Auffassung von objektiver Erhärtung schloß die Aussage eines weiteren Kindes natürlich nicht ein. Sie wollten zwingendere Beweise, wie zum Beispiel Fotos oder Videobänder. Ohne derartige Fakten, so behaupteten sie, könne man nicht sicher sein, ob das Kind nicht nur nachplapperte, was der bevorzugte Elternteil hören wollte.

Natürlich! Die meisten Kinder glauben doch, daß Mutter bzw. Vater entzückt sein würden zu hören, daß der jeweils andere Elternteil sie sexuell mißbraucht hat. Ganz nebenbei: Es war so eine bequeme Theorie. Die wenigsten Kinderschänder hielten ihr Delikt in Fotos fest, weshalb es auch nicht sehr häufig zu Verurteilungen kam. Es war nebensächlich, daß die Kinder zum Abschuß freigegeben wurden, wenn man erhärtende Beweise einforderte. Hauptsache, die Experten klangen plausibel und standen am Ende gut da.

Der letzte Zeuge der Verteidigung war ein Psychologe namens Jamison. Er war gewöhnlich der letzte, der ins Wortgefecht geschickt wurde – ein verbaler Schläger, der gnadenlos aufräumte. Seine Aufgabe bestand darin, die Läufer ins Spiel zu bringen, wovon sie zweifellos mehrere in petto hatten.

Er war ein massiger Mann in schickem, weißen Anzug, ging am Stock und hinkte leicht. Immer wenn er sich auf den Weg in den Zeugenstand machte, schien dieses Hinken schlimmer zu werden. Seine Kleidung gab mir Rätsel auf. Sollte sie an Tennessee Williams erinnern? Oder an Casablanca? Er ließ sich langsam nieder, fast majestätisch, und schien den gesamten Zeugenstand auszufüllen. Das lag nicht nur an seiner Körperfülle. Er hatte auch etwas Wichtigtuerisches an sich, das mich verrückt machte. Heiße Luft brauchte eben viel Platz.

Jamison hatte in über fünfhundert Fällen ausgesagt – das behauptete er jedenfalls – und nicht ein einziges Mal das fragliche Kind für glaubwürdig befunden. Natürlich nicht. Er wurde immer von der Gegenseite ins Spiel gebracht, und rein zufällig war er immer der Meinung derjenigen, die ihn hinzugezogen hatten. Was hatte ich nur in einem Berufszweig verloren, in dem es mehr Prostituierte gab als in Las Vegas?

»Dr. Jamison, könnten Sie dem Gericht die Liste Ihrer Veröffentlichungen vortragen?«

»Aber gern.« Was er allerdings verschwieg, war die Tatsache, daß sie allesamt in seinen eigenen Rundschreiben veröffentlicht waren. Ich stellte mir insgeheim vor, ein Pflaster über dem Mund zu haben.

»Haben Sie alle schriftlichen Aussagen und das zur Verfügung stehende Beweismaterial dieses Falles eingesehen?«

»Jawohl.«

Na klar hatte er – für dreihundertfünfzig Dollar die Stunde. Es kursierte das Gerücht, daß er sich viel Zeit dafür nahm.

»Haben Sie sich ein Urteil gebildet, wie wahrscheinlich es ist, daß Dr. Southworth sein Kind sexuell mißbraucht hat?«

»Ja.«

»Und wie sieht das aus?«

»Es handelt sich hier um einen ganz klassischen Fall, dem Paradefall eines Syndroms von ehelicher Zurückweisung. Zweifellos glauben die beiden Kleinen, Andrew und Adrienne, daß sie mißbraucht worden sind, aber es gibt keinerlei handfeste Beweise dafür. Kinder mit diesem Syndrom lügen nicht, sie sind nur völlig verwirrt.« Ich konzentrierte mich auf mein Pflaster. Man kann im Gerichtssaal ja nicht einfach aufstehen und losschreien.

Jamison wäre mit seiner abstrusen Behauptung, daß die Kinder nicht sexuell mißbraucht wurden, vor einer Strafkammer nie durchgekommen. Dort hatten ausschließlich die Geschworenen das Recht, zu entscheiden, ob das Kind vom Angeklagten mißbraucht worden war oder nicht. Es war nicht die zentrale Streitfrage, und niemand außer den Geschworenen durfte direkt dazu Stellung nehmen. Aber selbst vor der Strafkammer hätte Jamisons Aussage dasselbe Ergebnis gehabt. Hier hätte er nur behauptet, daß die Befragungen für die Gutachten verfänglich und beeinflussend waren und man ihnen deshalb nicht trauen konnte. Er hätte damit angedeutet, was den Geschworenen natürlich nicht verborgen geblieben wäre, daß er nicht glaubte, daß die Kinder mißbraucht worden seien.

»Hysterische und böswillige Mütter – und es steht in diesem Fall fest, daß die Mutter der Kinder eine sehr kranke Frau ist – ziehen oft über ihren Gatten her, und lösen dabei unter Umständen bei Kindern die Überzeugung aus, vom Vater mißbraucht worden zu sein, auch wenn es so nicht stimmt. Wir nennen das ›folie à deux‹.«

Wie bitte? Folie à deux? Gemeinsame Wahnvorstellungen? Jetzt behauptet er auch noch, daß die Kinder Psychoten seien. Dabei hat der Scheißkerl sie nie kennengelernt. Ganz zu schweigen davon, daß er in allen Fällen, zu denen er Stellung nimmt, behauptet, die Kinder würden etwas Falsches aussagen. Es scheint ja nur so zu wimmeln von ›folie à deux‹.

Das imaginäre Pflaster reichte nicht mehr aus. Ich stellte mir eine dicke Glaswand zwischen mir und Jamison vor. So eine, hinter die man den Nazi-Schergen Eichmann während seines Prozesses gesteckt hatte. Kugelfest, raketensicher. Es hatte keinen Sinn, mich mit meinem schwachen Körper auf ihn werfen zu wollen. Ich kam nicht durch, auch wenn ich es versuchte. Bei dieser Vorstellung ließ die Verlockung, etwas Unüberlegtes zu tun, spürbar nach.

Jamison schüttelte traurig den Kopf. »Mütter wie Mrs. Southworth haben verheerende Auswirkungen auf die Entwicklung ihrer Kinder – verheerende. Das Sorgerecht muß unverzüglich dem Vater übertragen werden – auf der Stelle! –, und das Besuchsrecht sollte streng überwacht werden. Es ist keine Übertreibung« – er senkte die Stimme –, »daß das Leben der Kinder davon abhängt, ob das Gericht die große Gefahr erkennt, in der sie schweben.«

Ich blickte zu Sharon hinüber. Sie saß stocksteif und aufrecht da. Ihr Körper wirkte wie erstarrt. Tom hatte die Hand auf ihrem Arm.

Als nächstes marschierten die Leumundszeugen auf. Nathan war ein hervorragender Chirurg, hieß es. Keine Frage: Er war höflich, redegewandt, verantwortungsbewußt. So einer hatte doch nicht seine Kinder mißbraucht. Also wirklich . . .

Ich habe nie verstanden, was diese Veranstaltung sollte. Die Verteidigung konnte fünfzig Personen aufrufen, die aussagten, daß der Angeklagte nicht der Typ war, der so etwas tat. Und andererseits hatte ich schon Fälle mit fünf Erwachsenen erlebt, die als Kinder von einem besonders ehrenwerten Bürger belästigt worden waren. Sie warteten nur darauf auszusagen und wurden nicht zugelassen. Wegen Voreingenommenheit, so verfügte das Gericht. Den Geschworenen könnte ja suggeriert werden, daß der Angeklagte der Typ von Mann sei, der zu so etwas fähig wäre.

Schließlich rief die Verteidigung den Arzt Nathan Southworth auf, den Vater von Andrew und Adrienne, den beschuldigten Kinderschänder. Ich zwang mich zum Durchhalten und hatte es mir zur Gewohnheit gemacht, Kinderschänder zu studieren. Ich beobachtete, wie sie sich verhielten, was sie sagten.

Southworth ging zum Zeugenstand. Er war groß und hatte kurzes schwarzes Haar. In der Chirurgie ging es viel strenger zu als in allen anderen Abteilungen des Krankenhauses. Die Ärzte trugen kürzere Haare und konservativere Kleidung. Das Klima in der Chirurgie war eine Mischung aus IBM, dem Militär und einem guten Football-Club aus dem Süden. Ich hatte das ungute Gefühl, daß Fishbein dieser Stil viel mehr behagte als Sharons eleganter Hippie-Look.

Wie erwartet trug Nathan einen dunklen Anzug, aber beim genauen Hinsehen hatte ich den Eindruck, daß es nicht der beste aus seinem Schrank war. Wie gesagt – Anwälte gaben ihren Mandanten immer Tips bezüglich der Kleidung. Sie wußten bestimmt, daß einer der Feinde Nathans in diesem Fall der Neid sein konnte. Richter reagierten auf Geld zwar nicht so empfindlich wie Geschworene, aber selbst sie waren der Ansicht, daß Chirurgen zu viel verdienten. Was natürlich stimmte – nur wollte der Anwalt nicht unbedingt jeden mit der Nase darauf stoßen.

Nathan setzte sich und sah den Richter an – sein Blick wich nicht aus, er zeigte kein nervöses Zucken und spielte damit meisterhaft mit einer (wenn auch falschen) Grundüberzeugung des Gerichts. Geschworene und Richter waren davon überzeugt, herausfinden zu können, wer log. Man war sich sicher, daß einem Leute, die logen, nicht in die Augen sehen konnten, daß sie hektisch und zappelig wirkten oder andere Anzeichen von Nervosität zeigten.

Das traf bestimmt auf ungeübte Lügner zu – Leute, die zum erstenmal logen und sich dabei unwohl fühlten –, aber es galt ganz sicher nicht für den Großteil der Triebtäter. Diese waren geübt darin, anderen etwas vorzumachen, und sie machten das perfekt.

Die Opfer dagegen waren meistens nervös und ängstlich – sie hatten Angst, daß man ihnen nicht glauben, der Täter sie vor Gericht fertigmachen oder sich später an ihnen rächen würde. Sie wandten oft den Blick ab und hatten fahrige Bewegungen.

White sprach mit Nathan über seine Beziehung zu Sharon und über die Belastung, der sie durch seine Krankenhaustätigkeit ausgesetzt war. Southworth beurteilte sich selbst kritisch und ging großzügig mit Sharon um. Ich stöhnte innerlich. Auf diese Weise konnte er sie am besten in Mißkredit bringen. »Es war schon hart für Sharon. Nie war ich zu Hause. Da hat sie ganz recht. Aber ich weiß nicht, warum sie annahm, daß ich nicht arbeitete. Sie schien es einfach nicht glauben zu können und wurde richtig besessen davon, herauszufinden, wo ich statt dessen sein könnte.«

Ich war sicher, früher oder später würde White auf den Tag zu sprechen kommen, von dem mir Sharon erzählt hatte. »Es war wohl der peinlichste Tag meines Lebens. Ich hatte keinem im Krankenhaus von den Problemen zu Hause erzählt. Sharon rief dauernd an, und bestimmt dachten sich die Sekretärinnen, daß was im Busch war, aber ich erwähnte das Thema einfach nicht.

Ich war gerade mit einer Thoraxoperation beschäftigt. Oder besser, ich assistierte Dr. Crookshank, dem Chefarzt, da platzte eine Schwester in den OP. Ich war so erschrocken, daß ich fast eins der Instrumente fallen ließ. Ich weiß nicht mehr, was ich erwartet hatte, aber keinesfalls das, was dann kam. Die Schwester erklärte mir, meine Frau sei im Warteraum und verlange, mich zu sehen. Sie wäre dabei, eine Szene zu machen und zu behaupten, daß sie alle anlügen würden, nur um mich in Schutz zu nehmen.

Crookshank sah mich einen Augenblick an. Dann sagte er, wenn mein Beruf eine zu große Last für mein Privatleben sei, dann müsse ich mich vielleicht beruflich verändern, oder er müsse etwas unternehmen. Schließlich forderte er mich auf, rauszugehen und die Sache zu regeln.

Ich verließ fluchtartig den OP und wollte nichts mehr hören. Ich rannte in den Warteraum, ohne mich umzuziehen, und verhielt mich bestimmt nicht richtig. Aber es war mir so peinlich, ich war wütend und hatte eine Heidenangst um meine Karriere. Sharon war wirklich außer sich und schrie mich an. Ich benahm mich nicht viel anders, brüllte sie an, sie solle endlich verschwinden. Na ja, Sie können sich vielleicht die Blicke der Leute im Warteraum vorstellen. Es war eine abartige Szene. Ich hatte noch monatelang Alpträume, und jedesmal, wenn ich danach bei einer Operation war, warf ich verstohlene Blicke zur Tür und erwartete, daß jemand hereinplatzte.« Nathan sah zu Boden, als sei ihm die Erinnerung daran immer noch peinlich.

Richter Fishbein lehnte sich aufmerksam vor. Er war so gefesselt, daß er sogar aufgehört hatte, sich Notizen zu machen. Kein Wunder. Welcher schwerbeschäftigte Mann würde einem ebenso schwerbeschäftigten anderen Mann nicht Mitgefühl entgegenbringen, wenn es um eine verrückte, ausgerastete Ehefrau ging?

Richter identifizierten sich selten mit Berufsverbrechern. Ihre Lebensweise – unsicherer Job, Straßendrogen, Mangel an Bildung, fehlender Ehrgeiz, nicht vorhandenes Verantwortungsbewußtsein – all das mußte einem Richter fremd und abstoßend vorkommen. Aber der Mann, der vor diesem Richter stand, war sehr gebildet, redegewandt, verantwortungsbewußt, karriereorientiert und allem Anschein nach um andere besorgt – sogar um seine verrückte Ehefrau. Niemand würde ihn für einen Triebtäter halten.

»Als ich hörte, daß sie mir sexuellen Mißbrauch unserer Kinder vorwirft, war ich fassungslos.« Southworths Stimme brach. »Na ja, einige der Dinge, die sie mir früher an den Kopf geworfen hatte, waren mir seltsam vorgekommen, aber ich wußte ja, daß sie ziemlichen Belastungen ausgesetzt war. Doch ich hätte nie geglaubt, daß sie unsere Kinder da mit reinzieht.«

Scheißkerl. Ich schüttelte den Kopf. Ich hatte während der Erstellung des Gutachtens über die Kinder ein Gespräch mit Nathan Southworth gehabt, um seine Version der Geschichte zu hören. Er wußte, daß Sharon nicht an die Kindesmißhandlung glaubte und hatte mir gegenüber zugegeben – wobei er selbstverständlich jegliche Schuld leugnete – daß, aus welcher Ecke die Anschuldigungen auch kamen, sie jedenfalls nicht von Sharon stammten.

Aber das hatte er natürlich gesagt, bevor seine rechtlichen Berater eine Strategie ausgearbeitet hatten. Nichts, rein gar nichts kam in einem Kindesmißbrauchsfall besser an als der Vorwurf der »Beeinflussung«. Nun war er also fassungslos, daß Sharon »die Kinder reingezogen« hatte, indem sie diese zur Falschaussage bewegt hatte.

Richter Fishbein kündigte an, daß die Verhandlung für eine Stunde unterbrochen sei und er seine Entscheidung fällen würde, wenn das Gericht um vier Uhr wieder zusammenkäme. Kein anderer Richter wäre so vorgegangen. Unter anderen Vorsitzenden blieben die Fälle monatelang liegen, ehe eine Entscheidung bekanntgegeben wurde. Fishbein jedoch wurde einen Fall gern am selben Tag los, an dem die Aussagen abgeschlossen waren.

Manchmal lag er damit richtig. Dann war es phantastisch, an seinem Gericht zu sein. Die Fälle kamen sofort zur Verhandlung. Es gab keine Verzögerungen. Entscheidungen wurden sofort gefällt. Umständliche Anwälte wurden verwarnt, und wenn sie dennoch unbeirrt fortfuhren, forderte er sie auf, sich zu setzen. Schleppte sich ein Fall so dahin, forderte Fishbein schriftliche Zusammenfassungen der Zeugenaussagen und hörte die Hälfte davon gar nicht an. Er setzte den Anwälten bei ihren Darlegungen strenge Zeitlimits. Bei Gott, er zwang ihnen seinen Willen auf.

Manchmal lag er jedoch auch falsch. Und dann legte er natürlich denselben Grad von Hartnäckigkeit, von Willkür an den Tag wie in den Fällen, die er korrekt entschied. Ich hatte kein gutes Gefühl, was Fishbein und diesen Fall betraf. Von seinem Standpunkt aus gab es nichts, absolut gar nichts, das bei Nathan auf einen »Triebtäter« hinwies, und mir schien, daß er die Aussage der Kinder überhaupt nicht ernst nahm. Hier hätte man einen nachdenklichen, sorgfältigen Richter gebraucht, einen, der hinter die scheinbar naheliegenden Dinge schaute. Zu diesem Fall gehörte mehr als eine verrückte Mutter, ein »normaler« Vater und der erbitterte Kampf um das Sorgerecht. Wenn es auch auf den ersten Blick so wirkte – und Fishbein sah selten ein zweitesmal hin. Die Mühlen der Gerechtigkeit mahlten schnell unter Fishbeins Vorsitz – aber eben auch nicht immer richtig.

Die Stunde zog sich hin. Alle Beteiligten gingen in den Korridoren auf und ab – es lohnte sich nicht, für eine Stunde fortzugehen. Es wurde kaum gesprochen. Um Punkt vier kam der Gerichtsvorsteher herein und bat die Anwesenden, sich zu erheben. Fishbein trat durch die Tür, setzte sich, strich sich die Robe glatt und sah Sharon direkt an.

Ich hielt das für kein gutes Zeichen, und so war es auch. Ich erwartete nichts Gutes, aber es kam noch viel schlimmer. Das Urteil übertraf meine Befürchtungen bei weitem. Ich schloß die Augen, während Fishbein es verlas, aber das half mir wenig. In ein paar Minuten war alles vorbei. Ich suchte meine Sachen zusammen und beschloß, ganz langsam zum Ausgang zu gehen, um zu vermeiden, mit den Leuten, die mit mir vor Gericht gewesen waren, hinunterfahren zu müssen. Ich wollte einfach nicht mehr über den Fall reden.

Arthur stützte Sharon und begleitete sie hinaus. Sie weinte und sah verwirrt aus. Es war ein schmerzlicher Anblick. Ich streckte die Hand aus und berührte sie an der Schulter, als sie vorbeiging. Sie sah nicht auf. Ich glaube, sie merkte es nicht mal.

Wie das Schicksal so spielt, ich hatte nicht alle vorausgehen lassen. Gerade als ich an den Aufzug trat, kam Nathan Southworth von der Toilette. Gemeinsam traten wir in den Fahrstuhl, nur wir beide, und die Fahrt verlief stumm und ungemütlich. Kurz bevor die Tür aufging, sprach Nathan, ohne mich anzusehen. Seine Stimme klang eisig, ganz ohne die Wärme, die sie vor Gericht gehabt hatte. »Ihr Verhalten ist nicht nur unmoralisch, verstehen Sie«, sagte er, »es ist schlicht ungesetzlich.« Dann trat er hinaus.

7

Ich fuhr nach Hause, froh darüber, daß ich allein war. Ich haßte es, höflich sein zu müssen, wenn ich mich schlecht fühlte, und genau das war momentan der Fall. Draußen rollten die grünen Hügel von Vermont vorbei, die Gehöfte und Schilder von Molkereibetrieben. Keine Reklametafeln, nur schlichte Wegweiser. Sie verwiesen auf Farmerläden, auf Tankstellen. Oder auf Volkstänze. Vermont war voll von Volkstänzern – Schlaffies aus den Sechzigern, wie sie eine Freundin von mir nannte. Und alle in Vermont strotzten nur so vor Umweltbewußtsein. Der strahlende Sonnenschein machte sich über meine miese Stimmung lustig und machte mir wieder einmal deutlich, daß die Natur – der ich nicht viel Gutes nachsagen kann – sich nicht darum scherte, ob man siegte oder unterlag, ob man lebte oder verreckte.

Ich jedoch haßte es zu unterliegen. Vielleicht hatte ich das von Mama. Mit Sicherheit jedenfalls nicht von Papa. Der hatte sich mehr oder weniger an seine Flasche gehalten. Darüber hinaus kümmerte er sich um nicht sehr viel.

Ich bog auf den Privatweg, der zu dem großen viktorianischen Haus führte, in dem meine Praxis lag und in dem ich früher gelebt hatte. Ein paar Jahre hatte ich dort zusammen mit Carlotta gewohnt – nachdem meine Ehe in die Brüche gegangen war – und meine Praxis zu Hause gehabt. Carlotta ist eine »Prüfstein-Freundin«, sie gehört zu den Leuten, mit denen man befreundet ist, bevor man heiratet und nachdem man geschieden ist. Ich hatte sowieso gerne Kumpel-Freundschaften, männliche wie weibliche. Sie erschienen mir unkomplizierter als andere Beziehungen, von denen ich nicht viel verstand.

Letztes Jahr bin ich stillschweigend aus dem Haus ausgezogen. Die meisten meiner Bekannten wußten deshalb noch gar nicht, daß ich in ein einsames Haus auf dem Land umgesiedelt war. Carlotta wohnte weiterhin in dem Stadthaus, und an diesem Nachmittag saß sie hinten auf der Terrasse. Sie sah mich prüfend an, als ich zu ihr trat. »Du hast verloren«, stellte sie ruhig fest und wandte sich wieder dem Grill zu.

»Reine Vergeudung vom lieben Gott, dir so eine Körpergröße zu geben.« Ich ließ mich in einen Gartensessel fallen und sah zu Carlottas Einsfünfundachtzig hoch. Das sagte ich immer, wenn ich nicht gleich über etwas reden wollte. Und es stimmte ja auch. Irgendwie unglaublich, daß der liebe Gott eine Frau mit einsfünfundachtzig ausgestattet hatte, die noch nie im Leben einen Basketball in ihren manikürten

Händen gehalten hatte. »Ist dir klar, was ich mit deiner Statur angefangen hätte?«

»Logisch«, erwiderte Carlotta. »Das gleiche wie mit deiner eigenen. Sich einmal pro Woche anbaggern lassen von Männern, die blutunterlaufene Augen kriegen, wenn sie ein weibliches Wesen sehen.« Carlotta hatte natürlich was viel Klügeres getan – und zwar als Model gearbeitet. »Das war der dämlichste, langweiligste Job, den ich je hatte«, sagte sie immer wieder. »Ich hab richtig gespürt, wie meine grauen Zellen bei jedem Termin vertrocknet sind.« Immerhin hatte sie das ganze Geld gespart und davon Jura studiert. Offensichtlich waren nicht alle grauen Zellen eingegangen.

Sie reichte mir ein Glas Eistee. Ihre perfekt lackierten Nägel waren am Nagelbett knallrot und changierten langsam zu Korallenrot an den Spitzen. Ich warf einen Blick darauf. »Die neueste Mode?« stichelte ich.

Carlotta antwortete nicht. Wir kannten das. Wenn ich einen Fall verlor, war ich gereizt. Bei Carlotta gingen meine Gehässigkeiten dann immer in dieselbe Richtung. Meine ganze Kindheit läßt sich auf folgendes Duell reduzieren: weiblicher, sportlicher Wildfang gegen dämliches Barbiepuppengetue. Und ich reagierte immer noch allergisch, wenn ich umgeben war von den Personen oder Dingen, die mir superweiblich vorkamen. Wie etwa Carlottas silbrigblauer Blazer – oder ihre weiße Seidenbluse. Doch kein Wort darüber. Wenigstens ihre Jeans waren stinknormal.

Meine Kindheit war nicht der einzige Ballast, den ich mit mir rumschleppte. Da war etwa meine politische Einstellung. Vor zwanzig Jahren – während meiner radikal-feministischen Phase – hatte ich Artikel über »bewußtes Häßlichsein« gelesen, mit Karate angefangen und darüber diskutiert, ob Frauen Bücher, die von Männern sind, lesen sollten. Zum Glück hatte ich beschlossen, daß sie es dürfen – sonst wäre das Studium wohl um einiges schwieriger geworden. Und trotz alledem – trotz meiner Kindheitsphobie vor Spitzen und Rüschen, trotz meines Feminismus – war ich eng mit einem Model befreundet geblieben, also mit einer Frau, die Seidenblusen kaufte und Zen-Kurse für Blumengestecke belegte, während ich mich mit eingebildeten Straßenräubern herumschlug.

Inzwischen waren wir beide in den Vierzigern und natürlich reifer geworden. Ich trug vor Gericht Kostüme und Absätze. Da ich noch immer meine Probleme mit Make-up hatte, war ich froh, auch ohne Tünche ganz gut auszusehen, und ich hatte absolut nichts gegen meine langen blonden Locken einzuwenden.

Carlotta hatte sich zu einer feministischen Anwältin gemausert, die viel und hart arbeitete, um mißbrauchten Kindern und geschlagenen Ehefrauen zu helfen. In meinen Augen waren wir inzwischen beide auf seiten der Engel. Dennoch gab es immer noch Unterschiede zwischen uns, und Carlottas Hang zu weiblichem Schnickschnack ärgerte mich furchtbar.

»Kriegst du Besuch?« Der Blazer ließ mich nicht in Ruhe.

»Jack war da«, antwortete Carlotta. Ihrer Ansicht nach war Jack das geeignetere Opfer für meinen Zorn als sie.

»Das krönt den Tag. Erzähl mir bloß nicht, daß er die Scheidung einreichen will.«

»Michael«, begann Carlotta vorsichtig, »dein Faible für verheiratete Männer . . .«

»Es spricht viel für verheiratete Männer«, erwiderte ich geistesabwesend. Ich legte den Kopf zurück auf die Sessellehne und schloß die Augen.

»Was zum Beispiel?« hakte Carlotta nach.

»Man weiß immer ganz genau, wie sie reagieren«, entgegnete ich.

»Ich kenne auch viele Unverheiratete, die sich nicht festlegen können.«

»Nein, nein«, beharrte ich, »da kann man nie sicher sein. Unverheiratete Männer möchten vielleicht doch mal mit richtigem Geld spielen.«

Es folgte ein Schweigen zwischen Freunden. Ich nippte an meinem Tee. Obwohl ich Carlotta ständig schikanierte, kritisierte sie sonst nur selten an mir herum, und es machte mich unruhig, daß sie so auf meiner Vorliebe für verheiratete Männer rumritt. Mir war auch klar, warum sie jetzt schwieg; sie wußte nun mal, woher meine Vorliebe kam. Was sollte man dazu schon sagen?

Der Lachs war fertig, und Carlotta trug ihn auf. »Du hast doch nicht wirklich damit gerechnet, heute zu gewinnen?« Ich erzählte nie viel von meinen Fällen, aber dieser hier tauchte in allen Zeitungen auf. »Schau doch mal. Geachteter Thoraxchirurg. Ein Erstkläßler und seine dreijährige Schwester werfen ihm sexuellen Mißbrauch vor. Das Spiel geht schon nicht besonders fair los – und dann stellt sich auch noch raus, daß die Mutter durch und durch paranoid ist.«

»Durch und durch.«

»In der Zeitung steht, sie wäre so von der Untreue ihres Mannes überzeugt gewesen, daß sie sich die Liste seiner Patienten besorgt und alle Frauen darauf angerufen hätte, um herauszufinden, wer es war.«

»Stimmt.« Das war bei Nathan Southworths Aussage ans Licht gekommen.

»Konnte es noch schlimmer kommen?«

»Ein Kampfhund von Verteidiger – so einer, den man am liebsten auf Tollwut untersuchen würde.«

»So gut?«

»Gut genug jedenfalls. Bei mir hat er aufgepaßt und schon bald gemerkt, daß er den kürzeren zieht. Ich glaube, er hat mich nur etwa zehn Minuten verhört. Ich hatte gehofft, daß er aufs Ganze geht, aber dem war nicht so.

Und weißt du, was die Krönung war? Es ist ja jetzt aktenkundig, so daß ich es dir erzählen kann. Die Mutter ist so verrückt, daß sie den Kindern auch nicht glaubt. Sie ist der Ansicht, daß ihr Exmann den Kindern die Falschaussage entlockt hat, um sie in Mißkredit zu bringen. Sie meint, das Ganze sei ein Komplott von ihm und ist wütend auf mich, weil ich ausgesagt habe, daß meiner Meinung nach die Enthüllungen wahr sind. Arthur war der Prozeßpfleger. Er war gut, aber das hat nichts gebracht. Stell dir mal vor: Ich war sein Zeuge, mit dem Ergebnis, daß ich von beiden Seiten in die Mangel genommen wurde.«

»Du meine Güte.« Carlotta schüttelte den Kopf. »Aber ich versteh das nicht. Warum war es denn überhaupt eine Streitfrage, wenn nicht mal die Mutter den Kindern glaubte?«

»Die Kinder hatten sich nicht an sie gewandt. Der Erstkläßler hat es seiner Lehrerin erzählt, die hat das Jugendamt eingeschaltet, das Arthur als Prozeßpfleger Meldung gemacht hat. Und der hat schließlich, da er die Verantwortung für die Kinder trug, ein Gutachten gefordert.«

Ich rieb mir die Augen. Sie juckten. Das passierte immer, wenn ich unterlag. Verlieren haßte ich noch mehr als Rüschen. Womöglich reagierte ich richtig allergisch auf Niederlagen. »Ich muß diesen Job schmeißen. Am besten, ich mach einen Hot-dog-Stand auf. Das Schlimmste hab ich noch gar nicht erzählt. Das Urteil war unglaublich. Die Mutter hat in Bausch und Bogen verloren. Der Richter hat ihr nicht nur das alleinige Sorgerecht verwehrt. Er hat das alleinige Sorgerecht ihrem Exmann übertragen.«

»Wie bitte?«

»Sie hatten Jamison. Er bezeugte, daß die Mutter psychisch ungeeignet sei. Unterstellte ihr Anstiftung zur Falschaussage.«

»Das tut Jamison doch immer.«

»Genau, und diesmal hat einer wahrhaftig angebissen. Fishbein hat es geglaubt.«

»Wann ist die Übergabe?«

»Sofort. Die Mutter hat eine Stunde zum Packen bekommen. Die Kinder sind schon weg. Frag mich nicht, warum. Vielleicht hatte Fishbein Angst, daß sie abhauen könnte, und wollte ihr keine Zeit dazu lassen.

Du kannst dir nicht vorstellen, wie miserabel Sharon Southworth aussah. Sie wirkte auf mich, als hätte sie einen Schlaganfall erlitten – oder mindestens eine Herzattacke.« Was wahrscheinlich nicht ganz abwegig war.

Carlotta schwieg, aber sie sah nicht ganz so gelassen aus wie sonst. Ich wandte den Blick ab und betrachtete das Wohnzimmer durch die Terrassentür. Wie konnte sich Carlotta nur so einrichten? Für meinen spartanischen Geschmack hatte sie eine Unmenge an Kram. Antiquitäten, Drucke, Teppiche, Skulpturen. Alles war peinlichst sauber, und es standen immer frische Blumen auf dem Tisch. Carlotta selbst sah immer aus, als ob sie für einen Fototermin gekleidet sei. Und dennoch, auch als ich noch mit ihr zusammenwohnte, habe ich sie nie dabei erwischt, wie sie sich oder die Wohnung herausputzte.

»Carlotta, warum sind wir Freundinnen?«

»Ist doch einfach. Mit wem könnte ich sonst wohl befreundet sein? Du bist die einzige Frau in meinem Bekanntenkreis, die nichts von dem will, was ich habe.«

Es war als witzige Bemerkung gemeint – Carlotta hatte nicht ein Gramm Arroganz an sich – aber komischerweise stimmte es.

Kaum war ich in meinem kleinen Holzhaus mit dem tiefgezogenen Dach, da fühlte ich mich schon besser. Ich machte erst gar nicht das Licht an. Es gab ja nicht besonders viel, über das man stolpern konnte. Ich holte mir was zu trinken und trat auf die Terrasse. Der kleine Bach unterhalb der Terrasse glitzerte im Mondlicht. Schimmerndes Wasser. Ich hatte schimmerndes Wasser schon immer geliebt. Mama wußte überhaupt nicht, wie oft ich als Teenager nachts schwimmen gegangen war. Ich schwamm nur, um das schimmernde Wasser von meinen Armen rinnen und Tropfen für Tropfen in die glatte, dunkle Fläche fallen zu sehen, die meinen übrigen Körper verschluckt hatte. Außerdem erinnerte mich das Wasser nachts immer an eine Glasscheibe, und meine Finger durchschnitten es wie mit einem Glasschneider.

Nachts zu schwimmen war faszinierend. Zu Hause konnte ich nie jemanden finden, der mich begleitete. Sie hatten immer Angst vor Schlangen. Ich versuchte ihnen klar zu machen, daß ich nachts fast noch nie einer Schlange im Wasser begegnet war. Und wenn schon, ich fand, daß ich dasselbe Recht hatte, dort zu sein, wie die Schlange. Es hatte freilich keinen Sinn, das meinen Eltern zu sagen: Sie hätten meinen Standpunkt doch nicht nachvollziehen können.

Na ja, wenn ich Vater oder Mutter gewesen wäre, hätte ich die Sache vielleicht auch anders gesehen. Ich stellte mein Glas ab und stand auf. Ich wollte heute abend nicht darüber nachdenken. Ich hatte schon genug zu verdauen.

Ich ging zurück ins Haus und versuchte, die Gespenster des Tages und der Vergangenheit auf der Terrasse zurückzulassen. Mein Blick glitt über die Dielenböden, das Fichtenholzsofa mit den weißen Stoffpolstern, die kleinen, aber flauschigen und bunten Orientteppiche, die farbenfrohen Decken – alles paßte irgendwie zusammen, und was das

Beste war, es gab nicht zu viel davon. Seit das Baby gestorben war, mochte ich nichts mehr besitzen. Zweihundertfünfzig – das war mein Limit. Ich besaß nie mehr als zweihundertfünfzig Dinge.

Mit der Zeit war ein Spiel daraus geworden. Fünfundsiebzig Sachen in der Küche. Zwanzig im Wohnzimmer. Vierzig im Bad. Fünfundsiebzig Kleidungsstücke und persönliche Dinge. Vierzig im restlichen Haus. Es kam so weit, daß ich mich gegen Gegenstände sperrte, die man nur zu einem Zweck gebrauchen konnte. Wer brauchte zum Beispiel ein Waffeleisen, wo man doch Pfannkuchen in der Bratpfanne machen konnte. Es war so eine Art Hobby daraus geworden.

Oder meine Kleider. Ich warf das Bügeleisen weg, weil ich meinem Limit zu nahe gekommen war. Das bedeutete aber gleichzeitig, daß ich keine Kleider mehr kaufen konnte, die man bügeln mußte. Ein Glücksfall. Ich entledigte mich aller Sachen, die man bügeln mußte und hatte plötzlich Platz für mein Computerzeug. Ich entschied mich fortan nur noch für Kleider, die man in den Koffer stopfen konnte; man fuhr nach Rom und schüttelte sie einfach aus. Natürlich mußte man bereit sein, Radio zu hören, wenn man sich so ein Limit setzte – und die Bibliothek zu benutzen. Sonst gingen die erlaubten zweihundertfünfzig Dinge nur für Bücher und CDs drauf.

Oben unter dem Dach war Platz für ein Bett, einen Kleiderschrank und einen Schaukelstuhl. Das Bett stand unter zwei Oberlichtern, die zu beiden Seiten des Dachfirstes eingelassen waren. Ich saß im Schneidersitz dazwischen und versuchte zu meditieren. Nichts passierte. Oder vielleicht zu viel. Die Drähte in meinem Gehirn summten: Mein Kopf kam mir wie das Internet vor. Der Tag lief noch mal ab und kam Stück für Stück an die Oberfläche, wie Treibholz, das den Fluß hinuntertreibt.

Jamison. Der Fettsack im weißen Anzug. Eine Mischung aus Colonel Sanders und dem Weihnachtsmann. Keine Ahnung, warum ihm Richter und Geschworene überhaupt glauben. Man sollte meinen, daß es mal auffallen mußte, wenn einer bei über fünfhundert angeblichen Mißbrauchsfällen jedesmal aussagte, daß er die Kinder für unglaubwürdig hielt. Aber da hockte er und gab mit seinen fünfhundert Verhandlungen an, um sich als Experten auszuweisen, und wurde wie jedesmal im Kreuzverhör gefragt: »In wie vielen der Fälle haben Sie herausgefunden, daß das Kind von dem Angeklagten mißbraucht wurde?« Und er behauptete: »In keinem.« Und niemand dachte sich was dabei?

Ohne Zweifel spielte seine dröhnende Stimme eine Rolle, genau wie seine selbstsichere Art, ganz zu schweigen von der erstaunlichen Anzahl wissenschaftlicher Untersuchungen, die er mit absolutem Selbstbewußtsein anführte – machte ja nichts, daß er in der Hälfte aller Fälle falsch lag. Wenn man darauf hinwies, klang man doch wie ein pingeliger Akademiker.

Einmal beklagte ich mich privat bei einer Richterin, bis ich Jamison begegnet sei, hätte ich immer geglaubt, daß man vor Gericht die Wahrheit sagen müsse. »Dummchen«, hatte sie gelacht.

Aber es stimmte. Ich dachte, wer im Zeugenstand lügt, bekommt auch keinen Saft mit Keksen. Ich dachte, Gott steigt vom Himmel herunter, zieht dich aus der Zeugenbank und steckt dich schnurstracks in die Hölle. Oder ich dachte, man verläßt das Gericht und wird als Strafe von einem Bus angefahren. Aber ich hatte schon in mehreren Verhandlungen mit Jamison zu tun gehabt, und keine göttliche Hand war erschienen.

In meiner verbitterten, rachsüchtigen kleinen Seele hoffte ich immer noch, daß es in der Hölle ein besonderes Eckchen für diejenigen gab, die für das Geld, das sie bekamen, kleine Kinder zurück zu ihren Schändern schickten. Aber wahrscheinlich war natürlich auch das ein Trugschluß. Jamison würde ein langes, glückliches Leben führen, und wir würden beide als Stubenfliegen wiedergeboren.

Ich war auch der Meinung – jedenfalls am Anfang meiner Gutachtertätigkeit –, daß Gericht etwas mit Gerechtigkeit zu tun hatte. Was für ein Unsinn. Nach einer Weile kam mir eine Verhandlung eher wie ein Theaterstück vor. Das war auch die Erklärung für eine Person wie Jamison. Jamison paßte nicht ins Gericht, wenn man das Gericht mit Gerechtigkeit in Zusammenhang brachte. Aber – das mußte man dem abscheulichen Kerl nun einmal lassen – Jamison war ein großer Schauspieler, und ein großer Schauspieler würde eben immer einen Platz auf der Bühne finden.

Später merkte ich, daß sich meine Ansicht nochmals geändert hatte. Ich glaubte nicht mehr, daß es entscheidend war, was tatsächlich in dem Fall passierte. Vor Gericht war einzig und allein von Bedeutung, was als Beweismittel zugelassen wurde. Wenn man nur genug Teile wegließ, sah das Puzzlespiel irgendwann mal so aus, wie man es haben wollte.

Inzwischen würde ich in meiner Kritik noch weitergehen. In amerikanischen Gerichtssälen war die Gerechtigkeit tagtäglich käuflich. Reiche Leute hatten bessere Anwälte. Und bessere Anwälte gewannen im allgemeinen, genau wie bessere Basketballteams. Um ehrlich zu sein: Wenn ich vor Gericht gestanden hätte, wäre mir ein guter Anwalt lieber gewesen, als unschuldig zu sein.

8

Ich wachte auf mit dem Wunsch, mich in ein Flugzeug zu setzen und unverzüglich an die Küste von North Carolina zu fliegen. Die Idee war nicht so weit hergeholt. Ich hatte immer eine gepackte Tasche im Auto, und es war schon vorgekommen, daß ich den Morgenflug um sechs Uhr dreißig nahm und meine Sekretärin von unterwegs anrief. Der verlorene Prozeß hatte mich völlig geschafft, und wenn ich mich niedergeschlagen fühlte, fuhr ich gerne weg. Wahrscheinlich hätte ich es auch diesmal so gemacht, wenn ich keine Sprechstunde gehabt hätte. Wäre ich mal bloß gefahren.

Es kam mir vor, als sei das Auto allein zur Praxis gefahren. Ich hatte die Hände nur zum Schein am Steuer und war völlig in Gedanken, als das Autotelefon klingelte. Ein schlechtes Zeichen. Nur ganz wenige hatten meine Autotelefonnummer, und es klingelte so wie nie.

Carlotta war dran. »Wo bist du?« erkundigte sie sich.

»Ungefähr bei Zuckermans Farm«, erwiderte ich. »Was ist denn los?« Der Klang ihrer Stimme und die knappe Frage gefielen mir nicht.

»Halt an«, befahl sie. »Dreh um. Es wartet eine Unmenge von Reportern auf dich.«

»Was? Wieso das denn?«

»Dreh um. Dann reden wir.«

Ich wendete. »Carlotta, du machst mir angst.«

»Siehst du eine Abzweigung? Vielleicht die kurz hinter dem Hundezwinger?«

Ich antwortete nicht. Panik stieg in mir hoch. Etwas ganz Schlimmes war passiert. Etwas, das Reporter interessierte. Aber was? Um Gottes Willen, Sharon hatte sich doch wohl nicht umgebracht?

Ich fuhr in die Seitenstraße und hielt an. »Was ist los?« Meine Hände zitterten. Ich wußte nicht, ob ich sie am Steuer lassen oder aneinander pressen sollte. Aber irgendwo mußte ich ja hin mit ihnen.

Carlotta schwieg. Ich hatte keine Ahnung, was kommen würde. Die Wahrheit kam den möglichen Katastrophen, die mir durch den Kopf rasten, nicht mal annähernd nahe.

»Es geht um den Southworth-Fall«, begann sie schließlich. »Die Kinder sind tot. Ermordet.«

»Was?« Ich kapierte nicht.

»Noch schlimmer. Sharon ist festgenommen.«

Das war zuviel. Unmöglich. »Sharon? *Sharon?* Wegen Mord? Warum?« stammelte ich. »Sie kann doch gar nicht . . .?«

»Ich weiß auch nichts Genaueres, nur daß die Kinder bei ihrem Vater waren und dann aus dem Garten verschwunden sind. Man hat sie bei Sharon gefunden, die beiden lagen auf ihren Betten. Kein gewaltsames Eindringen. Sieht so aus, als wären sie erwürgt worden. Vielleicht auch erstickt.«

»Was hat Sharon ausgesagt?« Ich hatte die Hand vor dem Mund und mußte sie wegnehmen, um reden zu können. Ich hatte plötzlich ein beklemmendes Gefühl in der Brust, und das Atmen fiel mir schwer.

»Nichts. In den Berichten heißt es, als die Polizei sie verhaftete, lief sie völlig desorientiert durchs Haus. Nur eine Sache noch. Sie gibt dir die Schuld.«

Irgendwie brachte mich das Auto wieder nach Hause. Ich bemerkte, daß kein anderes Auto da war – die Reporter hatten also noch nicht herausbekommen, wo ich tatsächlich wohnte – dann stolperte ich aus dem Wagen und rannte zum Bach. Die Steine, das Wasser, alles schien so merkwürdig klar zu leuchten. Selbst winzige Details unten im Flußbett waren genau zu erkennen; die Farben erschienen mir besonders intensiv. Ich fühlte mich, als hätte ich etwas geraucht.

Ich setzte mich auf einen Stein. Tote Kinder. Alles tauchte wieder auf. Sie war drei Monate alt, und es war mein erster Arbeitstag nach der Geburt. Ich hatte sie in die Tageskrippe gebracht, aber die Trennung machte mir schwer zu schaffen. Wir hatten in einem Dämmerzustand zwischen Stillen und Schaukelstuhl gelebt, und mein einziges Lebensziel bestand darin, etwas Wirksames gegen Milchschorf zu finden.

Doug machte eine Szene, weil er sie nicht mit im Bett haben wollte, deshalb zog ich die Wiege ganz nah ran und steckte beim Schlafen meine Hand durch die Stäbe. Doug hatte sich zwar ein Kind gewünscht, das hatte er wenigstens behauptet, aber während der ersten paar Monate benahm er sich – und fühlte sich vielleicht auch – wie ein fünftes Rad am Wagen. Er war sowieso schon sehr beschäftigt mit seinem Lehrauftrag an der Uni. Vielleicht war seine Arbeitswut ein Teil unseres Problems, vielleicht aber auch nicht. Ich weiß es nicht.

Ich hatte vorher keine Ahnung gehabt, daß ich mal so eine Mutter sein würde. Ich hatte mir eingebildet, daß ich Jordan schon ein paar Tage nach der Geburt in die Krippe bringen und wieder arbeiten würde. Pustekuchen. Bereits kurz nach der Geburt war ich total vereinnahmt von dieser spontanen Intimität zwischen uns beiden. Es war schon ein hartes Stück Arbeit, Mutter zu sein. Als würde man in einen Tunnel geraten. Wenn alles wie erwartet gelaufen wäre, hätte ich wahrscheinlich nach ein paar Jahren wieder das Tageslicht gesucht, hätte mir die Zeitung geschnappt und versucht, wieder den Anschluß zu finden. Doch unglücklicherweise lief es nicht so – ich blieb gewissermaßen in dem Tunnel stecken.

Ich war irgendwie immer überzeugt gewesen, daß ich wieder arbeiten wollte, aber an jenem ersten Tag ging es mir ziemlich mies. Ich überlegte, daß ich im Grunde einfach mit

Jordan zu Hause bleiben wollte, da rief das Krankenhaus an und teilte mir mit, daß sie im Sterben läge. Einfach so. Es stimmte natürlich nicht. Sie war bereits tot, aber das sagt einem am Telefon niemand.

So war das. In diesem Augenblick führst du noch ein ganz normales Leben, und im nächsten betrittst du schon die Schattenzone. Ich erinnere mich nicht mehr an die Fahrt in die Klinik oder daran, ob ich die Ärzte angeschrien habe. Wahrscheinlich tat ich das. Ich kann mich zwar an die Worte »plötzlicher Kindstod« erinnern, aber irgendwie konnte ich dem Arzt nicht recht folgen. Seitdem weiß ich, was Aphasie ist. Die Leute reden, und man hört die Wörter, aber man versteht nicht, was sie bedeuten.

Ich kann mich vage erinnern, daß ich versuchte, Carlotta anzurufen, aber mir fiel ihre Nummer nicht mehr ein. Ich nahm ein Telefonbuch von einem Schreibtisch und suchte unter »C« für »Carlotta« statt unter »Y« für »Young«, aber auch das Alphabet war mir abhanden gekommen. Als ich schließlich den Buchstaben »C« gefunden hatte, wußte ich nicht mehr, wen ich nachsehen wollte. Eine Schwester nahm mir schließlich das Telefonbuch stillschweigend aus der Hand.

Alles weitere ist nicht nur verschwommen – es ist einfach weg. War Doug da? Ich weiß es bis heute nicht. Nur ein paar Erinnerungen leuchten wie Blitzlichter auf. Ich entsinne mich noch genau, wer an welcher Stelle stand, als ich mich umsah und meine Tochter suchte. Ich sehe noch das Mienenspiel ihrer Gesichter, aber sonst weiß ich nichts mehr bis zu dem Moment, als ich in das Zimmer trat, in dem Jordan lag.

Ich sah sie und verlor endgültig den Bezug zur Wirklichkeit. Es wirkte so, als ob sie schliefe, und ich war davon überzeugt, daß sie lebte und sich alle nur ganz furchtbar getäuscht hatten. Ich weiß noch, daß ich den Schwestern

Vorwürfe machte. Und ich erinnere mich an ein lautes Wehklagen, das, wie ich erst dann kapierte, von mir selbst kam. Was in den folgenden Tagen geschah, bekomme ich nur noch bruchstückhaft zusammen.

Mein Zeitgefühl veränderte sich grundlegend. Minuten schienen Tage zu dauern. Die Sekunden verloren ihren Zusammenhang, so daß jede einzelne unumschränkt regierte und unter Strampeln und Schreien von der Bühne gezerrt werden mußte. Ich verlor meine Stimme, konnte mich nicht zwingen, so laut zu sprechen, daß mich jemand hörte. Lange Wortgebilde, erzählte mir eine Freundin später, wehten einfach durch den Raum, derart leise, daß sie keiner verstand. Erst nach Wochen wurde meine Stimme wieder so kräftig, daß sie Anrufbeantworter aktivierte.

Im Haus läutete das Telefon, vielleicht schon seit einer ganzen Weile. Ich ging hinein und schaute auf die Anzeige des Apparates: zweiundzwanzig Nachrichten, ehe das Band voll gewesen war. Ich stellte mein Arbeitstelefon auf Ruf-Umleitung ein, wenn ich nicht in der Praxis war. Deshalb wurde jeder, der mich zu erreichen versuchte, hierher verbunden. »Michael«, sagte die angespannte Stimme, die jetzt über den Anrufbeantworter kam, »es tut mir so schrecklich, schrecklich leid.« Ich nahm den Hörer ab . . .

Gott sei Dank, es war Arthur. »Arthur.« Meine Stimme hatte wieder ihre Kraft verloren. »Arthur«, versuchte ich es noch einmal. »Das alles kann doch nicht wahr sein. Mein Gott, die armen Kinder. Was ist passiert?«

»Ich weiß es nicht. Die Polizei rückt kaum Informationen raus. Ich bin total erschüttert. Das war doch wohl überhaupt nicht zu erwarten?«

Das leichte Heben seiner Stimme am Ende des Satzes machte eine Frage daraus und erinnerte mich daran, daß ich ja diejenige war – und nicht Arthur –, die abschätzen mußte, ob ein Patient zu einem Mord fähig war oder nicht. Plötzlich fühlte ich mich mit Arthur am anderen Ende der Leitung eher noch einsamer und nicht weniger allein gelassen.

»Ich meine rückblickend, gibt es da irgendwas, das den Mord erklärt?«

Immer diese Notwendigkeit, die Dinge zu erklären: Es war ihm lieber, daß wir beide auf tragische, törichte, fatale Weise unrecht hatten, als daß die ganze Angelegenheit zufällig und unvorhersehbar war. Wie sehr haßten die Leute Dinge, die unerklärlich waren. Es gab immer nur eine Handvoll Serienmörder, die durchs Land streiften, während Tausende von Männern ihre Frauen verprügelten, manchmal sogar totschlugen. Dennoch waren ganze Wälder abgeholzt worden für all die Bücher über Serienmörder, mehr Wälder, als es Serienmörder gab. Nicht die Möglichkeit, selbst zum Opfer zu werden, machte den Leuten solche Angst; es war die Tatsache, daß man sich das Phänomen nicht erklären konnte. Gewalt in der Familie dagegen, da waren sich alle einig, war doch verständlich.

Arthur unterbrach die Stille. »Ich soll Ihnen übrigens von Carlotta sagen, daß die Hälfte der Anrufe auf Ihrem Anrufbeantworter von der Sekretärin Ihres Institutsleiters sind. Die hat schon bei Carlotta angerufen, um Sie zu erwischen. Toby will Sie heute noch sehen, sofort, um genau zu sein.«

Auf ihre zurückhaltende Art bestätigte Tobys Sekretärin, daß dieser mich tatsächlich sofort sprechen wollte, wenn es mir irgendwie möglich sei. Ohne die Stimme zu heben oder besonders deutlich zu werden, ließ sie mich wissen, daß ich möglichst einen Hubschrauber nehmen sollte und ein Auto fast nicht schnell genug sei.

Es war nun wirklich nicht der richtige Zeitpunkt, um auf meiner Abneigung gegen Befehle von oben rumzureiten. Es war sogar verständlich, daß mein Institutsleiter mich sofort sehen wollte, wenn man bedachte, daß sowohl Nathan Southworth als auch ich am selben Klinikum arbeiteten. Die Dringlichkeit war also verständlich. Ich mußte manchmal so mit mir reden, um mich dahin zu bringen, überhaupt etwas, das auch nur entfernt nach Anordnung roch, zu befolgen.

Schon mehr als einmal hatte ich mir selbst geschadet, weil ich es einfach hasse, Befehle zu befolgen – vor allem die von Männern. Obwohl: Ich bin gar nicht mal so sicher, ob das stimmt. Vielleicht habe ich das Problem auch nur mit Männern, weil einem Frauen nicht so häufig Anordnungen geben.

Beim Hinausgehen rannte ich gegen die Tischkante und rammte sie mir schmerzhaft in den Schenkel. Ein schmerzhafter Hinweis darauf, daß ich mich, ohne es zu merken, nicht mehr unter Kontrolle hatte. Ich setzte mich hinter das Steuerrad und verharrte eine Weile, um mich zu sammeln. Was zum Teufel war mir an Sharon entgangen? Ihr Psychogramm ließ keinesfalls darauf schließen, daß sie zu einem Mord fähig war. Keiner ihrer Tests. Sie war hysterisch, ja. Depressiv, ja. Verängstigt bis zum Verfolgungswahn, ja. Aber war sie aggressiv? Feindselig? Potentiell zum Töten fähig? Nein, nein und nochmals nein.

Was war also geschehen? Die Tests beinhalteten alle möglichen Absicherungen gegen Lügen. Hatte sie die alle ausgetrickst? Aber Sharon war nicht schlau genug für so was, fand ich. Hatte sie vielleicht eine natürliche Gabe zum Schwindeln? Und wenn ja, hatte sie den Kindern die Enthüllungen möglicherweise doch eingeredet? Aber was sollte dann Nathans Bemerkung im Fahrstuhl? Sie hatte mich im Grunde nicht überrascht. Triebtäter rationalisierten den Vorwurf des Mißbrauchs immer, aber es war schon merkwürdig, jemanden vor sich zu haben, der sich vor Gericht auf eine Art darstellte, die er danach sofort fallenließ. Einige Täter machen sich mit ihren Geschichten selbst was vor. Bei Nathan jedoch sah es so aus, als ob er genau wußte, was er tat. Ich schloß die Augen vor den Fragen, die auf mich einstürmten.

Auf dem Weg ins Krankenhaus überdachte ich das bevorstehende Gespräch. Toby würde mir wahrscheinlich nicht zu Hilfe kommen. Zu achtzig Prozent war ich am psychiatrischen Institut beschäftigt, zu zwanzig in der eigenen Praxis. Der eine Tag Abwesenheit pro Woche von der Klinik bedeutete, daß ich kein vollwertiges Fakultätsmitglied war. Tobys Unterstützung würde sich deshalb auf ein Mindestmaß beschränken. Um genau zu sein, es hätte sich in jedem Fall in Grenzen gehalten. Niemand, der unter Toby arbeitete (also das gesamte Institut), konnte ihn leiden, alle über ihm (die Bosse im klinischen Bereich) hingegen mochten ihn sehr. Er fand das okay, und keiner wußte so gut wie er, was es hieß, die Chirurgie vor den Kopf zu stoßen.

Der innerbetriebliche Status am Klinikum hing davon ab, wieviel Umsatz die einzelnen Abteilungen machten. Die Chirurgie stand ganz oben, denn sie flößte dem Normalbürger so viel Ehrfurcht ein, daß die Gesellschaft Unmengen an Geld hineinpumpte. Man konnte nicht mehr als einen bestimmten Betrag dafür verlangen, Aufnahmen vom Gehirn zu machen; aber es gab fast kein Limit für die Kosten, die fällig wurden, wenn das Gehirn aufgeschnitten werden mußte. Nur zu gern wiesen die Chirurgen selbst auf die ungeheuere Geldsumme hin, die dem Klinikum durch sie zufloß. Trotz ihrer astronomischen Gehälter beklagten sie sich häufig, daß sie dem Klinikum, gemessen an den mickrigen hunderttausend Dollar, die sie im Jahr verdienten, Millionen einbrachten – was auch tatsächlich stimmte.

Daher wehte in der Chirurgie ein anderer Wind als in den übrigen Abteilungen. Es ging hier viel autoritärer zu. Chirurgie war ein Handwerk, das man nicht aus Büchern lernen konnte. Eine korrekte Diagnose, eine angemessene Medikation samt richtiger Dosis – das war in Veröffentlichungen nachzulesen, das war mehr Wissenschaft als Kunst. Chirurgie dagegen mußte man sich durch Übung und Praxis erwerben.

Das Lehrverhältnis brachte gewisse Normen für die Lernenden mit sich. Es war kein Verbrechen, einen Patienten umzubringen – das konnte schon mal vorkommen –, solange es einem Assistenzarzt nicht dauernd passierte. Aber wenn Dr. B die Fäden auf eine Weise und Dr. A sie auf andere Weise zog und es dem Assistenzarzt einfiel, unter Dr. A die Art von Dr. B anzuwenden, dann wurde ihm das zum Vorwurf gemacht. Wenn der Assistenzarzt dann noch unsicher und entscheidungsschwach war, kam er in Teufels Küche. Richtig oder falsch, Chirurgen mußten Verantwortung tragen. Sie durften nicht zaudern. Eine falsche Entscheidung war verständlich – keine Entscheidung war unverzeihlich.

Dennoch, ich bewunderte Chirurgen in gewisser Weise. Nicht so sehr ihr technisches Können, das ich nicht beurteilen konnte und mich nicht interessierte, sondern ihre professionelle Aufrichtigkeit. Bei Besprechungen hielten sie die Röntgenaufnahmen für alle sichtbar hoch. Die Schraube blieb in dem Knochen, oder sie tat es nicht. Die Nahtstelle hielt oder hielt nicht. Der Patient bekam eine Infektion oder nicht. Sie machten keine Ausflüchte, es gab kein Gejammer. Vielleicht waren sie nach außen hin oder gegenüber ihren Patienten nicht so ehrlich, aber untereinander gebrauchten sie keine Ausreden oder Entschuldigungen.

Ihr Problem war jedoch, daß sie Schwierigkeiten hatten, die Grenzen ihres Könnens zu akzeptieren. Das hing mit dem zusammen, was geschah, wenn sie im OP verschwanden und sich dem Fall zuwandten. Einmal, als ich um den OP herumschlich und versuchte, die Faszination dieses Ortes zu ergründen, überredete ich einen Chirurgen, bei einer fünfstündigen Hüftgelenksoperation zusehen zu dürfen. Da stand ich nun und fror mir einen ab – wenn der Patient stirbt, wollen sie den Körper wohl schnellstmöglich einfrieren – in meinem grünen Kittelchen, den grünen Überschuhen, mit der grünen Papiermütze und Maske, die meine Gänsehaut gut kaschierten.

Ich fühlte mich in dem Aufzug meiner Identität beraubt, der Chirurg dagegen hatte mächtig hinzugewonnen. Er kam rückwärts durch die Tür, drehte sich um, und sofort hörte jeder auf ihn. Sein Wunsch war Befehl. Wenn er eine bestimmte Klammer verlangte, wurde sie ihm gereicht. Wenn er sprach, bekam er Antwort. Wenn er schwieg, verstummten auch die anderen. Natürlich wählte er die Musik aus – Klassik für den Chefarzt, Rockmusik für den Assistenzarzt, der auch die abschließenden Arbeiten erledigte. Er fing etwas an und beendete es ohne Unterbrechung – das allein ließ mich staunen. Keine Anrufe, keiner kam rein und störte.

Es heißt, daß Chirurgen zu häufig operierten – daß sie zu schnell zum Messer griffen, wo man es genausogut mit Medikamenten, Gymnastik oder sogar mit Geduld hätte versuchen können. Einige sagen, daß sei die einzige Vorgehensweise, die Chirurgen kennen würden; andere, daß es an dem Geld läge. Aber mir ist der wahre Grund bekannt. Chirurgen operieren, weil es für sie eine Sucht ist, weil sie nirgendwo sonst so behandelt werden wie im OP. Aus diesem Grund gibt es bei uns so viele unnötige Gebärmutteroperationen. Und unglücklicherweise versuchen sie, diese magischen Momente auch außerhalb des OPs zu erreichen.

Southworths Boß, Dr. Crookshank, Chefarzt der Thoraxchirurgie, war bestimmt inzwischen bei Toby gewesen. Wahrscheinlich hatte er ihn sogar schon vorher mal aufgesucht. Sein Goldjunge Southworth – einer der wenigen Assistenzärzte, die offiziell zum Stab gehörten – war von seiner hysterischen Frau fälschlicherweise des Kindesmißbrauchs bezichtigt worden, und die dämliche Psychologin, die gar keine Medizinerin war, hatte diese Anklage auch noch unterstützt. Toby hatte ihn bisher hingehalten, weil nicht sicher war, wie das Gericht entscheiden würde und woher der Wind blies. Meine Meriten waren groß genug, daß Toby zögern würde, sich gegen mich zu stellen. Aber jetzt war der Sturm losgebrochen. Und Toby wollte nicht weggeblasen werden.

9

Vor dem Krankenhaus parkten zwei Ü-Wagen. Sie verhießen gar nichts Gutes. Hatte Toby schon eine Presseverlautbarung bereit – die meinen Rücktritt bekanntgab? Ich beschloß, den Geheimgang zu nehmen.

Das Jefferson Memorial Klinikum stammte aus dem Jahr 1850 – damals hieß es einfach nur Jefferson Memorial Krankenhaus. Wie alle Krankenhäuser aus der Zeit war es ein regelrechter Kaninchenbau, der aus unterirdischen Gängen, oberirdischen Nebengebäuden und Dependancen bestand. Man hatte ständig weitergebaut, sich angrenzende Gebäude einverleibt und drum herum kleinere Backsteinbauten hinzugefügt. Wer sich auskannte, konnte von hier nach da kommen, ohne jemals in den öffentlichen Teilen aufzutauchen. Aber dazu benötigte man Zeit und Zielstrebigkeit. Es war mit Sicherheit leichter, durch das Pentagon zu finden. Ich war jetzt seit zehn Jahren am Jefferson und kannte immer noch nicht alle Ein- und Ausgänge. Die Leichenhalle zum Beispiel. Ich wußte immer noch nicht, wo die Leichenhalle lag. Die bringen sie ja nicht im Erdgeschoß neben dem Kiosk unter. Ich war schon neugierig darauf, aber ich dachte mir, eines Tages würde ich zufällig darauf stoßen, während ich die dermatologische Station oder irgend etwas anderes suchte. Keine Ahnung, was mir sonst noch so verborgen geblieben war. Wahrscheinlich einiges.

Die meisten wußten zum Beispiel nicht, daß es alle möglichen Personalfahrstühle und versteckten Korridore gab, auf denen die Patienten der Chirurgie zum OP und wieder zurückgebracht wurden, ohne ständig auf Klinikbesucher zu treffen. Kein schlechter Einfall. Welche Frau will schon auf dem Weg zu einer Totaloperation dem Elektriker begegnen, der gerade ihr Wohnzimmer neu verkabelt?

Die Aufzüge hatten auch noch andere Vorteile. Der Tod im Fahrstuhl war einer davon. Eine ausgedehnte, langsame Fahrt im Aufzug machte es möglich, daß ein dem Tode geweihter Patient zwischen Chirurgie und Aufwachstation starb und sein Ableben somit weder in der Statistik der Chirurgie noch in der Aufwachstation auftauchte (was beide Abteilungen tunlichst vermeiden wollten). Krankenhäuser waren wie Kleinstädte. Es konnte alles mögliche dort geschehen.

Glücklicherweise galten die unterirdischen Gänge im Jefferson wenigstens als sicher. In einem Großstadtkrankenhaus war es in den Tunneln gefährlicher als auf den Straßen draußen. Ich hatte mal in einem gearbeitet, da gab es so viele Vergewaltigungen, daß den Schwestern verboten wurde, ohne Polizeieskorte zu den Getränkeautomaten zu gehen.

Natürlich hätte ich auch den Haupteingang nehmen können. Früher oder später mußte ich den Reportern sowieso gegenübertreten. Aber genauso wie ich nicht ohne Umschweife aggressiv werden kann, fällt es mir total schwer, meine Aggressionen zu unterdrücken. Wenn Toby mir eine Falle gestellt hatte – so nach der Art: Unfähige Gerichtspsychologin wird einbestellt, um von ihrem Boß vor versammelter Presse eins aufs Dach zu kriegen – dann war es zumindest ein kleiner Triumph, ungesehen reinzuschlüpfen. Ich entschied mich also für die Tunnel.

Tobys Sekretärin Diane war verblüfft, mich so ganz ohne Reporter im Schlepptau vor sich zu sehen. Sie arbeitete lange genug für Toby, um seine Art des Krisenmanagements zu durchschauen. Sie sah mich prüfend, aber nicht feindselig an, und ich hielt mich zurück. »Ich komme, um Ihren Chef zu sehen.« Wohlgemerkt sagte ich »Ihren Chef« und nicht »meinen Chef« oder »den Chef«. Ich hatte lange genug Basketball gespielt, um Leute nicht anzurempeln, die mich anrempelten oder von denen ich zumindest annahm, daß sie mich anrempeln wollten. Hier war die sicherste Strategie, einfach den Mund zu halten. Andernfalls würde ich nur einen weiteren Kriegsschauplatz eröffnen. Zum Glück machte es Toby einem leichter als jeder andere, den ich kannte, in einem Gespräch unter vier Augen nichts zu sagen.

»Immer hereinspaziert«, forderte er mich auf. Er würde nicht unangenehm werden, nicht, solange niemand dabei war.

»Also«, begann er, »das muß ja alles schrecklich für Sie sein. Was für ein Schlag. Überhaupt nicht vorhersehbar, nehme ich an.«

Ich schwieg.

»Eine schwierige Angelegenheit. Mir ist mal etwas Ähnliches passiert. Ich hatte gerade einer Mutter gesagt, daß ich das Krankenblatt gelesen hätte und daß die Prognose für ihr Baby gut sei. Eine Stunde später starb das Kind, und Dad kam mit einer Schrotflinte an. Er stand vor der Tür, ich dahinter. Man konnte die Tür gottlob nur von meiner Seite aus öffnen. Hab das nie vergessen und seitdem keine positiven Prognosen mehr gestellt.«

Ich wußte nicht so recht, was seine Geschichte mit mir zu

tun hatte. Vielleicht sollte es bezwecken, eine Verbindung zwischen uns herzustellen. Toby hatte viel von einem Triebtäter. Er wollte einen nicht nur bumsen; er wollte auch noch hören, daß man Spaß daran habe.

Ich nickte mitfühlend.

»Natürlich ist das unangenehm für das Institut, und wie Sie wissen, trage ich ja zweierlei Hüte. Ich muß mich nicht nur um das Wohlergehen der einzelnen Fakultäten kümmern, sondern auch darum, was für das Institut gut ist und außerdem, was gerecht und objektiv ist. Nur zu leicht vergißt man diese Verpflichtungen, wenn man erfährt, daß ein Fakultätsmitglied in Schwierigkeiten ist.« Er schüttelte den Kopf über seine eigene Nachsichtigkeit.

Ich tat so, als würde ich ihn verstehen.

»Also, Crookshank war heute morgen bei mir. Er war außer sich. Bestimmt können Sie verstehen, in welchem Dilemma er steckt. Southworths Geschichte geht ihm sehr nahe. Eine Tragödie! Und so unnötig.«

Da war ich nicht so sicher. Nathan hatte doch alles bekommen, was das Gericht ihm geben konnte. Irgendwie schienen sie zu vergessen, daß ich mit meinen Bemühungen gescheitert war, der Mutter das Sorgerecht zukommen zu lassen, obwohl es natürlich im nachhinein völlig absurd gewesen wäre, auch nur daran zu denken, ihr das Sorgerecht zu geben. Aber unter dem Strich war das Gericht meinen Empfehlungen nicht gefolgt, also konnte ich auch nichts für das Ergebnis. Der Gedanke heiterte mich etwas auf.

»Wir sind alle der Meinung, wie schrecklich diese ganze Sache ist – ein Mitglied des Klinikums klagt gegen ein anderes. Schlecht für den Ruf.« Ich war ja ständig auf Tiefschläge gefaßt, aber das hier traf mich doch unerwartet. Ich unterdrückte ein Zucken. Trotzdem hatte Toby mich erwischt, und er wußte es. Zwei zu null für ihn.

Er machte eine unbekümmerte Handbewegung. »Ich weiß, was Sie sagen wollen, und stimme Ihnen zu. Rechtsanwälte ruinieren die Medizin. Die Hälfte der Tests, die ich anfordere, sind unnötig, sie dienen nur der Absicherung. Andererseits muß es ja eine Regreßmöglichkeit geben für Leute, die ernstlich geschädigt wurden. Damit will ich natürlich nicht sagen, daß dies hier der Fall war«, setzte er rasch hinzu, um sich abzusichern. Er taktierte gut.

Ich zuckte mit den Schultern.

»Wie dem auch sei, schmerzlich oder nicht, ich muß den Institutshut aufsetzen und tun, was jeder andere in meiner Position auch tun müßte.« Seine Stimme wurde melancholisch. »Sie wissen, daß ich immer einer Ihrer größten Anhänger war . . .« Ich sah Toby direkt an. Wie oft hatte er mich in den letzten Jahren reingelegt? Und mit welchen miesen Tricks? Er geriet ins Stocken und sah weg. Jetzt war er zu weit gegangen, und wir beide wußten es. Zwei zu zwei – unentschieden.

»Na ja, wie dem auch sei, die Tatsache, daß Sie dafür waren, dieser Frau, die ihre Kinder umgebracht hat, das Sorgerecht zu übertragen und nicht dem, der – die Worte zweier kleiner Kinder ausgenommen – ein ganz beherzter und etablierter Arzt zu sein scheint, diese Tatsache wirft einige Fragen auf. Crookshank besteht darauf, daß wir in dieser Sache einen Untersuchungsausschuß einsetzen. Soviel ich gehört habe, will Southworth bei der staatlichen Kammer wegen Berufsschädigung Klage einreichen. Ich nehme an, er ist der Ansicht, zweifellos zu Unrecht, daß Ihre Beurteilung Sharons unzulänglich, wenn nicht gar fahrlässig war.«

»Angeblich«, warf ich ein.

»Angeblich?« kam es von ihm zurück. Er hielt inne, dachte einen Moment nach. »Nun gut, daß Sharon ihre Kinder angeblich umgebracht hat.« Ihm war noch überhaupt nicht in den Sinn gekommen, daß ihre Schuld fraglich sein konnte. So unwahrscheinlich es auch schien, es dämmerte ihm auf einmal, daß auch die Möglichkeit ihrer Unschuld bestand, oder zumindest, daß sie davonkommen könnte. Es ließ die Dinge etwas anders aussehen. Was immer er sonst noch hatte anmerken wollen, unterließ er daher.

»Nun, natürlich müssen wir eine psychologische Autopsie abhalten.« Meine Befragung war also auf einmal eine psychologische Autopsie, was den routinemäßigen Konferenzen über Erkrankungs- und Sterblichkeitsziffern nach einem unerwarteten Todesfall oder bei Komplikationen in anderen Abteilungen entsprach. »Wir werden dann sehen, was dabei herauskommt.«

10

»Angeblich.« Es war das einzige Wort, das ich während der Unterredung mit Toby hervorbrachte, und bis ich es ausgesprochen hatte, war mir nicht klar gewesen, daß ich Sharon für unschuldig hielt. Den ganzen Morgen lang hatte ich gebrütet, wie sie zur Mörderin werden konnte, und es nicht verstanden. Was wußte man über Frauen, die ihre Kinder ermordeten? Sehr viele von ihnen hatten ihr Kind vorher schwer mißhandelt. Einige wurden von gewalttätigen Ehemännern geschlagen und waren deshalb psychisch nicht besonders stabil. Einige waren Psychopathinnen, denen es egal war, wem sie weh taten. Viele von ihnen waren jedoch schlichtweg bösartig, und ein paar glaubten die große Liebe zu finden, wenn ihnen die Kinder nicht mehr zur Last fielen. »Ist sie verrückt, oder ist sie einfach bösartig?« war die entscheidende Frage, wenn man eine Frau begutachtete, die ihre Kinder ermordet hatte.

Alle Täterinnen zeigten jedoch – ganz gleich wie unterschiedlich nun im Einzelfall auch ihre Beziehungskonflikte zum Kind gelagert waren – eine typische Verhaltensweise. Sie neigten dazu, alle möglichen Böswilligkeiten in die Kinder hineinzuprojizieren: Das drei Monate alte Baby schrie, weil es wußte, daß Mutti einen schlechten Tag hatte. Die Kleine aß nicht, weil sie Mutti nicht liebte.

Bei Sharon jedoch hatte ich keine derartigen Merkmale festgestellt. Sie war zwar von pathologischer Eifersucht gegen ihren Mann beherrscht und hatte vielleicht aus Andrew ein altkluges Kind gemacht, aber sie hatte ihren Kindern nie etwas Böses unterstellt.

Ganz plötzlich hatte ich den Wunsch herauszufinden, was die Polizei gegen Sharon in der Hand hatte. Ich startete den Wagen und fuhr los. An wen sollte ich mich wenden? Ich konnte zurück in mein Arbeitszimmer im psychiatrischen Institut – durch die Kellergänge, versteht sich –, aber irgendwie hatte ich dazu keine Lust. Meine Privatpraxis war näher als mein Haus. Ich würde dorthin fahren. Welche Beweise hatte die Polizei – und wie konnte ich das herausfinden? Normalerweise rief ich einfach meinen Freund Adam Bowman an (der praktischerweise der Polizeichef war) und fragte ihn. Die Polizei nahm es mit vertraulichen Informationen nirgends allzu genau, aber in einer Kleinstadt waren sie wahrscheinlich noch laxer. Doch bei aller Unverfrorenheit wußte sogar ich, daß mir in diesem Fall die Türen verschlossen bleiben würden. Momentan befand ich mich mitten im Mahlstrom, und so lautete die Devise, sich gegen alle Seiten bedeckt zu halten. Ich konnte Adam nicht mal erreichen, ohne daß der Anruf über die Zentrale der Polizeistation ging, und wer weiß, wer dort an der Leitung hing.

Statt dessen rief ich Arthur an. Für einen Mann Anfang Sechzig war er kein schlechter Basketballspieler, und manchmal kam er zu unserem wöchentlichen Spieltermin. »Arthur, tun Sie mir einen Gefallen und rufen Sie Adam an? Fragen Sie ihn, ob er heute abend Basketball spielt. Wenn er Sie auslacht und sagt, daß er zufällig zwei Morde untersuchen muß, sagen Sie ihm, der Innenverteidiger will wissen, ob er kommt.«

Die Basketball-Courts für Spieler, die sich spontan trafen, lagen im zweiten Stock der alten Sporthalle. Ich kam zu früh, denn ich mochte leere Turnhallen. Außerdem, je älter ich werde, desto länger brauche ich, um das richtige Wurf-Feeling zu bekommen und um meine steifen Knochen aufzuwärmen. Ich nahm den Ball und spürte seine rauhe Oberfläche. Ich ließ ihn ein paarmal aufprallen. Der Klang eines einzelnen Basketballs, der durch eine leere Turnhalle schallt, war der vertrauteste Ton in meinem Leben. Ich kannte dieses Geräusch seit dreißig Jahren. So lange hatte ich schon die reliefartige Oberfläche des Balls gefühlt und in die gähnende Weite eines stillen Courts geschaut. Ich begann mich aufzuwärmen. Ich warf methodisch, indem ich direkt unter dem Korb begann – fünf Würfe rechts, fünf aus der Mitte, fünf links – und das Halbkreis für Halbkreis, wobei ich jedesmal ein paar Schritte weiter zurücktrat. Am Rand des Freiwurffeldes hörte ich auf. Mehr war nicht drin für meine Reichweite.

Gott sei Dank mußte ich nicht mehr in Sporthallen einbrechen. Als Kind hatte ich das so lange getan, bis der Trainer der High-School schließlich aufgab und die Halle während des Sommers aufließ. Ich war da in der siebten Klasse, und es stellte sich für mich als Erleichterung heraus. Zum einen mußte ich fortan nicht immer ganz allein spielen. Als die Halle verschlossen gewesen war, hatten natürlich nicht allzu viele mitgespielt, weil die meisten Kinder etwas Besseres vorhatten, als in einer verschlossenen Turnhalle herumzutoben. Besonders wenn draußen schon über dreißig Grad herrschten, während mir die Hitze drinnen bei verschlossenen Fenstern gar nicht auffiel.

Mama kapierte nie so recht, wie man den ganzen Tag lang einen Ball durch einen Ring werfen konnte, aber es fiel ihr meistens auch gar nicht auf, daß ich weg war. Mama war nicht gerade das, was man so gemeinhin »kindbezogen« nennt. Papa fiel meine Abwesenheit wohl auf, aber solange es mich glücklich machte, hatte er nichts dagegen. Mama war happy, an Papa herumzunörgeln. Es war das beste, bei ihren Streitereien nicht zu Hause zu sein.

Papa seinerseits hielt es größtenteils so wie ich. Er hatte eine Teilzeitkanzlei, aber erst in der High-School dämmerte es mir allmählich, daß er nicht gerade viele Klienten haben konnte. Die Anwaltskanzlei war eher ein Vorwand, um von daheim verschwinden zu können. Zum Glück hatte Oma ihm etwas Geld hinterlassen, so daß er eigentlich nicht viel arbeiten mußte, sonst hätte Mama wohl einen weiteren Grund zum Nörgeln gehabt.

Allmählich begannen die Spieler einzutrudeln. Ein spontan zusammengestelltes Basketballteam ist die demokratischste Sache der Welt. Wir hatten jedesmal einen Küchengehilfen und einen College-Direktor dabei, ebenso Professoren, Mechaniker und Arbeitslose. Es gibt nicht viele Sportarten, bei denen so gemeinschaftlich gespielt wird. Hier zählt nicht, wieviel Geld einer macht oder wie gebildet er ist, sondern ob man punkten kann oder nicht.

Jedesmal war einer dabei, der gerne organisierte. Die großen Spieler wurden aufgeteilt. Wir kleineren wurden danach zugeordnet. Mein Team gefiel mir an diesem Abend. Zwei Spieler, die den Ball gern in Bewegung hielten. Ein langer Kerl, der wußte, wie man zuspielte. Keiner, der schmollte, wenn man verlor. Keiner, der das Spiel mit dem Dritten Weltkrieg verwechselte, und keine Rowdies. Ein paar Leute auf der Gegenseite waren mir unbekannt.

Charlie, der meines Wissens Politikwissenschaftler war, spielte den Ball hoch. Ich signalisierte Fangbereitschaft am Rand des Freiwurffeldes und drehte mich in Richtung Korb. (Es verwundert mich immer, wie viele Spieler diese Drehung vergessen, wenn sie signalisieren, daß sie angespielt werden wollen). Er mußte den Ball gar nicht abgeben. Charlies Abwehrspieler rannte unversehens in mich rein und warnte seine Mitspieler, aber zu spät: Charlie war durch. Eins zu null. Bei uns zählte jeder Korb nur einen Punkt. Wir spielten bis einundzwanzig, man brauchte zwei Punkte Unterschied, um zu gewinnen.

Ich merkte sofort, daß mir der Typ, den ich decken mußte, nichts zutraute. Er war ein paar Zentimeter größer als ich, stand mit dem Rücken zum Korb und streckte die Arme wedelnd nach dem Ball aus. Jemand versuchte einen Korbleger, aber ich schlug den Ball weg. Mein Gegenüber dachte wohl, das sei eher ein Zufall gewesen. Wieder wedelte er mit den Armen, und diesmal bekam er den Ball tatsächlich, mußte sich dabei aber ziemlich strecken. Er machte eine Drehung in meine Richtung, und erleichtert stellte ich fest, daß er glaubte, locker aus der Taille heraus werfen zu können. Zum Teufel, seine Taille konnte ich doch erreichen! Ich nahm ihm den Ball ab, und er rastete fast aus. Nicht jeder Mann ist geeignet, gegen Frauen zu spielen.

Wir sprinteten über den Court. Der Ball flog sofort hoch – wir hatten mindestens einen Scharfschützen auf unserer Seite. Mein Gegenspieler drehte sich einfach um und hastete zum Korb, was total idiotisch war. Er hätte abwarten müssen, auf welcher Seite ich ihn umlaufen wollte, um sich dann dorthin zu drehen und mich abzublocken. Es lag nicht nur daran, daß er mich unterschätzte. Ein guter Spieler hätte auf jeden Fall verhindert, daß ich durchschlüpfte. Ich weiß wirklich nicht, wie heute trainiert wird; man lehrt nicht mal mehr die Grundlagen! Zehn zu eins, daß mein Mann einen Wurf von mir auch nicht verfolgen würde! Er würde einfach dastehen und weder hinterherlaufen noch hochspringen, um mich zu stören.

Ich hatte den Ball. Mein Gegenspieler bedrängte mich nicht, sondern folgte mir bis zum Freiwurffeld. Ich hielt den Ball einen Augenblick und sah mich um. Genial, ein Centerspieler kam unter dem Korb durch und gab dem Typen auf der anderen Seite ein Zeichen. Der kam rüber und stand einen Moment lang völlig allein und ungedeckt unter dem Korb. Ich war nah genug, um den Ball abzugeben und warf ihn meinem Gegenspieler über die Schulter, der, wie ich zu meiner Freude bemerkte, die Hände nicht mal erhoben hatte.

Mir fiel auf, daß er mich frontal zu decken versuchte. Interessant. Es ist klüger, jemand, den man nicht kennt, von rechts zu nehmen, weil die meisten Leute nun mal Rechtshänder sind und schneller und häufiger in diese Richtung abspielen. Ich beschloß also, beim nächsten Mal rechts zu passen, da er sich nicht darauf spezialisiert hatte und ich dort schneller war.

Meinen Fall und den Grund, warum ich überhaupt gekommen war, hatte ich mittlerweile total vergessen. Ich hatte sogar vergessen, daß ein Mord geschehen war, als Adam reinkam. (Auf einem Basketball-Court konnte ich alles abschütteln.) Ich spielte noch ein paar Minuten weiter. Adam schien das Warten nichts auszumachen, und ich hatte keine Eile, das Spielfeld zu verlassen und mich mit der schlimmen Sache zu befassen, die ich mit Adam besprechen wollte.

Ich machte zwei Punkte: Einmal, als ich einen Wurf nach

oben antäuschte, meinen Gegner zum Hochspringen verleitete, ihn umlief und ganz nah an den Korb kam. Beim zweiten Mal hielt ich direkt auf ihn zu (wieder von rechts her), tat so, als wolle ich von oben werfen, warf dann aber unter seinen ausgestreckten Armen durch. Ein paarmal gelangen mir auch enge Pässe, was ein Freudenfest für meine arme kleine Seele war. Wir gewannen das erste Spiel mit einundzwanzig zu siebzehn, aber ich glaube, ich hatte dabei keinen Freund gewonnen.

Ich verließ den Court, um mit Adam zu reden. Er hatte eine Tribüne abseits derjenigen gewählt, wo alle anderen ihre Sachen gelassen hatten, war schon im Sportdreß und band sich gerade die Schuhe zu. Jedesmal fiel mir auf, wie gut er aussah, selbst wenn er sich gerade die Schuhe anzog. Er hatte so eine richtig tolle Tennisfigur – lang und schlank, als würde alles an den breiten Schultern hängen. Sein Hintern war knackig. Ich stand auf seinen Körper. Wir waren beide geschieden, beide Anfang Vierzig, und mochten uns. Ich weiß auch nicht, warum sich bisher nie was zwischen uns abgespielt hatte. Wenn einer von uns einen anderen Partner hatte, sahen wir uns ständig. Aber wenn wir beide solo waren, dann schafften wir es irgendwie, monatelang nichts voneinander zu hören. Ab und zu, wenn ich ihn beim Spiel abschirmen mußte, spürte ich die Glut seines Körpers an meinem und verlor die Konzentration. Es war so, als ob wir uns gegenseitig auf der Warteliste hatten, ohne daß etwas passierte.

»Du bist doch an dem Southworth-Fall dran, oder?« fragte ich ihn.

»So was Unverfrorenes wie dich gibt's nicht noch mal«, erwiderte er verärgert. »Ich kann dir nichts über den Fall sagen.«

»Ach, komm schon, Adam, bei der offiziellen Anklage wird ja doch alles rauskommen.«

»Du wirst nichts davon erfahren, du nicht. Es sei denn, die Verteidigung heuert dich an.« Ein schlechter Witz, wenn man bedachte, daß mich Nathan angeblich verklagen wollte.

»Adam, ich glaube einfach nicht, daß sie es war. Ich habe ihre Tests durchgeführt, mit ihr gesprochen. Nichts deutet darauf hin. Ich muß wissen, ob ihr genug Beweise gegen sie habt, daß ich es glauben kann.«

»Keine Chance«, sagte er. »Es gibt heute einen Haufen Leute in der Stadt, die jedem in dieser Sporthalle eine Menge – eine große Menge – zahlen würden, wenn er bestätigen könnte, daß wir miteinander gesprochen haben. Was machst du, wenn du in den Zeugenstand kommst und gefragt wirst, worüber wir gesprochen haben?«

»Lügen«, sagte ich.

»Lügen? Vor Gericht lügen?«

»Ich werde sagen, daß wir darüber gequatscht habe, wie verrückt die Medien sind und wie sie uns nerven. Daß wir darüber geredet haben, daß wir den Fall nicht besprechen dürfen. Und daß du gesagt hast, mein Wurf habe durch die ganze Belastung schwer nachgelassen und ich hätte heute ja einen reichlich dämlichen Gegner gehabt.« Ich deutete auf das Spielfeld, während ich redete, so als würde ich über ein Spiel sprechen.

»Ach, tatsächlich«, entgegnete er.

Ich war ärgerlich. »Adam, wenn ich wählen muß zwischen keiner Info von dir oder einer Lüge vor Gericht, dann lüge ich lieber. Ich kannte die Kinder doch. Ich hab ihre Gesichter vor mir, ohne daß ich die Augen schließen muß. Und ich glaube nicht, daß ihr die Richtige habt. Vielleicht läuft da draußen noch so ein Scheißkerl rum, der kleine Kinder abschlachtet. Oder ich hab unrecht. Gut, aber dann sag mir bitte, warum. Wir können nicht den ganzen Abend reden, dann wirkt es wirklich verdächtig. Was habt ihr für Beweise?«

Die anderen Spieler hatten sich versammelt und wollten weitermachen. Zum Glück waren noch zwei Personen aufgetaucht, deshalb signalisierte ich ihnen, daß sie ohne uns anfangen sollten.

»Wenn du meinst«, sagte er.

11

Als ich nach Hause kam, fand ich eine Nachricht von Jack an der Tür und auf dem Tisch einen Wildreissalat von Carlotta mit einer raffinierten süß-sauren Sauce. Ich nahm die Nachricht mit hinein und las sie. »In Gedanken bei Dir. Schlimmer Alptraum, Dein Fall, tut mir so leid. Willst Du reden? Ich ruf Dich an, sobald es geht.« Ich warf die Notiz beiseite und aß den Reissalat. Den Anrufbeantworter ließ ich unbeachtet. Ich hatte die zweiundzwanzig Anrufe vom Vormittag noch nicht mal zurückgespielt, es konnten also keine neuen drauf sein. Das Telefon fing natürlich zu klingeln an, aber ich scherte mich nicht darum.

Psychologisch gesehen war es einfach nicht stimmig, daß Sharon ihre Kinder umgebracht haben sollte. Es war durch und durch unlogisch, aber ich sah schon kommen, wie das Ganze zu einem fast makellosen Gerichtsfall wurde. Meine Güte, man brauchte nicht mal einen besonders scharfen Bezirksanwalt, um den Fall zu gewinnen. Selbst ein Student im sechsten Semester konnte das schaffen. Ich war erschöpft und mutlos. Nach dem Gespräch mit Adam hatte jemand den Korb zugenagelt: Ich machte keine Punkte mehr. Ich kam nicht mal mehr in den Spielfluß. Ich ging schließlich, weil ich mich nur lächerlich machte.

Ziemlich viel später – ich saß immer noch auf der Terrasse – kam Carlotta vorbei. Meine Muskeln waren total verspannt. Ich hatte immer noch die durchnäßten Shorts und das T-Shirt unter meinem Sportanzug. »Los, setz dich in den Whirlpool«, sagte sie. Sonst laß ich mir von keinem was vorschreiben. Ich weiß auch nicht, warum ich bei Carlotta eine Ausnahme mache. Ich stand auf und ging um die Ecke. Die Terrasse war L-förmig, der kleine Teil lag hinter der Hausecke. Von dort konnte man den Bach und durch die herunterhängenden Äste den Himmel sehen. Die Terrasse lag dort verborgen hinter der kleinen Garage und war von der Straße her nicht zu sehen. Weil sie auch vom Haus ablag – von der Fensterfront, die zum Bach hin ging – fiel kein Licht darauf, und das kleine Heißwasserbecken lag nur in Mondlicht gebadet.

Ich streifte die verschwitzten, klammen Kleider ab und bemerkte zu meinem Erstaunen, daß ich meine Basketballschuhe noch anhatte. Das war außergewöhnlich, weil ich meine heiligen Sportschuhe sonst nie auf der Straße anließ; das Profil würde sich abnutzen und die Haftung auf dem Court nachlassen.

Ich glitt in das schimmernde schwarze Wasser, legte den Kopf zurück und sah durch das Astgewirr zu den Sternen hoch. Mir fielen all die Flüsse ein, in denen ich mich in der Dunkelheit hatte treiben lassen und zum Himmel hochgeschaut hatte. Schon damals hatte ich keine Angst gehabt. Es war mir vielmehr ganz natürlich vorgekommen, daß man etwas tat, was andere nicht taten, daß man etwas ganz für sich hatte. Ich war wohl einfach anmaßend, wie es Teenager eben sind. Ich war überzeugt, daß keiner der alten Spießer, die da auf ihren Terrassen beim Barbecue saßen, dieselben Sterne sähe wie ich – Sterne, die so leuchteten, daß die Augen schmerzten, ein Mondlicht, so hell, daß man vergaß, daß es Nacht war. Mein ganzes Leben lang war ich dorthin gegangen, wo andere nicht hinwollten, und nicht ein einziges

Mal war ich von einer Schlange gebissen worden – bis zu diesem Mal.

Keiner, den ich kannte, wäre den Fall so angegangen. Die Leute ignorierten Kinder, wenn es ihnen in den Kram paßte. Die Aufdeckung eines Kindesmißbrauchs kam niemandem gelegen. Sie mußte abgewiesen werden, auch wenn alle Kriterien dafür sprachen.

Das Problem war, daß Nathan mit Tränen in den Augen geleugnet hatte. Außerdem hatte er Geld, Macht und fünfzig Leumundszeugen aufgefahren. ›Persönlichkeitsstörung‹ war noch die günstigste Beurteilung für seine Exfrau. Und das Wichtigste: Man hatte nichts zu befürchten, wenn man sich gegen sie stellte. Legte man sich dagegen mit Nathan an, konnte eine ganze Menge passieren, auch schon vor dem Tod der Kinder. Wer jedoch für Sharon Partei ergriff, konnte sich quasi gleich vor eine Lokomotive werfen. Sie würde diesen Fall nie im Leben gewinnen. Nicht bei dieser üblen Meinungsmache, die in jeder Fernsehshow erzeugt wurde, nicht, solange der Durchschnittsgeschworene der Ansicht war, daß man Vierjährige programmieren konnte wie Computer.

Aber zunächst hatte ich keine Angst gehabt, obwohl ich wußte, daß wir alle zu Boden gehen würden. Warum jetzt? Befürchtete ich, meine Lizenz zu verlieren? In der Tat eine Katastrophe, aber die Art von Unglück, die mich normalerweise erst recht kämpfen läßt, die eine Zum-Teufel-mit-euch-Einstellung in mir anstachelte. Hatte ich Angst, von allen für eine komplette Idiotin gehalten zu werden? Die Hälfte meiner Bekannten dachte das sowieso. Abgesehen davon war der Verlust eines Kindes etwas, das die Bedeutung des Wortes Unglück augenblicklich veränderte. Einer meiner Freunde – ein hochkarätiger Politiker – war immer bekümmert gewesen über die politischen Kämpfe, in die er verwickelt war. Dann bekam er Krebs. Danach fand er Untersuchungsausschüsse viel weniger strapaziös. »Was können sie mir schon anhaben?« erklärte er oft. »Krieg ich Krebs davon?«

Langsam ließ ich die Finger durchs Wasser hin und her gleiten und seufzte. Das Problem war, ich schwamm nicht mehr allein im Wasser. Ich riß Leute mit, ob sie wollten oder nicht. Und nicht ich war von der Schlange gebissen worden, sondern sie. Bestand die Möglichkeit, irgendeine winzige Möglichkeit, daß ich etwas gesagt oder getan hatte, was zu dem Mord an den Kindern beigetragen hatte? Wäre das Sorgerecht auf den Vater übertragen worden, wenn ich die Sache mit dem sexuellen Mißbrauch nicht unterstützt hätte? Wahrscheinlich nicht. Wenn ich sie stillschweigend ignoriert und in meinem Bericht geschrieben hätte, es wäre wohl ein Mißverständnis gewesen, hätte sich das Gericht überhaupt nicht damit befaßt. Jamison hätte keinerlei Gelegenheit gehabt zu seiner Tirade über die Beeinflußbarkeit von Kindern. Hätte Sharon die Kinder umgebracht, wenn ihrem Exmann das Sorgerecht nicht zugesprochen worden wäre? Plötzlich fiel mir etwas ein, an das ich schon jahrelang nicht mehr gedacht hatte.

Als Teenie war ich wie eine Verrückte über die öden Landstraßen von North Carolina gerast. Quietschend und schlitternd nahm ich Kurven, und auf den geraden Strecken trat ich das Gaspedal durch. Eines schönen Sommertages fuhr ich mit hundertvierzig Sachen eine Gerade entlang, als ein Kind vor mir auf die Straße trat. Es war noch weit weg, aber der Abstand wird schnell kleiner, wenn man hundertvierzig fährt. Ich trat auf die Bremse, das Auto schlingerte, blockierte und schien überhaupt nicht langsamer zu werden. Das Kind erstarrte förmlich auf der Straße. Die Zeit blieb stehen: Die nächsten Sekunden schienen mir wie Jahrtausende. Ich sah die Hütten zur Rechten und zur Linken so deutlich, als wäre ich daran vorbeispaziert. Die Menschen vor den Türen schienen genauso erstarrt zu sein wie das Mädchen. Ungefähr einen halben Meter vor dem Kind blieb das Auto mit einem Ruck stehen. Ich legte den Kopf auf das Steuerrad und fing zu weinen an. Ich hatte einfach nicht damit gerechnet, daß ein Kind plötzlich vor mir auf die Straße laufen könnte. Das war das Ende meiner Rennfahrerkarriere. Ich bin nie wieder zu schnell gefahren. Wenn ich also irgend etwas mit dem Tod dieser Kinder zu tun haben sollte, bezweifelte ich ernsthaft, daß ich meinen Beruf je wieder ausüben könnte.

Der Knoten in meinem Magen löste sich auch im Whirlpool nicht. Die Sterne leuchteten einfach nicht mehr so wie früher. Ich stieg aus dem Wasser, wickelte mich in mein Hemd und ging ins Haus zurück. Dort kuschelte ich mich in einen bunten marokkanischen Umhang, den ich noch aus meiner Hippiezeit hatte, und trat wieder auf die Terrasse. Carlotta hatte einen koffeinfreien Kaffee aus richtigen Bohnen mit Haselnußgeschmack gebrüht und die Windlichter rausgestellt, flackernde Kerzen, die auf dem Terrassenboden standen und die Spätsommermücken vertrieben. Ihr Instinkt arbeitete wie immer einwandfrei. Ein heißes Bad, eine alte, unkomplizierte Freundschaft, ein Liegestuhl auf der Terrasse, die Geräusche der Nacht. Was konnte tröstlicher sein?

»Man muß nur lang genug im Wasser sitzen«, sagte ich, »dann kommt alles an die Oberfläche.«

»Was hat Adam dir erzählt?«

Sie hatte also mit Arthur gesprochen. Er wußte als einziger, daß ich Adam getroffen hatte. »Er sagt«, erwiderte ich, »daß sie gute Indizien in dem Fall haben, sehr gute Indizien. Es erscheint unglaublich, aber es ist ein Fall, der mit einer Verurteilung enden wird.«

»Das würde Adam nie machen«, sagte Carlotta. »Er würde nie einen Fall aufbauen, an den er nicht glaubt.«

»Er hat keine andere Wahl«, erwiderte ich. »Du weißt ja, in unserem blöden kleinen Staat mischt sich die Generalstaatsanwaltschaft in jeden Mordfall ein. Wie immer haben die einen Anwalt rübergeschickt, damit es auch wirklich zur Verhandlung kommt. Kurz und gut: Der Generalstaatsanwalt will, daß sie angeklagt wird, und damit basta. Übrigens muß sogar Adam zugeben, daß sie die Täterin sein könnte. Sharon hat nämlich kein Alibi. Es gibt einfach zu viele Indizien, die gegen sie sprechen, und nichts, was sie entlastet. Abgesehen einmal von einer kleinen, unbedeutenden Sache, die so hauchdünn ist, daß Adam sie nicht mal in seinen Bericht schreiben kann.«

Carlotta schwieg, also fuhr ich fort. Die Frau hätte Therapeutin werden sollen. Indem sie nichts sagte, drückte sie mehr aus als jeder, den ich kannte. »So soll sich die Geschichte abgespielt haben: Gestern um vier endet die mündliche Verhandlung. Fishbein gibt der Mutter eine Stunde Zeit, um die Kinder zu übergeben. Sie fügt sich. Die Kinder trudeln Punkt fünf Uhr beim Vater ein. Warum dieser kurze Zeitraum? Das weiß keiner außer Fishbein.

Nathan sagte später bei der Polizei aus, daß seine Exfrau äußerst niedergeschlagen war. Beim Ausladen der Kindersachen soll sie die ganze Zeit geheult haben. Als sie Nathan über die neuesten Gewohnheiten der Kinder informierte, liefen ihr die Tränen über die Wangen. Der Vater, der nach seinem Sieg gut den Großzügigen spielen kann, behauptet, daß er beinahe geneigt gewesen war, etwas Tröstendes zu sagen, so in der Art, er werde kein Unmensch sein bei der Gewährung des Besuchsrechts. Er unterließ es jedoch, weil er meinte, es würde ihr nur noch schwerer fallen, sich zusammenzunehmen. Na ja, das behauptet er jedenfalls.

Sharon fährt schließlich weg, und Nathan liest den Kindern die nächste halbe Stunde Geschichten vor. Dann klingelt das Telefon. Er hat Rufbereitschaft, und einer der Medizinalassistenten hat Probleme mit einem Neuzugang. Nathan nimmt den Anruf entgegen und bittet die Kinder in dieser Zeit draußen zu spielen, weil sie so laut sind. Er macht sich keine Sorgen, denn das Grundstück ist eingezäunt und die Kinder sind noch nie davongelaufen. Sie gehen hinaus, und er sieht sie nicht mehr lebendig wieder.«

Ich machte eine Pause, um über das Bisherige nachzudenken. Mir schien, daß diese Darstellung eine Menge offenließ. Außerdem war das ja wohl nicht gerade die feine Art, mit seinen Kindern umzugehen. Geht raus und spielt, ich hab zu tun!

»Nathan telefoniert ungefähr zwanzig Minuten – das hat der Assistenzarzt, mit dem er sprach, bestätigt. Als er aufgelegt hat, geht er hinaus, und die Kinder sind weg. Er glaubt, daß sie sich unbemerkt wieder ins Haus geschlichen haben, aber sie sind nirgends zu finden. Natürlich ist er aufgeregt und geht bei allen Nachbarn vorbei, zuerst bei denen mit Kindern. Doch niemand hat Adrienne und Andrew gesehen.

Seine Unruhe steigt. Weil Nathan vermutet, daß die Kinder versucht haben, zu ihrer Mutter zurückzugehen, steigt er ins Auto und macht sich auf die Suche. Er fährt die ganze Strecke bis zum Haus von Sharon ab, doch keine Spur von den Kindern. Er telefoniert vom Auto mit Sharon, doch diese wirft ihm vor, sie wieder nur schikanieren zu wollen, und er legt auf. Er informiert die Polizei, und die Suche beginnt. Als die Kinder weiterhin nicht auftauchen, geht man zu Fishbein, um einen Durchsuchungsbefehl für Sharons Haus zu bekommen, aber der weigert sich. Die Nachbarn sagen aus, daß die Mutter das Haus ihres Wissens nicht verlassen habe. Sie hätten auch keine Kinder gesehen. Bestimmt kam es Fishbein unwahrscheinlich vor, daß Sharon die Kinder erst ablieferte, um sie dann wieder fortzuholen und nach Hause zu bringen. Das klang ihm nicht sehr wahrscheinlich. Die Kinder würden schon wieder auftauchen. Das hier sei Vermont. Hier würde doch nichts Schlimmes passieren, oder?

Am nächsten Morgen um sechs stehen sie wieder vor Fishbein. Die Kinder sind immer noch verschwunden, und man hat weiterhin keine Spur. Inzwischen sind alle beunruhigt. Fishbein ändert seine Meinung und stellt den Durchsuchungsbefehl aus. Sie tauchen wieder bei Sharon auf. Als man die Kinderzimmertür öffnet, liegen die Kinder da, ordentlich in ihren Pyjamas, schön zugedeckt, mitten in ihren Bettchen, mit gekämmten Haaren und gefalteten Händen. Keine erkennbare Todesursache. Man nimmt an, Tod durch Ersticken oder Gift, aber der Autopsiebericht ist noch nicht da. Sharons Schicksal ist besiegelt, als sie feststellen, daß alle Türen und Fenster im Haus geschlossen sind und es keine Anzeichen für ein gewaltsames Eindringen gibt.«

»Und was hat die andere Seite?« wollte Carlotta wissen. »Was ist mit dieser hauchdünnen Geschichte, die Adam nicht mal in den Bericht bringen kann?«

»Das Geraüsch, das sie machte, als sie die Kinder sah.«

Erst eine Weile nachdem Carlotta gegangen war, beschloß ich, mich nicht weiter verrückt zu machen und ins Bett zu gehen. Als ich am Anrufbeantworter vorbeikam, vernahm ich Mamas Stimme. Aus einer Laune heraus griff ich zum Hörer. »Mädchen, ich hab dich heute schon dreimal angerufen.« Mama nahm es persönlich, wenn man nicht zu Hause war, um mit ihr zu telefonieren. »Ich hab alles in den Nachrichten gehört.«

»Tja, Mama.«

»Du hast einen Haufen Unannehmlichkeiten.«

»Sieht so aus.«

»Wieso hat diese Frau denn ihre süßen Kleinen bloß umgebracht?«

»Es ist nicht sicher, daß sie es war, Mama.«

»So hieß es aber in den Nachrichten.«

»Das stimmt nicht immer alles.«

Mama überlegte kurz. »Wo du auch immer deine Finger drin haben mußt. Aber ich verspreche dir: Ich würde dich selbst gegen einen Tiger verteidigen.«

Das war schon richtig herzlich für Mama.

12

Ich entschloß mich, Willy zu besuchen, nachdem Adam mir erzählt hatte, wie die Kinder bei ihrem Tod aussahen. Ich hatte so ein Gefühl, daß Willy mir etwas dazu sagen könnte. Aber unterwegs drehte ich fast um, weil mir davor graute. Die meisten Menschen verbrachten ihr ganzes Leben, ohne auch nur einen blassen Schimmer von den Dingen zu haben über die Willy berichten konnte – zu ihrem Glück. Ich besuchte ihn nur, wenn es unbedingt sein mußte.

Strafanstalten waren mir immer ein Rätsel. Wachtürme, Elektrozäune, Stacheldraht, Gitter, Stahltüren – der ganze Laden – alles wirkt rätselhaft auf mich. Okay, unsere Gesellschaft sperrt Leute ein, die gefährlich sind. Wenn sie versuchen abzuhauen, schießt man auf sie, egal, wofür sie drin sind. Aber dann, eines schönen Tages, öffnet man die Tore und läßt sie einfach gehen. Wie denn nun? Sind diese Leute nun gefährlich oder nicht? Und wenn sie es nicht sind, warum dann das ganze Drum und Dran? Was ich besonders grotesk fand: Sie führten einen Mann in Handschellen zum

Haupttor, damit er den Wachleuten auf dem Weg nach draußen nichts tat, und dann ließen sie ihn frei.

Ich fuhr bis ans äußere Tor und meldete dem Wachmann, daß ich einen Insassen besuchen wolle. Er winkte mich durch, ich parkte und ging bis zum inneren Tor, bei dem der Stacheldraht anfing und das etwa fünfzehn Meter vor dem Hauptgebäude lag. Mit einem ›Klick‹ öffnete es sich. Wer dort Dienst hatte, schien stets wach zu sein. Man trat heran und – ›klick‹. Ich kam an dem Schild vorbei, das Besucher darauf hinwies, nicht nur keine Feuerwaffen oder Messer zu tragen, sondern genausowenig folgende Dinge mitzubringen: Sonnenbrillen, Treibgasdosen, Glasflaschen, Kugelschreiber, Haarbürsten, Haarnadeln, Kämme, Börsen, Brieftaschen, Scheckhefte, Zigaretten, Feuerzeuge, Tabakwaren, Werkzeug, Nagelscheren, Feilen, Alkohol, Drogen, bunte Taschentücher, Bilder, Fotoapparate, Briefpapier, Medikamente (außer Nitroglycerin-Spray), mehr als fünf Dollar Bargeld, Perücken oder Haarteile (es sei den, sie waren vom Arzt verordnet) sowie alles andere, was man normalerweise bei sich trug. Zum Glück kannte man mich hier, und ich wurde nicht als derartiges Sicherheitsrisiko eingestuft, daß man mir mein Schreibzeug verbot. Das war gut, denn sonst hätte ich mir Kulis von einem der Insassen borgen müssen. Die durften nämlich welche haben.

Pflichtgemäß händigte ich meinen Führerschein und meine Autoschlüssel aus. Das mit dem Autoschlüssel verstand ich ja, aber daß sie mir auch den Führerschein abnahmen, machte mich jedesmal nervös. Wozu brauchten sie den eigentlich? Hatten sie Probleme damit, daß weniger Leute rausgingen als reinkamen?

Dann folgte die Parade der Stahltüren. Eine Stahltür. Warten. Klick. Ich trat ein und wartete wieder. Die Tür mußte sich schließen, ehe die nächste aufging. Ungeduldig stand ich in dem drei Meter langen Gang, der zu beiden Seiten von Stahltüren begrenzt war. Ich warf einen letzten Blick auf meine Kleider: lang, formlos und dunkel – mein Gefängnisoutfit. Die nächste Tür wurde geöffnet, und ich wandte mich dem Flügel mit den Triebtätern zu, in dem weitere Türen auf mich warteten. Eine der Begleiterscheinungen der Arbeit im Gefängnis war, so hatte man mir jedenfalls gesagt, daß man ab und an in der freien Welt auf eine Tür zuging, sie anstarrte und wartete, daß sie mit einem Klicken aufging.

Wieder mal fragte ich mich, warum Gefängnisse nicht funktionieren. Bei mir tun sie doch ihre Wirkung. Noch eine Woche lang nach einem Besuch hier würde ich nicht bei Rot über die Ampel gehen. Hätte ich während meiner Hippie- und Jointzeit ein Gefängnis besucht, wäre ich bestimmt viel eher davon abgekommen, gelegentlich Marihuana zu rauchen. Wie immer zählte ich bei meinem Gang die Stahltüren. Ich wußte genau, wie viele Stahltüren mich von der schönen Außenwelt trennten. Für die Insassen war das Gefängnis jedoch nicht viel mehr als eine besondere Lebensform. Für manche Leute hier drin war es sogar viel bequemer, als in der Außenwelt andauernd Entscheidungen treffen zu müssen.

Ich trat in den Flügel für Triebtäter und warf einen Blick auf den Tagesplan an der Wand. Sie hatten eine Gruppensitzung. Ich steuerte auf den Gruppenraum zu, um zu sehen, ob Willy drin war. Der Raum war von dem hinteren Ende der Cafeteria abgetrennt worden. Die obere Hälfte der Trennwand bestand aus Glas. Deshalb mußte ich die Gruppe nicht stören, um festzustellen, daß Willy dabei war. Er saß mit dem Rücken zur Wand.

Leise öffnete ich die Tür und trat ein. Sofort war eine leichte Spannung im Raum zu spüren. Besucher bei Gruppensitzungen waren selten: Nicht viele Leute durften dazukommen. Mir war es erlaubt, wegen meiner Arbeit.

Als ich eintrat, drehten sich nicht alle Köpfe zu mir um – die meisten Gefangenen waren zu cool, um sich beim Glotzen erwischen zu lassen. Aber die Spannung im Raum verriet, daß jeder meine Anwesenheit spürte. Ich hatte den Eindruck, daß mindestens die Hälfte der Gefangenen ihrer Phantasie freien Lauf ließen: Ihr Blick war so glasig. Aus Erfahrung wußte ich, daß die unterschiedlichsten Programme in ihren Köpfen abliefen. Einige überlegten sich jetzt, wie sie mich dahin bringen könnten, ihnen zu mehr Privilegien zu verhelfen. Einige malten sich die Vorteile aus, wenn ich mich in sie verliebte. Andere hatten sexuelle Vorstellungen. Und einige wollten mir ganz einfach die Zähne einschlagen, nur um meinen Gesichtsausdruck zu sehen.

In jedem Gefängnis kursierten Geschichten von einer Frau – ein Mitglied der Belegschaft, eine freiwillige Helferin, eine Anwältin, eine Psychologin –, die sich in einen der Häftlinge »verliebte«. Solche Affären ließen sich nicht lange verheimlichen. Die Frau begann, länger als gewöhnlich zu arbeiten, oder ein Wärter fand den Gefangenen in einem Teil, in dem er nichts zu suchen hatte, mit oder ohne Hosen an. Und wenn der Wärter nichts bemerkte, wurde es dem Gefängnisdirektor von einem Mitinsassen gesteckt. Oder er erfuhr es aus einer abgefangenen Nachricht. Die Frau schluchzte dann und sprach von bedingungsloser Liebe. Unter den Häftlingen malte man sich dann die nächtlichen Zusammenkünfte aus. Gerüchte machten die Runde, von Zigarettengeschenken über Sex bis hin zu Versprechungen, beim Berufungsausschuß für den geliebten Straftäter ein gutes Wort einzulegen.

Ich habe nie verstanden, wie man so naiv sein konnte, sich in einen Knacki zu verlieben, aber andererseits waren die wenigsten Frauen auf den Charme gefaßt, den ein Gefangener versprühen konnte. Ein Häftling, der den ganzen Tag nichts zu tun hatte und nur darüber brütete, wie er einer Frau sein Interesse signalisieren konnte. Er agierte dabei so scharfsinnig wie eine Rasierklinge. Die gebündelte Aufmerksamkeit, die er einer einsamen Frau zuteil werden ließ, konnte ihr den Atem nehmen. Und die Schattenseiten seines Wesens – die Gewaltausbrüche, die Drogen- und Alkoholprobleme, die sexuellen Übergriffe und sein Schmarotzertum – konnte man ja verdrängen, solange er im Gefängnis war.

Ich selbst hatte bei meinem letzten Besuch hier eine Notiz zugesteckt bekommen: Meine Bemerkungen in der Gruppe seien wirklich hervorragend gewesen, ließ mich der Häftling wissen. Wenn er jemanden wie mich vor langer Zeit kennengelernt hätte, wäre er heute nicht da, wo er sei. Ob ich ihm nicht eine Bücherliste schicken könnte? Ich würde schon wissen, welche Titel für ihn geeignet seien. Dann schrieb er mir von seinen ernsthaften Bemühungen in der Therapie und schloß letztendlich mit einer Bemerkung über meine Beine. Ich hinterließ die Nachricht damals auf dem Rückweg im Büro des Direktors, aber ich war ja auch schon lange genug im Geschäft, um weder das Gefängnis noch die Gefangenen in romantischem Licht zu sehen.

Ich erinnere mich noch, wie ich als junges Hippiemädchen mal unter einem Apfelbaum saß und einen Song von Joan Baez hörte: »Raze the Prisons to the Ground« – »Reißt die Gefängnisse nieder.« Das klang damals ganz vernünftig, aber keiner, der wirklich mal in einem Gefängnis gearbeitet hat, summte das Lied. Man begriff hier nämlich ziemlich schnell, daß eine Menge der Leute, die darin saßen, auch wirklich dorthin gehörten.

Ich nahm hinter Willy Platz. Jeder andere Gefangene im

Raum hätte es als störend empfunden, wenn sich jemand hinter ihn gesetzt hätte, aber nicht Willy. Ihm im Rücken zu sitzen machte ihn zwar nervös, aber Willy mochte das. Es gehörte quasi zu seiner Vorgeschichte. Er hatte mir erzählt, wie er sich an Kinder ranmachte, deren Eltern sich im Nebenzimmer aufhielten. Besonders stolz war er darauf, wenn er sie auf dem Rücksitz eines Wagens belästigt hatte, während die Eltern vorne saßen. Er liebte den Adrenalinkick, den Risiken mit sich brachten. Ich saß jedoch nicht hinter Willy, um sein psychopathisches Verlangen nach Erregung zu befriedigen. Ich wollte die Gruppe aus seiner Perspektive sehen.

Willy hatte sich neben dem Gefangenen niedergelassen, der am jüngsten aussah. Er hatte wohl mal wieder seine alte Taktik im Sinn, sich bei jemandem einzuschmeicheln. Er wandte den Kopf, um zu sehen, wer hereingekommen war, und als er sich wieder umdrehte, tauschte er einen bedeutungsvollen Blick mit seinem Nachbarn aus. Mir schien, seine Hofier-Strategie war schon ziemlich weit fortgeschritten. Kinderschänder suchen sich in der Regel den jüngsten Insassen aus, der greifbar ist, und wenden dann dieselben Methoden an wie bei Kindern, um ihn sexuell zu manipulieren. Wie Heteros haben Pädophile im Gefängnis oft Sex mit anderen Männern, selbst wenn sie sich draußen nicht dafür interessiert haben.

Außerdem fiel mir auf, daß sich Willy dem Gruppenleiter gegenüber gesetzt hatte. Zweifellos fühlte er sich in der Rolle des Gegenspielers. Mark, der Therapeut, hatte sich gerade Roger vorgenommen, einen hageren Gefangenen mittleren Alters, der Buchhalter gewesen war, ehe man ihn wegen Kinderschändung eingelocht hatte. »Du behauptest also, daß ein Vierjähriger, der nichts sagt, Einverständnis signalisiert?« fragte ihn Mark.

»Na ja, er hat es keinem erzählt, und er hätte es doch tun können. Ich hab ihn nie, niemals, bedroht. Und auch bei den . . . intimeren Handlungen . . . während unserer Beziehung hat er sich nie gewehrt. Ich hätte sofort aufgehört, wenn er es gewollt hätte. Aber es hat gleich zwischen uns gefunkt, von Anfang an. Er hat seine Mutter gleich beim erstenmal gefragt, ob er bei mir übernachten dürfte.«

»Die Gruppe bitte. Roger meint, daß das Schweigen Zustimmung bedeutet hat. Laßt uns einen Schritt weitergehen. Angenommen, er hätte ›ja‹ gesagt. Heißt das Zustimmung? Kann sich ein Vierjähriger einverstanden erklären?«

»Nein«, warf Willy schnell ein. »Ein Vierjähriger kann keine bewußte Einwilligung geben.«

»Willy«, sagte der Gruppenleiter, stand auf und stellte zwei Stühle in die Mitte des Kreises. »Warum kommst du nicht mit Roger in die Mitte, und ihr macht ein Rollenspiel? Ich möchte, daß du so tust, als sei Roger ein Vierjähriger, dem du alles über sexuellen Mißbrauch erzählst – was dabei passiert, was jetzt und später mit ihm geschieht – alles, was er wissen müßte, damit man von bewußter Einwilligung reden kann.«

Aus gruppendynamischer Sicht war das ein Fehler. Willy spielte immer den Hilfstherapeuten, und dieser Status verlieh ihm einen Vorteil bei der Manipulation von anderen Insassen. Aber ich verstand, warum der Gruppenleiter ihn wählte. Willy war den anwesenden Gefangenen bestimmt um mindestens fünfzig IQ-Punkte voraus, und da er nicht dieselben Denkfehler wie die anderen Triebtäter machte, war er genau der richtige Mann.

Willy stand auf und begab sich in den Mittelpunkt der Gruppe. Sein Gesicht wirkte so ruhig und freundlich wie immer, aber mir schien, seine Augen glänzten ein wenig. Ich hatte das ungute Gefühl, daß sich Willy aus dieser Nummer einen Spaß machen würde. Er liebte Machtgefühle, und wenn er erst einmal Macht hatte, benutzte er sie, um zu demütigen. Ich vermutete, daß Roger gleich nach allen Regeln der Kunst der Kopf gewaschen wurde.

Willy ignorierte den Stuhl und zog es vor, um den »Vierjährigen«, der nervös wegschaute, herumzulaufen. »Ich mache jetzt gleich ein paar Sachen mit dir«, begann er, »aber vorher sollst du wissen, was für Sachen, damit du entscheiden kannst, ob du gerne willst, daß ich das tue oder nicht. Zuerst ziehe ich dich aus und berühre dich an deinem ganzen Körper. Damit hast du vielleicht keine Schwierigkeiten, es sei denn, du magst es nicht, wenn man deinen Körper anfaßt, vor allem deinen Schwanz und deinen Arsch, aber andererseits ist mir ziemlich egal, was du magst. Ich tu das nämlich nur für mich, verstehst du, nicht für dich, deshalb ist es auch völlig egal, ob du das magst oder nicht.

Dann steck ich meinen Finger in deinen Arsch, was sich ziemlich komisch anfühlt, ungefähr so, als ob du mal mußt. Das ist dir garantiert peinlich, aber das ist mir wie gesagt völlig egal.« Willy schritt um den Stuhl, während er sprach, beugte sich drohend über den sitzenden Gefangenen und fixierte ihn länger als notwendig.

»Und nach einer Weile stecke ich meinen Schwanz in deinen Mund. Dein Mund ist natürlich ziemlich klein und mein Schwanz ziemlich groß, so daß du bestimmt würgen mußt und vielleicht das Gefühl hast zu ersticken. Auch das ist mir egal. Ich lasse meinen Schwanz wahrscheinlich ziemlich lange in deinem Mund, und dann kommt ein klebriges Zeug rausgeschossen. Jetzt mußt du wirklich würgen, und vielleicht kommt es dir auch hoch. Das ist mir ebenfalls egal.

Schließlich quetsche ich meinen Schwanz in deinen Arsch. Dein Arsch ist auch viel kleiner als mein Schwanz, deshalb tut es dir ziemlich weh. Du mußt sicher weinen und schluchzen. Das wird mich aber bestimmt nicht davon abhalten, denn du hast ja die Schmerzen und nicht ich. Meinem Schwanz macht dein kleiner, fester Arsch nämlich großen Spaß, und das ist ja schließlich der Zweck der ganzen Sache, daß es mir Spaß macht, nicht dir. Hinterher gibt's vielleicht viel Blut, und das macht dir große Angst, aber mir macht das überhaupt nichts aus.

Dann werde ich dich wahrscheinlich bestechen. Vielleicht mit einem Hamburger bei McDonald's oder einem Besuch auf dem Rummel. Ich kauf dir nette Sachen. Ich überschütte dich mit ›Liebe‹ und Beachtung, denn ich weiß ja, daß dein Vater Alkoholiker ist und deine Mutter kein Geld hat, um dir Hamburger zu kaufen. Das weiß ich, weil ich mich über deine Familie erkundigt habe. Ich ziehe nämlich Kinder vor, die nach Zuneigung lechzen, damit ich sicher sein kann, daß du das, was wir zusammen machen, für dich behältst.

Hinterher kommst du dir vielleicht schmutzig vor oder schämst dich, als hättest du was Schlimmes gemacht. Auch auf die Gefahr hin, daß ich mich wiederhole: Das ist dein Problem. Ich geh nur auf Nummer Sicher, daß du nichts erzählst. Das heißt natürlich, daß dir keiner bei deinen Problemen hilft.

Das alles wird dich vielleicht jahrelang belasten, vielleicht sogar dein ganzes Leben lang. Möglicherweise macht dir die Nähe zu anderen Leuten Schwierigkeiten, oder du verlierst das Vertrauen in sie. Vielleicht entwickelst du eine Abneigung gegen Sex, bist häufiger traurig, nervös oder ängstlich, aber ich habe dich dann ja schon lange fallengelassen, nämlich genau zu dem Zeitpunkt, als du kein Kind mehr warst. Und zu meinem Glück bin ich auch nicht in deiner Nähe.

Nachdem ich dir jetzt alles darüber gesagt habe, meinst du, daß du einverstanden bist mit dem, was ich jetzt mit dir mache?«

Der Buchhalter war am Boden zerstört. Er mußte Tränen fortblinzeln. »So war es nicht«, beteuerte er. »Bei dir klingt es schmutzig und eklig, aber wir standen uns sehr nahe.«

Willy stützte die Hände auf die Armlehnen von Rogers Stuhl und beugte sich nah über dessen Gesicht. ›Brich das ab‹, wollte ich Mark zurufen. ›Brich das sofort ab. Du hast das Mögliche rausgeholt. Ab jetzt hat nur noch Willy etwas davon.‹ Aber es war nicht meine Gruppe, und Mark würde bestimmt Anstoß daran nehmen, wenn ich mich einmischte. Deshalb schwieg ich.

»Du bist widerwärtig«, sagte Willy ruhig. »Du liebst ihn? Ach nee. Wie viele ›Liebschaften‹ hast du denn gehabt? Zweihundert? Dreihundert? Fünfhundert? Und wie viele der Kinder ›liebst‹ du noch, wenn ihre Ärsche nicht mehr klein und weich und seidig sind? Wenn sie etwas größer sind und du keinen mehr hochkriegst beim Gedanken an ihre kleinen stummeligen Pimmel? Nein, Roger, hör doch auf, zu lügen und zu jammern und dich lächerlich zu machen. Jeder hier weiß doch, was du wirklich bist. Ein Perverser. Du liebst die Kinder nicht, du benutzt sie nur.«

»Das reicht, Willy«, ging Mark dazwischen und brach das Schauspiel ungefähr zehn Lichtjahre zu spät ab. Willy ging praktisch pfeifend zu seinem Platz zurück und ließ den Buchhalter schluchzend zurück. Es war die schlimmste Form der Erniedrigung, vor den anderen Gefangenen zu weinen. Die meisten sahen weg. Ein paar wirkten wie in einer anderen Welt. Und zwei von ihnen hatten die gleichen glänzenden Augen wie Willy.

Der Gruppenleiter brach das Schweigen. »Also, das Rollenspiel war sicher schmerzlich, aber stimmt es nicht, daß das Kind alle diese Dinge wissen müßte, um bewußt zuzustimmen? Einen Teil davon erzählt ihr den Kindern gar nicht, und andere Dinge würdet ihr nicht sagen, weil sie es nicht verstehen würden. Also hat das Kind im Grunde keine Ahnung, auf was es sich einläßt oder wie sich das alles auswirkt. Das heißt unter dem Strich: Es ist nicht mit einer bewußten Einwilligung zu verwechseln, wenn ein Kind sich nicht wehrt. Nein, Vierjährige können keine bewußte Zustimmung zum Sex geben.«

Kurz danach löste sich die Gruppe auf, aber Willy war bereit, zu bleiben und mit mir zu reden. Ich wollte mich gerade setzen, als Mark mich fragte, ob er mich kurz sprechen könnte. Ich hatte das bisher vermieden, aber es sah so aus, als könne ich nun nicht umhin. Zu meinem Pech meinte Willy, es mache ihm nichts aus zu warten, und zögernd folgte ich Mark hinaus vor den Gruppenraum. »Was meinen Sie dazu?« fragte Mark, sobald ich die Tür geschlossen hatte.

Ich rückte etwas von der Tür ab. Willy würde mit Sicherheit lauschen. »Zu der Übung? Ich fand, daß es Willy einen Mordsspaß gemacht hat.«

»Kann sein, aber bei Roger hat es bestimmt was bewirkt.«

»Bis zu einem gewissen Grad, sicher«, räumte ich ein. Ich wollte nicht näher darauf eingehen.

Mark zögerte. »Wieso nur bis zu einem gewissen Grad?«

»Weil es am Ende in Erniedrigung ausartete, und Sie kennen ja meine Meinung dazu: Man kann den Leuten nicht beibringen, Machtmißbrauch zu unterlassen, indem man sie Machtmißbrauch aussetzt.«

»Aber Willy hat doch nicht direkt seine Macht mißbraucht. Er ist vielleicht ein bißchen zu weit gegangen, was aber verständlich ist. Ein Rollenspiel hat nun mal eine sehr dynamische Wirkung.«

»Mark, er ist nicht ein bißchen zu weit gegangen«, fuhr ich ihn an. »Er ist ein Sadist. Er geilt sich an Leid und Erniedrigung auf. Roger zu demütigen war ihm ein Vergnügen. Das Gefühl, daß er nichts als Scheiße ist, wird Rogers

Verhalten nicht ändern. Es ist höchstens niederziehend für ihn, und was machte er, um sich besser zu fühlen – genau das: Wenn er die Möglichkeit dazu hätte, würde er kleine Kinder belästigen. Im Prinzip ist die Übung nicht schlecht, aber um Gottes willen, Sie müssen sie abbrechen, bevor sie ins Negative umschlägt. Was da eben passiert ist, war einzig und allein eine Gelegenheit für Willy, jemanden zu quälen, und er fand's toll!«

Schon als ich die Worte aussprach, wußte ich, daß sie zu scharf formuliert waren. Ich muß einfach lernen, eleganter um den heißen Brei herumzureden. Ich mach einmal tja, ich mach einmal ähm, aber wenn der andere hartnäckig weiterfragt, sag ich einfach die Wahrheit. Mein Problem.

»Wissen Sie was?« explodierte Mark, »Sie haben was gegen Willy. Sie halten ihn für einen Hannibal Lecter. Achten Sie lieber mal auf Ihre eigene Gegenübertragung, Ihnen entgeht anscheinend eine andere Seite an ihm. Er versteht nämlich eine ganze Menge von Mißbrauch. Vielleicht ist es eine Art Wiedergutmachung für das Leid, das er verursacht hat. Sie sollten ihn in der Gruppe erleben. Er weist die anderen immer auf ihre Denkfehler hin.«

Du lieber Gott. Wen konnte Willy nicht um den Finger wickeln? Als nächstes würde mir der Gefängnisdirektor sagen, ich sei zu streng mit Willy.

»Hannibal Lecter! Hannibal Lecter kann nur davon träumen, so einschmeichelnd wie Willy zu sein. Glauben Sie mir – Sie wissen ja, ich kann die Einzelheiten nicht erzählen – glauben Sie mir nur das, Sie würden ihn genauso verabscheuen wie Hannibal Lecter, wenn Sie das über ihn wüßten, was ich weiß.« Ich versuchte, meine Stimme in Zaum zu halten, aber mir wurde heiß vor Zorn.

Immer hatte ich mit Kollegen größere Schwierigkeiten als mit Patienten. Bei Patienten rechne ich damit, daß sie übergeschnappt sind. Aber ein naiver Teil von mir erwartet, daß wenigstens die Kollegen wissen, was sie tun. Bei vielen ist das ja auch der Fall, mit Ausnahme gewisser Anwesender.

»Er führt also die ganze Welt an der Nase herum außer Sie. Das glauben Sie doch. Wissen Sie, was ich glaube? Sie sind diejenige, die er um den Finger gewickelt hat. Ich glaube, Willy hat spitzgekriegt, daß Sie jede verrückte Geschichte glauben, die er erzählt, und er lacht sich ins Fäustchen, daß er Sie reingelegt hat.«

»Mark, er erzählt mir davon, weil er so viele hereingelegt hat, daß es keinen mehr gibt, der erkennt, wie aalglatt er ist, keinen, der ›seine Kunst zu schätzen weiß‹, wie er es ausdrückt. Wirklich, Mark. Wie viele Leute, die keine Sadisten sind, kriegen schon einen Ständer, wenn sie bloß sadistische Akte mit kleinen Kindern beschreiben?«

Mark wollte weiter diskutieren, aber ich brach das Gespräch ab. Ich würde seine Meinung über Willy doch nicht ändern. Und er meine nicht. Ich entschuldigte mich damit, schon spät dran zu sein, und ging wieder zu Willy. Ich weiß nicht, ob Willy zugehört hatte oder nicht. Wahrscheinlich. Na und? Willy wußte ja ohnehin, daß er Mark reingelegt hatte.

Ich nahm mir Zeit, den Mantel auszuziehen, meine Sachen abzulegen. Ich mußte mich wieder in den Griff kriegen. Ich hätte Mark am liebsten den Hals umgedreht, aber wozu? Warum war ich so sauer auf ihn? Er unterschied sich nicht wesentlich von anderen. Die meisten wollen Boshaftigkeit einfach nicht wahrnehmen. Sie schließen die Augen davor. Ich werde fertig mit Roger und den anderen Tätern, die sich bei Kindern einschmeicheln, die ihre sexuelle Erregtheit auf sie projizieren und glauben, daß die Kinder mit ihnen Sex haben wollen. Mark möchte, daß sexueller Mißbrauch irgendwie erklärbar wird, egal, wie abartig er ist. Er will in jedem Täter was Gutes sehen, egal, wieviel Unheil er anrichtet.

Im gleichen Abstand von der Tür stellte ich zwei Stühle auf. Willy saß so lange noch auf dem Platz, den er während der Gruppensitzung eingenommen hatte und wartete, bis ich alles arrangiert hatte. Er kannte meine Gewohnheiten inzwischen. Ich pflege ein Gespräch mit potentiellen Gewalttätern von den Räumlichkeiten her so zu gestalten, daß sie nicht an mir vorbeimüssen, wenn sie aus dem Zimmer wollen, und ich nicht an ihnen. Einige Leute – diejenigen, die Willy so gut kannten wie ich – hielten es generell für keine gute Idee, überhaupt mit ihm allein zu sein. Aber Willy ist nicht dafür bekannt, gegen irgend jemand über zwölf gewalttätig geworden zu sein (ich weiß zumindest nichts davon), und seine Brutalitäten geschahen immer heimlich. Nur wenn er vollkommene Macht und Kontrolle über eine Situation hat, greift er zu Gewalt. Ein direkter Angriff entspräche nicht seinem Naturell. In der Öffentlichkeit verhält er sich alles andere als gewalttätig.

Ich sah zu Willy hinüber. Wie oft hatte ich ihn schon gesehen? Kein Geheimnis – ich mußte einfach nur meine psychischen Narben zählen. Ich erinnerte mich an unser erstes Treffen, das stattgefunden hatte, lange bevor ich wußte, daß Mark meine Einmischung in seine Gruppe nicht wünschte. Ich hatte einem der Männer in der Gruppe vorgeworfen, daß er log. Man schlug kleine Kinder nicht einfach, um sie sexuell gefügig zu machen, wie er behauptete. Man schlug sie, weil man es als Lust empfand.

Willy gratulierte mir nach der Sitzung zu meinem Scharfsinn. Die meisten Therapeuten, informierte er mich, seien in Wirklichkeit ziemlich dumm und wüßten nichts über die »ungewöhnlicheren Motivationen« von Triebtätern. Er bot mir seine Dienste als Berater an. Er wisse ganz gut Bescheid über diese Dinge, sagte er, durch »Untersuchungen« und Gespräche mit anderen Gefangenen. Mir war gleich klar, daß er einen Zuhörer brauchte, um sich über seinen Sadismus auszulassen. War es den Preis, den ich seither hatte zahlen müssen, wert gewesen? Ich erfuhr von Praktiken, die ich lieber nie kennengelernt hätte. Andererseits bildete ich mir ein, daß man mich weniger leicht täuschen konnte, nachdem mir Willy so einiges erzählt hatte. Unglücklicherweise konnte der vorliegende Fall diese Annahme widerlegen.

»Dr. Michael.« Willy nahm auf einem der Stühle, die ich zurechtgestellt hatte, Platz, lehnte sich zurück und faltete die Hände. Er schien erfreut, mich zu sehen, und ich war ziemlich sicher, er war befriedigt über meine Anwesenheit bei seiner kleinen Vorstellung. Die Langeweile im Gefängnis war abstumpfend, und zweifellos versüßte ich ihm mit meiner Gegenwart den Tag. Wahrscheinlich wäre ihm sogar ein Disziplinarverfahren recht gewesen, nur um die Monotonie des Gefängnisalltags zu durchbrechen. Er nannte mich nie Dr. Stone. Dr. Michael war seine Art, eine Spur familiär zu tun und damit durchzukommen.

Ich sah ihn mir an und versuchte einmal mehr, herauszufinden, warum es ihm immer wieder gelungen war, Kinder einzuwickeln. Er war klein, korpulent und hatte ein rundes, freundliches Gesicht. Uneingeweihte hätten es sogar liebevoll genannt. Er sah aus wie ein Gemeindepfarrer. Ja, er war einfach der geborene Gemeindepfarrer.

Sein Charme war umwerfend. Sein offenes Wesen reagierte auf das geringste Unbehagen des Gegenübers. Nichts entging ihm – der Schatten, der einem bei der Erinnerung an etwas Vergangenes übers Gesicht huschte, das leichte Lächeln, wenn man an etwas Angenehmes dachte. Seine Stimme enthielt die ganze Wärme, die man sich immer von seiner Mutter gewünscht und nie bekommen hatte. Man hatte das Bedürfnis, sich ihm anzuvertrauen. Viele hatten es getan, vor allem alleinlebende Mütter mit acht- bis zehnjährigen Söhnen ...

Doch meine Beziehung zu Willy war anderer Art. Ich habe keine Ahnung, welchem Risiko ich ausgesetzt war durch mein Wissen über ihn – auf jeden Fall wäre ich nicht glücklich gewesen, wenn man Willy entlassen hätte. In seiner jetzigen Situation erschien es lächerlich, mich zu umgarnen, aber Willy versuchte es jedesmal. Wahrscheinlich wollte er einfach in Übung bleiben.

»Mr. Willy.« Gott sei Dank klang meine Stimme wieder ruhig. Den Streit mit Mark hatte ich größtenteils weggeschoben. Verärgert zu sein bedeutete auch, verletzlich zu sein, und in Willys Gegenwart war es wohl das Schlimmste, seine Verletzlichkeit zu zeigen.

Ich sah Alex B. Willy an. Die meisten nannten ihn einfach Willy. Ich rede Gefangene auch grundsätzlich mit dem Nachnamen an, aber ich sage Mister. Selbst so kleine Respektsbeweise sind im Gefängnis wichtig. Ich wollte Respekt, daher war auch ich respektvoll. Sogar während einer Auseinandersetzung mit einem Gefangenen sagte ich immer ›Mister‹.

Ich wußte, daß ich nicht ins Rollenspiel verfallen durfte. Ich wollte Willy weder belehren noch therapieren. Aber es regte mich auf, daß er sich ein Vergnügen daraus machte, mit seiner Machtposition zu spielen, während er vor der ganzen Gruppe als der Gute dastand. Hätte Mark ihn in seine Schranken gewiesen, wär's mir egal gewesen, aber er war nicht eingeschritten, als Willy den Buchhalter fertiggemacht hatte. Doch ich hatte deswegen schon einen Streit hinter mir und brauchte nicht noch einen. Wenn Willy nicht darauf zu sprechen kommen würde, konnte ich mich zurückhalten.

»Was haben Sie denn von der kleinen Vorführung gehalten?« fragte Willy.

Ich machte einen letzten, heldenhaften Versuch, die ganze Sache zu ignorieren. »Mr. Willy, das wollen Sie doch nicht wirklich wissen.«

»Natürlich«, blieb Willy hartnäckig. »Sie wissen doch, daß ich Ihr Wissen über diese Schwachköpfe schätze.« Ich fragte lieber nicht, ob für ihn auch Mark in die Kategorie »Schwachkopf« gehörte. Brauchte ich auch gar nicht. Willy fühlte sich jedem überlegen, der ihn nicht zu Fall brachte.

»Mich interessieren nicht die anderen, sondern Sie.«

»Was meinen Sie denn damit, Dr. Michael? Ich wurde zur Teilnahme aufgefordert. Ausgewählt. Es ist doch offensichtlich, daß ich der einzige in der Gruppe war, der diese spezielle Art von Untermensch beeindrucken konnte. Ich hätte gedacht, daß Sie . . . na ja, dankbar wären, daß ich meine Fähigkeiten für die Gesellschaft einsetze – was ich in meinem früheren Leben übrigens des öfteren getan habe. Sie neigen dazu, nur meine Fehler hervorzuheben, aber ich versichere Ihnen, daß ich viel Gutes für die Kinder und ihre Familien getan habe. Sie äußern nie Anerkennung für meine anständigen Taten«, warf er mir vor, »das hier ist mal wieder ein perfektes Beispiel dafür.« Seine Stimme klang betroffen, und er gab sich tief beleidigt. Sein Blick wirkte jedoch keineswegs geknickt, sondern lauernd.

Er hatte übrigens recht. Ich nahm ihm einfach nicht ab, daß er etwas Anständiges mit Kindern machte; soweit ich wußte, hatte er das nie getan. Alle seine Nettigkeiten zielten nur darauf, sich die Opfer gefügig zu machen.

Ich stellte mich dumm. »Falsches Publikum, Mr. Willy«, sagte ich. »Schenken Sie sich's. Das bringt nichts. Sie können nicht beides – mir einerseits einen so guten Einblick in Ihre

Welt verschaffen und gleichzeitig erwarten, daß ich Ihren Unschuldsbekundungen glaube.«

»Ich verstehe Sie nicht«, sagte Willy beleidigt. »Was meinen Sie nur?«

»Ach, kommen Sie«, erwiderte ich. »Sie wissen doch genauso gut wie ich, was da heute abgegangen ist. Sie haben sich an der Erniedrigung von dem Typen aufgegeilt und ihn völlig der Lächerlichkeit preisgegeben. Es hat Sie high gemacht. Und um das klarzustellen: Er ist nicht halb so schlimm wie Sie. Wie viele Opfer hat er gehabt, Mr. Willy? Und wie oft haben Sie es getan? Wenn er sich auf Jungs beschränkt hat, waren es vielleicht hundertfünfzig Opfer, oder? Für Sie muß ich die Zahl ja wohl verdoppeln oder verdreifachen, oder soll ich einfach noch eine Null dranhängen? Für ihn war es was Neues, daß Kinder nur unwillig mitmachten. Er hat es sich nie eingestanden, denn es hätte ihm zu schaffen gemacht. Schmerz zufügen und jemand leiden sehen, das ist doch Ihr Ding. Hat er vielleicht jemals ein Messer zu Hilfe genommen, um den After eines Kindes ›zu erweitern‹? Wohl kaum.

Okay, Sie hatten eine Sonderstellung in der Sitzung heute, aber man hätte Ihnen mal die entscheidende Frage stellen sollen. Jemand hätte Sie fragen sollen, wie lange Sie schon so schlau tun und warum Sie sich dennoch nie geändert haben. Das hätte den anderen etwas gebracht.«

Ich merkte, daß meine Stimme erregt klang, und versuchte, den Ärger zu vertuschen – möglich, daß meine Auseinandersetzung mit Mark doch noch nicht ganz vergessen war. Da es mir gründlich mißlang, lächelte ich wenigstens. Im Laufe der Jahre habe ich gelernt, daß man fast alles zu fast jedem sagen kann, wenn man dabei ein warmes Lächeln aufsetzt. Ich brauchte Willy und wollte ihn nicht völlig vor den Kopf stoßen. Dennoch konnte ich mich nur schwer unter

Kontrolle halten, wenn er mit seinen Sadismusgeschichten kam.

Ich hätte mir keine Gedanken machen müssen – Willy lachte. Es gab Momente, da ließ er die Maske fallen, wenn man ihn durchschaut hatte. Es war, als ob er verschiedene Rollen ausprobierte und dann diejenige preisgab, der man nicht zustimmte. Er konnte innerhalb von Sekunden den Gesichtsausdruck wechseln, von aufrichtig empört zu leicht amüsiert. Es war wie in dieser Fotoserie von einer Krake, die ich mal gesehen hatte: Das Tier paßte seine Farbe ständig dem karierten Boden des Aquariums an. Das Ganze hatte was sehr Beunruhigendes.

»Sie müssen die Hoffnung nicht aufgeben, Dr. Michael, und doch zugeben, daß Sie heute außergewöhnliche Einblicke erhalten haben. Wenn ich Ihnen doch nur klarmachen könnte, daß das, was Sie Moral nennen, einfach nur eine andere ästhetische Entscheidung ist.«

Typisch Willy. Er war nicht beleidigt, daß ich ihm vorwarf, sich an Schmerzen und Leiden aufzugeilen. Da er so etwas wie Gewissen offensichtlich nicht kannte, war das für ihn wohl keine sonderlich schlimme Anschuldigung. Kleine Kinder zu quälen hielt er vielmehr für eine Art von Kunst, wie Musik oder Ballett – eben für eine »ästhetische Entscheidung«.

»Ich hab keine Lust auf philosophische Erörterungen, Mr. Willy. Mir hat mal ein Alkoholiker einreden wollen, daß Alkoholismus nur eine andere Art von Lebensstil sei. Es war mir die Zeit nicht wert, und genauso geht es mir mit der Debatte, ob es ein vernünftiges Hobby ist, Kinder zu quälen oder nicht.« Ich lasse mich nie auf Diskussionen über Recht und Unrecht ein. Ich kenne den Unterschied. Leute wie Willy kennen ihn nicht. Ende der Debatte. »Wie geht's Ihnen denn sonst so, und wie lief Ihr Bewährungsverfahren, Mr. Willy?«

»Schade, wenn man bedenkt, daß Sie für mich der ideale Sparringspartner sind. Miese Aussichten. Wahrscheinlich sagen einige, Sie seien erfrischend direkt.«

»Stimmt.«

»Und andere, Sie seien schrecklich taktlos und kein bißchen sensibel.«

»Stimmt auch. Also, wie war der Bewährungstermin?«

»Ach ja, mein Bewährungsverfahren. Leider abgelehnt, auf zwölf Jahre.« Zwölf Jahre! Das war völlig ungewöhnlich. Willy war über sechzig. Er würde über siebzig sein, wenn er das nächste Bewährungsgesuch einreichen konnte. Gesuche auf bedingte Entlassung wurden normalerweise nur für zwei oder drei Jahre ausgesetzt, damit die Gefangenen die Hoffnung nicht verloren. Man konnte viel leichter mit ihnen fertig werden, wenn sie versuchten, den Ausschuß zu beeindrucken, der über das Bewährungsgesuch entschied.

»Unmöglich. Ich bin überrascht, daß das Bewährungsverfahren so lange ausgesetzt wurde.«

»Sie haben nicht zufällig mit dem Ausschuß geredet?«

»Also, Mr, Willy! Wenn ich das getan hätte, wäre es in der Akte aufgetaucht und Ihr fähiger Anwalt hätte es herausgefunden und Ihnen erzählt. Ich nehme doch an, daß Ihnen die Regeln und Bestimmungen dieser Verfahren geläufig sind.«

»Und ich nehme auch an, daß kein Mensch jemals eine inoffizielle Bemerkung fallenläßt, die in keinem offiziellen Dossier auftaucht.«

»Dazu kann ich nichts sagen. Mich hat keiner gefragt, ob ich finde, daß man Sie auf Bewährung rauslassen sollte.«

»Was hätten Sie denn gesagt?«

»Ich hätte ihnen geraten, was der bessere Teil Ihrer Persönlichkeit sowieso weiß: nämlich, daß es keine besonders gute Idee gewesen wäre.« Welcher bessere Teil? Vielleicht hatte ich ja doch ein Quentchen Taktgefühl. »Aber ich vermute mal, daß irgend etwas eingetreten ist. Es muß doch einen Grund geben für die zwölf Jahre.«

»Keinen besonderen. Aber deshalb sind Sie ja wohl nicht hergekommen, Dr. Michael.«

Ich konnte mich noch nicht so recht überwinden. Vielleicht sollte ich mich lieber Schritt für Schritt nähern. »Erzählen Sie mir von Ihrem Doppelleben, Mr. Willy. Wie haben Sie es damals angestellt, daß Sie niemand verdächtigt hat?«

Willy grölte vor Lachen. »Kommen Sie schon, Dr. Michael. Sie glauben wohl, wir leben hier auf dem Mond. Erste Seite in allen Regionalzeitungen – Sie haben doch wohl die Zeitungen gelesen, oder?«

Ich schüttelte den Kopf.

»Aber mein liebes Mädchen, Sie stehen sogar im Wall Street Journal, wenn Sie auch leider nicht die Hauptfigur in dem kleinen Bericht über diesen wirklich interessanten Fall sind.«

Aus meiner Sicht überhaupt nicht »leider«. Großer Gott. Wenn die Story sogar schon die Wirtschaftsblätter erreicht hatte, war sie überall.

»Ich muß schon sagen, ich war ziemlich überrascht. Und ein bißchen enttäuscht. Ich hätte erwartet, daß Sie die ganze Sache besser anpacken würden, als es den Anschein hat. Das Sorgerecht für eine Frau zu beantragen, die sich als Kindermörderin entpuppte. Nein, so was! Ich nehme an, daß es als ziemlicher Faux pas angesehen wird unter Ihren Kollegen. Waren die Presseberichte korrekt? Sie haben sich wirklich für den Geisteszustand dieser Frau und ihre Fähigkeiten als Mutter verbürgt?« Willy schüttelte den Kopf wie ein liebevoller Vater, der seine törichte Tochter rügte. Natürlich hatte ich mich nicht für ihren Geisteszustand verbürgt, aber mit Willy würde ich das nicht bereden.

»Es gibt da tatsächlich einiges, das ich nicht verstehe, Mr.

Willy. Deshalb bin ich hier.« Willys Narzißmus war seine Achillesferse. Außerdem stimmte es, was ich da sagte.

»Tja, ich weiß nicht, ob ich Ihnen helfen kann, mein liebes Mädchen, aber wenn, dann tue ich es gern. Und ich kann nur hoffen, daß Sie Unterstützung finden in dieser schlimmen Zeit – zu Hause vielleicht?«

Ich hob die Augenbrauen und sah Willy an. Mein Lächeln gefror. Ich hatte Willy unmißverständlich zu verstehen gegeben, daß ihn mein Privatleben nichts anging. Wenn er sich in dieser Hinsicht einmischen würde, dann würde ich jeglichen Kontakt für immer abbrechen. Ich hoffte, daß diese Drohung ihre Wirkung nicht verfehlt hatte, da ich vermutete, daß Willy mehr Wert auf meine Gesellschaft und unsere Gespräche legte, als er zugab. Ich hatte ihm außerdem angedroht, daß ich – wenn er Kontakt zu mir suche, nachdem ich die Beziehung abgebrochen hätte – der Begnadigungsbehörde alles erzählen würde, was ich über ihn wußte. Ich sagte ihm jetzt, daß ich vorhatte, ihn zu erschießen, falls er jemals vor meiner Tür stehen würde.

Dennoch vermutete ich, daß Willy ziemlich genau darüber Bescheid wußte, wie viel oder wenig Unterstützung ich zu Hause fand. Gefangene hatten jede Menge Zeit, und in Zeitungsberichten und öffentlichen Dokumenten ließ sich allerlei über das Privatleben von anderen Leuten finden. Ganz zu schweigen davon, daß Willy an einem Trainingsprogramm teilnahm, bei dem Computer eingesetzt wurden, angeblich unter strenger Aufsicht. Diese hatte man eingeführt, nachdem mehrere Gefangene per Bildschirm einen Kreditkartenbetrug organisiert hatten. Aber ich konnte wetten, daß Willy Wege fand, um der »strengen« Aufsicht zu entgehen, und ich wäre auch jede Wette eingegangen, daß er mehr über Computer wußte als der Kursleiter.

Daß Willy sich einen Haufen Ärger einhandeln würde,

wenn man ihm auf die Schliche kam, hieß nicht viel. Für Leute wie Willy war es eine Art Sport, Dinge zu tun, die ihnen einen Haufen Ärger einbrachten, wenn man sie erwischte. Belästigungen, Folter, eventuell sogar Mord an Kindern – schwer vorstellbar, daß er zu all dem fähig war, ohne sich darüber im klaren zu sein, daß er in der Patsche saß, wenn man ihm auf die Schliche kam. Verglichen damit war es ziemlich nebensächlich, den Computer anzuzapfen, um seine Neugier an meiner Person zu befriedigen.

Aber was Willy auch über mich wissen mochte, er hatte es noch nie eingesetzt. Und da saß er nun – machte Anspielungen, hielt sich nicht mehr an unsere Abmachung. Was nur bedeuten konnte, daß er annahm, ich sei wirklich auf ihn angewiesen, sonst hätte er sich das verkniffen. Vielleicht war ich ja auf ihn angewiesen, aber das pubertäre Du-kannst-mich-mal in mir war stärker als alles andere. Ich hatte heute nicht die geringste Lust auf Willys Mätzchen. Wenn er versuchte, meinen Informationsbedarf auszunutzen und dabei für sich einen Vorteil rauszuschlagen, würde ich auf der Stelle kehrtmachen. Vielleicht wußte er das, vielleicht auch nicht.

Ich starrte ihn weiter ohne eine Spur von Sympathie an, bis er sprach. »Also, ich glaube, Sie wollten einen Rat von mir?« Sein Ton war zwar versöhnlich, aber da schwang auch noch etwas anderes mit – Unmut, vielleicht sogar Verärgerung?

Er hatte mich nicht aus der Reserve locken können, weil ich nicht geblufft hatte. Was nur gut war, denn ich hätte den kürzeren gezogen, wenn ich angefangen hätte, Willy gegenüber eine Show abzuziehen. Ich wäre davongelaufen, nicht nur wegen meiner pubertären Abneigung gegenüber jeder Art von Selbstkontrolle, sondern weil ich es nie zulassen würde, daß Willy auch nur einen klitzekleinen psychologischen Vorteil gegenüber mir verbucht. Man reiche dem Mann einen Finger, und im Bruchteil einer Sekunde nahm er einen beim psychologischen Wickel. Bei Leuten wie Willy darf man nicht mal die kleinsten Dinge dem Zufall überlassen.

»Ja, Mr. Willy, ich habe eine Frage.« Ich mußte jetzt wohl damit rausrücken. Ich hörte auf, ihn anzustarren, behielt jedoch den förmlichen Ton bei. »Was für ein Mensch würde die Kinder adrett in ihre Pyjamas kleiden, ihnen die Haare kämmen, sie akkurat in ihre Betten legen und ihnen die Hände falten?« Adams Beschreibung der Umstände beim Betreten des Zimmers hatte sich unauslöschlich in mein Gedächtnis eingegraben.

»Tja.« Willy lehnte sich zurück. »Dazu kann ich natürlich nichts sagen. So weit bin ich nie gegangen.«

»Im Gegenteil, Mr. Willy. Ich bin der Ansicht, daß Sie sich solche Dinge genau überlegen und daß Sie eine außergewöhnliche Fähigkeit haben, sich in die Psyche anderer Menschen einzufühlen und sich vorzustellen, wie sie empfunden haben könnten – ähnlich wie die FBI-Agenten in Quantico, die Verbrecherprofile erstellen.«

Eine ziemlich offensichtliche Finte. Es erstaunte mich jedesmal, daß Willy dennoch darauf reinfiel. Aber es paßte auch irgendwie. Willy wollte sich wichtig machen, und um sich richtig wichtig machen zu können, mußte man ihm suggerieren, davon überzeugt zu sein, daß er sich keine Geschichten ausdachte. Es gefiel ihm, wenn man mitkriegte, wie nah er bei seinen Schilderungen an seine eigene Lebensgeschichte herankam.

»Wenn ich Fotos hätte . . .«

»Ausgeschlossen. Keine Fotos.«

Willy schürzte die Lippen. Ich fuhr fort. »Mich interessiert nur der psychologische Aspekt. Was könnte der Täter denken oder fühlen? Warum hat er es auf diese Weise gemacht?«

»Hmm.« Willy lehnte sich wieder zurück und sah weg. Einige Minuten lang sagte er nichts. »Nun, man könnte versucht sein ...« Sein Ton veränderte sich. Er schien wie abwesend. Ich bemerkte, daß der väterliche Ton in seiner Stimme völlig verschwunden war. Er lächelte leicht, und seine Augen glänzten wieder. »Man könnte meinen, daß es eine Demonstration sein sollte, um andere mit einer Parodie auf elterliche Sorgfalt fertigzumachen. Eine nette, raffinierte Geste, mag sein, aber es gibt ... andere Wege ... den Körper eines Kindes so zu hinterlassen, daß es andere fertigmacht.«

Ich war unter keinen Umständen bereit, auch nur darüber zu spekulieren, was Willy mit dieser letzten Bemerkung meinte. Ich wollte keine Bilder davon vor meinen Augen haben. Ich warf einen Blick auf meine Notizen. Willy sollte nicht merken, daß ich betroffen war; es bereitete ihm nur Vergnügen. Aber meine Befürchtungen waren unbegründet. Willy war weggetreten. Ich hätte dazu gar keinen Blick auf die Ausbeulung in seiner Hose werfen müssen. Willy saß wegen Vergewaltigung und schwerer Körperverletzung von Kindern, aber seine Phantasie übertraf das, wofür er verurteilt worden war, bei weitem. Ich wurde die Erinnerung nie los, daß es in seinem Bezirk zwei ungeklärte Morde gab – beide verübt an neunjährigen Jungen.

Ich sah ihn an. Der Mann wirkte so normal. Es war einfach für ihn, von Leuten nach Hause eingeladen zu werden, leicht, mit ihren Kindern zusammenzukommen. Als er schließlich von einem Kind verraten worden war, weigerten sich viele Eltern anderer Kinder, mit denen er zu tun gehabt hatte, ihre Kinder von der Polizei verhören zu lassen. Obwohl er sich schuldig bekannt hatte, behaupteten einige Eltern noch immer, er sei unschuldig, und manche schrieben ihm sogar ins Gefängnis. Und was noch schlimmer war, wenn er morgen entlassen worden wäre, hätte sich die ganze Geschichte wiederholt. Die Menschen waren davon überzeugt, daß Verbrecher auch wie Verbrecher aussahen und redeten und daß die Guten leicht zu erkennen waren: Sie waren warm, offen und liebenswürdig.

Während ich wartete, daß er wieder auf den Boden zurückkam, entwickelte ich eine bizarre Vorstellung. Ich hatte plötzlich das Bedürfnis, Willy in dieser Haltung einzufrieren und sein Gesicht zu berühren. War seine Haut wirklich echt? War das eine wirkliche Person? Verstand ich durch die Berührung etwas, was ich allein durch Zuhören niemals begreifen würde?

Er fuhr fort. »Nein . . . Nein, ich glaube, er hat es rein zu seinem eigenen Vergnügen gemacht. Es liegt eine verlockende Macht darin. Vielleicht hat er sie vorher schon angezogen und gekämmt und bereitgemacht. Oder nein, es ist viel genüßlicher, wenn sie tot sind. Man hat die absolute Kontrolle. Möglicherweise hat er ein Kind sogar gezwungen zuzusehen, während er es beim anderen gemacht hat.« Er seufzte.

Ich konnte es nicht mehr ertragen. »Mr. Willy, ich habe nur noch eine Frage. Paßt diese Art, die Leichen zu hinterlassen, zu einer verzweifelten, in Panik geratenen Mutter, die ihre Kinder aus Angst oder sonst einer verrückten geistigen Verwirrung heraus tötet?«

»Nein. Die Kinder wurden ohne Zweifel von einem Sadisten erledigt. Nur ein Sadist ist zu so einem liebevollen Ritual in der Lage. Verzeihen Sie, Dr. Michael, aber Sie sind keine gute Schülerin. Sie scheinen einfach den liebevollen Aspekt von sadistischen Taten nicht begreifen zu wollen. Warum sind Sie eigentlich so sicher, daß die Mutter nicht auch eine Sadistin ist? Woher wissen Sie denn, daß Ihnen da nichts entgangen ist? Ich hätte Sie bestimmt auch getäuscht.«

Genau deshalb kam ich ja immer wieder. Ich hätte Willy

auf der Straße kennenlernen können. Er hätte mein Nachbar oder mein Pfarrer sein können. Vielleicht war einer wie er mein Patient. Ich kann nicht mit Sicherheit sagen, ob ich die Willys dieser Welt besser durchschaue als sonst irgend jemand. Gut möglich, daß ich Willy nichts angemerkt hätte, und bei Sharon war ich mir auch nicht mehr so sicher.

»Ihr Problem, Dr. Michael, besteht darin, daß Sie glauben wollen, ich sei ein Einzelfall. Aber das ist sehr naiv gedacht. Ich bin nicht so ungewöhnlich, wie Sie gerne annehmen.« Da war ihm wohl schwer zu widersprechen.

Als wir aus dem Zimmer traten, ließ Willy seinen Schlußsatz los. »Ich persönlich habe den Verdacht, es geschah mit Plastiktüten über dem Kopf. Das Gesicht des Kindes läßt sich dabei beobachten, und das bringt Befriedigung. Wenn man außerdem vorsichtig ist, kann man den Vorgang unterbrechen, ehe sie tatsächlich sterben, und noch mal von vorne anfangen.«

Ich erstarrte. Der medizinische Autopsiebericht war noch nicht da, aber es gab keine sichtbaren Merkmale an den Leichen. Vielleicht Gift, hatte Adam gesagt. Oder Tod durch Ersticken.

Auf dem Weg hinaus suchte ich eine der Gefängnistherapeutinnen auf und fragte, was mit Willys Bewährungsgesuch passiert sei. »Ach«, meinte sie, »Willy hat sich selbst ein Bein gestellt. Er versuchte, in seinem Trakt Kinderpornos zu verkaufen, und jemand hat ihn verpfiffen.«

Ich mußte beinahe lächeln. Typisch Willy. Immer auf Messers Schneide. Das Adrenalin hochtreiben, indem man es drauf ankommen ließ. Das Gefängnisleben war Willy zu langweilig, um sein Bedürfnis nach Risiko zu befriedigen. Er mußte selbst zur Tat schreiten. »Ach«, sagte ich, »und das war genug, um ihn auf zwölf Jahre abzuweisen?«

»Klar«, entgegnete sie. »Weil noch dazu kam, daß er sich schriftlich über die achtjährige Tochter des Direktors ausgelassen hat. Aber sie wären wohl nie dahintergekommen, wenn er den üblichen Kram zu Papier gebracht hätte. Es gibt ein paar Jungs hier, die es gekauft und den Mund gehalten hätten – Sie wissen schon, solche, die viel quatschen, aber nicht handeln. Willy jedoch hat genau beschrieben, wie er ihre Augen mit einem Schraubenzieher rausholt, und wir haben zur Zeit niemanden hier, dem so was gefällt. Ich glaube, selbst der schlimmste und brutalste Vergewaltiger hätte ihn verpfiffen.«

Beruhigend zu wissen, daß sich die Häftlinge so verhielten, dafür um so beunruhigender, welche Phantasien Willy entwickelte. Er verfolgte mich auf meiner Heimfahrt. Ich hätte dringend ein Ritual benötigt, um ihn loszuwerden. Am besten so etwas wie Exorzismus. Ich verstand auf einmal, warum Mark nicht unbedingt wissen mußte, daß es Leute wie Willy gab.

Willy war derjenige, der meine Einstellung zur Todesstrafe verändert hatte. Bis ich Willy kennenlernte, war ich dazu eigentlich denkbar liberal eingestellt. Woran sich immer noch nichts geändert hatte – mit einer Ausnahme: Bei Willy und seinesgleichen würde ich den Abzug höchstpersönlich abdrücken. Nach meiner ersten Sitzung mit Willy war ich schnurstracks in ein Waffengeschäft gefahren und hatte mich für einen dreitägigen Schießkurs angemeldet.

Mama hätte gesagt, er ist fieser als eine Schlange.

13

Als es Abend wurde, lag bereits ein riesiger Abstand zwischen mir und Vermont, und ich befand mich in einem Boot auf den Inland Waterways, den Binnengewässern von North Carolina. Meine gesamte Familie lebte hier in der Gegend, und ich war auf dem Weg zum Dinner bei Mama. Wenn das Boot einen Rückspiegel gehabt hätte, wäre darin das Häuschen von Vetter Wilbur zu sehen gewesen. Es stand an dem Ufer einer kleinen Bucht in der Nähe der Inland Waterways. Wilbur bezeichnete es allerdings nicht als Häuschen. Für ihn war es lediglich eine Tarnhütte zur Entenjagd – sein Stolz und seine Freude –, die da am Ufer der Bucht stand. Das Häuschen war nur eine Art Behelfs- und Geräteschuppen – ein ganz primitive Hütte, mit einer prachtvollen Ausnahme: einem riesigen offenen Natursteinkamin, der fast eine ganze Wand in Anspruch nahm. Den meisten Leuten wäre die Hütte – primitiv oder nicht – viel wichtiger gewesen als der Tarnposten, der nichts anderes war als ein Ponton mit Schilfwänden drumherum, auf dem man sich zur Entenjagd verbarg. Aber so war eben mein Vetter Wilbur.

Ich übernachtete in dem Häuschen. Jedesmal, wenn ich nach Hause kam, übernachtete ich dort – zumindest seit Papa tot war. Sicher wäre es ihm nicht recht gewesen. Er hatte sich immer gewünscht, daß ich mich mit Mama vertrüge. Aber das klappte nicht. Inzwischen konnte man Mama und mich mit zwei Staatsoberhäuptern vergleichen. Wir trafen uns ungern zufällig, es hätte nur zu leicht in einen dritten Weltkrieg ausarten können. Wir benötigten einen angemessenen Rahmen und vor allem die richtigen Stoßdämpfer zwischen uns. Ich hatte mich zum Essen angesagt. Bestimmt würde ich nicht der einzige Gast sein.

Wie so oft am Spätnachmittag hatte der Wind nachgelassen, und die Inland Waterways lagen da wie ein einziger langgezogener Spiegel. Das Boot schien mühelos dahinzugleiten. Hier und dort hatten Segelboote auf dem Weg von New York nach Florida für die Nacht in kleinen Buchten ihre Anker geworfen. Der Duft von Barbecues hing über dem Wasser, und von den Anlegern, Booten und Veranden winkten mir Leute zu, als ich vorüberfuhr.

Die Hälfte von ihnen war mit mir verwandt. Irgendwie lebten fast alle meine Verwandten am oder auf dem Wasser. Es lag einfach in der Familie, und es war hier auch noch möglich, direkt am Wasser zu wohnen, ohne besonders reich zu sein – wenn es einem nichts ausmachte, keine Nachbarn zu haben, eine dreiviertel Stunde zum Kaufmann fahren zu müssen und Billionen von Meilen von jeglicher Zivilisation, selbst der einfachsten, entfernt zu sein. Wie wohlhabend meine jeweiligen Verwandten waren, ließ sich daran ablesen, wie nahe sie am Fortschritt lebten. In der Stadt war Eigentum am Wasser etwas, das sich fast nur noch Auswärtige leisten konnten.

Allerdings täuschten die Entfernungen, denn sie wurden nach den Landwegen berechnet. Meine Verwandten lebten tatsächlich zu Wasser viel näher beieinander, als die offiziellen Distanzangaben vermuten ließen. Sie nahmen gewöhnlich das Boot und fuhren über Wasserstraßen wie Neuse River, Core Sound und Bogue Sound, je nachdem, wo sie wohnten. Deshalb war es nichts Ungewöhnliches, mit dem Boot zu Mama zum Dinner zu fahren.

Ich winkte dem Brückenwärter bei Core Creek zu, dem Vater eines High-School-Freundes, und steuerte weiter auf den Sund zu. Ich hatte einen Schwarm Delphine gesichtet. Sie schnellten immer wieder in gleichbleibendem Schaukelpferdrhythmus aus dem Wasser empor. Die Leitkuh war riesig, ihr Körper übersät mit Narben von wer weiß wie vielen Kämpfen mit Haien. Inmitten des Rudels waren zwei perfekte Synchronspringer, die gemeinsam eintauchten und wieder hochsprangen. Sie hatten ein winziges Delphinjunges zwischen sich, das völlig aus dem Rhythmus gekommen war. Sein tapsiges Hüpfen sah für das menschliche Auge drollig aus, aber bestimmt empfanden die Delphine das nicht so. Humor war wohl etwas Artgebundenes.

Ich fragte mich, warum ich mich gar nicht kaputt fühlte. Ich hatte das Gefängnis verlassen und war schnurstracks zum Flughafen gefahren. Wieso auch nicht? Melissa, meine Sekretärin, hatte allen Patienten für die restlichen Wochentage abgesagt. Es war besser, ihnen ein Spießrutenlaufen zwischen den anwesenden Reportern zu ersparen. Schon aus Gründen der Diskretion. Jeder, der in meine Praxis kam, konnte sich leicht in den Sechsuhrnachrichten wiederfinden.

Ich hatte zwar keinen Flug gebucht, aber ich kannte alle Nahverkehrsflüge in- und auswendig. Es gab einen, der eine halbe Stunde nach meinem Verlassen der Strafanstalt in Richtung Boston flog. Dort hatte ich einen Anschlußflug nach Carolina genommen. So machte ich es am liebsten. Die Reisetasche aus dem Kofferraum schnappen und abhauen. Ich hatte weder Haustiere noch Zimmerpflanzen, damit ich immer ohne Umstände fortkonnte. Etwas zu planen war noch nie mein Ding gewesen.

Ich muß zugeben, daß ich mir ein bißchen was auf meine Flexibilität einbilde. Egal wie lang die Reise dauern soll, ich habe genug dafür in meiner Reisetasche. Was braucht man denn schon? Jeans und einen Pullover hat man an, dann nimmt man noch ein Paar Hosen mit, zwei Paar Shorts, drei T-Shirts, zwei Hemdblusen, einen Badeanzug, einen Schlafanzug und ein Kleid. Wo man einen warmen Mantel braucht, da sollte man gar nicht erst hinreisen. Alles muß kombinierbar und knitterfrei sein. Alles sollte im Waschbecken gereinigt werden können und in eine Reisetasche passen. Ich mußte immer ein bißchen selbstgefällig grinsen, wenn ich sah, wie sich andere am Flughafen mit ihren Koffern abplagten. Ich hatte mein Ticket abgeholt, die Jeans gewechselt und immer noch fünf Minuten Zeit. Jetzt war ich daheim, auf dem Wasser von Carolina.

Ich habe die Angewohnheit, hierher zu kommen, wenn ich von der Rolle bin. Hier gewinne ich wieder Boden unter den Füßen und kann neu anfangen. Ich weiß nicht, wie das funktioniert. Ich mag die Südstaaten nämlich eigentlich nicht, mochte sie noch nie und bin so früh wie möglich abgehauen. Aber eine ehemalige Südstaatlerin ist und bleibt wohl eine Südstaatlerin und Heimat nun einmal Heimat. Jeder hat irgendeinen Ort, an dem er wieder auftanken kann.

Der Flug von Boston ging nach Raleigh. Von dort hätte ich ein Kleinflugzeug, einen sogenannten Pfützenhüpfer, bis Wilsons's Pond nehmen können, aber ich wollte lieber einen Wagen mieten und fahren. Ich hatte das Gefühl, daß ich wieder alles in den Griff bekam.

Die Gegend war arm außerhalb des Forschungsdreiecks Raleigh, Durham und Chapel Hill. Ich fuhr an vielen ärmlichen Hütten und rostenden Autowracks vorbei. Es gibt zahllose Stuckey-Buden und andere Läden, vor denen Leute auf und ab marschieren, die als Erdnüsse, Schokoriegel oder sonstwas verkleidet sind – im Süden glaubte man an diese Art von Werbung. Für meinen Geschmack gibt es auch immer noch zu viele Schilder, auf denen »Man spricht Südstaatlerisch« steht. Immerhin war außerhalb von Smithfield die Tafel abmontiert worden, die ein Ku-Klux-Klan-Mitglied zeigte, das auf einem sich aufbäumenden Pferd saß – mitsamt Umhang und Spitzmütze – und ein brennendes

Kreuz in der Hand schwang. In meiner Kindheit hatte die noch existiert. Die Faschos gleich um die Ecke – wirklich reizend.

Aber neben der Armut, dem Ku-Klux-Klan und den Imbißbuden gab es auch noch die schönen Seiten des Südens: Gemüse mit Speckscheiben gebraten – Infarkt-Essen, aber vom Geschmack her um Längen besser als das wäßrige, fade Zeug, das einem im Norden aufgetischt wurde. Der Süden, in dem ich vom Baum meiner Großmutter frische Feigen pflückte und im Krabbenkutter meines Onkels mitfuhr; im Morgengrauen, wenn die Sonne ein goldenes Band auf das glasklare Wasser warf. Der Süden, in dem ich als Teenager jahrelang mit einem Styropor-Segelboot – im Ernst, Styropor! – herumgeschippert war, die sicheren Ufergewässer rauf und runter, und allerlei Seeigel, Muscheln sowie Austernschalen mit regenbogenfarbenen Rillen gesammelt hatte.

Mamas Haus kam in Sicht, ein großes, weißes Haus auf einer Anhöhe. An der Front und einer Seite erstreckt sich eine Veranda. An diesem Abend war sie hell erleuchtet – in voller Festbeleuchtung, wie Mama sagen würde. Als ich am Anleger festmachte, bemerkte ich zu meinem Unbehagen eine große Anzahl weiterer Boote; es sah so aus, als seien fast alle meine Verwandten gekommen. Ich wußte nicht so recht, ob ich heute abend die ganze Sippschaft ertragen konnte. Am Haus oben bemerkte ich, daß draußen auf der Veranda mehrere Tische gedeckt worden waren.

Unten am Anleger saß mein Onkel John. Er hielt ein Glas in den Händen und betrachtete den Sonnenuntergang. Er ist kräftig gebaut, seine Hände sind groß, knotig und ganz rauh vom Einziehen der Netze auf seinem Krabbenkutter. Ich warf ihm die Bugleine von Wilburs Boot zu, und er vertäute sie an einem der Pfosten. Dann kletterte ich hinten raus und machte das Boot am anderen Ende fest.

»Mädchen«, begrüßte mich Onkel John, »ich hab ein paar fantastische Blaufische für dich. Es gibt davon eine Menge in diesem Jahr.« Von jetzt an würde ich meinen Namen nicht häufig hören. Michael war einfach kein guter Südstaatenname. Ich hätte Sally Ann oder Anna Carol oder Mary Beth heißen müssen. Selbst mir blieb jahrelang schleierhaft, wie ich zu dem Namen Michael gekommen war. Schließlich erzählte mir Vetter Wilbur, daß Papa bei meiner Geburt betrunken war und dachte, ich sei ein Junge.

Mama haßte den Namen. Als ich längst im Kindergarten war, stritten sie und Papa sich immer noch, ob er geändert werden sollte oder nicht. Ich weiß nicht warum, aber es ist das einzige Mal, an das ich mich erinnern kann, bei dem sich Papa gegen Mama durchgesetzt hat. Ich habe nie herausgefunden, ob ihm der Name etwas bedeutete oder ob er zumindest einmal hart blieb.

Mama gab jedoch nicht so leicht auf. Als ich ein Teenager war, versuchte sie mich zu einer Namensänderung zu bewegen. Das tat seine Wirkung: Nun war endgültig Schluß mit den gemischten Gefühlen, mit denen ich mich bisher noch wegen des Namens rumgeschlagen hatte. Wie gewöhnlich behielt Mama allerdings das letzte Wort. So weit ich zurückdenken konnte, nannten mich alle Verwandten einfach nur »Mädchen«.

»Ich schau sie mir gerne an, John, aber wenn du mich fragst: Laß sie, wo sie sind.«

»Komm beim Fischhaus vorbei, ehe du gehst. Du kannst dir welche mitnehmen. Der beste Fisch, den du je probiert hast.«

»Das wäre eine ziemliche Verschwendung von gutem Fisch, Onkel John. Ich hoffe, deine Fische sind dir zu viel wert, als daß du mir welche davon abgibst.«

Ich suche nicht nur immer wieder die gleichen Orte auf,

wenn ich heimkomme, ich führe auch immer die gleichen Gespräche. John und ich hatten dieses Duett schon ein dutzendmal durchgespielt.

»Was ist nur mit dir passiert, Mädchen, daß du keinen Fisch magst. Kaum zu glauben, daß du von hier bist. Jemand hat dich nicht richtig erzogen.«

»Sag das mal Mama.«

»Deine Mama ist eine gute Frau.«

Ich fand es interessant, daß die Leute anscheinend häufig das Bedürfnis hatten zu betonen, was Mama für eine gute Frau sei. Mein Vater, Gott sei seiner Seele gnädig, war der freundlichste Mann der Gegend gewesen, aber keiner hielt es für nötig, mich daran zu erinnern.

Ich ging zum Haus rauf. Ein riesiges Büffet mit gebratenen Hähnchen, Süßkartoffeln, Kohl, Erbsen, Butterbohnen, Mais, roten Bohnen und Maisbrot war aufgestellt. Das waren zumindest die genießbaren Sachen. Es gab natürlich auch Berge von verschiedenen ekligen Meeresfrüchten, deren Aufzählung ich mir besser spare.

»Gott, Mädchen, ich wollte dir was mitbringen.« Tante Sally stand am Tisch mit dem Seezeug. »Aber ich hab rein gar nichts im Garten. Das einzige sind ein paar Kohlköpfe, und die sind noch nicht so recht. Werden im Januar besser sein. Meine Kartoffeln sind auch noch nicht raus, und das meiste andere ist schon vorbei.«

»Du mußt nichts für mich haben, Tante Sally. Ich will doch *euch* besuchen und nicht die Gurken.«

»Aber ich mach mir Sorgen, Mädchen. Du bist ja nur noch Haut und Knochen. Komm mal ein Weilchen heim, damit wir dich ein bißchen aufpäppeln können. Wie lang bleibst du?«

Ich mußte lächeln. Ich konnte hier runterkommen, während der ganze Medienapparat der westlichen Welt für einige Zeit so was wie zum Beispiel den O.-J.-Simpson-Prozeß unbeachtet ließ und sich auf den Southworth-Fall stürzte, und ich konnte schwören, daß die einzige Frage, die man mir stellen würde, die folgende war: »Wie lange bleibst du?« Ich war mir nicht sicher, was meine Familie gegen richtige Fragen hatte, aber es hatte wohl etwas mit dem Bedürfnis nach Gewißheit zu tun.

Wobei besonders Mama verschiedene Abstufungen von Gewißheit kannte. Die normale Gewißheit: »Ich nehme an, es tut ihm leid, daß er jemals mit dem Pack zu tun hatte.« Die ziemliche Gewißheit: »Ich sag dir eines, es tut ihm leid, daß er jemals mit dem Pack zu tun hatte.« Höchste Gewißheit: »Du kannst sagen, was du willst, aber es war ein trauriger Tag, an dem er sich auf das Pack eingelassen hat, und das kannst du schwarz auf weiß haben.« Nun ja, Mama war praktisch nie im ungewissen.

Sie saß mit einem Paillettenpullover auf der Hollywoodschaukel. »Mädchen«, empfing sie mich, »wird aber auch Zeit, daß du kommst.«

»Schön, dich zu sehen, Mama. Du siehst blendend aus.«

»Hast du schon etwas gegessen?«

»Bin grade dabei.«

»Na, nimm dir mal ordentlich. Wirst nirgends so gute Shrimps finden wie diese hier. John hat sie direkt vom Boot mitgebracht, und ich glaube, ich hab noch nie so leckere Jakobsmuscheln gegessen.«

»Ich mag keine Meeresfrüchte.«

»Natürlich magst du Meeresfrüchte. Jeder mag Meeresfrüchte.«

»Mama, ich mochte Fisch doch noch nie.«

»Das gibt es nicht, daß man das nicht mag.«

»Das Thema haben wir doch jedesmal, Mama. Ich hab noch nie in meinem Leben, noch nie, Meeresfrüchte gemocht.«

»Na, dann versuch doch mal 'ne Garnele.«

»Mama, ich hab schon so oft im Leben ›nur eine einzige Garnele‹ versucht, daß ich mir den ekligen Geschmack von Shrimps bei geschlossenen Augen ohne weiteres vorstellen kann.«

»Wirklich, Mädchen«, sagte Mama so geduldig und langsam, als würde sie mit einer Debilen reden, »keinen Fisch zu mögen – das gibt's doch gar nicht.«

Ich verzog mich zu dem Tisch mit dem genießbaren Zeug, denn ich wollte Mama nicht schon in den ersten drei Minuten unseres Zusammentreffens anschreien, und ich war nicht sehr weit entfernt davon. Erstaunlich: Vor Gericht konnte man mich tagelang im Zeugenstand bearbeiten, und stets lächelte ich milde und beantwortete alle Fragen, aber bei Mama konnte ich innerhalb von dreißig Sekunden ausrasten.

Mama kehrte zu ihrer Geschichte zurück, und die Familie wandte sich wieder ihrer ganz persönlichen Gesprächsform zu: Konversation machen, ohne dabei Fragen zu stellen. »Wirklich, der Nordostwind kam einfach aus dem Nichts«, gab Mama zum besten. »Der Morgen war so freundlich, wie man ihn sich nur wünschen konnte. John hatte mich zu den Sandbänken mitgenommen, um ein bißchen nach Blaufischen zu angeln, die gerade haufenweise rausgeholt wurden. Und wir hatten auch gleich ziemliches Glück. Aber kurz nach dem Mittagessen sagte er zu mir: ›Der Himmel gefällt mir nicht. Wir machen uns besser auf den Heimweg, damit wir durch die Barre sind, solange das Wetter noch hält.‹ Also, ich hatte überhaupt nicht aufgepaßt, weil die Blaufische so gut angebissen haben, aber als ich aufsah, waren da doch wirklich ein paar dunkle, ziemlich bedrohlich wirkende Wolken am Horizont. Ich bin zu Tode erschrocken. Mir war sofort klar, daß wir nur mit viel Glück wieder heil nach

Hause kämen. Ich sag euch eines: Ich hab wie der Blitz die Angelschnur eingezogen, und wir sind auf der Stelle abgedüst. Als wir an der Barre waren, sind schon ein bis zwei Meter hohe Brecher über den Bug gekommen.«

»Das gibt's doch gar nicht«, wunderte sich Tante Sally. Ohne mich umzudrehen, wußte ich, daß sie den Kopf schüttelte.

»Ich weiß nicht, warum du dich über ein bis zwei Meter hohe Wellen aufregst«, entgegnete Vetter Wilbur. Na los, Vetter Wilbur. Gib's ihr. Wilbur konnte durchaus streitsüchtig sein. Er kannte sich auf dem Wasser so gut wie kaum ein anderer aus, darum meinte er wohl, daß er das Recht habe, sich einzumischen. Er war zur Armee gegangen, weil er sich ausgerechnet hatte, daß er auf diese Weise am frühesten pensioniert werden würde und sich dann ans Wasser zurückziehen könnte. Zwanzig Jahre später, genau wie geplant, ging er in den Ruhestand und machte Fisch-, Krabben- und Hummerfang sowie die Jagd zu seinem Hauptberuf. Er war einer der wenigen, die es wagten, Mama zu widersprechen, und ich liebte ihn dafür. »Ich bin mal durch die Barre gekommen und hab ein Neun-Meter-Segelboot in dem Wellental vor mir aus den Augen verloren. Mit Mann und Maus verschwunden, samt dem Mast, dabei war es direkt vor mir. Ein bis zwei Meter hohe Brecher sind doch nichts Besonderes.«

Es folgte Totenstille. Es kam nicht sehr oft vor, daß jemand versuchte, eine Geschichte zu übertrumpfen, vor allem nicht, wenn Mama sie beigesteuert hatte. Ich drehte mich um und sah, wie ihn Mama ungerührt anstarrte. Dann beugte sie sich vor, stützte den Ellbogen auf den Tisch und sah ihm direkt in die Augen. »Tja, kann ja sein, daß in den Dingern, in denen du rausfährst, alles mögliche passieren kann. Du malträtierst deine kleine Schaluppe ja auch, bis sie auseinanderbricht. Aber ich geh mit meinen Sachen nicht so um wie du.« Ich hatte das ungute Gefühl, daß sich diese letzte Bemerkung auf mehr bezog als nur das Boot und daß mir das, was damit gemeint war, nicht sehr gefallen konnte.

»Ich spreche nicht davon, daß man draußen ist, während die Warnflagge für kleine Küstenfahrzeuge aufgezogen ist und jeder verdammte Blödmann mit ein bißchen Grips zu Hause bleiben würde. Ich rede von einem Tag, der nicht schöner hätte sein können, und plötzlich kommt ein heftiger Nordostwind auf. Das ist ein bißchen was anderes.«

Cousin Wilbur schwieg. Mamas Drohung, das zu erwähnen, was sie wußte, von dem ich aber keine Ahnung hatte, schien ihn mundtot gemacht zu haben. Ich seufzte. Mama war keine Einssechzig und zierlich, aber ich hätte wetten können, daß sie keiner für so klein hielt, selbst wenn ich in unserer Gegend eine Volksbefragung veranstaltet hätte. Wenn sie so wie Carlotta gebaut gewesen wäre – was wäre sie für eine Basketball-Spielerin geworden . . .

14

Der dunkle Fleck auf dem Wasser wurde immer größer – und mit ihm wuchs mein Unbehagen. Ich versuchte mir einzureden, daß es viele Ziele gab, wohin das Ding steuern konnte. Und selbst wenn das Boot zu mir kam, mußte es nicht bedeuten, daß etwas nicht stimmte. Aber wenn man mal angerufen worden ist und einem eröffnet wurde, daß zwei kleine Kinder ermordet worden sind, reagiert man eben ein bißchen panisch auf jede Art von Neuigkeiten. Ein Motorboot, daß morgens um acht Uhr mit voller Fahrt auf Vetter Wilburs Hütte zusteuerte, die keinen Telefonanschluß hatte, sah ziemlich nach Neuigkeiten aus. Ich setzte mich auf den Anleger und wartete. Was sollte ich auch sonst tun.

Verbittert hoffte ich, daß es mir nicht den Tag verderben würde. Ich hatte mir ein Lunch eingepackt, die Muschelgabel war schon im Boot, ebenso meine alten Tennisschuhe, mit denen ich immer in Austernbänken herumstiefelte. Unter den Shorts und dem T-Shirt trug ich einen Badeanzug. Ich wollte zu den Sandbänken fahren. Einfach ein bißchen rumgammeln: fischen, Boot fahren, Muscheln sammeln, schwimmen und ohne eine andere Menschenseele am Strand herumlaufen. Den Gedanken völlig freien Lauf lassen.

Ich hatte rausgefunden, daß ich meinen Kopf auf »Leerlauf« schalten konnte. Einfach den Gang raus, und ich hatte ungefähr den IQ einer Qualle. Ich nannte das »Leerlauf«. Das Interessante dabei war, daß sich in diesem Zustand meine Beobachtungsgabe verbesserte. Normalerweise konnte ich mich kaum erinnern, wo mein Autoschlüssel abgeblieben war, aber im »Leerlauf« schien ich alles zu sehen und eine Menge zu erinnern. Vor Gericht konnte ich das vergessen. Im »Leerlauf« war mein Kommunikationsvermögen so gut wie nicht vorhanden: Ich mußte voll dasein, um Sprache zu verstehen. Dafür kamen nach so einem Abschalten andere wertvolle Dinge hoch: neue Aspekte bei einem Fall, neue Methoden, das Vertrauen eines Kindes zu gewinnen, das nicht reden wollte.

Der Fleck war inzwischen kein Fleck mehr, sondern Tante Sallys Sohn Paul im familieneigenen Motorboot. Ich würde eine Stinkwut kriegen, wenn ich heute nicht zu den Sandbänken käme.

»Michael«, schrie Paul. Die jüngere Generation konnte mich nicht gut »Mädchen« nennen. Er kam an den kleinen Anleger und sprang heraus, um das Boot festzumachen. »Zwei Anrufe für dich. Carlotta Soundso will, daß du zurückrufst. Sie sagt, es sei dringend. Und jemand namens

Melissa will auch, daß du dich meldest. Ich fahr dich rüber, wenn du willst.«

Ich erwog einen Augenblick lang, nicht zu gehen. Nichts zu wissen war vielleicht für mich momentan das beste. Aber es waren Carlotta und Melissa, und sie baten mich um Rückruf. Und wenn ich nicht mitkam, stellte es sich womöglich später als eine Sache heraus, in der ich etwas hätte unternehmen können. Ich stieg also zu Paul in das Motorboot. Eigentlich hatte ich keine rechte Lust zum Reden, aber da ich Paul ein Jahr lang nicht gesehen hatte, mußte ich wohl etwas sagen.

»Na, wie geht's?« begann ich.

»Ganz gut«, sagte er, ließ das Boot aufheulen und steuerte Richtung Heimat. »Unser Footballteam hat die Verbandsmeisterschft gewonnen, das war schon mal 'ne große Sache, und ich bin schon ganz wild drauf, hier wegzukommen und nächstes Jahr aufs College zu gehen.« Er war ein kräftiger Junge mit einer freundlichen Art und einem offenen Gesicht.

Klar, daß Paul sich freiwillig angeboten hatte, mich zu holen. Er war jedermanns Liebling. Seine Altersgenossen mochten ihn, Lehrer liebten ihn, Trainer waren scharf auf ihn. Seine Eltern hatten keine Ahnung von dem Schmerz und Kummer, den Kinder bereiten können. Paul fiel alles zu. Er war ein begabter Sportler, und wenn sein Team die Verbandsmeisterschaft gewonnen hatte, lag das zu einem Großteil an ihm. Seine Eltern hofften, daß er in der Collegemannschaft landen würde, aber das kam mir doch relativ unwahrscheinlich vor.

Ihm fehlte nämlich der Killerinstinkt. Er war einfach zu nett. Er war wie so viele gute High-School-Sportler, die aufgrund ihres Talents siegen, die dann aber auf dem College stark nachlassen. Sie versagen, weil sie dort Typen gegenüberstehen, die nur deshalb nicht für jeden Sieg aufs Ganze gehen, weil sie sonst bestraft werden: Solche Typen, die auf einer Transatlantik-Regatta einen über Bord gefallenen Matrosen nicht rausholen würden, wenn sie nicht wüßten, daß sie disqualifiziert werden, falls sie mit einem weniger zurückkommen. Paul gewann gerne. Vielleicht gewann er sogar sehr gerne. Aber es machte ihm auch nichts aus zu verlieren. Letztlich war doch alles nur ein Spiel.

»Wie geht's deiner Freundin Jennie? Siehst du sie noch?«

»Nein, die Sache ist mir zu ernst geworden. Es bringt doch nichts, wenn ich in einem Jahr aufs College abhaue und sie noch hier ist.« Das hätten alle Eltern nur zu gerne gehört. Ein Jugendlicher, der plante – ein vernünftiger Junge, ein Junge mit Zukunft. Aber meine fanatische kleine Seele hoffte, daß Paul eines Tages etwas finden würde, auf das er wild genug war, um alle Regeln zu brechen.

Wir legten an Tante Sallys Steg an, ich sprang aus dem Boot und eilte zum Haus. Es war vorne und hinten von Beeten gesäumt, und überall auf dem Anleger und der Terrasse standen Blumenkübel herum. Tante Sally war eine von denen, die für ihren Garten lebten, überall grünte und blühte es. Sie winkte mir vom Bohnenbeet aus zu.

Ich rief Carlotta an. Wenn es schlechte Nachrichten gab, wollte ich sie von ihr hören. »Was ist los?« fragte ich.

»Es ist nichts Schlimmes«, sagte sie.

Mir fiel ein Stein vom Herzen.

»Die Polizei ist hier. Sie haben einen Durchsuchungsbefehl.« Carlottas sonst so ruhige Stimme wirkte etwas erregt.

»Was? Was? Um unsere Räumlichkeiten zu durchsuchen? Was suchen sie denn? Meine Unterlagen? Wie haben sie einen Durchsuchungsbefehl für meine Unterlagen bekommen? Eine Vorladung hätte doch gereicht. Meinen sie, ich würde Beweismaterial zurückhalten?« Meine Stimme hob sich.

»Nein, deine Unterlagen interessieren sie gar nicht. Sie

suchen ein Buch«, sagte Carlotta, »oder besser, etwas aus einem Buch, ich glaube, aus einem bestimmten Buch.«

»Wovon redest du, Carlotta?« Jetzt schrie ich praktisch. »Wozu braucht die Polizei ein Buch? Welches Buch?«

»Ich weiß es nicht. Adam ist nicht dabei, und die Beamten, die da sind, sagen nichts. Es gibt noch etwas, das du wissen solltest. Jack ist gestern abend vorbeigekommen. Er hat einfach angeklopft. Ich war gerade am Kochen, deshalb hab ich ihn reingebeten, und wir haben eine Weile geredet. Er meint, daß du ihm ausweichst, weil er seine Frau nicht verläßt. Er hat versucht, dich zu erreichen. Er wollte dir sagen, daß er beschlossen hat, sich von seiner Frau zu trennen.«

»Was?« Jetzt schrie ich wirklich. »Ich will nicht, daß er seine Frau verläßt.« Durch das Fenster konnte ich sehen, wie Paul und Tante Sally bei meinem Geschrei die Köpfe drehten. »Sag ihm, er soll sie nicht verlassen, Carlotta. Ich bin ihm ausgewichen, weil er von Trennung gesprochen hat.«

»Ich kann ihn doch nicht daran hindern, seine Frau zu verlassen, Michael. Und überhaupt, ich will mich da nicht reinziehen lassen.«

»Du hast dich schon reinziehen lassen, Carlotta. Warum hast du stundenlang mit Jack gequatscht, statt ihm zu sagen, er soll sich an mich wenden?«

»Weil er es leid ist, sich an dich zu wenden und keine Rückrufe zu bekommen, und außerdem war es nicht stundenlang.«

»Ich hab nur Blödsinn geredet, Carlotta. Ich will nicht, daß er seine Frau verläßt.«

»Kapier doch endlich mal, daß du deinen Blödsinn mit richtigen Menschen und nicht mit irgendwelchen Puppen machst.«

Ich wurde wütend. »Jetzt fällst du ein Urteil. Was gibt dir das Recht, ein Urteil über mich zu fällen? Warum bist du so verdammt puritanisch?« Ich hielt inne. Manchmal bin ich fuchsteufelswild, aber ab einem bestimmten Punkt werde ich ganz eiskalt und ruhig. Als ich wieder sprach, war ich kühler, aber auch gelassener. »Es geht doch gar nicht um Jack, sondern um einen Menge mehr. Aber das Wesentliche für den Augenblick ist doch, daß die Polizei durch dein Haus und meine Arbeitsräume trampelt, ohne unsere Erlaubnis zu haben, und das ist gräßlich. Vor allem, weil keiner von uns weiß, was sie wollen oder was das Ganze soll.«

Es entstand eine Pause. »Du hast unrecht. Es geht auch um Jack, aber sorry, es ist im Augenblick wirklich nicht der richtige Zeitpunkt dafür, und, ja natürlich finde ich es unerträglich aufdringlich, daß sie in meinen Sachen stöbern.« Auch Carlotta hatte ihren Kurs korrigiert.

Ich rief meine Sekretärin an. Melissa berichtete mir, daß die Polizei auch in meinen Räumen am Institut gewesen war. Das einzige, was sie durchsucht hätten, seien meine Bücher gewesen. Was sollte das alles? Was glaubten sie zu finden? *Wie begehe ich Doppelmord* oder *Wie erstickt man zwei Kinder, ohne Spuren zu hinterlassen?*

Eine klügere Frau als ich hätte wohl nicht sofort ihren Freund, den Polizeichef, angerufen. Eine klügere Frau hätte gewartet, bis sie besser drauf gewesen wäre. Aber was meine Launen anging, hatte ich nur zwei Regeln: Weder vor Gericht noch vor einem persönlichen Gegenüber ging ich in die Luft. Ansonsten kam es auf die Umstände an.

Ich rief ihn an. Rückblickend glaube ich, daß Adam schon auf den Anruf gewartet hatte. Ich war so aufgebracht, als ob ich mir Adrenalin gespritzt hätte. Er wußte, wer am Apparat war, denn ich mußte mich bei dem Diensthabenden anmelden. »Chief Bowman«, meldete er sich. Das war ein Hinweis, den ich jedoch nicht beachtete.

»Ach, wie nett. Auf einmal bist du Chief Bowman.«

»Was kann ich für Sie tun, Dr. Stone?«

»Wird ja immer besser. Folgendes. Ich würde gerne wissen, warum die Polizei meine Räume durchsucht.«

»Tut mir leid, dazu kann ich nichts sagen.« Adams Stimme klang förmlich und distanziert. Es lag nicht mal ein Hauch unserer gewöhnlichen Kumpelhaftigkeit darin. »Aber ich würde Sie gerne, so bald es Ihnen möglich ist, sprechen.«

»Weswegen? Brauche ich einen Anwalt?«

»Jeder hat das Recht auf einen Anwalt.«

»Ich habe gefragt, ob ich einen brauche.«

»Sie wissen, was die Polizei davon hält. Nur Leute, die was zu verbergen haben, brauchen jemand, hinter dem sie sich verbergen können.«

»Adam, was ist eigentlich los? Ist es üblich, Durchsuchungsbefehle zu erwirken, ohne vorher festzustellen, ob die Person einer Durchsuchung freiwillig zustimmt oder nicht? Wieso um alles in der Welt hast du angenommen, daß ich bei den Untersuchungen zu einem Mord an zwei kleinen Kindern nicht kooperieren würde? Ganz zu schweigen davon, daß ich auch nicht die geringste Ahnung habe, was ihr bei mir im Arbeitszimmer gesucht habt. Und warum machst du Andeutungen, daß ich vielleicht was zu verbergen habe? Und wo wir schon mal dabei sind, was soll der Scheiß mit ›Chief Bowman‹ und ›Dr. Stone‹?«

»Dr. Stone, wir untersuchen hier einen Mordfall, und ich habe vor, genau nach Vorschrift zu handeln. Jeder einzelne Schritt, den wir tun oder unterlassen, sowie die Art, in der er ausgeführt wurde oder auch nicht, wird vor Gericht auftauchen. Es hat schon eine Menge Irritationen gegeben, weil wir befreundet sind. Ich glaube kaum, daß es im Interesse von irgend jemand sein kann, wenn ich gezwungen würde, mich aus dem Fall zurückzuziehen. Und ich persönlich wäre übrigens sehr verärgert, wenn ich das tun müßte.

Tatsache ist, Dr. Stone, daß Sie nicht in der Stadt waren und wir Ihr Arbeitszimmer durchsuchen mußten. Ehe Sie mir wieder ins Gesicht springen, lassen Sie mich fragen, ob Sie mit der Durchsuchung Ihrer Arbeitsräume einverstanden gewesen wären – oder ob Sie mich gebeten hätten, bis zu Ihrer Rückkehr damit zu warten, um aus mir rauszukriegen, wonach wir suchen.«

Ich überlegte. Natürlich hätte ich nicht einfach zugestimmt. Ich hätte anwesend sein sollen. »Ich bin unsicher, ob ich es nicht besser finden würde, wenn man dich von dem Fall abziehen würde«, brummte ich. »Dann hätte ich dich wenigstens auf meiner Seite.«

»Das bin ich auch so. Aber bis dieser Fall abgeschlossen ist, muß ich alles peinlich genau erledigen und bin Chief Bowman für Sie.«

Adam hatte eine so merkwürdig wirksame Art verärgert zu sein. Ich wußte nicht, wie er das schaffte. Es kam mir vor, als müßte ich mich entschuldigen, obwohl ich das natürlich niemals tun würde.

15

Ich drückte das Gesicht an die Scheibe, als das Flugzeug abhob. Es verblüffte mich immer wieder, wie schnell alles kleiner wurde, je höher die Maschine stieg. Wolken über Wolken – wenn man erst mal über zehntausend Meter hoch war, passierte nichts mehr. Aber beim Start und bei der Landung kam man sich ein bißchen wie der liebe Gott vor, der auf das Geschehen runtersieht. Das blaue Auto dort, das ein weißes überholte: Wer saß da drin, wohin fuhren sie? Würden sie den Leuten in dem weißen Wagen jemals wieder begegnen? Und wenn das ihre einzige kurze Begegnung war, blickten sie auch richtig hin? Wußten sie, daß sie gerade etwas sahen, was sie nie wieder sehen würden?

Aus dem Muschelsammeln war nichts geworden. Nichts zu machen. Ich konnte schlecht den ganzen Tag in den Dünen faulenzen, während die Polizei höchst offiziell mit mir reden und mein Arbeitszimmer durchsuchen wollte. Ich schlief erst mal. Über die Jahre hatte ich gelernt, wie ein Stein zu schlafen, sobald das Flugzeug in den Wolken verschwunden war, genauso, wie es mir gelang, wieder aufzuwachen, wenn die Stewardessen die Landung ankündigten.

Ich beschloß, erst nach Hause zu fahren, ehe ich ins Polizeirevier ging. Der Zustand des Hauses würde mir Aufschluß darüber geben, wie Adam und ich zueinander standen. Als ich vorfuhr, war ich nervöser, als ich zugeben wollte. Keine Anzeichen von Eindringen. Ich ging hinters Haus auf die Terrasse und sah durch die Fenster. Absolut kein Hinweis, daß die Polizei dagewesen war. Ich versetzte der Luft einen Fausthieb, streifte die Schuhe ab und tanzte barfuß in die Küche, um mir ein Glas Eistee zu holen. Es ging mir schon besser. Wonach Adam auch suchte, entweder war er nicht so scharf darauf, oder er glaubte, daß ich es nicht hatte oder – noch besser – er vertraute mir, daß ich ihm sagen würde, wenn ich es hatte.

Adam wußte, daß ich mich in ein Haus auf dem Land zurückgezogen hatte, in dem ich unter allen Umständen völlig privat bleiben wollte. Eine polizeiliche Durchsuchung dieses Hauses wäre gleichbedeutend mit dem Ende meiner Intimsphäre gewesen, daher war es ihm irgendwie gelungen, den Durchsuchungsbefehl auf mein altes Heim mit meinen Arbeitsräumen zu beschränken. Natürlich wohnte da jetzt Carlotta, aber ich konnte wetten, daß der Durchsuchungsbefehl auf meinen und nicht auf Carlottas Namen ausgestellt war.

Ich zog meine Dr.-Stone-Klamotten an: langen schwarzen Rock, weißen, gerippten Rollkragenpullover, karierte Kostümjacke. Konservativ. Korrekt. Ich mußte wieder eine Rolle spielen, wie vor Gericht, und man brauchte dabei diese Art von Kostümierung. Mir war unverständlich, warum mich das Polizeiverhör so nervös machte. Schlimmer als vor Gericht auszusagen, konnte es nicht sein, und das machte ich schließlich andauernd. Ich hoffte, daß mir ihre Fragen verraten würden, hinter was sie her waren. Bestimmt gäbe es wieder den üblichen Hickhack um die Unterlagen und das Offenlegen von vertraulichen Mitteilungen meiner Patienten. Aber Adam und ich erledigten dieses Ritual mittlerweile im Schlaf. Er war der einzige Polizeichef der Stadt; ich war zwar nicht die einzige Gerichtspsychologin, aber wahrscheinlich die am meisten beschäftigte. Wir hatten das Duett schon mehrfach geprobt. Und bei der ganzen Prozedur würde er mir irgendwann sagen müssen, was für ein Buch er suchte und, wenn ich Glück hatte, warum er dahinter her war.

Ich betrat das Polizeirevier durch den Haupteingang. Den Polizisten am Empfang kannte ich nicht, und er schien auch nicht sonderlich interessiert mich zu sehen, was mich irgendwie beruhigte. Ich wollte in diesem Fall eine so kleine Rolle wie möglich spielen. Adam kam heraus, bedankte sich förmlich, daß ich gekommen sei und führte mich in eines der Verhörzimmer. Zuerst fragte er mich, ob es mir was ausmache, wenn unser Gespräch aufgezeichnet würde. Ich hatte nichts dagegen, aber die ganze Angelegenheit wurde ständig mysteriöser. Was konnte ich schon Wertvolles wissen, das sich lohnte, auf Band festgehalten zu werden? Ein Kriminalbeamter namens Jonathan kam dazu und ließ sich mir gegenüber am Tisch nieder.

Jonathan war gebaut wie ein Hydrant, hatte ein kantiges,

unbewegtes Gesicht, einen kurzen Militärhaarschnitt und Muskeln, die aussahen, als gehörten sie jemand, der auf Plakaten Werbung für Hanteln machte – ich habe nie verstanden, warum fast alle Muskelmänner der Welt entweder Bullen oder Sträflinge sind. Er sah wie die Karikatur eines Bullen aus, was natürlich mit sich brachte, daß ihn die wenigsten ernst nahmen. Ich beging diesen Fehler nicht. Er war ein Bulle mit Köpfchen, der aus Boston gekommen war, wo er mit organisiertem Verbrechen zu tun gehabt hatte. Er war tatsächlich Adams erfahrenster Beamter, aber was machte er in Gottes Namen nur bei diesem Gespräch?

»Ah, guten Tag, Jonathan.« Ich reichte ihm die Hand. »Das mit dem Rouleau-Fall haben Sie gut gemacht.« Jonathans Gesichtsausdruck veränderte sich kaum, nur sein Blick wurde etwas freundlicher. Der Rouleau-Fall war interessant gewesen. Eine Frau hatte mich mitten in ihrem Scheidungs- und Sorgerechtsverfahren wegen Depressionen aufgesucht. Ihr Mann wollte sich nicht von seiner Geliebten trennen, aber sich auch nicht scheiden lassen. Seine Frau hatte schließlich die Nase voll und reichte die Scheidung ein. Als sie schließlich bei mir landete, war sie völlig fertig von den fortwährenden Heulvorstellungen ihres Mannes, von seinen Dauertelefonaten um zwei Uhr nachts und seinen Selbstmorddrohungen.

Als sie das nächstemal kam, erkannte ich sie kaum wieder. Sie hatte die ganze Nacht mit einem geladenen Revolver in der Hand verbracht. Ihr Mann war am Nachmittag in das Haus eingedrungen, hatte sie vergewaltigt und sie in obszönen Posen fotografiert. Dann hatte er verlangt, daß sie ihm von ihren reichen Eltern hunderttausend Dollar beschaffen solle, sonst würde er die Fotos verteilen. Adam war damals unterwegs gewesen, deshalb rief ich Jonathan an. Sie war zu verstört, um mit zur Polizei zu kommen, aber sie war bereit, vor einem mit mir »befreundeten« Polizeibeamten inoffiziell auszusagen. Jonathan war vorbeigekommen und hatte ihr eine Gala-Vorstellung vom starken, kompetenten Mann gegeben, der eine verängstigte, mißhandelte Frau rettete. Mir hatte sein Getue damals schreckliche Krämpfe verursacht.

Aber egal, er konnte sie beruhigen und sie überreden, offiziell auszusagen und Anzeige zu erstatten. Ich haßte dieses Klischee von dem männlichen Retter. Andererseits wollte ich meine Patientin auch nicht so traumatisiert erleben, daß ihre Stimme eine Oktave höher klang. Es gibt Situationen für Schießkurse, und es gibt welche, da holt man die Polizei.

Sofort spürte ich den Druck, den Polizeiverhöre mit sich bringen. Im Schein des Spotlichts kam ich mir klein und verletzlich vor, so, als ob ich gleich widerspruchslos meine Unschuld beteuern müßte, obwohl ich doch gar nicht angeklagt war. Ich wollte einfach nur, daß sie mich mochten. Das Gefühl machte mich wiederum so wütend, daß ich unausstehlich sein würde.

Adam räusperte sich. Verdammt, er sah immer noch tierisch gut aus, selbst wenn er kurz davor war, mich zu verhören. Ich schaute seine Hände an. Nein, bloß nicht an seine Hände denken.

»Danke, daß Sie heute gleich gekommen sind, Dr. Stone. Wir möchten Ihnen nur ein paar Fragen stellen.«

Ich schwieg.

»Bitte nennen Sie uns Ihren vollen Namen für das Protokoll.«

»Michael Stacey Stone.«

»Und Ihre Anschrift?«

Ich nannte sie ihm, na ja, quasi. Schließlich hatte er nicht Privatanschrift gesagt, sondern nur Anschrift. Adam sah mich an. Er mochte das als Lüge betrachten, denn wir wußten beide, daß meine Privatadresse gemeint war. Ob er sich wohl an unsere Unterhaltung in der Sporthalle erinnerte, wo ich unbekümmert angekündigt hatte, vor Gericht zu lügen? Fragte er sich nun, ob ich auch ihn anlügen würde? Ich versuchte, aufrichtig und hilfsbereit dreinzuschauen.

»Kennen Sie Sharon Southworth?«

»Ja. Soviel ich weiß, steht das in den öffentlichen Gerichtsakten.«

»Woher kennen Sie sie?«

»Chief Bowman, es steht ebenfalls in den Gerichtsakten, daß ich ein Gutachten über Sharon Southworths Kinder für die Sorgerechtsverhandlung erstellt habe und sie in diesem Zusammenhang kennengelernt habe. Mehr werde ich zu Mrs. Southworth nicht sagen. Meine berufliche Schweigepflicht verbietet mir, jegliche Information über einen Patienten ohne dessen Einwilligung oder ohne Gerichtsbeschluß offenzulegen.«

»Darf ich Sie daran erinnern, daß es sich hier um einen Mordfall handelt?«

»Dann ist es sicher einfach, eine gerichtliche Verfügung zu erwirken. Obwohl«, fügte ich hinzu, »ein Großteil dessen, was Sie interessiert, bereits in den Protokollen zum Verfahren enthalten ist, die ja – wie Sie bestimmt wissen – zu den Gerichtsakten gehören.«

Er mußte fragen. Ich mußte ablehnen. Keiner von uns hatte die Wahl. Die Polizei würde eine Vorladung erwirken. Ich würde mich nicht dagegen wehren, diesmal nicht. Es war alles Routine. Merkwürdig war nur, daß Jonathan anwesend war. Es mußte um etwas Wichtiges gehen, denn Adam war kein Zeitverschwender.

Er fuhr fort. »Ich verstehe Ihre Haltung, Dr. Stone, aber soviel ich weiß, war Mrs. Southworth niemals Ihre Patientin, sondern ihre Kinder. Deshalb bin ich nicht sicher, daß auch der Mutter Schutz zusteht. Ich gehe jedoch fest davon aus, daß Dr. Southworth, der beim Tod der Kinder das Sorgerecht hatte, bereit ist, Sie von der Schweigepflicht zu entbinden.« Es war mir gar nicht angenehm, daß er die ganze Angelegenheit ansprach. Er konnte recht haben, das war mir klar. Ich war im Zweifel, ob ich Auskünfte über Sharon vertraulich behandeln mußte oder nicht. In der Tat war sie selbst nie meine Patientin gewesen.

Adam fuhr fort. »Aber wie dem auch sei. Im Moment will ich dazu nichts weiter wissen. Wenn wir allerdings mehr Auskünfte über Ihre Beziehung zu Mrs. Southworth benötigen, beantrage ich eine Vorladung. Nun möchte ich Ihnen jedoch ein paar Fragen über Mrs. Southworth stellen, die meines Erachtens nichts mit beruflicher Schweigepflicht zu tun haben. Es handelt sich um einfache Beobachtungen, und ich möchte Sie bitten, es sich genau zu überlegen, ehe Sie eine Beantwortung ablehnen.«

Das war nicht mehr Bestandteil der Routine. Nicht mehr das Duett, das ich kannte. Schlimmer, es klang nach einem echten Anliegen.

»Können Sie sich an irgendwelche Bücher erinnern, die Mrs. Southworth in letzter Zeit gelesen hat? Haben Sie bei ihr zu Hause, als Sie sie besucht haben, Bücher bemerkt, hat Mrs. Southworth oder jemand aus ihrem Umkreis beiläufig Bücher erwähnt?«

Hatte sie Bücher gelesen? Ich dachte nach. »Ich weiß nicht, ob ich dazu aussagen darf«, antwortete ich. »Ich muß mir vorher Rat holen.« Hatte sie Bücher gelesen? Ich konnte mich an nichts dergleichen erinnern.

»Ich wäre Ihnen sehr verbunden, wenn Sie mir die Frage beantworten würden. Ich habe weitere Fragen, die sich um dieses Thema drehen.«

»Zum Beispiel?«

»Zum Beispiel, ob Sie irgendwelche Informationen haben, woher sie die Bücher hatte, was sie von den Büchern hielt und ob sie ein bestimmtes Buch besonders bewegt hat.«

Carlotta hatte gesagt, sie suchten ein Buch. Warum nur? Die Geschichte wurde immer seltsamer.

»Also gut«, sagte ich, »ich antworte.«

Aber Adam war noch nicht fertig. »Haben Sie das Buch *Menschenkind* gelesen?«

»*Menschenkind?* Von Toni Morrison?« Ich war total verblüfft. »Ja, habe ich.«

»Haben Sie selbst ein Exemplar?«

»Ja, ich besitze tatsächlich eins.« Es war mir von Melissa, die meinen Tick über das Nichtbesitzen von Dingen nicht kannte, zum Geburtstag geschenkt worden. Es hatte mir so gut gefallen, daß ich es nicht übers Herz brachte, es abzustoßen.

»Wann haben Sie die Ausgabe erworben?«

»Im Januar. Am sechzehnten Januar.« Ich wollte weitersprechen, hielt aber dann doch den Mund. Ich mußte nicht erklären, woher ich so genau wußte, wann ich das Buch bekommen hatte. Was hatte das mit dem Mordfall zu tun?

»Wissen Sie, wo sich das Buch jetzt befindet?« Die Stimmung war plötzlich wie aufgeladen. Mir fiel auf, daß er und Jonathan mucksmäuschenstill dasaßen.

»Nein. Eine Zeitlang war es in meiner Praxis, damit ich darin lesen konnte, wenn mal ein Termin ausfiel oder so. Ich glaube, ich habe es mit nach Hause genommen, als ich es durchgelesen hatte. Ich bin jedoch nicht sicher. Aber was soll das alles, Adam?« Ich war so verwirrt, daß ich das Siezen vergaß.

»Noch etwas Geduld, bitte«, beruhigte er mich. »Denken Sie sorgfältig nach. Wann haben Sie das Buch zum letztenmal gesehen?«

»Keine Ahnung. Wie gesagt, ich weiß noch, daß ich es im Frühsommer in der Praxis hatte. Dann habe ich es wohl mit nach Hause genommen. Obwohl ich mich nicht daran erinnern kann, es bei mir zu Hause gesehen zu haben. Ich weiß nicht genau, wo ich es gelassen habe.«

»War Ihr Exemplar irgendwie beschriftet? Unterstreichungen vielleicht? Irgendwelche Merkmale, an denen man es wiedererkennen könnte?«

»Bestimmt«, erwiderte ich. »Stellen, die mir gefallen, unterstreiche ich. Manchmal schreibe ich auch Bemerkungen an den Rand.«

Ich stockte. Plötzlich wurde mir klar, was *Menschenkind* mit dem Fall zu tun hatte. Keine Ahnung, wo sie es gefunden hatten oder warum sie es mit Sharon Southworth in Verbindung brachten. Keine Ahnung, warum sie ausgerechnet an meiner Ausgabe interessiert waren. Aber mir war jetzt klar, warum sie es mit den Morden in Zusammenhang brachten.

»O mein Gott«, entfuhr es mir. »Das kann nicht sein.« Meine Gedanken überschlugen sich. Wenn das stimmte, dann hatte sie die Kinder doch getötet. Aber wie war das möglich? Und irgendwo saß der Gedanke, daß ich mit irgend jemand, der in diesen Fall involviert war, über *Menschenkind* geredet hatte. Aber mit wem? *Menschenkind*. Toni Morrison würde das nicht gefallen.

Ich war so in Gedanken, daß ich die Fotokopie der Buchseite nicht gleich bemerkte, die Adam auf den Tisch gelegt hatte. Ich nahm sie auf und konnte spüren, wie mir die Farbe aus dem Gesicht wich. Es war eine einzelne Seite, die aus einem Buch gerissen worden war. Ohne sie zu lesen wußte ich, was da beschrieben wurde. Ich sah sie lange an, legte sie auf den Tisch zurück und strich sie sorgfältig glatt, sehr sorgfältig, obwohl das gar nicht nötig war. Keiner sagte etwas. Ich versuchte, die Seite anzusehen und mir klarzumachen, was sie aussagte. Aber ich fühlte mich wie im Leerlauf. Mein Kopf hatte ohne mein Zutun den Gang ausgekuppelt. Ich erkannte natürlich sofort die Handschrift am Rand – meine eigene Handschrift hätte ich wahrscheinlich noch bei Gehirntod erkannt – aber die drei Worte, die da geschrieben standen, konnte ich kaum lesen. »Mord als Liebe?« entzifferte ich langsam. Was das auch bedeuten mag, dachte ich. Ich stand auf. »Entschuldigen Sie mich«, sagte ich, »ich muß gehen.«

16

Mit Lichtgeschwindigkeit steuerte ich auf mein Auto zu. Adam eilte mir nach. »Ich komme mit«, beschloß er. Ich beachtete ihn nicht. Um ehrlich zu sein, ich hörte ihn kaum. Ich wollte nur noch heim. Er holte mich am Auto ein und trat mir in den Weg, als ich die Wagentür öffnen wollte. »Du darfst es nicht anfassen«, befahl er. »Hörst du? Du darfst es nicht anfassen.«

»Schon gut, schon gut«, erwiderte ich. »Geh mir jetzt aus dem Weg.«

»Ich fahr dich«, entschied er. Wahrscheinlich sah ich etwas durcheinander aus.

»Kommt absolut nicht in Frage«, protestierte ich. »Wenn du fahren willst, nimm dein eigenes Auto. Geh mir aus dem Weg. Ich will nach Hause.«

»Okay«, gab er nach, trat aber eilig auf die Beifahrerseite. Er befürchtete scheinbar, ich würde ohne ihn losfahren.

Ich nahm den direkten Weg nach Hause, in mein richtiges Zuhause. Normalerweise dauerte die Fahrt nicht lange, nicht viel mehr als eine Viertelstunde. Aber diesmal kam es mir wie Lichtjahre vor, als würde ich pensioniert sein, wenn die

Fahrt zu Ende war. Die Ampel sprang auf Rot. Ich hätte den Verkehrsplaner umbringen können, der mich zwang, hier zu halten, obwohl aus den anderen Richtungen keiner kam. Ist das Fortschritt? Wieso gibt es noch keine Ampel, die registriert, daß nur ein Fahrzeug an der Kreuzung steht und es deshalb durchläßt? Es hätte schon längst grün werden müssen. Bestimmt war das Ding kaputt. Wie lange mußte ich noch anstandshalber warten, bis ich losfahren konnte? Hätte Adam nicht neben mir gesessen, ich wäre verdammt noch mal gefahren. Jahrtausende vergingen. Endlich wurde es grün.

Wir redeten nicht. Ich war noch nicht zur Ruhe gekommen seit meinem Blick auf die Morrison-Seite. Hatte Sharon ihre Kinder womöglich doch umgebracht? Hatte sich ihr verrücktes, wahnsinniges Hirn *Menschenkind* als Ausrede gesucht? Hatte sie dazu meine Ausgabe benutzt, meine Bemerkung am Rand als Aufforderung oder Erlaubnis angesehen? Ich hätte das Aas umbringen können. Aber das hätte ich ja am liebsten mit allen Kindermördern gemacht. Wie konnte sie mich da nur reinziehen? Ich wünschte mich gute hundert Kilometer weit weg von dieser ganzen Angelegenheit.

»Diese verdammte Geschichte versetzt mir einen Schock nach dem anderen«, sagte ich zu Adam. »Ich hoffe nur, daß du nicht noch was in petto hast.« Er schwieg, was nicht gerade beruhigend wirkte. Dann wurde mir erst klar, was ich ihm alles verdankte. »Mein Gott, Adam, das Buch war ja entscheidendes Beweismaterial«, sagte ich eher zu mir als zu ihm. »Und dennoch hast du mein Haus nicht durchsucht. Da hast du ja ganz schön was riskiert.« Er zuckte nur mit den Schultern. Ich schuldete ihm eine Menge. Und nichts haßte ich mehr, als bei jemandem in der Schuld zu stehen!

Ich raste ins Haus. Wo sollte ich nach dem Buch suchen?

Ich ließ nicht viel herumliegen. Vielleicht steckte es unter einem der Stapel mit Gerichtsfällen, die ich vom Institut oder aus der Praxis mitgebracht hatte. »Ich schaue mal oben nach«, sagte ich.

»Ich komme mit«, entschied Adam. Es sah so aus, als wolle er nicht von meiner Seite weichen, bis er das Buch in seinem kleinen Indizienbeutel hatte.

Ich begann, Akten aus dem Stapel neben meinem Bett zu zerren, und in meiner rasenden Hektik hätte ich das Taschenbuch beinahe übersehen. Es war kleiner als die Gerichtsakten und war nach hinten gerutscht.

Ich starrte es nur an. Adam mußte mich nicht auffordern, es liegen zu lassen. Ich spürte kein Verlangen, es aufzunehmen. Der Mörder von zwei Kindern hatte es in den Händen gehabt. Lieber wäre ich mitten in einer mondlosen Nacht einer Riesen-Giftschlange begegnet, als das Buch hier anzurühren. Adams Hand schwebte nur Zentimeter über meinem Arm. So stand es also mit seinem Vertrauen zu mir! Als er sah, daß ich keine Anstalten machte, danach zu greifen, zog er langsam ein Paar Gummihandschuhe hervor und streifte sie über – wobei er mich die ganze Zeit im Auge behielt.

Normalerweise wäre ich beleidigt gewesen. Als würde ich ein Beweisstück, das einen Kindermörder hinter Schloß und Riegel bringen konnte, anrühren! Adam hätte das eigentlich wissen müssen. Aber ich war viel zu sehr auf das Buch fixiert, um mich mit ihm zu streiten. Ich bemerkte, daß er das Buch trotz der Gummihandschuhe am Rand hochhob.

»Welche Seite?« fragte ich.

»Hundertneunundvierzig.« Adam blätterte die Seiten vorsichtig um. Da war es: eine gezackte Kante, wo Seite hundertneunundvierzig hätte sein müssen. Ungläubig schüttelte ich den Kopf. Noch immer in der Hocke, wippte ich auf die Fersen zurück und starrte die ausgerissene Kante an. Keiner von uns sagte ein Wort. Ich hatte das Gefühl, daß Adam mich musterte, konnte meine Augen aber nicht von dem Buch lassen, um es zu überprüfen. Schließlich hörte ich mich sagen: »Ich könnte einen Tee vertragen.«

Während Adam das Buch in eine Plastiktüte gleiten ließ, stand ich auf. Ich mußte an Willys Bemerkungen denken. Er konnte nicht recht haben. Keiner würde einem Kind eine Plastiktüte über den Kopf ziehen und ein anderes Kind zwingen, dabei zuzusehen. Kinder zu töten war schon absurd genug, aber ein anderes Kind zum Zusehen zwingen? Nicht mal ein Sumpfkrokodil konnte so fies sein. Nicht mal ein Wasserland-Pony war so gemein. Auf der ganzen Welt gab es keine Schlange, die genug Gift gehabt hätte, um so etwas zu machen. War ich tatsächlich mit einer Spezies verwandt, deren Gen-Pool so viel Boshaftigkeit besaß? Als Stubenfliege wiedergeboren zu werden erschien mir plötzlich wie ein großer Schritt nach vorne.

17

Eigentlich bin ich ein Eistee-Typ. Fast nichts kann mich für eine Tasse heißen Tee erwärmen. Männer nicht. Auch eine Niederlage vor Gericht nicht – die machte mich höchstens wütend. Und nun dieser Fall. Wenn dieser Alptraum nicht bald vorbei war, brauchte ich noch einen Samowar.

Ich saß auf der Terrasse und grübelte. Ich wollte nur noch raus aus dieser Sache. Ich wollte nicht auf die winzigste, allerkleinste Weise mit dem Mord an zwei Kindern in Verbindung gebracht werden. Und schon gar nicht, daß eins meiner Bücher den Täter dazu angestiftet hatte. Ich wollte sicher sein, daß meine Person nichts damit zu tun hatte und ich nicht verantwortlich für den Mord war. Als wäre es nicht schon schlimm genug gewesen, daß mein Gutachten die Mutter um das Sorgerecht gebracht und deshalb wahrscheinlich dazu veranlaßt hatte, ihre Kinder zu töten. Jetzt mußte ich auch noch fürchten, daß sich Sharon ihre Ideen aus einem Buch von mir – oder noch schlimmer – aus meinen Randbemerkungen geholt hatte.

»Das alles erinnert mich an die Hühnerknochen«, plapperte ich laut vor mich hin. Adam sah von seinem Tee auf. Ich konnte das Plätschern des Baches hinter ihm hören und verfolgte, wie die Bäume dunkler wurden, während der Abend hereinbrach.

»Laß uns eine Pause machen!« hatte ich ihn aufgefordert, nachdem das Buch sicher in der Plastiktüte verstaut war. »Warum setzen wir uns nicht einfach auf die Terrasse, trinken eine Tasse Tee und versuchen, das hier zu klären? Völlig ohne Protokoll.«

»Ganz und gar ohne Protokoll und inoffiziell?«

»Ja, und zwar gilt das für uns beide, Adam. Auch du darfst nichts gegen mich verwenden, was du von mir hörst.«

»Abgemacht.« Adam hatte zugestimmt und war Tee machen gegangen, während ich mich meiner Arbeitsklamotten entledigte.

Während ich den Pulli auszog, seufzte ich. In meiner Phantasie hatte ich Adam oft mit hierher genommen. Träumereien, in denen Whirlpools vorkamen und Mondlicht, das in Flecken durch die Oberlichter auf meine Steppdecke fiel. So wie die Dinge jetzt standen, konnte ich froh sein, wenn er mich beim Vornamen nannte. Es war unvorstellbar, daß er im Zeugenstand war und zugeben mußte, eine Affäre mit einer der Hauptzeuginnen zu haben. Genausowenig konnte ich mir vorstellen, daß er log. Ich mußte lächeln. Je unerreichbarer er wurde, desto verlockender erschien er mir. Es gab ja genug populär-psychologische Bücher über das Syndrom. Ich legte Ohrringe an. Man konnte nie wissen . . .

»Was haben denn Hühnerknochen damit zu tun?« Adam war immer noch auf seiner Frage sitzengeblieben.

»Ich hatte mal eine Patientin, die eines Tages zu früh zur Sitzung kam, als ich noch mein Lunch aß. Ich hatte sie reingebeten und entschuldigte mich, um mir die Hände zu waschen. Drei Jahre später wurde sie wütend auf mich. Eines Tages kam sie rein und warf mir Hühnerknochen ins Gesicht. Ich wußte nicht mal, daß es Hühnerknochen waren. Sie hatte sie damals von meinem Teller gestohlen und eingefroren, um etwas von mir zu besitzen. Es war ziemlich abartig.

Mir ist einfach nicht ganz klar, auf welcher Ebene wir uns hier bewegen. Ist es reiner Zufall, daß sie meine Ausgabe des Buches gestohlen hat? Soll es eine Botschaft an mich sein? Therapeuten glauben in solchen Fällen einfach nicht an Zufälle. Aber es ergibt alles keinen Sinn. Wo habt ihr die Seite gefunden?«

»In ihrem Tagebuch. Sie steckte da so mittendrin. Aber eines ist seltsam. Das Tagebuch enthält keinerlei Hinweise auf das Buch oder auf den Fall insgesamt. Es ist ansonsten völlig banal. ›Mutter angerufen‹ – so in dieser Art. Nichts, was man tiefgehend nennen könnte.«

»Sind ihre Fingerabdrücke auf der Seite?«

»Nein, das ist etwas, was die ganze Geschichte in meinen Augen verdächtig macht. Und deshalb hätte ich dir auch den Arm gebrochen, wenn du nach dem Buch gegriffen hättest. Obwohl«, fuhr er fort, »das Fehlen von Fingerabdrücken nicht unbedingt etwas bedeuten muß. Auf Papier haften Fingerabdrücke nicht besonders gut.«

»Wenn Sharon Southworths Fingerabdrücke jedoch auf dem Buch sind, ist die Sache klar.«

»Möglich. Aber auch dann gilt weiter, daß Fingerabdrücke

nicht alles sind. Dennoch sähe die Lage für sie in diesem Fall ziemlich finster aus – es sei denn, sie kann sich O. J. Simpsons Verteidigerteam leisten. Andererseits wäre es doch sehr interessant, wenn nicht ihre Fingerabdrücke drauf wären, sondern die von Nathan Southworth.«

Es handelte sich also tatsächlich um entscheidendes Beweismaterial. Ich hob die Augenbrauen und stöhnte. Ein bißchen hatte ich mich beruhigt, und es bereitete mir jetzt wieder Mühe, Sharon als Mörderin ihrer Kinder zu sehen. Aber eine Menge von Leuten hatten wahrscheinlich die gleichen Bedenken bei Susan Smith gehabt. Mit wem zum Teufel hatte ich über *Menschenkind* geredet? Bestimmt nicht mit Sharon. Egal, wer es getan hatte, *Menschenkind* – meine Ausgabe von *Menschenkind* – steckte mittendrin. Welcher Scheißkerl wollte mich da nur mit reinziehen?

Je länger ich darüber nachdachte, desto mehr erstaunte es mich, daß Adam den Durchsuchungsbefehl nicht auf mein abgelegenes Heim ausgedehnt hatte. Aber ich würde nicht davon anfangen, weil es heikel werden könnte.

Schließlich kam Adam selbst darauf zu sprechen. »Es war kein so großes Problem«, erzählte er. »Die einzige Person, die etwas davon gehabt hätte, das Beweisstück zu vernichten, wäre Sharon Southworth gewesen – und die saß hinter Gittern. Wenn es jedoch jemand anders war, dann wollte er ja, daß man das Beweisstück findet.«

Der Wind spielte mit meinen Haarspitzen. Ich schloß die Augen und lauschte dem Klang von Adams Stimme. Einige Stimmen triefen geradezu vor Männlichkeit. Die von Elvis Presley oder die von Bruce Springsteen zum Beispiel, und, wie ich fand, auch die von Adam. Sie ließ einem das Östrogen aus den Ohren kommen. So viel Östrogen, daß man richtig high wurde.

»Während ihr das falsche Haus durchsucht habt, hätte ich

doch das Buch verschenken, berühren oder verbrennen können?«

»Du warst doch gar nicht mehr in der Stadt.«

»Und wenn ich es mitgenommen hätte?«

»Dann hätte mir der Durchsuchungsbefehl auch nichts gebracht.«

»Was ich auch nicht verstehe: Warum habt ihr mit der Suche überhaupt so lange gewartet? Ihr habt doch die Seite sicher am ersten Tag entdeckt.«

»Stimmt. Wir haben sie am Nachmittag gefunden. Aber ich hab deine Handschrift nicht gleich erkannt.«

Mit einem Schlag saß ich kerzengerade da. Das Zusammensetzen der Puzzlestücke versetzte mir plötzlich einen explosionsartigen Schock. »Adam, waren sie in meinem Haus? Wer sagt, daß sie oder wer auch immer in der Praxis an das Buch rangekommen ist?«

»Alles ist möglich.«

»Aber ich schließe doch ab.« Ich versuchte, mich zu beruhigen. »Ich schließe ab, und es gab keine Anzeichen für gewaltsames Eindringen.«

»Die muß es ja auch nicht immer geben«, erwiderte Adam und pellte sich eine Mandarine. »Schließt du vielleicht ab, wenn du zu Hause bist? Verriegelst du jedes Mal die Tür, wenn du raus oder rein gehst?«

»Nein.« Mein Puls wurde schneller, und zwar diesmal ohne das Zutun von Östrogen.

»Weißt du«, fuhr Adam fort, »man braucht dazu nicht lange. Du bist vielleicht gerade unter der Dusche oder hinten im Whirlpool. Unser Täter kommt rein, reißt die Seite raus und weg ist er – oder sie.«

Ich schaute in meinen Teebecher und nahm einen Schluck. Merkwürdig, ich benutzte dazu beide Hände. Ich schloß die Augen und versuchte den Gedanken loszuwerden. Es mußte nicht so gelaufen sein. Er, sie, wer auch immer, konnte das Buch ja auch in der Praxis an sich genommen haben, dort die Seite rausgerissen haben, ehe ich das Buch mit heim nahm. Vielleicht hatte der Täter niemals vorgehabt, in mein Haus zu kommen.

18

In dieser Nacht hatte ich den Traum zum erstenmal. Träumte ich sonst eigentlich auch in Farbe? Keine Ahnung. Es war mir jedenfalls nie aufgefallen. Aber in diesem Traum waren die Farben nicht zu übersehen. Sie waren so intensiv wie Dahlien. Ich ging eine Anhöhe zu einem kleinen Häuschen hinauf, klopfte an die Tür, und eine alte Frau öffnete. »Er ist soweit«, sagte sie und wandte sich ab, um einen alten, blinden Mann zu holen. Sie verabschiedeten sich tränenreich: Es war offensichtlich ein Abschied für immer. Der alte Mann und ich begannen, den Hügel hinunterzugehen.

Am Fuße des Hügels fragte er mich, ob sie ihm nachwinke. Ich drehte mich um und sah, daß die alte Frau aufgeknüpft am Baum hing. Ihr Gesicht war blau, und ihr Körper baumelte im Wind. Ich zögerte. »Ja«, antwortete ich ihm nach einem Augenblick, »sie winkt.« Er lächelte, drehte sich um und ging weiter. Ich wachte schweißgebadet auf und hatte das Gefühl, daß mich etwas bedrückte.

»Das komische ist«, erzählte ich Carlotta am nächsten Tag, »daß ich sonst nicht solche Träume habe. Keine prächtigen, symbolischen, unlogischen, bizarren Geschichten – meine Träume sind gewöhnlich beunruhigend normal. Ich kaufe Lebensmittel ein, gehe zur Arbeit, bin in Sitzungen. Das Schlimmste, was mir in meinen Träumen mal passiert, ist, daß ich zwei Patienten für denselben Termin bestelle.

An diesem Traum ist jedenfalls irgend etwas sehr merkwürdig.«

Carlotta zuckte mit den Schultern. »Träume sind keine Beweismittel. Anwälte machen sich nicht viel Gedanken darüber.« Nur was beweisbar war, würde vor Gericht standhalten, nicht was man dachte, und noch weniger, was man träumte. Carlotta hatte vielleicht einen Haufen »Rüschen« zu Hause, aber wenn es um juristische Dinge ging, war ihr Denken einfach und zweckorientiert. Sie war der Meinung, Unbewußtes sollte schön unbewußt bleiben. Komisch eigentlich. Mein Haus war viel schnörkelloser eingerichtet als ihres, in meinem Kopf war anscheinend viel mehr Gerümpel.

Carlotta saß in einem perfekt gebügelten weißen Seidenpyjama in ihrer Küche und trank Koffeinfreien. Ich hatte meinen ganzen Mut zusammengenommen und war wieder zur Arbeit gegangen. Heute war die Privatpraxis dran. Die Fernsehkameras hatten anscheinend aufgegeben, und wenn da draußen noch irgendwelche Reporter herumlungerten, dann hatten sie sich als Tauben verkleidet. Gott sei Dank haben die Medien die Geduld von Springmäusen.

Ich war eine Stunde eher gekommen, um noch mit Carlotta zu frühstücken. Ich war süchtig nach ihrem Kaffee; andererseits konnte ich mich immer noch nicht mit ihren Klamotten aussöhnen. Warum war bei ihr alles anders als bei uns normalen Menschen? Wenn ich mich in so einem Pyjama hingesetzt – oder sogar darin geschlafen – hätte, er würde danach wie ein gebrauchtes Kleenex aussehen. Vielleicht schlief sie ja doch in einem T-Shirt wie ich, und ehe sie aus dem Schlafzimmer ging, zog sie schnell einen frischgebügelten Schlafanzug an. Als ich noch mit ihr in dem Haus wohnte, war ich Carlotta mal mitten in der Nacht im Flur auf dem Weg zum Klo begegnet. Sie trug einen gebügelten weißen

Seidenschlafanzug. Wer weiß? Vielleicht zieht sie ihn für den Gang zum Klo extra an. Ich mußte laut lachen.

Carlotta beobachtete mich noch immer stumm und, wie es mir vorkam, mit einer Art ironischem Vergnügen. Wir waren in eines unserer Nicht-Gespräche vertieft. Eine Menge Zeug ging mir durch den Kopf, aber ich vergaß, es weiterzugeben. Eins ist sicher: Carlotta ist eine geduldige Frau.

Ich beendete meine Tagträumerei und machte mich in meine Praxisräume auf. Wir hatten eine Eingangstür in eine der Außenwände brechen lassen, damit die Patienten rein und raus konnten, ohne durch den Privatteil des Hauses zu müssen. Der Praxisteil enthielt ein Sprechzimmer für Erwachsene, ein Spielzimmer für Kinder, ein kleines Wartezimmer und eine Toilette. Sobald ich dort war, schloß ich die Tür hinter mir und vergaß das restliche Haus und den Rest der Welt sofort. Wenn ich arbeitete, hätte ich genausogut auf einem anderen Planeten sein können. Ich hatte im Laufe der Jahre gelernt, mich so intensiv auf etwas zu konzentrieren, daß ich manchmal sogar Symptome von Gesichtsfeldeinengung zeigte.

Meine erste Patientin war eine Vierjährige. Sie hatte kurzes braunes Haar mit seidigen Strähnchen, die sich um ihre Ohren ringelten. Für ihre vier Jahre war sie recht groß und stämmig. Sie gehörte zu denen, die immer für älter gehalten werden. Leider war das in ihrem Fall eher hinderlich. Es bedeutete, daß die Schere zwischen der Erwartung der Leute und ihrem Verhalten ungefähr so weit wie der Grand Canyon auseinander klaffte.

Zu Beginn der Sitzung sprach ich erst mal zehn Minuten mit der Mutter allein. »Sie hat die Pflänzchen von allen anderen Kindern in der Vorschulklasse ausgerissen«, erzählte sie mir. »Sie wissen schon, die Kinder können in zerschnittenen Milchtüten oder Yoghurtbechern eigene Pflänzchen ziehen. Na ja, sie hat alle ausgerissen, und die Lehrerinnen haben angedroht, sie wieder rauszuschmeißen. Sie formulieren das natürlich anders und sagen, daß sie nicht wissen, ob die Umgebung für sie richtig ist. Aber unter dem Strich bedeutet das doch das gleiche.« Die Mutter fuhr sich mit der Hand durch ihr seidiges braunes Haar, um eine lose Strähne zurückzustreichen. Mal war sie entschieden auf Jeannies Seite, dann wieder verärgert über sie. Meistens verstand sie, warum sich Jeannie so und so verhielt, aber es gab auch Tage, da hätte sie die Kleine am liebsten geschüttelt und angeschrien.

Jeannie wütete im Zimmer wie ein Tornado. Innerhalb von Minuten lagen die Handpuppen alle auf dem Boden, die Filzstifte waren über der ganzen Couch verstreut, und Jeannie erdrosselte eine der Puppen, was sie bisher noch nie gemacht hatte. Vorsichtig setzte ich mich neben sie. Ich konnte ihr mühevolles Atmen hören, ein Geräusch, das nur auftrat, wenn sie sich in einem akuten Angstzustand befand. Als ich sie kennengelernt hatte, war es mir fast unmöglich gewesen zu glauben, daß so lautes Atmen bei einem Kind von nichts anderem als Angstzuständen herrührte. Ich hatte ihre Mutter aufgefordert, Jeannie auf Asthma untersuchen zu lassen. Fehlanzeige – es lag wirklich zu hundert Prozent an der Angst.

Aber was war denn heute nur los? Dieses stoßartige Atmen hatte ich monatelang nicht von ihr gehört, nicht mehr, seit sie mir erzählt hatte, daß sie von ihrem Vater mißbraucht worden war. Und noch etwas anderes fiel mir heute auf, was ich bisher noch nie registriert hatte. Es heißt, daß Tiere Angst riechen können. Können Menschen das auch? Jedenfalls lag ein besonderer Geruch im Raum. Verlor ich den Überblick? Bildete ich mir Dinge ein?

Jeannies Hände schienen wie Schraubstöcke um den Hals der Puppe zu liegen. Ihre Knöchel traten weiß hervor von der Anstrengung des Drückens, und ihre Hände zitterten, vielleicht aus demselben Grund. Ich hatte sie noch nie so konzentriert und verbissen erlebt. Das einzige Geräusch im Zimmer war ihr schweres Atmen.

Ich schwieg. Mir fiel nichts ein, das sie nicht in irgendeiner Weise hätte beeinflussen können. Ich mußte erst mal herausbekommen, worauf sie mit dieser Geschichte zusteuerte. Unvermittelt ließ sie die Puppe fallen. »Ich muß mal«, sagte sie.

Wir gingen ins Wartezimmer, doch Jeannie lehnte die Anwesenheit ihrer Mutter auf dem Klo ab. Sie marschierte allein los, während ich mich der Mutter zuwandte.

»Sehen Sie, es ist irgendwas los«, begann sie ratlos. »Ich hab es Ihnen ja gesagt. Sie hat sich unmöglich verhalten. Ich mußte Valium nehmen, um damit fertig zu werden. Ich bin drauf und dran, sie über das Wochenende zu meinen Eltern zu geben, und einfach abzuhauen. Ich weiß nicht, ob ich das noch lange durchstehe.«

»Hat sie was von den Morden mitbekommen?« fragte ich. Zwei Kinder, die in ihren Betten ermordet worden waren – ich konnte mir vorstellen, daß sich meine jungen Patienten, die sowieso schon durch irgend etwas traumatisiert waren, nach so einer Geschichte nicht gerade sicher auf Erden fühlten. Ein leichtes Wiederaufflammen von Alpträumen und Ängsten war zu erwarten gewesen. Und weil sie die Puppe würgte, dachte ich, sie hätte vielleicht gehört, daß die Kinder erdrosselt worden seien.

»Um Gottes willen, nein«, meinte dagegen ihre Mutter. »Ich konnte nicht mal selbst die Fernsehberichte ansehen. Ich habe sie völlig abgeschirmt.«

»Sind Sie sicher?« hakte ich nach. »Sie geht in die Vorschule. Vielleicht haben die anderen Kinder davon geredet. Es stand doch in allen Zeitungen. Sie könnte in der Schule eine Zeitung gesehen oder was gehört haben.«

»Möglich«, gab die Mutter zu. »Aber wenn sie wegen irgendwas aufgebracht ist, berichtet sie mir immer gleich davon – und zwar nonstop. Sie kennen sie ja. Dem Verkäufer im Lebensmittelladen erzählt sie es genauso wie den Leuten, die mit uns im Fahrstuhl stehen. Aber die Morde hat sie nie erwähnt. Ich glaube nicht, daß sie etwas davon weiß.«

»Und was läuft sonst noch?« Ich konnte den Wandel nicht verstehen. Allerdings, wenn ich es recht bedachte, war schon die letzte Sitzung etwas merkwürdig verlaufen, und die war vor den Morden gewesen. »Haben Sie wieder Gerichtstermine? Hat sie ihren Vater gesehen?«

»Nein. Aber er hat beaufsichtigtes Besuchsrecht für ihren Bruder bekommen. Ich glaube zwar immer noch, daß er ihn auch mißbraucht hat, aber wie soll ein Zweieinhalbjähriger das anzeigen? Jeannie bleibt daheim mit meiner Schwester, während ich Tommy hinbringe. Ich warte im Auto, und der Pfarrer beaufsichtigt den Besuch. Sie weiß, daß Tommy und ich ihren Vater besuchen. Dem Scheißkerl ist es ja ganz egal, wie es sich auf sie auswirkt – oder auf Tommy, genaugenommen.«

Das stimmte mit Sicherheit, obwohl ich das für mich behielt. Es ist nicht ratsam, den Haß der Leute auf ihre Expartner zu schüren – selbst wenn er oft völlig zu Recht besteht.

Sie fuhr fort. »Wissen Sie, was ich nicht verstehe? Der beschissene Typ hat sich nie einen Deut um Tommy gekümmert, als er noch bei uns war. Er hat ihn sogar wegen nichts und wieder nichts angeschrien. Er hat ihn so oft ›du kleines Stück Scheiße‹ genannt – ich weiß, Sie werden mir das nicht glauben –, daß Tommy kurz vor seinem zweiten Geburtstag, als ihn jemand nach seinem Namen fragte, mit ›Du kleines Stück Scheiße‹ geantwortet hat. Zu Jeannie dagegen war er immer zuckersüß und sanft. Sie war sein Engel, der nichts falsch machte. Aber jetzt, wo er nicht mehr an Jeannie ran kann, will er unbedingt Tommy sehen. Ich könnte kotzen.«

Ich verstand ihre Entrüstung. Das Ganze machte keinen Sinn in ihren Augen. Ich erlebte so was leider täglich. Das Problem ist, daß nicht jeder, der verzweifelt seine Kinder behalten will, im Falle eines tatsächlichen Verlusts auch wirklich und im Sinne der Kinder verzweifelt ist. In der Hälfte aller Fälle benötigen sie ihre Kinder nur als Stütze. Das begreifen Richter jedoch fast nie. Ein Elternteil weint ihnen vor Gericht was vor, daß ihm seine armen Kleinen weggenommen worden sind, und sie geben sie ihm zurück, weil sie glauben, der Vater oder die Mutter liebt die Kinder. Was sie ja vielleicht auch tun, aber möglicherweise ergeht es ihnen auch so wie nach einer Amputation des linken Arms: Der Arm war ein Teil von ihnen, der braucht, was sie selbst brauchen. Seine einzige Daseinsberechtigung besteht darin, ihnen zu nützen. Sie können sich nicht vorstellen, daß er eigene Bedürfnisse hat. Wenn man aber Kinder wie seinen linken Arm behandelt, können schlimme Dinge dabei rauskommen.

Leider war Tommys Vater einer von jenen Leuten, die nicht ohne ihren linken Arm leben konnten. Er brauchte Tommy, um seine eigenen emotionalen Bedürfnisse zu stillen und nicht einsam zu sein. Wenn ich ihn dagegen nach Tommys Bedürfnissen gefragt hätte, wäre er mit Sicherheit mit seinen eigenen Projektionen gekommen.

Ich dachte über Tommys Besuche bei seinem Vater nach. Waren sie der Anlaß, um Jeannie so durcheinander zu bringen? Das Erdrosseln gab mir zu denken. Ich hatte noch nie erlebt, daß sie etwas in der Art gemacht hatte, nicht mal am Anfang der Therapie, als sie noch voller Angst steckte, weil sie mir von dem Mißbrauch erzählt hatte. Und es waren niemals irgendwelche Anzeichen zu erkennen gewesen, daß ihr Vater mehr als ein einschmeichelnder Täter war, also einer von den Typen, die Kinder zum Sex überreden, die aber keine physische Gewalt anwenden.

Jeannie kam zurück, und wir gingen wieder ins Sprechzimmer. Sofort griff sie sich die Puppe, zog sie völlig aus und murmelte dabei etwas – so leise, daß ich es leider nicht verstehen konnte. Plötzlich feuerte sie die Puppe auf den Boden. Ich hob sie auf, ohne mitzukriegen, daß Jeannie mich dabei beobachtete – sie hatte sich halb abgewandt. Wie aus einer Pistole geschossen sagte sie: »Sie ist böse.«

»Böse?«

»Ja, ganz arg böse.« Sie brachte das mit Abscheu vor. Anschließend ließ sie die Sandförmchen fallen. »Können wir jetzt malen?« Das kleine Mädchen, das mich so zögernd fragte, schien plötzlich um einiges jünger als der heftige Wirbelwind, der den Raum vorher verwüstet hatte.

»Ja, natürlich.« Wir gingen an den Maltisch.

»Warum ist sie böse?« Keine Antwort. »Hat sie was Böses gemacht? Oder gesagt?« Keine Antwort.

Dann flüsterte sie: »Ich hab ›halt‹ gesagt, aber er hat nicht aufgehört.« Sie blickte nicht auf, sondern schien ganz in ihr Malen versunken zu sein, so als würde sie nicht mal mit mir reden. Sie war augenscheinlich traurig.

»Ah«, sagte ich, »er hat also nicht aufgehört, obwohl du ›halt‹ gesagt hast.« Ich versuchte, so vorsichtig wie nur möglich zu sein, wollte ihr nichts in den Mund legen oder irgendwelche Vermutungen anstellen. Deshalb hielt ich mich eng an Jeannies Wortlaut. Wenn man das, was Kinder sagen, wiederholt, reden sie gewöhnlich weiter, aber Jeannie tat das nicht. Eine lange Zeit blieb sie still, dann hörte sie auf zu malen, ging wieder zur Sandkiste und schaute sich das Regal mit dem Spielzeug dafür an. Die Sandkiste war ungefähr sechzig mal neunzig Zentimeter groß und stand auf einem Tisch. Es gab Leute, Häuser, Tiere, Felsen, Bäume und alles mögliche andere, um sich eine ganze Welt daraus zu bauen. Sorgfältig suchte sie sich alle Spinnen und Schlangen heraus, dann inszenierte sie eine Szene voller Schlangen, Spinnen und anderer fleischfressender Raubtiere.

Als die Sitzung vorbei war, ging Jeannie noch mal aufs Klo, so daß ihre Mutter und ich wieder für ein paar Minuten unter vier Augen waren. »Sie wollte heute nicht mal mitkommen, was total ungewöhnlich für sie ist«, erzählte die Mutter unaufgefordert. »Meistens fragt sie schon nach dem nächsten Termin. Schließlich hab ich ihr versprochen mitzukommen, und nur so hab ich sie überreden können.«

Stimmt ja. Ich hatte völlig vergessen, daß Jeannie meistens von ihrem Prozeßbevollmächtigten gebracht wurde. Ihre Mutter arbeitete in der Registratur des städtischen Krankenhauses. Jede Sekunde, die sie frei nahm, wurde ihr vom Gehalt oder von ihrem zweiwöchigen Jahresurlaub abgezogen. »Ich hab den ganzen Morgen frei genommen, was mir natürlich nicht gerade leicht gefallen ist, aber wenn Jeannie keine Vernunft annimmt, dann kann ich vor Streß sowieso nicht mehr arbeiten.« Sie war kurz vor dem Zusammenbruch, während Jeannie in Topform zu sein schien.

Das war keine Ausnahme. Alleinerziehende Mutter. Zwei kleine Kinder. Nicht genug Geld. Kein Unterhalt. Die Väter versäumten die Zahlungen, und die Gerichte waren nie dahinter her. Streß im Beruf. Nichts als Arbeit zu Hause. Pausenloses Einerlei aus Waschen, Trocknen, Putzen, Einkaufen, Kochen, die Kinder zur Tagesmutter fahren und sie wieder abholen. Keine Zeit, um sich ein bißchen um sich selbst zu kümmern. Keine Zeit, krank zu werden. Und dann noch der sexuelle Mißbrauch und als Folge davon ein verstörtes Kind, das sich aufspielte und alles durcheinanderbrachte, weil die Mutter viel zu erschöpft war, um alles in den Griff zu bekommen. Und was geschah eigentlich, wenn sie nicht mehr arbeiten konnte? Eine schlimme Vorstellung schon für mich, wie schlimm mußte das erst für sie sein. Nun gut, es fiel mir nicht schwer, bei Jeannie eine Diagnose zu stellen und ihr zu helfen, ruhiger zu werden.

Ich war in Gedanken noch bei Jeannie, als zehn Minuten später Kiwi erschien. Traumatisierte Kinder, erwachsene Überlebende – auf die eine oder andere Art hatte ich immer mit Gewalt zu tun. Manchmal sehnte ich mich nach einem Kind, das einfach nur Lernstörungen hatte, oder nach einer Erwachsenen, die nur einen Rat für den beabsichtigten Berufswechsel benötigte.

Ich schaute mir Kiwi an. O je, es war kaum zu glauben, daß das Mädchen im Land der Versandhäuser lebte. Sie trug ein weißes Leinenkostüm mit schwarzer Seidenbluse, die bis zum Hals zugeknöpft war, und dazu schwarze Lackstöckelschuhe. Das Schuhwerk sagte alles.

Ich war immer der Meinung, daß jede Beziehung einen prägenden Augenblick hat, der wie der sprichwörtliche Regentropfen die ganze DNA dieser Beziehung enthält. Eine Patientin hatte mir mal von ihren Eheproblemen erzählt. Ihr Mann hatte aufgehört, den Trauring zu tragen, und zwar zu einer Zeit, als sie sich dauernd stritten. Später, als es wieder besser klappte, fragte sie ihn, ob er den Ring nicht wieder tragen wolle. Er willigte ein – nachdem sie ihn ziemlich gedrängt hatte – und fing an, nach dem Ring zu suchen. Es tat mir unendlich leid für sie, als ich hörte, wo er suchte: in alten Schachteln mit rostigen Nägeln und Schrauben. Sie glaubte nicht, daß ihre Ehe am Ende war. Aber ich war mir sicher.

Bei Personen ist es oft eine Geste, ein Kleidungsstück, ein bestimmtes Verhalten. Im Falle von Kiwi waren es die schwarzen Lackstöckelschuhe. Sie waren genau die Mischung aus Kleinmädchenunschuld (Lackschuhe, die kleine Mädchen seit Jahrzehnten tragen) und erwachsener Sexualität (kleine Mädchen trugen nun mal keine Bleistiftabsätze), die Kiwis gesamte Persönlichkeit ausmachte. Kiwi war absolut überzeugt davon, überhaupt nichts an sich zu haben, was sexy wirkte. Sie wunderte sich, wie oft sie von Männern angemacht wurde. Und ich konnte es ihr auch nicht so ohne weiteres erklären. Obwohl: Das perfekt gebleichte Haar, der Hauch von Spitzen, der immer unter ihrem Pullover hervorschaute, der stets gebräunte Teint, ihre Art, so adrett mit geschlossenen Knien dazusitzen, selbst der kleine Taschenkalender, den sie immer festhielt, machten Wirkung. Alle diese Kleinmädchengesten, die sie sich angewöhnt hatte. Kiwi strahlte Verwundbarkeit aus, nicht nur durch ihre Kleider.

»Wir waren auf dem Weg nach Lyndonville zu seinen Eltern. Wir hatten das Wohnmobil genommen, weil er nicht gerne bei ihnen übernachtet, und wir sollten das ganze Wochenende bleiben. Es war nichts passiert. Ich meine, wir hatten nicht gestritten oder so. Er wurde nur einfach immer unausstehlicher, je näher wir kamen. Ich hab nicht viel gesagt, aber wenn er so drauf ist, hab ich immer unrecht. Bin ich still, sagt er, daß ich ihn nicht beachte, rede ich, behauptet er, ich nörgel rum. Schließlich ist er auf einen Rastplatz gefahren und wollte mit mir schlafen.« Die Tränen kullerten, aber Kiwi schien es nicht mal zu merken. Vielleicht hatte sie so viel geweint, daß Tränen inzwischen einfach zu ihrem Gesicht gehörten. »Ich hab nichts gesagt. Ich hätte bei allem mitgemacht, nur um ihn zu beruhigen. Aber er war so grob. Er ließ mir keine Zeit – Sie wissen schon –, um in Stimmung zu kommen. Es hat furchtbar weh getan, und dann hat er ihn auch noch einfach rausgezogen und in meinen Hintern gesteckt, was so weh tat, daß ich geschrien hab, und darüber ist er erst recht ausgerastet. Er hat rumgebrüllt, daß ich ihm gehöre und er mit mir tun kann, was er will. Daraufhin hat er eine Gurke genommen und sie mir reingesteckt. Am Ende wollte er einfach zu seinen Eltern weiterfahren, aber alles war blutig. Er hat was aufgerissen dabei, und beim Gehen oder Sitzen hatte ich große Schmerzen. Ich hab zu ihm gesagt, daß ich ins Krankenhaus müsse, aber er hat nur so getan, als ob bei mir etwas nicht ganz stimme und ich selbst schuld an allem sei.«

»Das hört sich ja furchtbar an, Kiwi. Also vergewaltigt er dich wieder.«

»Na ja, es war wohl keine Vergewaltigung. Ich hab ja nicht nein gesagt.«

Ich spürte eine Welle von Zorn in mir aufsteigen, die ich verzweifelt unter Kontrolle zu bringen versuchte. Am liebsten hätte ich rübergelangt und Kiwi kräftig geschüttelt. Mir war klar, daß es nicht angebracht war, aber mein Wunsch, Frauen wie Kiwi zu trösten, kam immer erst an zweiter Stelle. Mein erster Impuls war, sie zu schütteln und anzuschreien, sie sollten das Arschloch doch endlich rauswerfen.

Das tat ich natürlich nicht. Statt dessen überlegte ich mir, wo ich anfangen sollte. »Kiwi, haben Sie ja gesagt?«

»Er hat mir keine Zeit dazu gelassen. Ich hätte aber ja gesagt.«

»Weil Sie mit ihm schlafen wollten?«

»Nein, nicht, wenn er in so einer Stimmung ist.« Kiwi versuchte, sich die zerlaufene Wimperntusche von den Wangen zu wischen, aber sie weinte immer noch, und die Wimperntusche zerlief schneller, als sie mit dem Wischen nachkam. Mein Gott, wieviel hatte sie denn nur aufgelegt. »Also, eigentlich schlafe ich gerne mit ihm, wenn er nett ist. Na ja, früher wenigstens. Aber wenn er so rumwütet, ist es immer schrecklich.«

»Also, warum haben Sie dann mit ihm geschlafen?«

Kiwi fing an zu schluchzen. »Was glauben Sie denn, warum? Weil er mich sonst windelweich geprügelt hätte.«

»Kiwi, das nennt man Vergewaltigung.«

»So möchte ich es aber nicht nennen.«

Ich hätte gerne eine Menge dazu gesagt. Zum Beispiel folgendes: »Wenn man mit einem Mann schläft, weil er einen sonst windelweich schlägt, und das nicht Vergewaltigung nennt, was bitte schön verdient dann diesen Ausdruck?«

Ich wollte sagen: »In solchen Augenblicken braucht man ein gutes Gewehr«, aber das ging natürlich nicht. Frauen wie Kiwi nahmen eine ganze Menge Scheiße hin, aber plötzlich konnte eine mal auf die Idee kommen, eine Flinte zu laden. Und je näher sie diesem Stadium kamen, desto leichter konnten sie so einen Scherz als Aufforderung mißverstehen.

Was ich aber wohl eigentlich am liebsten losgeworden wäre, hätte sich ungefähr so angehört: »Tun Sie das, um mich zu foltern? Sie kommen hier jede Woche reingeschneit und reißen mich mit in eine Krise, wenn Sie etwa erzählen, wie er Ihnen den Kiefer gebrochen hat. Woche für Woche laden Sie Ihren Müll bei mir ab, und ich steh dem genauso hilflos gegenüber wie Sie. ICH MUSS DAS WIRKLICH NICHT HABEN!«

Warum weigerte sie sich, das als Vergewaltigung anzusehen? Weil sie glauben wollte, daß sie die Wahl hatte. Sie hielt es für wichtig, die Wahl zu haben, und wollte mir deshalb nicht glauben, daß sie so hilflos war, wie ich sie hinstellte. Wenn man keine Wahl mehr hat, ist die Illusion, freiwillig zu handeln, manchmal alles, was einem bleibt.

Kiwi verteidigte sich weiter. »Er ist eigentlich kein schlechter Kerl, nur oft so jähzornig. Und ich bin auch keine

Heilige, bestimmt mache auch ich Fehler. Es ist nicht nur seine Schuld.«

Ich übernahm Fälle von Mißhandlung nur selten, weil es auf der Hand lag, daß ich die denkbar ungeeignetste Therapeutin der Welt für mißhandelte Frauen war. Sie brauchten jemand, der behutsam und geduldig war, der ihnen half, genug Selbstwertgefühl und Selbstvertrauen aufzubauen, um zu verstehen, was mit ihnen passierte. Statt dessen überlegte ich dauernd, ob Todeskommandos tatsächlich so verwerflich waren – solange man damit nur die richtigen Leute erwischte.

Mein Tag wurde kein bißchen besser. Beim letzten Anruf während der Sprechstunde ging es um einen Sechsjährigen, der nach sexuellem Mißbrauch durch seinen Onkel angefangen hatte, sich in die Hose zu machen. Er tat das, um seinen Onkel dadurch von weiteren Vergewaltigungen abzuhalten. Er meinte, wenn er die Hose voll habe, wäre er so abstoßend, daß ihn sein Onkel in Ruhe ließe. Der jedoch ließ sich davon nicht abschrecken, und vor lauter Angst erzählte es Johnny schließlich seinem Freund, der es seiner Mutter erzählte. Kaum war der Onkel nicht mehr in der Nähe, hörte das Schmutzigmachen auf.

Johnnys Mutter explodierte förmlich am Telefon. »Es hat wieder angefangen. Völlig unverständlich eigentlich, aber die Besuche beim Kinderarzt, die verschiedenen Berater, die ganzen Maßnahmen haben wohl alles wieder aufgewühlt. Ich halte das nicht noch mal aus. Dabei ist es ihm schon so gut gegangen«, jammerte sie.

Was war eigentlich los? Alle meine Fälle schienen sich zu verschlimmern. »Seit wann ist es wieder so?«

»Es begann vor zwei Wochen, kurz bevor er zu Ihnen wollte. Da habe ich mir gesagt, daß jedem mal ein Malheur passieren kann. Schließlich war es das erstemal seit Monaten. Aber diese Woche ist es gleich zweimal passiert. Also geht das Ganze wieder von vorne los. Und gerade jetzt, wo die ganzen Verhandlungen, die verschiedenen Gespräche und Aussagen stattfinden – ich weiß einfach nicht, wie wir das überstehen sollen. Die schließen doch daraus jetzt bestimmt, daß es mit dem Mißbrauch gar nichts zu tun hat. Vorher ist es ja immer nur passiert, wenn sein Onkel da war. Damit könne er beweisen, sagte der Anklagevertreter, daß Johnny die Geschichte nicht erfunden habe, weil ja eindeutige Symptome vorhanden seien. Aber jetzt? Ich wette, sie behaupten, die Tatsache, daß er sich jetzt wieder in die Hose macht, obwohl sein Onkel gar nicht in der Nähe ist – und zwar seit Monaten – würde bedeuten, daß es auch damals reiner Zufall war.«

»Das können sie natürlich versuchen, obwohl es einfach nicht zutrifft.« Ich bemühte mich so gut es ging, die Fassung zu wahren, aber sie hatte natürlich recht. »Er muß bei einem Gespräch für die mündliche Zeugenaussage über den Mißbrauch reden. Vielleicht hat das alles wieder aufgewühlt. Er erinnert sich an die Vergewaltigungen und macht sich vor Angst in die Hose.« Ich faselte nur, weil ich keine Ahnung hatte, warum Johnny ausgerechnet jetzt wieder einen Rückfall bekam.

Ich schleppte mich heim. Meine Arbeit versetzte mich in Hochstimmung, wenn alles gut lief. Erfolgreiche Gerichtsurteile, Kinder, die Schutz bekamen, die sich erholten – so was machte mich richtig high. Aber nichts war schlimmer als der Eindruck, daß alles in meinen Händen zu Staub zerfiel. Den ganzen Tag lang hatte ich keinen Patienten gehabt, dem es gutging. Noch schlimmer: Bei zwei Kindern versagte ich völlig, ohne genau zu wissen, warum.

19

In der Nacht hatte ich wieder diesen Traum. Es war ziemlich frustrierend, zu merken, daß mein Unterbewußtsein mir etwas signalisierte, das ich nicht verstand. Unter Psychotherapeuten gab es eine alte Weisheit: »Reg dich nicht auf, wenn du die Träume deiner Patienten nicht verstehst. Die Träume werden immer einfacher, bis du schließlich draufkommst.« Aber mein Unterbewußtsein hielt sich nicht dran. Vielleicht dachte es sich, wenn es das fragliche Lied nur oft genug runterleierte, könnte ich den Text auch irgendwann verstehen. Zumindest ahnte ich, wo der Dreh- und Angelpunkt des Traumes lag: nämlich in dem Augenblick, als ich mich umwandte und die alte Frau hängen sah. Aber was bedeutete diese Szene?

Ich wachte auf mit einer Morgendepression der schlimmen Sorte. Ich hasse es zu spüren, daß ich niedergeschlagen bin, ehe ich überhaupt weiß, warum. Es dauerte eine Sekunde, bis mir die Southworth-Kinder einfielen, und danach setzte sich die miese Stimmung so richtig fest. Jetzt mußte nur noch etwas Schlimmes passieren, das ich hätte verhindern können, und ich würde endgültig ausrasten. Wenn ich nur endlich hinter meinen Traum kommen würde! Ich beschloß, mit Marv zu reden. Vielleicht verstand er ihn ja auf Anhieb. Vielleicht war ich einfach zu voreingenommen.

Nervös und zappelig wartete ich bis neun Uhr. Meine Güte, jetzt mußte er ja wohl aufgestanden sein. Neun war doch wohl für jeden spät genug, um aus dem Bett zu kriechen. Aber beim vierten Läuten des Telefons bekam ich ein schlechtes Gewissen. Na, es mußte ja nicht unbedingt heißen, daß er noch schlief. Vielleicht war er auch weg. Doch nach dem fünften Läuten war ein völlig verschlafener Marv an der Leitung.

Mir war das Ganze ziemlich peinlich, schließlich handelte es sich um keinen Notfall. Ich hätte auch bis halb zehn warten können. Aber jetzt gab es kein Zurück mehr. Marv hatte ISDN. Selbst wenn ich schnell auflegte, erschien meine Nummer bei ihm auf dem Display. Ich hatte an meinem Privattelefon auch ISDN. Jeder Therapeut möchte schließlich wissen, wer anruft, bevor er drangeht.

»Ach, Marv. Es tut mir leid. Ich vergesse immer wieder, daß normale Menschen am Samstag nicht um sechs Uhr aufstehen.«

»Was ist denn passiert?« Marv klang besorgt. Kein Wunder nach den schlechten Nachrichten in der letzten Zeit.

»Es ist eigentlich nichts. Ich hab nur so schlimm geträumt.« Es klang so dämlich, daß ich laut lachen mußte. »Tut mir leid, Marv. Ich hör mich an wie eine verzweifelte Patientin. Ich schwör dir, gewöhnlich rufe ich nicht am Samstagmorgen bei Freunden an, um ihnen zu sagen, daß ich schlecht geträumt habe.«

Marv lachte. Er verstand auf Anhieb, was ich meinte. Es war schon verrückt, weswegen einen die Leute am Wochenende, in den Ferien oder mitten in der Nacht sprechen wollten. Als ich beim Notdienst arbeitete, hatte mich eine Frau mal um zwei Uhr morgens angerufen, um mich zu fragen, ob sie ihren Fernseher abstellen könne.

»Komm her«, schlug Marv vor. »Ich wollte sowieso mit dir über den Fall reden.«

Auf dem Weg zu ihm dachte ich über Marv nach. Er hatte nicht erst gewartet, daß ich ihn um ein Treffen bat. Er ließ es sogar so aussehen, als ob er es war, der mich sehen wollte. Dieser Mann war, viel mehr als irgend jemand, den ich kannte, die Liebenswürdigkeit in Person. Er stellte seinen beachtlichen Scharfsinn in den Dienst dieser Liebenswürdigkeit, und das, was dabei herauskam, wirkte so natürlich wie eine gute Choreographie.

Mir fiel eine Geschichte ein, die ich mal über ihn gehört hatte. Der Generaldirektor eines sehr bedeutenden Konzerns suchte ihn auf. Es handelte sich offensichtlich um eines jener Wirtschaftsunternehmen, die jährlich mehr Geld scheffelten als die meisten Länder der Welt. Der besagte Generaldirektor war anscheinend ein echter Fitneßfreak, was auch in seinem Unternehmen nicht zu übersehen war – es gab dort Gymnastikprogramme für die Angestellten, einen Bonus für den, der zu rauchen aufhörte, Wettbewerbe im Abspecken. Dieser Macher-Typ saß also in Marvs Wartezimmer – ein gutaussehender, tadellos gekleideter Mann, braungebrannt und fit, der auf das erste Gespräch mit seinem Therapeuten wartete, mit einem, der ihm helfen sollte, seine Ehe zu retten, dem einzigen dunklen Fleck in seinem sonst so unglaublich erfolgreichen Leben. Genau auf die Minute der vereinbarten Zeit öffnete sich die Sprechzimmertür, und Marv trat heraus: klein, rundlich, in unordentlichen Klamotten, weder gebräunt noch tadellos gekleidet, fit oder gutaussehend – selbst wenn man gnädig mit seinem Äußeren umging.

Der Industrieboß faßte sich rasch – schließlich war er ein professioneller Taktiker –, aber wohl doch nicht schnell genug. Marv betrachtete ihn, bemerkte die Enttäuschung, die über sein Gesicht huschte, und sagte sanft: »Nun, wollen Sie nicht trotzdem eintreten?« Danach lief zwischen den beiden alles wie geschmiert.

Unterwegs kaufte ich Croissants und Vanillekaffee und hielt ihm die Mitbringsel an der Tür quasi als Wiedergutmachung unter die Nase. Erst jetzt fiel mir ein, daß mein letzter Kontakt mit Marv auch nicht gerade positiv für ihn ausgegangen war. Wofür sollte ich mich nun zuerst entschuldigen? Doch ehe ich eine Antwort auf diese Frage gefunden hatte, gab mir Marv einen dicken Kuß, legte den Arm um mich und begrüßte mich so herzlich, als täte ich ihm mit meinem Besuch einen Riesengefallen. Deshalb ritt ich nicht weiter auf seiner schlechten Vorstellung vor Gericht rum.

»Tut mir leid, daß ich dir auf die Nerven falle. Ist zumindest ungewöhnlich – nicht meine übliche Nummer. Hast du dir irgendwas Neues zugelegt?« Ich ließ den Blick über die Wände gleiten. Marv bewohnte ein dreistöckiges Stadthaus, dessen Wände und Flächen mit Kunstwerken bedeckt waren, die einem den Atem nahmen. Man sagte, daß er etwas Vermögen in der Hinterhand hatte, und Psychiater verdienten ja auch nicht schlecht. Die Gemälde, Skulpturen und Keramiken in seinem kleinen Häuschen waren jedenfalls nicht von der Sorte, die sich Normalsterbliche leisten konnten.

Seit fünfundzwanzig Jahren hatte er sich jedes Jahr einen Monat frei genommen und die ganze Welt nach Kunsthandwerk abgesucht. Er hatte damit begonnen, lange bevor es in Mode kam und exquisit wurde. Er war mit Lasttieren in den Anden gewesen und mit präkolumbianischem Kunstgewerbe wiedergekommen. Er hatte mit dem Rucksack Inseln abgeklappert, die auf keiner Karte zu finden waren, und von dort Keramiken mitgebracht, die aus Zeiten vor der Geschichtsschreibung stammten. Er war mit einem scharfen Blick gesegnet, dazu sprachbegabt und hatte fast keine Komfortbedürfnisse. Mit diesen Gaben hatte er sich etwas erschaffen, was in seiner Art wahrscheinlich einmalig und nicht zu wiederholen war.

»Ja, ich hab letzten Sommer eine Kleinigkeit in Alice Springs gefunden.« Marv näherte sich einem kleinen Bild mit umwerfenden Farben. »Die Kunst der Aborigines ist inzwischen natürlich auch teurer geworden, aber ich finde, sie nehmen immer noch nicht so viel, wie sie eigentlich wert ist. Natürlich ist mittlerweile auch viel Plunder darunter, nachdem es so in Mode gekommen ist. Eine Menge läßt sich einfach als Touristenschrott abhaken. Aber wenn man nur hartnäckig sucht, kann man immer noch wahre Herrlichkeiten entdecken. Ich befand mich gerade auf dem Weg nach Tasmanien – dort gibt es so wunderbare Korbsachen, und ich war ein paar Jahre lang nicht mehr dort gewesen – da hat mich ein Händler aufgestöbert, mit dem ich früher schon zu tun hatte, und mich zu einem Abstecher überredet.«

Ich mußte lächeln. Marv stand genau vor dem Bild und badete praktisch in den satten Farbtönen. Er selbst trug schlammfarbene Trainingshosen und dazu einen roten Rollkragenpulli. Ich mag Rot sehr gerne und finde, daß es kaum ein häßliches Rot gibt, aber Marv hatte es zielsicher entdeckt. Seine Füße steckten in schwarzen Slippern mit einer Art lila Satinornament. Wenn man Marv auf der Straße begegnete, konnte man meinen, er sei farbenblind. Deshalb war der Kontrast so unglaublich: Die Spannung, die von den Farben auf dem Bild ausging, und demgegenüber Marv – lieb, zerknautscht, verwirrt dreinblickend, scheinbar ohne Gespür für Farbtöne. Aber wenn man beobachtete, wie er das Bild ansah, dann war einem nicht mehr zum Lachen – man hielt den Atem an.

Ob mich wohl jemals ein Mann mit so einem Blick ansehen würde? Und wie würde ich das dann empfinden? Ich hatte zuerst immer geglaubt, Marv sei schwul, weil er einfach kein Interesse an Frauen zu haben schien. Er ging nie mit einer aus, redete nie von Frauen. Aber soweit ich das inzwischen wußte, war es mit Männern das gleiche. Als ich Marv vor dem Bild stehen sah, kam ich mir wie ein Voyeur vor – als würde ich zwei Leuten zusehen, die gerade miteinander schlafen wollen, und die Atmosphäre ist so richtig aufgeladen und knisternd.

»Es ist wunderschön, Marv«, befand ich leise.

»Hm, ja.« Marv riß sich zögernd vom Anblick des Bildes los und schlenderte zur Couch. »Komm, setz dich und erzähl mir, was los ist.«

Es erwies sich im nachhinein als gut, daß ich Marv für den Fall gewonnen hatte. Er war zunächst als Zweitgutachter hinzugezogen worden, und Sharon hatte ihm schriftlich gestattet, meine Unterlagen anzusehen und mit mir darüber zu reden. Diese schriftliche Erlaubnis war großzügig auslegbar und weder abgelaufen noch zurückgenommen worden. Zu meinem Glück. Wenn ich Sharon Southworth jetzt wegen irgendeiner Sache um Zustimmung hätte fragen müssen, wäre mir sicher eine Abfuhr erteilt worden. Doch das, was ich Marv erzählen wollte, hatte nicht mehr viel mit dem ursprünglichen Fall zu tun. Ich glaube kaum, daß ich dafür eine Genehmigung benötigt hätte.

Ich setzte mich Marv gegenüber und legte die Füße seinen Slippern gegenüber auf den Couchtisch. »Also, eins gleich vorweg, ich glaube nicht, daß es Sharon Southworth war.«

»Und worauf basiert deine Einschätzung?«

»Auf ihrem psychologischen Gutachten, den Gesprächen und ihren Gefühlen für die Kinder. Ihr Verhalten gegenüber ihrem Exmann mag zwar ziemlich psychotisch gewesen sein, aber sie war keineswegs verrückt, wenn es um ihre Kinder ging.«

»Und warum sitzt sie dann hinter Gittern?«

»Weil sie ein Motiv für die Tat hatte, so heißt es. Und sie hatte die Mittel und Wege dies zu tun. Hast du *Menschenkind* gelesen?«

»Nein, ich muß gestehen, daß ich Romane nie besonders

mochte. Was wir tagtäglich erleben, ist meistens seltsamer und viel interessanter.«

»Wenn dich jemand zum Romanlesen bekehren könnte, dann Toni Morrison. Kannst du dir eine Situation vorstellen, die Kindesmord notwendig macht? Ich meine nicht das übliche dumme Zeug, das von gewalttätigen Leuten für tiefschürfend gehalten wird. Ich meine einen realistisch inszenierten Fall. *Menschenkind* spielt im Sklavenmilieu und beschreibt die Zustände derart haarsträubend und authentisch, daß man schließlich die Geschichte für wahr hält, die sie erzählt, nämlich daß sie sich in eine Hütte zurückgezogen hat, in der die Charaktere des Romans auftauchen und aus ihrem Leben erzählen.

Die Heldin entflieht jedenfalls einem Sklavenhalter und wiegt sich eigentlich schon in Sicherheit, als der Bösewicht eines Tages ganz urplötzlich aus dem Nichts auftaucht und sie und ihre Kinder – von denen eines ein Baby ist – zurückholen will. Als sie ihn kommen sieht, schneidet sie dem Baby die Kehle durch und versucht auch, die anderen umzubringen. Toni Morrison vermittelt dabei dem Leser ein so klares Bild davon, was die Kinder erwartet hätte, wären sie nicht von ihrer Mutter umgebracht worden, daß du dir mitten in der Nacht überlegst, wie du dich selbst verhalten hättest.«

Marv schwieg. Er trank nur still seinen Kaffee und hörte mir zu. Uns war beiden klar, daß ein Buch über ein totes Baby für mich mehr bedeutete als für die meisten anderen Mütter, aber ich erwähnte es nicht und er auch nicht.

»Und ob du es glaubst oder nicht, unser Killer hat die Seite mit dieser Szene aus dem Buch geschnitten. Ich korrigiere mich: Unser Killer hat die Seite mit dieser Szene aus meinem Buch geschnitten.« Marv wurde noch stiller. Sein Gesichtsausdruck, sein Griff nach der Tasse – alles blieb für einen Moment stehen. Dann lehnte er sich zurück. Den Kaffee hatte er vergessen.

»Ja, aus meiner eigenen kleinen Taschenbuchausgabe. Und dann hat der Killer Seite hundertneunundvierzig aus Toni Morrisons Meisterwerk genommen und in Sharon Southworths Tagebuch befördert. Oder, wenn du die einfache Version glaubst, Sharon Southworth hat das alles selbst getan.«

»Puh«, stöhnte Marv. »Noch mal. Es soll so aussehen, als hätte Sharon Southworth ihre Kinder umgebracht, um zu verhindern, daß sie zu dem Vater, der ein Kinderschänder ist, zurückmüssen. Sehr interessant, aber die Fakten stimmen nicht.«

»Nein, natürlich nicht. Sharon Southworth hat ja niemals geglaubt, daß er die Kinder mißbrauchte. Aber das hat der Richter nicht kapiert. Mark Twain hat mal gesagt, wenn Theorie und Fakten aufeinandertreffen, dann glauben die Leute, daß die Theorie platzt. Doch das trifft nicht zu. Die Fakten platzen, und das jedesmal. Das ist praktisch auch hier passiert. Der Zeitgeist gibt den Müttern die Schuld. Sharon hätte sich die Seele aus dem Leibe brüllen können, daß sie die Mißbrauchsklage für falsch hielt – das hat sie ja auch fast getan –, und es hätte nichts geändert. Ein Kind hat im Verlauf eines Sorgerechtsverfahrens sexuellen Mißbrauch gemeldet. Als Mutter kann man es heutzutage getrost vergessen, irgend jemand davon zu überzeugen, daß man dem Kind nichts eingeredet hat.«

Marv saß eine Minute lang nur da. Schließlich brach er sein Schweigen: »Wenn es nicht Sharon war, ist es jemand, der belesen ist und sowohl zu deinem Buch als auch zu Sharon Southworths Tagebuch Zugang hatte. Das ist besorgniserregend.«

»Das kannst du aber laut sagen. Schlicht und einfach

haarsträubend, genauer gesagt. Alle Hoffnungen, daß es vielleicht ein Unbekannter war, sind jedenfalls dahin. Es ist sogar ziemlich wahrscheinlich, daß wir beide, du und ich, einen sadistischen Kindermörder kennen – und zwar gut kennen. Und wir schimpfen uns klinische Psychologen. Kannst du mir so aus dem Stegreif irgend jemanden nennen, von dem du schon immer angenommen hast, daß er ein Schlächter ist? Jemand, der den heimlichen Drang hat, Kinder umzubringen? Denn darauf läuft es doch hinaus. Das hat der gute alte Willy erzählt. Und der weiß wahrscheinlich einiges über diese Dinge.«

Marv zuckte mit den Schultern. »Du hast keinen Grund, dich selbst anzuklagen, Michael. Das weißt du so gut wie ich. Solche Menschen sind unsichtbar. Bis man sie schnappt, verdächtigt sie niemand.«

»Ich glaube, ich verdächtige jemanden, aber ich weiß nicht, wen.« Und ich erzählte ihm meinen Traum.

20

Marv wollte darüber nachdenken. Ich wußte, daß das seine Vorgehensweise war, aber ich war trotzdem ziemlich ungehalten. Doch meine Ungeduld änderte nichts. Marv ließ sich nicht drängen. Wahrscheinlich würde er so lange darüber nachgrübeln, bis wir alle gemeinsam in einer Rentnerkommune sitzen und auf einer grüngestrichenen Veranda in weißen Schaukelstühlen hin- und herschaukeln würden. Und Marv sagte dann auf einmal: »Ach übrigens, der Traum, nach dem du mich gefragt hast . . .« Ich war so sauer auf der Heimfahrt, daß ich Jacks Auto in meiner Auffahrt nicht rechtzeitig genug bemerkte, um wieder umzudrehen. Er lehnte an der Hintertür und hatte mich bereits erspäht.

Ich hielt an und überlegte, was ich machen sollte. Jack kam an, legte seine Hand auf die Tür und beugte sich rein. »Hallo, Mädchen«, sagte er, »ich bin gekommen, um dir etwas Sonnenschein unter den Schleier zu pusten.« Gegen meinen Willen mußte ich lachen. Jack hatte mal versucht, mir einen Vortrag über Verschleierungsmethoden und Rauchmachen zu halten, und sich dabei total verheddert. Ich konnte mich allerdings nicht daran erinnern, ob dabei auch von Sonnenschein die Rede gewesen war. Ich stieg aus. Jack legte den Arm um mich, während wir hineingingen, und ich wehrte mich nicht dagegen. Ich hatte schon fast vergessen, wie nett sich das anfühlte.

»Wie nimmt deine Mutter die Sache auf?«

»Meine Mutter?« fragte ich überrascht. »Was hat denn meine Mutter damit zu tun?«

»Hat sie nicht mal einen Mord aufgeklärt? Ich dachte, sie sei längst hier und würde herumschnüffeln.«

»Sie hat nicht wirklich einen Mord aufgeklärt«, entgegnete ich scharf. »Sie hat einfach beschlossen, daß es einer der Nachbarn war, weil er von allen, die sie kannte, das schlechteste Benehmen hatte.«

»Aber sie hatte recht.«

»Das tut doch nichts zur Sache.« Die ganze Geschichte war lächerlich, aber sie hatte in unserer Gegend entscheidend zu Mamas Ruhm beigetragen. Und, um das gleich hinzuzufügen, zu meinem Unmut. Die Logik meiner Mutter ist häufig, nun ja, erfinderisch, und es machte mich verrückt, wenn sie trotzdem recht behielt.

Ich hätte das Thema fallenlassen sollen, aber ich brachte es nicht fertig. Was ich gerade gesagt hatte, ergab ein unvollständiges Bild von Mama, und derselbe Mechanismus in mir, der mich vor Gericht peinlich genau sein ließ, konnte es nicht ertragen, daß Jack einen falschen Eindruck von ihr bekam.

»Zumindest tut es fast nichts zur Sache. Fast gar nichts.« Jack sah mich fragend an. »Na gut, sie hat es sozusagen rausgekriegt. Aber – wie gesagt – den Typ damals hat sie sich nur angeguckt, weil er ein so schlechtes Benehmen hatte.«

Was hatte mich eigentlich geritten, Jack von meiner Mutter zu erzählen? Sicher war es einer von den Abenden gewesen, an denen das Mondlicht durch die Dachfenster auf mein Bett gefallen war. Da sagt man Sachen, von denen man nicht erwartet, daß sie einem irgendwann einmal am hellichten Tag wieder begegnen.

Vielleicht sollte ich mit dem Trinken anfangen. Solche dämlichen Aussetzer konnte man dann zumindest dem Alkohol zuschreiben. Wenn man nicht trinkt, ist man dagegen voll verantwortlich für jedes Bettabenteuer oder für jedes Geheimnis, das man ausplaudert, obwohl man es lieber für sich behalten hätte. Warum war die Alkoholwerbung bloß so armselig? Ich hätte bessere Texte schreiben können. So in dieser Art: »Brauchen Sie dann und wann eine Ausrede? – Greifen Sie zur Flasche!« oder »Sind Sie es leid, immer verantwortlich zu sein? – Dann besorgen Sie sich fix etwas Trinkbares!«

Jack ließ sich aufs Sofa fallen, während ich uns Eistee machte. Als ich wieder ins Wohnzimmer kam, sah ich ihn mir genau an. Hochgewachsen und schlank – ich hatte zu lange Basketball gespielt, um auf einen anderen Männertyp zu stehen. Während Adam jedoch eher kompakt wirkte, hatte Jack einen katzenartigen Gang und bewegte sich mit lässiger Grazie. Wenn er Basketball gespielt hätte, könnte ich mir vorstellen, daß er nicht blocken würde oder zu einem Wurf ansetzt, den man hart abfangen müßte, er würde einen vielmehr geschickt umlaufen und gerade deshalb viel gefährlicher sein.

»Also, was genau hat deine Mutter gemacht?«

»Ach, nichts Besonderes.« Ich hoffte, daß der Tonfall meiner Antwort abschreckend genug klingen würde. Jack schwieg und trank einfach seinen Tee.

»Glaub mir, es ist keine großartige Geschichte. Meine Mutter hat sich Elrod rausgepickt und dann angefangen, bei ihm rumzuschnüffeln. Eines Tages hat sie gesehen, daß er Krokodillederschuhe trug. Sie machte ein Mordsspektakel, erzählte überall herum, das seien echte Krokoschuhe, und jeder wüßte ja, daß Elrod noch nie einen Pfennig besessen habe. Jeden Pfennig, den er hatte oder jemals haben würde, hätte er versoffen, sagte Mama. Wie käme er also an echte Krokolederschuhe? Und Harvey sei der einzige Typ in der Gegend, der Geld gehabt hätte – was auch stimmte –, und zufällig war Harvey die Leiche.

Mama wußte natürlich, daß Elrod ab und zu für Harvey gejobbt hatte, als Skipper auf einem seiner Kutter. Kurz und gut, Mama machte so ein Theater, daß die Polizei aufmerksam wurde. Und tatsächlich: Elrod hatte Harvey betrogen, der war dahintergekommen und so dumm gewesen, Elrod zur Rede zu stellen, als dieser besoffen und jenseits von Gut und Böse war.«

Den Rest ließ ich unter den Tisch fallen. Zum Beispiel, daß niemand in der Gegend verstand, woher Mama wußte, daß die Krokodillederschuhe echt waren? Keiner von ihnen hatte jemals echte Krokoschuhe gesehen, also wieso war sie so sicher, daß es wirklich welche waren? Ich hatte damit keine Schwierigkeiten. Ich hielt das Krokodil für einen engeren Verwandten von Mama, und jeder erkennt nun mal seinesgleichen.

»Erzähl mal«, sagte Jack und wandte sich endlich von Mama ab, »wie kommst du damit klar, daß du plötzlich berühmt-berüchtigt bist?«

»Ich warte auf einen Anruf von Rupert Murdoch.«

»Na, ruf du ihn doch an. Er weiß garantiert, wer du bist.«

»Gute Idee.«

»Eine böse Geschichte, Michael. Man kann sich kaum vorstellen, daß so was passiert. Genau so schlimm, als würde einer meiner Kollegen einem Patienten das falsche Bein amputieren.«

»Du gehst also davon aus, daß ich mich getäuscht habe.«

Es entstand eine Pause. »Na ja«, sagte Jack langsam, »schließlich sitzt Sharon Southworth wegen Mordes. Ich gehe mal stark davon aus, daß du sie nicht für eine potentielle Kindermörderin hieltest, als du empfohlen hast, ihr das Sorgerecht für die Kinder zuzusprechen.«

»Es ist noch keineswegs sicher, daß sie schuldig ist, Jack.« Ich seufzte. »Obwohl es auch sein kann, daß ich es einfach nicht wahrhaben will.«

Jack setzte sich auf, stellte den Eistee ab und befahl: »Dreh dich um. Ich massier dir den Rücken.«

Eine Rückenmassage konnte ich mir in meinem Zustand einfach nicht entgehen lassen. Eigentlich war ich dafür immer zu haben. Jack begann meine Schultern zu kneten. Mir war gar nicht bewußt gewesen, wie verspannt sich mein Rücken anfühlte. Er fing vorsichtig an, dann packte er allmählich fester zu. Der gleichmäßig kreisende und knetende Rhythmus seiner Finger auf den Nackenmuskeln erinnerte mich an etwas, aber mir fiel nicht ein, an was genau. Wenn mir der Rücken massiert wird, schaltet sich mein Denken ab. Nur zu gut konnte ich den Blick von Tieren verstehen, denen man den Bauch streichelte. Jack spreizte die Finger und ließ sie neben meiner Wirbelsäule hinuntergleiten. Als er bei der Taille war, zog er mir die Bluse aus dem Bund und fuhr mit der Hand darunter. Aaah – das Gefühl, wenn ein Mann seine Hand unter deine Bluse gleiten läßt. Die X-Chromosomen fangen an zu flimmern wie eine Neonreklame.

Ich schaffte es nicht, die Augen zu öffnen. Seine Finger auf meiner Haut fühlten sich wärmer an, als ich es für möglich gehalten hätte. Seine Hände bewegten sich wieder hinauf. An meinem BH machte er halt, und der Verschluß sprang auf. Meine Brüste waren auf einmal frei, unbeschützt und verletzlich. Jack legte den Kopf in mein Haar, während er die Hände um meine Seiten nach vorne gleiten ließ.

Ich hatte mich noch nicht entschieden, wie es mit mir und Jack weitergehen sollte. Aber es war doch wohl kein Verbrechen, erst später darüber nachzudenken. Oder sprach irgend etwas dafür, sofort eine Entscheidung zu treffen? Jacks Finger umschlossen meine Brüste, und ich spürte seinen Atem an meiner Schulter. Sein Atem wurde heftiger. Es gibt nichts Schöneres als ein erregtes männliches Wesen – wenn es der richtige Mann ist. Jack öffnete die Hand und rieb in kleinen, trägen Kreisen über meine rechte Brustwarze. Ich drückte mich gegen seine Handfläche.

»Und wenn ich dich liebe?« flüsterte er leise in mein Ohr. Ich merkte, wie ich mich verkrampfte. »Wenn ich angefangen hätte, dich zu lieben?«

Ich richtete mich auf und wußte nicht, was ich sagen sollte. Jack ließ die Hand sinken. »Du bist wie ein Reh«, klagte er. »Immer auf dem Sprung davonzulaufen.«

»Jack«, begann ich, in der Hoffnung, daß etwas folgte. Aber nichts kam aus meinem Mund. Sonst war ich doch auch nie um Worte verlegen. Ich mußte jetzt einfach etwas dazu sagen.

Ich hob die Hände, legte sie über meine Augen und ließ sie wieder sinken. »Was sagst du da?«

»Nichts, was du hören möchtest, ich weiß.« Er stand auf, brachte seinen Eistee in die Küche und ging.

Ich blieb eine Weile sitzen, dann ging ich hinaus in den Whirlpool, um zu brüten. Das Ganze war doch nicht meine

Schuld. Wieso sollte es meine Schuld sein? Ich war nicht verantwortlich für Jack. Ich hatte ihm keine Versprechungen gemacht, ihn nie um etwas gebeten. Ich war eindeutig im Recht. Mal abgesehen von der gemeinsamen Schuld gegenüber Jacks Ehefrau – das war seine Sache, nicht meine. Ich hatte mir mit Absicht einen verheirateten Mann ausgesucht. Kann man denn noch mehr auf Nummer Sicher gehen? Hätte ich nicht etwas mehr Loyalität gegenüber seiner Frau erwarten können?

Wenn ich mein Gewissen nur lange genug streichle, dann krieg ich es normalerweise in den Griff. Aber diesmal war es sehr auf Carlottas Seite; seit sie mich durchs Telefon nach North Carolina angeschrien hatte, daß ich die Menschen wie aufblasbare Puppen behandelte. Dieser Vorwurf hatte mich völlig aus der Fassung gebracht.

Was mir besonders zu schaffen machte, war, daß Carlotta keine Frau Saubermann war. Meistens dachten wir in diesen Dingen gleich. Das Problem bei solchen Geschichten bestand darin, sagte ich mir, daß Verantwortung ein langsam wachsender Virus war. In der Pubertät war er noch nicht so verbreitet, daß man ihn entdeckte, aber wenn man auf die Vierzig ging, erstickte er einen. Vielleicht war Carlottas Virusinfektion schlimmer als meine. Es gab aber auch die Möglichkeit, daß sie einfach recht hatte.

Aber was nun Jack anging – die meisten Männer der westlichen Hemisphäre wären entzückt gewesen über ein Verhältnis ohne jede Verpflichtungen, aber ich mußte an den einzigen Mann der Nordstaaten geraten, der nicht so war. Keiner hatte sich bisher so in mich verliebt. Wie sollte ich vorher ahnen, daß das ausgerechnet Jack passierte? Es war einfach nicht meine Schuld.

Das Telefon klingelte, und ich schleppte meinen deprimierten Körper aus dem heißen Wasser, um dranzugehen –

mehr, um meine Gedanken zu zerstreuen als aus Neugier.
»Dr. Stone? Hier spricht Chief Bowman.«

Das wurde ja nun allmählich lächerlich. Es war doch bereits nach Dienstschluß. Sollte diese Dr.-Stone-Arie ewig weitergehen?

»Guten Abend, Chief Bowman.« Meine Stimme klang ärgerlicher als beabsichtigt. »So spät noch im Dienst?«

Es entstand eine Pause. Eine lange Pause. Schon gut, schon gut. Vielleicht sollte ich meinen Ärger über Jack nicht gerade an Adam auslassen.

»Ja, noch im Dienst. Die Spurensicherung hat sich gerade gemeldet. Sharon Southworths Fingerabdrücke sind nicht auf dem Buch. Und auch keine anderen, außer Ihren.«

»Adam . . .«

»Das ist gar nicht erstaunlich, Dr. Stone. Das Buch gehörte Ihnen. Es war zu erwarten, daß Ihre Fingerabdrücke darauf oder darin sind. Um genau zu sein, sie sind nur innen, da wo Sie umgeblättert haben. Es ist nämlich nur der Umschlag und nicht jede einzelne Seite vom Killer abgewischt worden.«

Ich war nicht im geringsten auf das vorbereitet, was Adam nun sagte, obwohl ich es hätte sein sollen. »Ich hoffe sehr, daß Sie begreifen, was das bedeutet, Dr. Stone. Es heißt, daß es sehr gut möglich ist, daß der Mörder noch nicht im Gefängnis sitzt, und wenn das zutrifft, dann erscheint es mir sehr wahrscheinlich, daß Sie ihn bzw. sie kennen. Und er bzw. sie wiederum steht Ihnen nahe genug, um zu wissen, was Sie für Bücher lesen und daß Sie dabei immer unterstreichen. Er bzw. sie weiß, wo Ihre Sachen sind, und kennt sich gut in diesem Fall aus – jedenfalls gut genug, um ihn mit *Menschenkind* in Verbindung zu bringen. Und er oder sie weiß womöglich, wo Sie wohnen und wie man sich Zugang zu Ihrem Haus verschafft.«

Er hängte ein, und ich betrachtete die Glasfront vor mir.

Ich stand nackt davor und tropfte den Teppich voll. Das war bisher nie ein Problem gewesen, weil hinter dem Bach nur noch Wald kam, und ich noch nie etwas von einem Hirschen als Spanner gehört hatte. Ich legte ebenfalls auf, nahm eine Decke und wickelte mich ein.

Ich warf einen Blick zur Tür. Es gab keinen Grund, nicht wieder in den Whirlpool zu steigen. Keinen einzigen. Der Killer konnte mich auf tausend verschiedene Arten überraschen. Auf dem Weg zum Auto. Auf der Strecke weg vom Auto. Es war völlig sinnlos, sich plötzlich im Haus zu verschanzen. Ich hatte auch gar keinen Grund anzunehmen, daß er überhaupt an mir interessiert war.

Ich seufzte. Ich wollte mich einfach nicht so wie die meisten Leute verhalten. Das Problem war also: Ich hatte gar keine Wahl. Ich mußte zurück in den Whirlpool, obwohl ich überhaupt keine Lust mehr darauf hatte. Denn wer wollte schon dasitzen und darauf warten, daß ein eiskalter Killer aus dem Schatten trat? Es veränderte die gesamte Perspektive. Aber ich haßte es nun mal, wenn man mir angst machen wollte.

Genau das war meine Achillesferse, doch ich konnte daran nichts ändern. Ich erwies mich immer als völlig besessen, wenn ich Ball spielte, egal, wer dabei war. Wiederholte Nasenbeinbrüche bewiesen das. Und ich hatte noch viel verrücktere Dinge in meinem Leben getan. Einmal fuhr ich unbeabsichtigt in eine Parklücke, die jemand vor mir gesehen zu haben glaubte. Es stellte sich heraus, daß es sich um einen Verrückten handelte, der völlig ausrastete und an die Scheiben meines Wagens trommelte, bis er mit seinem Ring Splitter aus dem Glas schlug. Man mußte ihn mit Gewalt daran hindern, das Auto zu demolieren. Dabei brüllte er mich die ganze Zeit an, endlich abzuhauen und ihm den Platz zu überlassen.

Natürlich wäre es klüger gewesen nachzugeben. Es lohnte sich nun mal nicht, mit einem durchgeknallten Typen um eine Sache zu streiten, die mir nicht mal sehr am Herzen lag. Aber dennoch konnte ich nicht einfach das Feld räumen. Ich hätte für diesen Parkplatz, auf den ich noch nicht mal besonders scharf war, mein Leben gelassen.

Ich bewegte mich in Richtung Tür, doch dann machte ich kehrt. Man konnte die Sache klug oder dämlich anfangen. Ich stieg auf den Dachboden und holte den Halfter mit der 38er Magnum. Um ganz ehrlich zu sein, ich besaß nicht nur Revolver, sondern mochte sie auch. Ich fühlte mich wohl mit Knarren. Sie gaben mir einfach mehr Sicherheit – natürlich nur, wenn sie nicht auf mich gerichtet waren.

Ich ging zur Tür und öffnete sie. Wenn er mich heute nacht umbrachte, würde das wirklich skurril aussehen und ein gefundenes Fressen für die Presse sein. »Ermordete Frau trug nichts weiter als einen Revolver.« Ich nahm den Halfter wieder ab, kletterte in den Whirlpool und deponierte die Waffe auf dem Tisch daneben. Ich hockte im Bassin und starrte verbissen in die Dunkelheit. Was tat ich da eigentlich? Ich saß in meinem Whirlpool, obwohl ich gar nicht drin sitzen wollte, weil möglicherweise draußen im Dunkeln ein Mörder lauerte.

Was hätte wohl Mama davon gehalten? Die hätte nicht mal mein Problem verstanden. Ich konnte mich nicht daran erinnern, daß Mama vor irgend etwas auch nur die kleinste Angst entwickelte; in den meisten Fällen hatte jeder, der Mama in die Quere kam, Angst vor ihr. Es war wohl leichter, Mama zu sein als Mamas Tochter.

Adams Bemerkungen hatten mich aufgerüttelt. Es stimmte: Der Mörder mußte aus meinem Bekanntenkreis stammen. Verrückterweise kam mir jetzt der Traum in den Sinn, flüchtig, und ich wußte nicht, warum. Außer Nathan Southworth gab es keinen Verdächtigen, und doch bestand bisher keine Möglichkeit, ihn mit den Morden in Verbindung zu bringen. Hatte ich mich jetzt lange genug im Whirlpool aufgehalten, um meinen Anfall von pubertärer Sturheit zu befriedigen? Ich kletterte raus und schleppte meinen müden, nackten, aber bewaffneten armen Körper schnurstracks ins Bett.

21

Das ganze Wochenende über zuckte ich bei jedem Telefonklingeln zusammen, weil ich auf Marvs Anruf wartete. Als ich am Montag zur Arbeit fuhr, behielt ich das Autotelefon ständig im Auge. Es hatte mich große Überwindung gekostet, das Ding anzuschaffen, obwohl ich die verschiedenen Einzelteile nur unter einem Posten auf meiner Liste der zweihundertfünfzig Gegenstände verbuchte. Normalerweise wollte ich im Auto nicht erreichbar sein. Ich kam mir mit dem Ding fast dämlicher vor als die Leute, die ein Telefon an der Dusche hatten, aber ich mußte nun mal ab und zu mit ziemlich aufsässigen Typen fertig werden, vor allem weil ich sie auch immer irgendwie reizte. Als Adam damit drohte, mir ein Autotelefon zu schenken, hatte ich mir schließlich eins zugelegt. Hintergrund war, daß zu dieser Zeit der Mann einer meiner mißhandelten Ehefrauen mich für den Grund hielt, daß ihn seine Gattin verlassen hatte, was selbstverständlich lächerlich war. Natürlich hatte ich gar nichts damit zu tun. Wäre es nach mir gegangen, hätte sie ihn schon vor Jahren verlassen. Als Adam jedenfalls drohte, mir ein Autotelefon zu kaufen, blieb mir keine Wahl. Ich kann teure Geschenke einfach nicht leiden.

Ich war auf dem Weg zur Privatpraxis, um einige meiner

Sitzungen nachzuholen, die ich wegen des Mordes an den Kindern abgesagt hatte. Außerdem fühlte ich mich noch nicht ganz in der Lage, die Arbeit am Institut wieder aufzunehmen und meinem geschätzten Chef gegenüberzutreten. Mit der Distanz wächst auch die Liebe, heißt es. Was allerdings noch nichts über das Ausmaß der Entfernung aussagte. Im Falle von Tony hätten es bei mir bestimmt Lichtjahre sein müssen, um eine gewisse Zuneigung für den Kerl auszulösen.

Als ich vorfuhr, erblickte ich Tom Gaines, der an seinem roten MG lehnte, wobei sein nicht unbeträchtlicher Körperumfang das Auto praktisch verdeckte. Was sollte das nun wieder? War die Allgemeine Michael-Belagerungs-Woche ausgebrochen? Meldete man sich denn nicht mal mehr an? Und wenn er hier schon überraschend auftauchte, warum wartete er dann nicht zumindestens in der Praxis? Gut, mir war schon klar, warum. Seit zehn Jahren arbeitete ich mal für, mal gegen Tom – je nach Fall. Er kannte meine Angewohnheit, unangenehme Anrufe einfach nicht zu beantworten, deshalb versuchte er es erst gar nicht telefonisch. Und da er wohl annahm, daß ich möglicherweise weitergefahren wäre, wenn ich sein Auto ohne ihn vor der Tür gesehen hätte, plazierte er sich unübersehbar vor seinem Schlitten. Nicht ungeschickt. Er war schließlich Sharon Southworths Anwalt und konnte sich denken, daß ich jetzt nicht gerade scharf auf ihn war.

Ich saß also in der Falle, stieg aus und ging direkt auf ihn zu. »Wollen Sie mich verklagen?« erkundigte ich mich. Tom hob abwehrend die Hände.

»Wir nicht«, sagte er. »Für Nathan kann ich natürlich nicht sprechen.«

Murrend nahm ich ihn mit hinein. Es gelang mir besser, Leuten auszuweichen, als sie abzuweisen, wenn sie mir direkt gegenüberstanden. Außerdem war ich ein klein wenig neugierig. Tom trat in mein Arbeitszimmer und ließ seinen massigen Körper auf die Couch fallen, die plötzlich so klein und vollgestopft –, wie sein Sportwagen wirkte. In dem Auto sah er ein bißchen so aus wie eine dänische Dogge auf einem Dreirad.

Irgendwie mochte ich Tom, egal auf welcher Seite er stand. Vielleicht, weil er seinen Job einfach gut machte, oder aber, weil er den Südstaatendialekt sprach, den ich ja auch im Hinterkopf hatte.

»Nun, Ms. Michael, ich muß sagen, Sie sehen heute ganz oberprächtig aus.«

»Aber, aber, Mr. Gaines«, erwiderte ich, »so eine Bemerkung nennt man heutzutage sexistisch.«

»Gottogott, Ms. Michael, wenn der Tag gekommen ist, an dem ein Herr aus den Südstaaten, fern von den Seinen, einem Prachtstück von Südstaatlerin kein Kompliment mehr machen darf, ohne gleich sexistisch genannt zu werden, dann ist die Welt schwer runtergekommen. Sie wissen doch, daß uns unsere Mütter noch vor dem Abstillen gelehrt haben, Damen gegenüber galant zu sein.«

»Zu viel des Guten, Tom. Meine Mama hat mir beigebracht, Männern mit Silberzunge und Golduhr nicht zu trauen – und soviel ich sehe, tragen Sie eine Rolex. Aber um ehrlich zu sein, ich hab kürzlich erst an Sie denken müssen. Ich verstand lange Zeit einfach nicht, warum es ein gestandener Südstaatler wie Sie hier im kalten Norden aushält, bis mir klar wurde, daß man Ihnen im Süden in null Komma nichts auf die Schliche kommen würde. Sie sind ungefähr so unauffällig wie ein Alligator, der die Hauptstraße entlang marschiert. Aber hier im Norden glaubt eben jeder, daß jemand mit so einem Südstaatendialekt etwas beschränkt sein muß – ganz abgesehen von der allgemeinen Ansicht, daß jeder, der so viel wiegt wie Sie, sowieso nicht ganz dicht sein kann. Selbst wenn Sie einen Fall nach dem anderen gewinnen, werden Sie jedesmal im Gerichtssaal unterschätzt.«

Das stimmte. Sharon Southworths Fall war einer der wenigen mir bekannten Fälle, die Tom verloren hatte. Aber auch nur, weil er mit einem noch viel schlimmeren Vorurteil hatte kämpfen müssen: dem gegenüber Müttern in Fällen von Kindesmißbrauch.

»Na, na, bringen Sie bitte keine bösartigen Gerüchte über mich in Umlauf«, scherzte Tom. »Das könnte leicht als üble Nachrede ausgelegt werden.«

Ich lachte. »Nein, wenn Ihre Kollegen immer wieder gegen Sie verlieren und trotzdem weiter meinen, daß Südstaatler dumm sind, dann haben sie auch nichts Besseres verdient.«

»Sie überschätzen mich, Ms. Michael. Ich bin nur ein einfacher Anwalt vom Lande.«

»Genau. Das hat Sam Erwin auch gesagt, als er die Watergate-Verhöre leitete. Aus reiner Neugierde hab ich mich mal bei dem Gerichtsschreiber erkundigt: Sie sind der Anwalt mit der besten Gewinn-und-Verlustbilanz im ganzen Bezirk. Was ich allerdings wirklich nicht kapiere, Tom: Üben Sie mit Tonbandkassetten, um Ihren lupenreinen Dialekt nicht zu verlieren? Ich hab meinen ohne großes Zutun in ein paar Jahren verloren. Was muß man anstellen, um so einen breiten Dialekt zu behalten?«

Tom blickte mich empört an. »Also, Ms. Michael«, dozierte er streng, »Sie wissen doch genauso gut wie ich, daß es höchst provinziell von Ihnen ist anzunehmen, daß die nordamerikanische Aussprache, deren Sie sich zur Zeit befleißigen, rein ist, während ich angeblich Dialekt spreche. Ein Nordstaatenakzent ist genauso Dialekt wie ein Südstaatenakzent. Ihre Fähigkeit, sich den regionalen Sprechweisen anzupassen, Ms. Michael, ist eher ein Charaktermangel. Ihre Aussprache ist nicht echt«, meinte er naserümpfend.

Unser Geplänkel gefiel mir. Ich konnte Tom fast nie austricksen – andere übrigens auch nicht – und es war eine völlig neue Erfahrung, ihn dabei zu erwischen, daß er aus dem Gleichgewicht kam und pikiert war. »Wir schweifen ab«, sagte ich mit Unschuldsmiene. »Weswegen sind Sie hier?« Ich war zwar nicht gerade erpicht darauf, zu dem leidigen Thema zurückzukehren, aber ich wußte, daß ich lieber aufhören sollte, solange ich die Oberhand hatte.

»Also gut, Ms. Michael. Ich hoffe, Sie schulden mir noch etwas, denn ich möchte Sie um einen Gefallen bitten. Zunächst muß ich Sie allerdings ersuchen, für sich zu behalten, was ich Ihnen jetzt mitteile.«

»Das kann ich erst entscheiden, wenn ich im Bilde bin, worum es geht«, konterte ich.

»Was ist denn das für ein Kuhhandel?« schnaubte Tom.

»Sie haben ganz recht«, entgegnete ich, erhob mich, machte die Tür auf und ließ sie offenstehen. »Dummer Vorschlag. Blöde Idee, tut mir leid, daß ich Ihnen damit gekommen bin. Na ja, das wär's wohl. Bis bald.«

»Sehr witzig.« Tom sah mich wütend an. Er sprach nicht weiter, rührte sich jedoch auch nicht.

Ich gab's auf, schloß die Tür und setzte mich. »Verstehen Sie, Tom«, begann ich, »Sie sind weder mein Klient noch mein Anwalt, deshalb kommen Sie auch nicht in den Genuß irgendwelcher Privilegien. Mir ist nicht klar, auf was Sie hinauswollen, und ich will die Situation vermeiden, daß ich etwas verheimlichen muß, was irgendwie nach Beweisen riecht oder aussieht. Nicht, daß ich dazu nicht in der Lage wäre. Aber in diesem Fall sind Freunde von mir mit den Untersuchungen beschäftigt, die es persönlich nehmen könnten. Stellen Sie mich deshalb bitte nicht vor die Wahl. Wenn ich es für mich behalten kann, tue ich das. Wenn es aber etwas mit der Schuld oder Unschuld Ihrer Klientin zu tun hat, können Sie nicht mit meiner Verschwiegenheit rechnen.

»Und wenn es nur mit mir zu tun hat?« fragte Tom. Ach du meine Güte. Ich konnte nur hoffen, daß er mit einer Lokalmatadorin durchbrennen wollte oder so ähnlich und daß es keinen Bezug zu unserem Fall hatte.

»Tja, das kommt ganz darauf an. Wenn Sie die Kinder umgebracht haben oder den Täter kennen, dann können Sie nicht auf mich zählen.«

»Ich möchte, daß Sie mit meiner Klientin reden.«

»Wie bitte?« platzte ich raus. »Ich will ja nicht unverschämt werden, Tom, aber Sie haben wohl wieder zu viele Pommes frites gegessen. Ihr Gehirn wird allmählich fettig.«

Keine Ahnung, warum ich Tom immer wegen seines Gewichts aufziehen mußte. Niemand sonst tat das, und ich machte das auch bei anderen gewöhnlich nicht. Aber irgendwie hatte es sich so ergeben. Ich neckte ihn wegen seines Gewichts, und er hielt mir vor, eine »ausgemachte BH-verbrennende, männervernichtende Feministin« zu sein. Seine Sticheleien machten mir nichts aus, ich ärgerte mich nur, daß Tom diese beiden Spöttereien auf eine Stufe zu stellen schien.

»Dennoch bitte ich Sie darum«, erwiderte Tom ungerührt.

»Tom, Ihre Klientin hält mich für eines der größten Arschlöcher. Oder höflicher ausgedrückt, ich bin sicher, daß sie mich nicht sehen will.« Plötzlich hielt ich erschrocken inne. »Was ist überhaupt los? Warum soll ich mit Sharon reden?«

»Ich habe den Eindruck, Ms. Michael, daß sich das Blatt in letzter Zeit gewendet hat. Ich weiß zwar nicht, was die Polizei in den Händen hat und was nicht, aber es scheint mir fast so, daß sie mittlerweile eine Spur verfolgen, die meine Klientin entlastet.«

»Wie kommen Sie darauf?« Ich konnte Tom nicht sagen, was ich wußte.

»Sie sind auf einmal viel netter zu uns beiden. Wenn sie nicht genug Beweise hätten, aber dennoch davon ausgehen würden, daß sie es war, dann wären sie frustriert und feindselig. Aber auf einmal gibt es Musik und Blumen, wenn ich auftauche. Ich bin so was wie die Ballkönigin. Die Wachen haben sogar mit ihren Anwaltwitzen aufgehört. A propos Witze, was ist der Unterschied zwischen einem toten Anwalt und einem toten Stinktier auf der Straße?«

»Bei dem Stinktier findet man Bremsspuren.«

»Und warum werden Anwälte nicht von Haien angegriffen?«

»Aus kollegialer Haltung.«

Tom hob die Augenbrauen. »Ich sehe schon, Sie hängen öfter im Polizeirevier rum. Wie dem auch sei, der Bezirksanwalt hat angedeutet, daß man einer Entlassung auf Kaution nicht abgeneigt wäre. Ich habe den Eindruck, daß sie vielleicht sogar bald die Anklage fallenlassen, was natürlich viel weniger Aufsehen erregt, wenn Sharon schon draußen ist.«

Ich mußte lächeln. »Und?«

»Ich möchte sichergehen, daß ich die Lebenschance meiner Klientin nicht verkürze, indem ich sie raushole. Sie ist fast ständig wegen Selbstmordgefahr unter Beobachtung gewesen, und ich glaube kaum, daß das eine übertriebene Maßnahme war.«

»Sie möchten, daß ich Ihnen eine Kollegin empfehle? Dazu bin ich gern bereit. Ich kenne eine Menge Leute in der Gegend, die Sharon auf Selbstmordgefährdung untersuchen können.«

»Sie sträubt sich dagegen. Ich hab's versucht. Die gute Frau lehnt ein psychologisches Gutachten strikt ab.«

Ich schwieg eine Minute. »Tom, wenn ich das richtig verstehe, wollen Sie, daß ich mich heimlich und auf hinterhältige Weise bei Sharon einschleiche, sie unter irgendeinem Vorwand aufsuche – weiß der Himmel unter welchem – und ohne direkte Fragen zu stellen, die sie nur mißtrauisch machen würden, für Sie herausfinde, ob sich Sharon umbringt, wenn Sie sie auf Kaution freikriegen? Wirklich reizend. Sie bitten mich nicht nur, die Zukunft vorauszusagen, was, wenn ich das hinzufügen darf, schwierig genug wäre, nein, Sie wollen auch noch, daß ich das sozusagen aus den Augenwinkeln mache. Das ist so ungefähr das unmoralischste Angebot, das ich je bekommen habe.«

»Sie stellen meine Bitte aber auch im schlimmsten Licht dar, Ms. Michael.«

»Nein.«

»Sie lehnen also ab?«

»Ich lehne ab.«

»Dann brauche ich Ihren Rat. Was genau würden Sie denn vorschlagen?«

»Ich weiß nicht.« Tom war mucksmäuschenstill. »Das ist nicht mein Problem.« Er schwieg noch immer. »Ach, zum Teufel, Tom, ich habe keine Ahnung, was Sie machen sollen. Nur, daß Sie am besten gar nicht erst in solche Richtung denken. Ihre Aufgabe ist es, das zu tun, was Ihre Klientin will, nicht, was Sie als das Beste für sie erachten. So verfahrt ihr Burschen doch auch mit all den Dieben, Mördern und Vergewaltigern, wenn ihr sie wieder auf die Menschheit loslaßt. Warum wollen Sie für Sharon sorgen, statt sie einfach nur zu vertreten?«

»Sie haben völlig recht, obwohl ich finde, daß sich das gerade aus Ihrem Munde sehr merkwürdig anhört, Ms. Michael. Es ist also überhaupt nicht meine Aufgabe, Mutmaßungen über meine Klientin anzustellen, die sich im wahrsten Sinne des Wortes dafür umbringen würde, endlich aus der Haft zu kommen?«

Ich verdrehte die Augen.

»Aber leider sehe ich mich außerstande, noch mal so etwas wie den Fall Jackson durchzumachen.«

Der war mir ganz entfallen. Die Zeitungen hatten damals den Richter ins Visier genommen, aber jetzt erinnerte ich mich wieder daran, daß Tom der Anwalt in dieser Sache gewesen war. Er hatte einen Richter überredet, einen gewalttätigen Ehemann gegen Kaution freizulassen, obwohl der Bursche alles andere als reumütig war. Jackson hatte das Gefängnis kaum von hinten gesehen, als er schnurstracks zu seiner Exfrau fuhr, sie vor den Kindern vergewaltigte, in sein Auto schleppte und mit hundertfünfzig Sachen gegen einen Brückenpfeiler raste.

Ich schwieg. Was sollte ich auch sagen? Ich konnte mir vorstellen, wie so eine Geschichte auf mich nachgewirkt hätte. Außerdem wußte ich aus eigener Erfahrung, daß Mütter nach dem Tod ihres Kindes selbstmordgefährdet waren – ganz zu schweigen, wenn es sich um den Tod zweier Kinder handelte, die auch noch ermordet worden waren. Tom war wie ich ein Südstaatler, ein Kollege und so eine Art Freund.

»Tom, ich könnte eh' nicht mit Sicherheit sagen, inwieweit Sharon selbstmordgefährdet ist. Ich kann sie schließlich schlecht direkt danach fragen, ob sie sich umbringen will.«

»Versuchen Sie es wenigstens«, bat er. »Ich weiß mir sonst nicht mehr zu helfen.«

»Und mit welcher Ausrede soll ich bei ihr aufkreuzen?«

»Sie sagen Sharon einfach, daß Ihnen der Tod ihrer Kinder leid tut«, meinte Tom trocken. »Immerhin kannten Sie Mutter und Kinder gut. Ganz einfach ein Beileidsbesuch.«

Jetzt war es an mir, verlegen zu sein. Er hatte absolut recht. Ich hätte das sofort tun sollen. Doch meine Schuldgefühle hatten mich so geplagt, daß es mir nicht mal im Traum eingefallen war.

22

Auf dem Weg zu Sharon mußte ich die ganze Zeit darüber nachdenken. Ich haßte es, Schuldgefühle zu haben, und konnte doch nichts dagegen unternehmen. Ich fühlte mich schuldig für Dinge, die ich getan, schuldig für Dinge, die ich unterlassen hatte. Ich hatte mich fast von allen meinen Bekannten zurückgezogen, neun Zehntel meines Besitzes über Bord geworfen, mein Leben so weit wie möglich vereinfacht – und trotzdem fühlte ich mich die Hälfte der Zeit schuldig.

Soweit ich das beurteilen konnte, hatte die Hälfte der Leute zu viele und die andere Hälfte zu wenig Schuldgefühle. Mir waren jedenfalls in letzter Zeit kaum irgendwelche Massenmörder begegnet, die vor Gewissensbissen umkamen – im Gegenteil, sie taten sich alle nur selbst leid. Und andererseits erinnerte ich mich an die Fallstudie eines Mannes, der behauptete, seine Depressionen kämen daher, daß er mal vor zwanzig Jahren das Finanzamt um fünfzig Cent betrogen hatte.

Nun gut, ich war zwar keine Hackebeilmörderin, aber das bedeutete ja keineswegs, daß ich nichts zu bedauern hatte. Der Tod eines Kindes war eine so vernichtende Erfahrung, daß es eine angemessene Reaktion war, bis dahin gültige Maßstäbe zu verwerfen. Was bedeutete es schon, daß Sharon wütend auf mich war, weil ich die Behauptung ihrer Kinder, sexuell mißbraucht worden zu sein, unterstützt hatte. Mein heftigster Kritiker war zur Beerdigung von Jordan gekommen, und das hatte mir viel bedeutet. Auf gewisse Weise war man mit seinen Feinden genauso verbunden wie mit seinen Freunden.

Ich gehörte eng zu Sharon Southworths Leben und war nie wirklich davon ausgegangen, daß sie die Kinder umgebracht hatte. Wenn ich das geglaubt hätte, wäre mein Schweigen möglicherweise verständlich gewesen – einer Kindsmörderin schickt man kein Beileidsschreiben. Aber in Wirklichkeit hatte ich sie einfach nicht sehen wollen. Carlotta hatte mir gesagt, daß Sharon mich für den Tod der Kinder verantwortlich machte, weil ich ihrer Ansicht nach für den verlorenen Fall verantwortlich war. Na und? Ich hätte ihr ein paar Zeilen oder Blumen schicken können, wenn ich ihr schon nicht persönlich gegenübertreten wollte. Irgend etwas hätte ich jedenfalls tun sollen. Aber ich hatte nicht geradeaus schauen können, weil ich mit einem Auge durch die Linse meiner Angst starrte, irgendwie für den Tod dieser Kinder mitverantwortlich zu sein, und mit dem anderen Auge nur Jordan sah. Fazit: Ich hatte einer Mutter, deren Kinder gestorben waren, nicht ins Gesicht blicken können. So simpel lag der Fall. Es kam einfach zu viel Vergangenheit hoch.

Als ich im Gefängnis eintrudelte, waren ein paar der Wachleute mit einem Playboyheft beschäftigt. »Ihr lest tatsächlich diese Artikel?« erkundigte ich mich beim Näherkommen.

Gene, ein Wachmann mittleren Alters, schüttelte den Kopf. »Ich weiß nicht, was ihr Feministinnen gegen Sex habt«, sagte er. »Wenn Gott dagegen wäre, daß Männer Frauen ansehen, hätte er sie nicht auf diese Weise ausgestattet. Übrigens sind Sie doch gar keine richtige Feministin, Michael. Jeder weiß, daß Frauenrechtlerinnen so häßlich sind, daß man sie nicht mal im Hof von Attica anrühren würde.« Er grinste mir zu.

»Hm, hm«, entgegnete ich. »Habt ihr Jungs schon von der Geburt letzte Nacht gehört, im Jefferson Memorial?«

»Nein, was ist damit?«

»Dort ist ein Baby zur Welt gekommen, das sowohl Junge als auch Mädchen ist.«

»Ein Zwitter?« fragte Gene ungläubig.

»Allerdings«, antwortete ich. »Es hatte einen Penis und ein Gehirn.« Die Wachmänner lachten und protestierten.

»Ah ja, und ihr habt wohl nie irgendwelche Blondinenwitze gerissen, was? Na kommt schon, Jungs, löst euch von den deformierten Eutern und bringt mich zu Sharon Southworth.«

Als ich im Besucherzimmer auf Sharon wartete, war mir die Lust auf Scherze vergangen. Eigentlich sträubte ich mich dagegen, hier zu sein, und hatte keine Ahnung, wie mein Besuch aufgenommen werden würde. Nach ein paar Minuten wurde die hintere Tür von einem Wachmann geöffnet, und Sharon trat ein. Sie sah furchtbar aus und war mir gleichzeitig auf schmerzliche Weise vertraut. Wieviel Gewicht kann ein Mensch in ein oder zwei Wochen verlieren? Ich hatte nach Jordans Tod fünf Tage lang nichts gegessen. Sharon war es allem Anschein nach ähnlich ergangen. Unglaublich, was mit einem Gesicht passiert, wenn das Schicksal richtig zuschlägt! Das Leuchten war völlig daraus verschwunden – genauso wie bei mir damals –, und sie sah total verhärmt und abgespannt aus.

Ich erschrak, als ich Sharon sah. Gott sei Dank mußte sie erst den Raum durchqueren, ehe sie sich auf ihrer Seite der gläsernen Trennwand niederließ, und so hatte ich Zeit, um mich zu fassen. »Sharon«, begann ich, »es tut mir so furchtbar leid.«

»Warum hat er meine Babys umgebracht?« klagte sie. »Er war der Sieger. Er hatte doch schon das Sorgerecht.«

Wenn jemand so richtig unter Schock steht, läßt er sämtliche Höflichkeitsfloskeln außer acht. Es gibt weder ein »guten Tag«, noch ein »auf Wiedersehen« und schon gar nicht irgendwelche Floskeln.

»Ich weiß nicht, ob er es war, Sharon«, antwortete ich, »und wenn er es war, dann hab ich nicht die leiseste Ahnung, warum. Wer immer es getan hat – es ergibt einfach keinen Sinn.«

»Hat er mich denn so sehr gehaßt?« fragte sie. »Könnten Sie einen Menschen so sehr hassen, daß Sie seine Kinder umbringen würden?« Ich wußte nicht, was ich darauf sagen sollte. Es war einfach ein zu absurder Gedanke, so hoffte ich wenigstens. Eine derartige Art von Haß war nur schwer vorstellbar.

»Hören Sie«, fuhr sie fort, »ich weiß, daß Sie mich für verrückt halten, aber etwas hat in unserer Ehe von Anfang an nicht gestimmt. Nathan war immer so geheimnistuerisch und verlogen. Nach einer Weile habe ich gemerkt, daß nichts von dem, was er sagte oder tat, der Wahrheit entsprach. Irgendwas war im Busch, das habe ich gemerkt. Und genau das war es, was mich verrückt gemacht hat.

Seit dem Tod der Kinder hab ich viel nachgedacht. Ich glaube, ich war wirklich auf der falschen Spur. Sie hatten wohl recht: Nathan hatte keine Affären mit anderen Frauen. Er hat die Kinder sexuell mißbraucht. Aber warum mußte er sie auch noch umbringen?« Sie fing an zu weinen, und innerhalb von Minuten wurde aus dem Weinen heftiges Schluchzen. Ich kam mir so hilflos vor auf der anderen Seite der Scheibe. Ich konnte ihr überhaupt nicht helfen, was natürlich auch ohne Glaswand nicht viel anders gewesen wäre.

Ich sann über ihre Worte nach. Noch nie zuvor hatte sie so vernünftig geklungen. Zum erstenmal dachte ich darüber nach, welchen Anteil Nathan wohl an ihren Zwangsvorstellungen gehabt hatte.

Aber wie stand es um ihre Theorie? War jemand zu einem Mord an Kindern in der Lage, nur um sich an dem Elternteil zu rächen, der sie liebte? Es war mit Sicherheit die effektivste und schlimmste Methode der Welt, um jemanden zu vernichten. Aber diese beiden Kinder, da war ich mir sicher, waren wegen etwas anderem getötet worden – aus purer Lust am erregenden Nervenkitzel. Das machte nämlich den Sadismus aus, und so, wie die Kinder dagelegen hatten, war zweifellos Sadismus mit im Spiel.

Ich versuchte, mich dem eigentlichen Grund meines Besuchs zu nähern. »Sharon«, sagte ich behutsam, »ich mache mir Sorgen um Sie.« Was nur zu gut stimmte. »Haben Sie das Gefühl, noch für etwas zu leben?«

»Ist das denn wichtig?« erkundigte sie sich. »Was bedeutet es schon, ob ich lebe oder tot bin?«

»Bestimmt bedeutet es denen etwas, die Sie lieben«, meinte ich.

»Ach, hören Sie auf«, blockte sie ab.

Ich beschloß, direkter zu werden. »Sharon, werden Sie klarkommen, wenn Sie hier raus sind?«

»Nein«, erwiderte sie entschieden. »Ich werde nie mehr klarkommen. Wie können Sie so etwas überhaupt denken?«

Ich hätte auch andere Fragen stellen können. Zum Beispiel: »Haben Sie schon den Schlauch ausgesucht? Haben Sie schon ausprobiert, ob er an das Auspuffrohr paßt? Haben Sie Tabletten zu Hause? Sharon, haben Sie schon den Revolver bereitgelegt und ihn angestarrt so wie ich damals?« Aber was hätte das gebracht? Sharon wußte am wenigsten, ob sie es überleben würde. Sie war vor Kummer an einem rasenden Fieber erkrankt, und man konnte jetzt einfach noch nicht sagen, ob sie daran zugrunde gehen würde oder nicht.

Ich verließ sie in dem Gefühl, daß Tom nicht zufrieden sein würde mit dem, was ich erreicht hatte. Etwas Definitives konnte ich ihm nicht berichten. Nur folgendes: Wenn er Sharon rausboxte, könnte das auch ihren Tod bedeuten.

Ich wartete darauf, daß sich die Stahltür am Ende des Korridors öffnete, und als sie aufging, stand ich Arthur gegenüber. Er kam offensichtlich, um Sharon zu besuchen, und schien erstaunt, mich zu sehen. Anscheinend hatte ihm keiner gesagt, daß ich da sei.

»Hallo Michael, was führt Sie denn hierher?«

»Ein Beileidsbesuch«, entgegnete ich. »Einfach um Sharon zu sagen, wie leid mir das mit ihren Kindern tut. Und Sie?«

»Dasselbe«, sagte er. »Reine Menschlichkeit. Ich habe gehört, daß ihre Schuld doch nicht eindeutig feststeht. Als sie wie die sichere Mörderin aussah, habe ich es nicht über mich gebracht zu kommen. Der Gedanke war einfach zu furchtbar. Wie geht es Ihnen, meine Liebe? Sie sehen nicht gut aus.«

»Ach, ich kann nicht klagen.« Ich wollte nicht darüber reden – weder über Jordan noch über die vertane Zeit nach ihrem Tod – und an etwas anderes konnte ich gerade nicht denken. »Ach übrigens, ich hab mit einer Kollegin aus Boston gesprochen, die Sie kannte.«

»Tatsächlich!« Arthur schien überrascht.

»Jawohl. Sie hat erzählt, daß Sie dort in einer Art Kommission für Kindesmißbrauch waren. Ich war beeindruckt, Arthur. Ich dachte immer, Sie hätten nur mit so großen Firmentypen zu tun gehabt. Und da finde ich nun raus, daß Sie schon immer ein heimlicher Wohltäter waren.« Gott sei

Dank konnte ich immer noch mit der Unbefangenheit eines Präsidentenanwalts das Thema wechseln, obwohl ich deprimiert genug für eine doppelte Dosis Valium war.

»Michael!« Arthur klang leicht gekränkt. »Was für Vorurteile haben Sie gegen ›Firmentypen‹? Meine Güte. Wenn jemand in Ihrer Nähe versuchen würde, so etwas stark Verallgemeinerndes über Frauen oder unterprivilegierte Kinder loszuwerden, möchte ich mir Ihre Reaktion nicht einmal vorstellen. Aber von ›Firmentypen‹ erwartet man wohl nicht, daß sie sich in Kommissionen für mißbrauchte Kinder einsetzen.« Seine Empörung war nur recht und billig.

»Tut mir leid, Arthur. Ich hab wahrscheinlich immer noch was von meiner alten Anti-Establishment-Art an mir. Aber vor allem bin ich geschockt, wie schlecht es Sharon geht.«

»Und, was meinen Sie?« fragte Arthur. »Wird sie wieder auf die Beine kommen?«

»Nein, Arthur, nie wieder, befürchte ich. Aber bitte entschuldigen Sie, ich muß jetzt los. Meine Gefängnis-Toleranzschwelle ist für heute absolut erreicht.« Arthur schien über Sharon weiterreden zu wollen, aber mir war wirklich nicht danach.

Ich schaffte es bis hinaus aus dem Gebäude. Dann machte ich halt und setzte mich auf die Stufen. Erwachsene hocken sich eigentlich nie auf Stufen. Daheim in North Carolina hatte ich oft auf Stufen gesessen, um zu warten, daß Mama mich abholte – von der Schule, vom Sport, von den Pfadfindern. Mama war nicht gerade pünktlich – aber sie kam. Wenn mich mein lieber Papa dagegen abholen sollte, konnte ich nur hoffen, daß er nicht gerade Lust hatte, eine Sauftour zu machen. Dann durfte ich nämlich zu Fuß heimlaufen.

Wenn ich anfing, über Mama zu sinnieren, stimmte etwas nicht mit mir. Mir war leicht übel. Ich fühlte mich, als wäre ich dem Gefängnis entronnen, statt einfach locker rauszuspazieren. Warum erschien mir die Luft dort drinnen immer so drückend? Warum hatte ich das Gefühl, eine volle Breitseite abbekommen zu haben? Vielleicht hatte Sharons Anblick den Tod der Kinder für mich erst wirklich gemacht. Auf jeden Fall war dabei Jordans Tod wieder hochgekommen. Womöglich fiel ich nun wieder in ein abgrundtiefes Brunnenloch der Verzweiflung. O Gott. Depressionen waren schon schlimm genug: Man hatte das Gefühl, an jedem Glied schwere Gewichte hängen zu haben. Aber Verzweiflung – Verzweiflung fühlte sich so an, als würde man von jemandem vollkommen zu Brei verarbeitet.

Vielleicht war es auch noch etwas ganz anderes. Möglicherweise stieß ich gerade an die Grenzen meiner Fähigkeiten. Ich hatte viel von Mama gelernt – einen Nordoststurm in einem kleinen Boot zu überleben, ohne mit der Wimper zu zucken eine Leiche zu betrachten, mich durchzusetzen –, aber Täuschung, darüber hatte mir Mama nie etwas beigebracht. Mama war der Ansicht, daß jeder, der sein Pulver wert war, automatisch für sich selbst einstand.

Deshalb konnte ich mit dieser hinterhältigen Geschichte überhaupt nicht umgehen. Bestimmt hatte Adam recht: Der Killer war kein Fremder. Und wenn das zutraf, dann hatte ich mich derb von jemandem reinlegen lassen. Diese ganze Scheißsituation war mir verhaßt. Normalerweise wußte man, wo man stand, und konnte sehen, wer sich einem in den Weg stellte. Egal, wie mächtig er war. Aber diese Angelegenheit? Als würde man mit einem Freund schlafen gehen, plötzlich in der Nacht erwachen und auf dem Kopfkissen neben sich eine Klapperschlange finden.

Wie hätte sich Mama wohl jetzt verhalten? Mama konnte immerhin echte Krokoschuhe erkennen. Das mußte man ihr lassen – sie wußte, was echt war, wenn sie es vor sich hatte. Und ich? Anscheinend nicht. Großartig! Eine von den wenigen wirklich guten Eigenschaften meiner Mutter hatte ich nicht geerbt.

Der Traum fiel mir wieder ein, vor allem die Szene, als ich mich umdrehe und die Frau am Baum hängen sehe. Es ging ihr doch offensichtlich gut, als sich der alte Mann verabschiedete. Aber eben nur scheinbar. Sie hängte sich auf. Es ging ihr viel schlechter, kurz nachdem er gegangen war. Dieser Satz leuchtete wie eine Neonreklame, als ich ihn vor mich hinsagte. Es ging ihr schlechter, viel schlechter, kurz nachdem er gegangen war.

Ja, das war echt, war irgendwie wirklich. Es verwirrte mich völlig. Einige Dinge waren echt – wie Sharon Southworths Verzweiflung über ihre Kinder. So echt wie die Stufen, auf denen ich saß. So echt wie ein Paar Krokoschuhe. Aber irgend etwas anderes in meiner Umgebung war unecht. Und ich konnte es beinahe berühren. Ich wußte nur, es stand in Zusammenhang damit, daß es schlechter ging, daß es viel schlechter ging, kurz nachdem er gegangen war.

23

Ich fuhr ziellos durch die Gegend. Ein starker Wind kam auf. Ein Herbstwind, der nach allen Kreaturen schnappte und an allen Dingen rüttelte. Bei einer Weide hielt ich an, stieg aus und sah ein paar jungen Pferden zu, die in dem Sturm ausschlugen und bockten. Eine muntere Herde. Jedes der Fohlen wollte es besser machen als die anderen. Plötzlich wurde eine Futtertüte von einer Böe erfaßt und hochgeblasen. Alle Fohlen stoben davon, außer einem jungen Hengst. Er schnappte sich den Futtersack und jagte zu meinem Erstaunen den anderen damit nach. Er warf den Kopf hin und her, so daß der Papiersack wild herumflatterte. Die anderen rannten in alle Windrichtungen davon, wobei sie buchstäblich über die eigenen Beine stolperten. König der Koppel. Herr des Futtersacks. Ich mußte laut lachen, und mein Gelächter schien vom Wind davongetragen zu werden. Das Haar wehte mir ums Gesicht wie ein Schal. Hatte ich wirklich gelacht? Hatte ich zum erstenmal seit Beginn dieser ganzen Geschichte wieder gelacht?

Na gut. Ich hatte also meine Probleme, die Gesichter der Kinder aus dem Kopf zu verscheuchen. Andauernd sah ich Andrew vor mir, wie er in meiner Praxis saß – ernst, traurig und erwachsen –, wie er sorgfältig ein verrutschtes Spielzeug auf dem Regal zurechtrückte, während sich eine widerspenstige Locke aus seinem Haar löste. Ich sah Adrienne, wie sie sich aufrichtete und die Schildkröte von mir haben wollte. Dabei hatte sie mich zum erstenmal angeschaut, und ich hatte den gebieterischen, fordernden, lebhaften Zug an ihr bemerkt. Sie wäre sicher gut durch die Welt gekommen. Nachdem ich nun auch noch im Gefängnis gewesen war, gesellte sich Sharons Gesicht dazu. Und Jordans. Nein, daran wollte ich nicht denken.

Mein kleines Geheimnis – genauer: mein Grundproblem – besteht darin, daß ich Niedertracht und Gemeinheit nicht nachvollziehen kann. Dabei sollte ich mich doch damit auskennen. Trotzdem: Ich kapiere es nicht. Ich halte es kaum aus, mir auch nur vorzustellen, was der Killer nun vorhatte. Wie der schwarze Monolith aus dem Science-fiction-Streifen »2001« ist es eine Art Sprache, die wir anderen nicht verstehen.

Dabei versuche ich es ja. Ich lese Bücher, rede mit Leuten wie Willy darüber. Aber ich würde es wohl selbst in hundert Jahren nicht kapieren, so viel ich auch forsche. Ganz tief in meinem Inneren glaube ich, daß die miesen, gewalttätigen Sadisten, daß die wirklich Bösen eigentlich Außerirdische sind – Aliens. Ich schüttelte den Kopf. Mit dieser Art von Logik konnte man mir ohne weiteres paranoide Züge attestieren.

Ich stieg wieder in den Wagen und fuhr weiter. Ich ließ das Auto laufen, und wie von selbst mäanderte es die Hügel hinauf und gab mir Zeit, den Stand der Dinge noch einmal zu ventilieren. Also, was ließ sich sagen? Sharon ist raus. Sie ist nicht die Mörderin. Mag sein, daß ich Niedertracht nicht verstehen kann, aber ich erkenne Verzweiflung, und ihr bricht aus allen Poren die pure Verzweiflung, gräbt Schluchten in ihr Gesicht, so tief wie der Grand Canyon.

Nathan hatte auf jeden Fall die Möglichkeit und die Gelegenheit. Die Kinder waren bei ihm. Wer wußte, ob die Kinder sein Haus jemals lebend verlassen hatten? Er konnte sie dort getötet und dann nachts zu Sharon gebracht haben. Sein Haus wurde von niemand durchsucht, als er sie vermißt gemeldet hatte. Es war ziemlich sicher, daß er die Kinder sexuell mißbraucht hatte. Wieso ließ sich ausschließen, daß nicht auch Sadismus im Spiel war? Vielleicht war er zu weit gegangen und hatte ein Kind versehentlich umgebracht, hatte die Hände etwas zu lange um den kleinen Hals gelegt oder die Plastiktüte zu spät weggezogen – wie auch immer. Er konnte noch im Besitz eines Hausschlüssels sein. Vielleicht hatte sie gar nicht daran gedacht, die Schlösser austauschen zu lassen. Nur weil sie ihn für einen beschissenen Weiberhelden hielt, mußte sie ja noch lange nicht annehmen, daß er in ihrem Haus herumschlich. Also hatte er vielleicht die Möglichkeit gesehen, den Verdacht von sich abzulenken und seine Exfrau gleichzeitig ganz furchtbar zu verletzen.

Was wußte ich denn eigentlich von Nathan? Nicht besonders viel. Wer könnte ihn kennen? Ärzte verbringen die meiste Zeit ihres Lebens im Krankenhaus, und die Schwestern sind oft häufiger mit ihnen zusammen als ihre Ehefrauen. Bei dem Gedanken kam mir eine Idee. Ein paar der OP-Schwestern, die bestimmt mit Nathan gearbeitet hatten, kannte ich ziemlich gut. Ich bremste scharf, riß das Steuer herum und fuhr in Richtung Krankenhaus.

Jedem ist eine Art Zeichensprache eigen, die etwas über sein Wesen aussagt. Meine arme Kiwi hatte ihre Stöckelschuhe, und Andrew hatte die Angewohnheit gehabt, das Spielzeug zurechtzurücken. Wenn ich mit genug Leuten redete, konnte ich vielleicht etwas über Nathan erfahren – eine Geste, eine Anekdote, irgendeine Bemerkung von ihm aufschnappen, die auf Sadismus schließen ließ? Ein langer Weg bis zur Gewißheit, aber ich wollte etwas von Mamas Sicherheit besitzen. Ich wollte mich wieder auskennen in der Welt, wollte wissen, wo die Schlangen steckten.

Ich machte das erste Mal Jagd auf eine Schlange. Bestimmt gab es Leute, die bezweifelten, daß dieser Weg der richtige war – Leute, die es für besser gehalten hätten abzuhauen. Mein gesunder Menschenverstand bäumte sich wieder auf und flüsterte mir ins Ohr, daß es gefährlich wäre, eine Schlange zu reizen. Ich überlegte ernsthaft. Beleuchtete es von allen Seiten. Erwog noch einmal das Für und Wider. Aber ich stellte fest, daß mein Auto nicht langsamer wurde.

24

Ich stellte den Wagen auf dem Parkplatz beim Tunneleingang ab. Das Krankenhaus lag auf abschüssigem Gelände. Vorder- und Seiteneingänge erstreckten sich auf derselben Höhe, aber die Straße zum Parkplatz fiel ab, so daß dieser auf der Ebene des Eingangs zum Untergeschoß lag. Patienten und die meisten Angestellten stiegen hinauf zu den ebenerdigen

Eingängen. Ich nie. Man hätte glauben können, daß ich von einer Maulwurfsippe abstammte, weil mir die unterirdischen Gänge so gefielen.

Ich trat ein, und die Tür fiel hinter mir zu. Sofort war ich von Stille umgeben. Das Heulen des Windes drang nicht bis in die Tunnel, genausowenig wie der geschäftige Krankenhauslärm. Die Decke war ein einziges Rohrdickicht, das den gesamten Lebenskreislauf eines Krankenhauses bildete: Röhren, die das Kondensat des abgekühlten Dampfes zurückführten, Verbindungskabel, Kompressoren- bzw. Propangasleitungen für Küchen und Labors, selbst ein Vakuumsystem zum Absaugen von Wunden im OP gab es. Um mich herum war alles glatt und roh gehalten: Betonwände, Fußböden, Rohrleitungen – nichts war gestrichen. Meine Schritte hallten so laut durch die Gänge, daß es klang, als trüge ich Steptanzschuhe.

Ich mag die Tunnel, weil sie sind, was sie sind. Hier wird keine Show gespielt: mit Wandfarben oder Aufzugmusik. Es gibt keine Empfangsschwestern mit servicefreundlichen Stimmen. Alles ist zweckorientiert. Und wenn die Medizin funktional wird, sieht man, was sie eigentlich ist: Körperklempnerei. Nur aus einem einzigen Grund haben Ärzte einen höheren Status als Klempner: Die Schläuche und Röhren bestimmen nicht ihre Regeln. Ich wandte mich einer Station zu, auf der Schwester Tessie, eine Bekannte von mir, immer dann arbeitete, wenn sie nicht gerade im OP war. Ich konnte ja schlecht den OP stürmen, um nach ihr zu suchen. Wenn sie also nicht auf der Station war, mußte ich ein anderes Mal wiederkommen.

»Wo ist Tessie?« fragte ich am Empfangsschalter. »Hat sie heute Dienst?« Die Sekretärin schaute nur kurz auf, um sicher zu sein, daß sie mit jemandem vom Haus sprach.

»Ich glaube schon«, erwiderte sie. »Es hieß, daß sie auf

Intensiv einspringen mußte. Jedenfalls ist sie nicht auf dieser Station.«

Ich überquerte den Korridor und trat ins Ärztezimmer. Drei Mediziner saßen darin: zwei telefonierten, der dritte machte Eintragungen. Auf jedem Stockwerk gibt es gemeinschaftliche Arbeitszimmer. Zum einen fehlte im Korridor einfach der nötige Platz für das Ausfüllen der Krankenblätter, zum anderen hat selbst die Klinikmedizin – die für sensibles Verhalten noch nie einen Preis gewonnen hat – erkannt, daß es keine so gute Idee ist, sich an einem der Flurtelefone negative Laborergebnisse durchgeben zu lassen, während Patienten vorbeimarschieren. Daher ist das Ärztezimmer ein gemeinschaftlicher Arbeitsraum, in dem telefoniert wird, man Berichte schreibt, sich berät, miteinander streitet – das alles bei einem gewissen Grad von Abgeschirmtheit vor den Patienten, aber keinerlei gegenseitiger Privatsphäre.

Niemand sah auf, als ich eintrat. Wie in allen Großraumbüros herrschten auch hier andere Regeln als in der Welt draußen. Man sagte nicht »guten Tag« beim Eintreten oder »auf Wiedersehen« beim Verlassen des Raumes. Die normalen Freundlichkeitsfloskeln entfielen. Selbst wenn der engste Bekannte hereinkam, war es völlig normal, nicht zu reagieren. Da die physischen Wände fehlten, hatten sich andere Wände herausgebildet, um wenigstens einen kleinen persönlichen Freiraum zu schaffen.

»Was machen Sie denn hier oben, Stone?« Ich wandte mich um und sah Dr. Ruth hinter mir eintreten. Ruth war nicht ihr Familienname, aber sie wurde von allen so genannt. Das hatte in der Pädiatrie angefangen. Kinder neigten dazu, den Vornamen mit einem »Doktor« davor zu versehen, wenn sie einen mochten. Natürlich war »Dr. Michael« für Erwachsene nichts Besonderes, deshalb hatte sich das keiner angewöhnt. Aber »Dr. Ruth«, entwickelte sich sofort zum allgemeinen Renner.

»Rumhängen und allen auf die Nerven gehen«, antwortete ich. »Und Sie?« Dr. Ruth, die mir jetzt gegenüberstand, war gedrungen, um die vierzig und hatte kurzes blondes Haar. Sie trug bequeme weite Hosen und ein Wollhemd.

»Heute morgen ist mir doch fast ein Kleines verreckt«, sagte sie und schüttelte über diese Unverfrorenheit den Kopf.

»Eine Frechheit«, sagte ich mitfühlend.

»Manchmal wird einem aber auch gar kein Respekt entgegengebracht«, fuhr Ruth fort.

»Und, ist das undankbare Ding damit durchgekommen?« fragte ich, weil ich Ruth die Chance geben wollte weiterzureden. Sie hätte bestimmt nicht gescherzt, wenn das Kind gestorben wäre.

»Natürlich nicht!« schnaubte sie.

Ich trat ans Telefon. Die knappe Art der Ärzte gefiel mir. Plötzlich waren sie wieder weg, ohne ein »tschüß«. In meiner ersten Zeit mit Medizinern war es mir noch passiert, daß ich konsterniert den Hörer anglotzte, weil der Arzt, nachdem ich mit dem Bericht über einen Fall gerade fertig geworden war, nur noch »In Ordnung, tschüß« gesagt und aufgehängt hatte. Inzwischen konnte ich meine Gespräche mindestens genauso schnell wie die anderen beenden.

Ich rief auf der Intensivstation an und erfuhr, daß Tessie tatsächlich heute Dienst hatte. Ich wollte gerade gehen, als ich bemerkte, daß die anderen Ärzte den Raum verlassen hatten. Ruth und ich waren allein.

»Ruthie, kennst du Nathan Southworth?«

»Klar«, sagte sie, ohne von dem Krankenblatt aufzusehen, das sie ausfüllte. »Ein Alptraum, was? Stimmt es? Hat seine Frau die Kinder wirklich umgebracht?«

»Ich glaube es nicht«, antwortete ich. »Wie ist er eigentlich?«

»Als Chirurg? Ziemlich gut. Als ich kürzlich auf Station war, hatte ich einen Fall mit ihm zusammen.« Ruth richtete sich auf und streckte sich. Erst jetzt fiel mir auf, wie müde sie aussah. »Ein Teenager war mit dem Traktor von Daddy gefahren, einer von den kleinen McKays aus Charleston. Der Traktor ist umgekippt und hat ihm den Brustkorb eingedrückt. Nathan hat es gut hingekriegt. Er war klasse, sowohl mit dem Brustkorb als auch mit dem Jungen. Der kleine Rennfahrer hatte furchtbare Angst, wollte sich aber nichts anmerken lassen. Nathan zeigte viel Geduld mit ihm, hat dem Kleinen alles genau erklärt. Ich war beeindruckt. Er hat ihn sogar gefragt, wie es ihm geht.«

»Ist ja toll!« Wir mußten beide lachen. Ich hatte mich Ruth gegenüber einmal darüber ausgelassen, was ich, als ich aus dem Zimmer einer depressiven Patientin in der Chirurgie gekommen war, gehört hatte. Der Oberarzt meiner Patientin beschrieb sie Crookshank gegenüber mit den folgenden Worten: »Vielleicht sollten Sie jetzt lieber nicht reingehen – sie hat Depressionen.« Gefühle waren für manchen Chirurgen eben der schlimmste Teil einer Behandlung.

»Ach, übrigens«, fiel Ruthie noch ein, »hast du Platz für einen Fall?«

»Eigentlich nicht«, antwortete ich. »Worum geht es?«

»Was ganz Angenehmes«, lockte mich Ruthie. »Kein Inzest, kein Alkoholiker, kein Selbstmordversuch. Nicht mal ein jugendlicher Kidnapper oder Autodieb«, fügte sie hinzu, in Anspielung auf einen früheren Fall. »Nur eine Familie, die etwas Hilfe und Unterstützung brauchen könnte.«

»Nee, ich weiß nicht. Nicht so ganz mein Ding, scheint mir, und ich bin sowieso total ausgebucht.«

»Es hat Zeit. Die sind noch eine Weile in der Gegend.«

Ruthie ließ nie locker, wenn sie etwas für ihre Patienten erreichen wollte.

Ich ging rüber auf die Intensivstation. Irgendwas ärgerte mich, aber das hatte rein gar nichts mit Ruthies Fall zu tun. Es lag an diesem Scheißkerl, Nathan. Er konnte wohl alle um den Finger wickeln. Aber das war vielleicht auch unfair: Wenn er Kinder sexuell belästigte, mußte das noch lange nicht heißen, daß er kein guter Chirurg war, und etwas anderes hatte Ruthie ja nicht gesagt. Aber so ein vorpubertärer Zug in mir wollte, daß die Bösen durch und durch böse sind und daß es jeder merkt. Auch wenn Grau die Farbe der Erwachsenen sein sollte: Ich zog immer noch Schwarz und Weiß vor.

Über das Treppenhaus ging ich zur Intensivstation. Als ich das Stockwerk erreicht hatte, mußte ich durch das Wartezimmer, um auf die Station zu gelangen. Nur Familienmitglieder durften in die Intensivstation, und auch dann nur kurz. Verwandte und Freunde nisteten sich meistens im Wartezimmer ein, manchmal wochenlang.

Es war wie immer ein ziemlich bedrückender Anblick. Wegen einer angenehmen Sache lag keiner hier. Diese Station war für Patienten, die nicht sterben sollten, die keine Todeskandidaten waren, die – wenn sie denn durchkamen – normal weiterlebten. Die medizinischen Anwendungen waren aggressiv. Die Familienmitglieder erlebten die Station als einen Ort, an dem sie nirgends außer in dem kleinen Wartebereich rumsitzen konnten, während ein Fernsehapparat den ganzen Tag über Seifenopern plärrte – gefangen zwischen dem bangen Hoffen und der Angst, daß die Hoffnung plötzlich aufhören könnte.

Ich drückte die Knöpfe, die drei Meter vor dem Eingang der Station in die Wand eingelassen waren, und die Türen flogen auf. Klinken gab es hier nicht: Sie waren für Krankenliegen eingerichtet, die rasch durchgeschoben werden mußten. Ich sah mich um. Ähnlich wie die Tunnel war die Intensivstation eine medizinische Einrichtung ohne Firlefanz – Technologie war alles. Und es gab genug davon, um das nächste Spaceshuttle in den Raum zu schießen.

Leider warf ich auf dem Weg zum Schwesternzimmer einen Blick in die nächstliegenden Glaskabinen. Die Patienten auf Intensiv hatten zwar abgeschlossene Räume, aber die Wände zur Station hin waren aus Glas, damit man die Kranken ständig beobachten konnte. Ein kleines Wesen lag bewegungslos auf dem Bett. Meine Füße hielten inne – was ich nicht gewollt hatte, aber Kinder waren hier eher die Ausnahme. Obwohl es in letzter Zeit immer häufiger vorkam – so oft, daß man bereits eine pädiatrische Intensivstation plante, die aber lange noch nicht fertig war.

Ich betrat die Kabine. Das kleine Wesen auf dem Bett schien so etwa fünf zu sein, obwohl das schwer zu schätzen war. Außer einem kleinen Teil des Gesichts konnte ich nichts sehen. Der Kopf war in Bandagen gehüllt, ein Beatmungsschlauch war in die Nase eingeführt, der Mund mit Pflaster verklebt. Ich sah lediglich die geschlossenen Augen, die Nase und einen Teil der Wangen. Der Rest des Körpers steckte in Laken. Ein Dickicht von IV-Schläuchen und Monitoren umstellte das Bett. Sie summten und blubberten und piepten. Einige der Schläuche und Kabel führten unter die Laken. An wie vielen hing das arme Kind? Ich zählte sie. Es waren sechzehn. Alle irgendwie an dieses winzige Wesen angeschlossen. Wenn schon massive Behandlung, dann richtig. Aber wem konnte ich Vorwürfe machen? Ohne Schläuche hätte dieses Kind wohl schon in der Leichenhalle gelegen.

Ich sah mir das Krankenblatt an. Einige der Ärzte hatten mich mehr oder weniger gebeten, mich um jedes Kind, für das ich Zeit hatte, zu kümmern. Andere dagegen hätten einen Psychiater selbst dann nicht dazugeholt, wenn der Patient offensichtlich psychotisch war. Dieses hier war Ruthies schwerer Fall, wie ich dem Krankenblatt entnahm. Sie würde nichts dagegen haben, wenn ich ihre Notizen las. Ob das Ganze mit dieser familiären Angelegenheit zu tun hatte, wegen der sie mich um Hilfe gebeten hatte?

Ich schlug die Doppelkarte auf. Idiotischer Autounfall. Jemand hatte die Sechsjährige auf die Pritsche eines Kleinlasters gesetzt und dann plötzlich gebremst. Die Kleine war natürlich durch die Luft geflogen und dabei an einigen lebenswichtigen Körperteilen schwer verletzt worden.

Ich überflog die Eintragungen. Eine ganze Menge, wie üblich. Puls. Blutdruck. Blutsenkung. Elektrolyse. Weiße Blutkörperchen. Medikationsanweisungen. Die Geschichte von Leben oder Tod wird auf der Intensivstation nur in Zahlen und Ziffern ausgedrückt. Wert angestiegen. Wert abgefallen. Wer den Code kennt, dem signalisieren die Zeichen manchmal so deutlich wie eine Neonreklame: »Dies Kind stirbt.«

Alle Zahlen konnte ich nicht interpretieren, aber einige. Die falschen Werte gingen runter, die falschen stiegen an. Wenn das hier wirklich Ruthies Fall war, dann würde ihre Erleichterung wahrscheinlich nicht lange anhalten.

Das Kind rührte sich nicht. Es war mit einem morphinähnlichen Mittel betäubt. Da das Mädchen nicht vollkommen ohne Hilfe atmen konnte, hatte man ihre Lungen ruhig gestellt, damit sie sich nicht gegen die Beatmungsmaschine wehrte. Wenn man aber die Lungen stillegt, dann setzt Panik ein. Daher das Morphin, damit die Kleine betäubt war und nichts davon spürte.

Ich wollte nichts mit diesem Fall zu tun haben. Es gab keinen Grund, warum ich mich damit befassen sollte. Vielleicht war es ja auch gar nicht die Sache, von der Ruthie erzählt hatte, und überhaupt – ich hatte ja bereits abgelehnt. Mir hingen schon genug tote Kinder an: Jordan, Andrew und Adrienne. Ich mußte nicht noch eins haben.

Außerdem konnte ich für dieses Kind nichts tun. Ich konnte es nicht retten. Man hatte ja gesehen, daß mein Schutz Adrienne und Andrew wenig genützt hatte, was aber eigentlich nichts zur Sache tat. Entscheidend war, daß ich mein gesamtes Berufsleben damit verbrachte, Kinder zu beschützen. Und wenn es dann drauf ankam, konnte ich noch nicht einmal auf mich selbst aufpassen. Und eins hatte ich am eigenen Leibe erfahren – es ist nicht wahr, daß Gott deine eigenen Kinder behütet, wenn du dich um die von anderen kümmerst.

Ich versuchte, diese Gedanken zu verdrängen, indem ich die Tabelle entzifferte. Es handelte sich um Laborwerte, Medikationen, Genesungsberichte und Ergebnisse von Untersuchungen (Prognose schlecht, schrieb der Neurologe). All die trockenen, technischen Daten der Medizin. Zwischen den Krankenberichten von Ärzten und Schwestern fand ich eine kurze Eintragung vom Morgen – nur fünf Wörter. »Wache gehalten«, hatte Ruthie notiert, »die ganze Nacht.«

Du großer Gott. Es gab nichts, was Ruthie letzte Nacht für dieses Kind hätte tun können. Nichts, was die Schwestern oder der Diensthabende nicht auch hätte erledigen können. Warum war sie nur die ganze Nacht aufgeblieben?

Es war wohl so, wie sie gesagt hatte. Dieses Kind lag im Sterben – und zwar während ihrer Dienstzeit. Deshalb hielt sie Wache. Damit kenne ich mich nicht aus: Wache halten, im Zweifelsfall dabei sein. Ich kann mit Feuereifer gegen Leute spielen, die viel größer sind als ich. Ich habe Erfahrung mit Bezirksärzten: mit einem, der meine Nase während eines Spiels richten mußte – mit seinem Füller als Lineal –, ehe ich wieder wie süchtig auf den Court stürmte. Aber bei einem Kind im Zimmer zu sitzen, das im Sterben liegt, und bei ihm Wache zu halten – damit kenne ich mich nicht aus. Was für Menschen waren dazu in der Lage? Wie konnte Ruthie mit einem sterbenden Kind in einem Raum sitzen und nicht Amok laufen? Ach Scheiße, so viele Fälle hatte ich auch nicht. Es würde mich nicht umbringen, noch einen mehr zu übernehmen.

Ich legte das Krankenblatt zurück und machte mich auf die Suche nach Tessie. Ich mußte mich richtig losreißen von dem Kind in der Glaskabine. Welche der betroffen dreinblickenden Gesichter im Wartezimmer hatten wohl zu der Kleinen gehört?

Tessie war in einer der anderen Kabinen, und ich wartete, bis sie herauskam. Mein Kopf war inzwischen wieder etwas klarer.

»Was?« sagte sie, als sie mich sah. »Ein Klapsdoktor im August hier in der Stadt? Seid ihr um diese Zeit nicht alle in Martha's Vinyard?«

»Eigentlich schon«, antwortete ich. »Aber du weißt doch, wie gerne ich Spielchen spiele. Oder besser: Wenn ich lesbisch wäre, würde ich nicht Softball spielen.«

Tessie lachte. Sie war lesbisch und hatte mir mal erzählt, daß ihre neue Partnerin entsetzt war, daß Tessie nicht Softball spielte. »Du mußt aber Softball spielen«, hatte die andere gesagt. »Es gehört sich so.«

»Und bitte keine Zucchini dieses Jahr«, fügte ich hinzu. »Ich schließe mein Auto ab. Und laß sie bloß nicht auf der Motorhaube stehen wie das letzte Mal.«

»Wofür hat man denn Freunde?« erkundigte sich Tessie. »Na, damit sie einem Zucchini abnehmen.« Tessie gehörte – wie Tante Sally – zu den Gartenfetischisten. Sie hatte sich am Krankenhaus für drei zwölfstündige Schichten einteilen lassen, damit sie die übrigen vier Tage gärtnern konnte. Auch im Winter. Im ganzen Haus hatte sie Kisten mit Setzlingen rumstehen.

»Kannst du eine Pause machen?« fragte ich sie. »Ich möchte mit dir über was reden.«

»Ja, kein Problem. Heute war's die ganze Zeit so hektisch, daß ich noch nicht gegessen habe. Wenn ich nicht bald was in den Magen bekomme, fall ich um.«

Tessie ging, um die anderen Schwestern über ihre verspätete Mittagspause zu informieren, und ich wartete an der Tür. Gemeinsam verließen wir die Station. Neben Tessie kam ich mir immer total unförmig vor. Sie war nur einssechzig groß und schlank. Mit ihrem rotbraunen, ganz kurz geschnittenen Haar und der zierlichen Figur sah sie wie ein Peter Pan in Weiß aus.

Wir gingen über das Treppenhaus in die Cafeteria. Fast niemand von den Angestellten nahm den Lift, wenn er nicht mehr als drei Stockwerke von seinem Ziel entfernt war, weil die Aufzüge so langsam waren. Einem Gerücht zufolge wurden sie im Keller von Versuchsratten in Tretmühlen betrieben.

Wir betraten die Cafeteria und wandten uns der Theke zu. Wie konnten sie es nur wagen, das Zeug hier nicht unweit von der kardiologischen Station zu präsentieren? Nichts als Gebratenes und Fritiertes. Brathähnchen. Doughnuts. Geröstete Zwiebelringe. Alle Krankenhäuser, die ich kannte, hatten das gleiche Essen. Als wäre das Strategie: In den Cafeterias wird man krank gemacht und im übrigen Teil des Hauses behandelt.

Tessie schien sich nicht daran zu stoßen. Der Streß auf Intensivstationen ist Diätprogrammen nicht besonders förderlich. Ohne mit der Wimper zu zucken, holte sie sich Pommes frites und einen Hamburger von den spärlichen Resten auf der Theke. Ich konnte nicht umhin, sie zu bewundern. Nur wenige Frauen nahmen sich wie Tessie Pommes, ohne dabei etwas von einer Diät zu murmeln.

Wir ließen uns in einer Ecke am Fenster nieder, und ich sah mich um, ob jemand in Hörweite von uns saß. Man konnte nie wissen, wer wen im Krankenhaus kannte. »Erzähl mir mal von Nathan Southworth«, begann ich. »Was für ein Arzt ist er? Was für ein Mensch?«

Tessie zuckte mit den Schultern. »Also, auf jeden Fall keiner, der auf Teufel komm raus operiert. Und er wirft nicht mit den Instrumenten.« Das klang wie ein Scherz, war aber keiner. Es gab tatsächlich Chirurgen, die im OP ausrasteten und mit den Instrumenten um sich schmissen. Ich hatte mich schon oft gefragt, wie das Krankenhaus mit der Haftung zurechtkäme, wenn eines schönen Tages eine Schwester mal von einem orthopädischen Hammer getroffen werden würde. »Er ist ein ziemlich guter Chirurg und dafür gar nicht mal so arrogant. Geht auch mit den Angestellten ganz nett um. Was willst du denn wissen?«

»Keine Ahnung, Tessie. Du hast ja bestimmt mitbekommen, daß ich in diesem schrecklichen Fall stecke. Die ganze Welt weiß es. Ich möchte Nathan einfach besser verstehen, um mir dadurch einiges erklären zu können, und ich weiß nicht, wo ich anfangen soll.«

»Versuch's mal bei Athena.«

»Athena?«

»Ach nee, die ist dir bisher entgangen? Weil du eine Frau bist. Die Männer kennen sie alle. Athena hat vor ein paar Monaten bei uns als Schwester angefangen und hat jeden Arzt durchgemacht, den sie auftreiben konnte – vor allem die Chirurgen. Sie ist übrigens echt zum Schreien. Ob du es glaubst oder nicht, sie gibt ihnen Noten. Von eins bis zehn, in verschiedenen Kategorien. Vorspiel ist zum Beispiel eine davon. Stil. Leidenschaft. Mir fallen nicht mehr alle ein.

Athena kann ganz schön aus dem Nähkästchen plaudern. Von einem Chirurgen hat sie erzählt, daß er will, daß seine Partnerin ganz still daliegt. Ihrer Ansicht nach hätte er die Frauen sogar am liebsten bewußtlos. Für einen von ihnen sei das Vorspiel damit erledigt, daß er die Hose runterläßt. Ein anderer würde wohl meinen, auf einer Rudermaschine zu sitzen. Ich weiß, es ist ordinär, aber ich finde es ziemlich komisch, daß es den Männern auch mal so ergeht. Eine meiner Freundinnen hat kürzlich mit einem Medizinstudenten gesprochen. Wußtest du, daß sie in einem der Verbindungshäuser ein ganz spezielles Zimmer haben, wo die Jungs mit den Mädchen zum Bumsen hingehen, vor laufender Kamera? Natürlich wissen die Mädchen nichts davon. Später zeigen sie dann den Film vor versammelter Mannschaft.«

»Unglaublich«, sagte ich, aber das war es keineswegs. Mir waren schon viel schlimmere Sachen zu Ohren gekommen. »Aber sag mal, Tessie, wie viele Docs fallen denn auf Athena rein?«

»Du würdest dich wundern. Es läuft ganz gut, obwohl sie natürlich auch die eine oder andere Abfuhr kriegt. Sie hat es sogar bei Crookshank versucht, aber der hat sie nur mit Blicken durchlöchert. Wenn sie losschlägt, wird sie übrigens ganz schön fies. Sie ist keine Anfängerin.«

»Und was ist mit Nathan? Stand er auch schon auf ihrer Liste?«

»Das ist das Merkwürdige. Ich weiß, daß sie hinter ihm her war, hab aber keine Ahnung, wie das ausgegangen ist. Keine Note. Keine schlüpfrigen Geschichten. Keine Fiesheiten. Nichts. Wenn man sie nach Nathan fragt, sagt sie nur, daß er ein sehr netter Typ sei.«

»Sonst nichts?«

»Sonst nichts. Ich versteh's auch nicht.«

»Moment mal. Die Frau geht nach System vor. Wenn sie

mit ihr schlafen, macht sie sich lustig über sie. Wenn nicht, ist sie sauer auf sie. Warum kommt er davon? Bist du sicher, daß sie es bei ihm schon versucht hat?«

»Absolut«, sagte Tessie. »Sie ist eine von denen, die vorher bekanntgeben, wer das nächste Opfer ist. Sie kündigt an, wen sie anpeilt.« Ich hatte es bildlich vor mir, wie Athena auf einen Mann deutete, ungefähr so, wie der Baseballspieler Babe Ruth immer auf das linke Spielfeld zeigte, und ich konnte ein Grinsen nicht unterdrücken. Tessie hatte recht. Athenas Vorgehensweise war vulgär und abstoßend, und man hätte nicht darüber lachen sollen, aber es war schon eine gewisse Genugtuung, das Spielchen mal von der anderen Seite zu sehen.

Tessie schob die Pommes frites weg. Auch das noch. Sie aß sie nicht ganz auf. Ich hatte eine Schwäche für Pommes, der ich jedoch nicht nachgeben wollte. Wie hatte doch einmal ein bekannter kalifornischer Trainer so schön gesagt: Trainieren dauert seine Zeit und wird durch Pommes nicht beschleunigt. Ich war einigermaßen schnell auf dem Basketball-Court, und das sollte gefälligst auch so bleiben.

»Meinst du, daß er sie erpreßt oder so?« fragte Tessie.

»Dann würde sie ihn wohl kaum als ›sehr nett‹ bezeichnen«, meinte ich. »Außerdem scheint sie mir immun gegen Erpressung. Was könnte Athena denn zu verbergen haben?«

»Drogen?« schlug Tessie vor.

»Möglich«, befand ich. »Er könnte sie damit versorgen. Wenn es rauskommt, würde sie ihr Diplom, ihren Lebensunterhalt und nicht zuletzt ihr Hobby einbüßen.«

»Mir fällt noch was ein«, erinnerte sich Tessie plötzlich. »Einmal hab ich ein sehr merkwürdiges Erlebnis mit Nathan gehabt. Nimm doch ein paar Pommes.« Vielleicht hatte sie bemerkt, wie mir das Wasser im Mund zusammenlief. Ich schüttelte den Kopf.

»Was für eins?«

»Du weißt ja, wie höflich er immer ist. Eines Abends war ich nach dem Dienst in der Ambulanz drüben, um etwas zu holen, was eine Freundin von mir vergessen hatte. Es war kein Mensch da außer Nathan und seiner Frau. Sie hielten sich in seinem Dienstzimmer auf, und er schrie sie mit einer unglaublichen Wut an. Er ist völlig ausgerastet. Ich war fertig und hätte fast die Polizei gerufen, weil ich dachte, daß er gleich losschlägt.«

»Wirklich? Und weiter?«

»Nichts, keine Handgreiflichkeiten. Sie sagte etwas – ich weiß nicht was –, und er griff nach ihren Armen, hielt sie runter und spuckte ihr ins Gesicht. Es war unglaublich. Sie war völlig aufgelöst und lief schließlich raus. Ich glaube, die beiden hatten nicht mal bemerkt, daß ich da war. Es war gespenstisch. Ich glaube, ich hab noch nie im Leben jemanden erlebt, der so wütend war. Nichts in dieser Art, absolut gar nichts, ist jemals bei der Arbeit vorgefallen. Aber danach konnte ich Nathan nie mehr im gleichen Licht wie früher sehen.«

Ich schwieg. Wie war dieser Vorfall zu deuten? Nathan Southworth zeigte das übliche, chamäleonartige Verhalten eines Triebtäters, aber ließ sich abgesehen davon noch mehr in diese Episode hineininterpretieren?

Vielleicht lag es an meinem Kummer. Nur ein Teil meines Verstandes beschäftigte sich momentan mit Nathan. Der Rest pendelte irgendwo zwischen dem kleinen Wesen in der Glaskabine und einem noch viel kleineren in der Kinderstation vor vielen Jahren hin und her. Beim Basketball soll man jedes Match nach Spielende sofort vergessen, sonst verpatzt man das nächste. Und genau das passierte mir hier. Mein Grips war so langsam wie eine Schnecke. Ich war bis ins Innerste getroffen und bemerkte es nicht. Sonst hätte ich draufkommen müssen, womit Nathan Athena zum Schweigen brachte.

25

Ich hoffte, vor meiner Dreiuhrpatientin Tanya im psychiatrischen Institut zu sein. Melissa wurde so nervös, wenn Tanya da war, daß ich nicht wußte, wen von beiden ich behandeln sollte. Es wäre besser gewesen, zumindest für Melissa, wenn ich Tanya in meine Privatpraxis beordert hätte, aber für sie mußte rund um die Uhr ein Notdienst erreichbar sein, und solche Patienten bestellte ich lieber in die Klinik.

Ich konnte Melissa schon von der Wartezimmertür aus sehen. Sie saß steif am Schreibtisch und wirkte wie erstarrt. Ich mußte gar nicht erst eintreten und mich umsehen, um zu wissen, daß Tanya bereits da war.

Ich drehte mich um und begrüßte sie. Die Frau, die ich vor mir hatte, war völlig schwarz gekleidet: schwarzer Hosenanzug, schwarze Seidenbluse, große schwarze Ohrringe. Der einzige Farbfleck in ihrem Outfit war eine Krawatte mit grellbunten Cartoonfiguren. Die Wirkung war verblüffend und irgendwie hübsch. Ganz anders als bei ihrem letzten Besuch. Da hatte Tanya klobige Stiefel, graue Jogginghosen und einen überdimensionalen, etwas verlotterten Pullover angehabt und ein bißchen wie die letzte Überlebende einer K-2-Expedition ausgesehen. Mit dem schwarzen Eyeliner und dem rosafarbenen Lippenstift sah die junge Frau vor mir der von letzter Woche nur entfernt ähnlich.

Tanya trat in mein Sprechzimmer und legte sich sofort auf die Couch, wobei sie sich sorgfältig ein paar kleine quadratische Kissen unter den Kopf stopfte. Keine der verschiedenen Persönlichkeiten, die in Tanya steckten, hatte sich jemals auf die Couch gelegt. Aus der Art, wie sie sich dort breitmachte, schloß ich, daß dieser Teil von Tanya ein wenig dramatisch war. Ich mußte lächeln. Niemand legte sich jemals auf meine Couch; sie war als Sitzgelegenheit für Familienberatungen gedacht. Wenn Freud mich jetzt sehen könnte. Endlich lag eine Patientin auf meiner Couch!

Ich wartete, daß sie anfangen würde. Vielleicht war derselbe Körper gekommen wie letzte Woche, es war aber mit Sicherheit nicht dieselbe Person. Tanya hatte viele Persönlichkeiten, und wenn sie in Aktion traten, hatten sie meistens auch einen Plan. Am besten, ich ließ sie beginnen.

»Nennen Sie mich ›Baby‹«, legte Tanya los und strich dabei ihr Haar zurück. Es war im Nacken zu einem Knoten gebunden. »So heiße ich natürlich nicht. Aber so haben mich die Herren immer genannt. ›Baby, Baby, Baby‹, haben sie immer gesagt. Sie waren nett zu mir, diese Herren. Haben mir immer Geschenke mitgebracht und mich immer ›Baby‹ genannt.«

Sie schwieg kurze Zeit. »Wenn ich eine Krawatte mit Babys drauf finden könnte, dann wäre ich vielleicht geheilt. Oder?«

Was sollte ich darauf antworten? Eine Krawatte mit Babys würde Tanya natürlich nicht helfen, aber es hatte keinen Sinn, ihr das zu sagen. Die Leute hofften auf die merkwürdigsten Dinge. Dennoch: Hoffnung war schon ziemlich wertvoll. Deshalb ging ich behutsam damit um – sie konnte zerbrechlicher sein, als ich annahm. Ich wartete zu lange mit meiner Antwort, was von Tanya negativ aufgefaßt wurde.

»Ihre Sekretärin hat mir jedenfalls zugestimmt. Leider hat sie auch noch nie eine Krawatte mit Babys gesehen und konnte mir nicht sagen, wo ich danach suchen soll. Aber sie will für mich darauf achten. Also, es wäre einfach gut, wenn ich eine Krawatte mit Babys drauf finden könnte. Die würde mir helfen, artig zu sein. Babys sind nicht unartig, nicht wie das unartige Mädchen. Sie verdient ihre Strafe. Aber darüber will ich jetzt nicht reden. Lieber über Sie.«

»Über mich zu reden hilft Ihnen überhaupt nicht«, erwiderte ich. »Aber was sind das für Herren, von denen Sie reden? Ich weiß nichts über sie.«

»Mein Daddy hat mich mit hingenommen. Er hat mir befohlen, artig zu sein und zu tun, was die Herren von mir verlangten. Ich hab's versucht. Ich hab's wirklich versucht, aber ich war nicht besonders artig, weil sie mir weh getan haben.«

»Wo war Ihr Daddy?«

»Er ist weggegangen. Mit einem anderen kleinen Mädchen, das er lieber mochte.«

Handelte es sich um einen Kindersex-Ring? Ich hatte gehört, daß es Clubs gab, in denen der Eintritt darin bestand, daß man ein Kind unter fünf mitbrachte. Ich hatte mal mit einem Triebtäter zu tun, der speziell solche Etablissements aufzog. Er stellte nicht nur die Kinder zur Verfügung, sondern kassierte auch Gebühren und verdiente daran. Wenn es nicht so etwas war, was dann? Gab es womöglich eine harmlose Erklärung?

Plötzlich griff sich Tanya in den Schritt und schrie: »Bereit, bereit, bereit.« Sie fing zu zittern an, und als ich mich von meinem Schreck erholt hatte, bemerkte ich, daß sie aus dem Fenster starrte.

Vorsichtig stand ich auf. Tanya wirkte verwirrt und schien in die Vergangenheit versetzt zu sein. Ich wußte, daß ich ihr nicht zu nahe kommen durfte. Leute mit Rückblenden durchleben ein altes Trauma, und wenn man ihnen zu nahe kommt, können sie einen für den Angreifer halten. Ich bewegte mich sachte an ihr vorbei und versuchte zu erkennen, was sie durch das Fenster anstarrte. Draußen stand ein Mann an der Bushaltestelle und rauchte.

Zunächst glaubte ich, der Mann sei das auslösende Moment. Vielleicht sah er wie jemand von denen aus, über die sie redete. Möglicherweise lag es aber auch nur daran, daß er ein Mann war und zu der Situation paßte, von der sie redete. Doch dann fuhr der Bus vor, der Mann wandte sich etwas um und warf die Zigarette mehr oder weniger in Richtung Fenster. Tanya erschrak und zuckte zurück. »Bereit«, sagte sie und starrte in Richtung der Zigarette auf dem Gehweg. »Ich bereit. Ich braves Mädchen.«

Mir war übel. »Tanya«, sprach ich sie an, dann unterbrach ich mich. Sie war ja nicht mehr Tanya. Tanya war erwachsen, wie eigentlich auch die Person, die sich ›Baby‹ nannte. Aber das klang nicht nach einer Erwachsenen. »Du bist jetzt sicher«, besänftigte ich sie. »Es sind keine Männer mehr da. Niemand tut dir was.«

Sie schien sich etwas zu beruhigen. Dann wandte sie sich vom Fenster ab und sah sich etwas im Zimmer um, als ob sie es zum erstenmal wahrnahm. »Wie heißt du?« fragte ich.

»Carrie«, antwortete Tanya. »Die Männer sind weg?«

»Alle weg.«

»Ich war ein braves Mädchen.«

Ich enthielt mich einer Antwort. »Wie alt bist du, Carrie?«

»Drei«, sagte Carrie und hielt vier Finger in die Höhe. Sie sah sich um, und ihr Blick fiel auf die Buntstifte. »Darf ich malen?« bat sie.

»Natürlich«, erwiderte ich. Carrie stand auf und ging zu einem kleinen Tisch, um zu malen. Die Rückblende war vorüber, hatte Tanya aber offensichtlich in ein Kind verwandelt. Sie setzte sich auf einen der Kinderstühle, nahm einen Buntstift und legte den Kopf auf den anderen Ellbogen, während sie zeichnete. Es war seltsam, den Körper einer

Erwachsenen wie den einer Dreijährigen über die Zeichnung gebeugt zu sehen. Ungeschickt hielt Carrie den Stift und malte langsam einen Kopf. Der Kopf hatte Augenbrauen und Wimpern, Haare, Ohren, einen Mund mit Lippen und Zähnen, eine Nase und sogar Nasenlöcher, aber der Körper war ein Strichmännchen mit Kleidern.

Nichts stimmte an der Zeichnung. Wenn sie von einer wirklichen Dreijährigen gemalt worden wäre, hätte die Figur einen Kreis als Gesicht und zwei Striche als Beine gehabt. Selbst wenn sie ein richtiges Strichmännchen gezeichnet hätte, wären keine Kleider dabei gewesen. Kleider und Einzelheiten des Gesichts tauchen gewöhnlich erst im Zusammenhang mit zweidimensionalen Armen und Beinen auf. Die Zeichnung entsprach einfach nicht dem normalen Entwicklungsstand einer Dreijährigen. Das Bild wirkte, als würde eine Erwachsene versuchen, die Zeichnung einer Dreijährigen zu imitieren, und so war es auch. Die Lehrbücher hatten recht. Das Problem von Mehrfachpersönlichkeiten war nicht, daß mehrere Personen tatsächlich in einem Körper steckten, sondern daß der Patient das glaubte – und zwar ganz tief und unbewußt. Ich sprach nicht mit einer richtigen Dreijährigen, egal, wie man es auslegte, sondern mit der verwirrten, verlorenen Seele einer Erwachsenen.

Fast die ganze Sitzung über erzählte mir Carrie von den Zigaretten und was mit ihr geschah, wenn sie nicht tat, was Daddy verlangte. Sie schilderte mir auch ihre Besuche des Ortes, wo die Männer und die anderen kleinen Mädchen warteten und an dem man tun mußte, was die »Herren« wollten.

»Carrie«, forderte ich sie schließlich gegen Ende der Sitzung auf, »es wird jetzt Zeit, daß du ausruhst und daß Tanya zurückkommt.« Es erschien mir nicht ratsam, diese erwachsene Frau in der Überzeugung aus dem Gebäude gehen zu lassen, daß sie drei Jahre alt war. Unter anderem, weil Carrie nicht fahren konnte.

»Nein«, sagte Carrie.

Auf solche Situationen wird man an der Uni nicht vorbereitet. Seminare mit dem Thema »Wie man Patienten mit multipler Persönlichkeitsspaltung in verantwortungsvolle Erwachsene zurückverwandelt, die Auto fahren können« – das gab es nicht. Was sollte man also mit einer sich zum Kind zurückentwickelten Person machen, die nicht gehen wollte?

Nun ja, es gab noch viele Dinge, die man nicht an der Uni lernte. Dort wurde beispielsweise auch kein Kurs mit folgendem Thema angeboten: »Wie halte ich meine antisozialen Patienten davon ab, mich umzubringen, wenn ich ihnen sage, daß ich die Polizei einschalte, weil sie vorhaben, ihre Frau zu töten« – auch das war äußerst nachlässig, fand ich.

»Schließ die Augen, Carrie«, befahl ich. »Es wird jetzt wirklich Zeit, daß Tanya zurückkommt, weil sie fahren kann und du nicht. Wenn du zu sehr Angst hast, die Augen zu schließen, dann schau einfach dort an die Decke hoch. Ich zähle jetzt von zehn an rückwärts.« Ich begann, langsam und rhythmisch zu zählen. »Zehn . . . neun . . . acht – du fühlst dich ganz wohl und sicher und döst allmählich ein, und Tanya kommt langsam hervor – sieben . . . sechs . . . fünf – du fühlst dich ganz sicher und wohl und fällst in einen beruhigenden Schlaf, während Tanya aufwacht.« Carrie schloß die Augen. »Vier . . . drei – Tanya ist jetzt fast da, du wachst kaum noch – zwei . . . eins. Tanya, mach die Augen auf!«

Ich war jedesmal wieder erstaunt, daß so etwas funktionierte, aber das tat es. Tanya riß die Augen auf. Sie sah an sich herunter und schloß die Augen wieder. »Das darf doch nicht wahr sein«, sagte sie. »Was hab ich an?« Sie klang erschöpft. Verständlich. Es war mit Sicherheit ganz schön verwirrend, aufzuwachen und herausfinden zu müssen, wer man heute war.

Was für eine Welt! Die schlimmsten Traumaopfer hatten ein fragmentiertes Bewußtsein mit unterschiedlichen Persönlichkeiten für verschiedene Haltungen: eine zum Beispiel, die voller Wut war, eine andere, die sich an den Mißbrauch erinnerte, eine weitere, die sich schützend vor die zum Kind zurückentwickelte Person stellte oder eine voller Selbsthaß. Währenddessen wachte die arme Hauptpersönlichkeit womöglich in einem Supermarkt auf, verfolgt von einem Mann, der sie bei einem Namen rief, den sie gar nicht erinnerte.

Und dann waren da ja noch die Täter. Ihr Bewußtsein war zwar kontinuierlich, dafür wurden sie von ihrer Umwelt auf die verschiedensten Weisen erfahren: Das Opfer sah den Mißbrauchtäter, die Kollegen nahmen den »verantwortungsvollen« Angestellten wahr, die Gemeinde denjenigen, der seinen Teil zum Allgemeinwohl der Stadt beitrug. Und der Täter selbst, nun, er lebte in einer Welt, in der sein Auftreten je nach den Umständen variierte – so wie andere Leute ihre Garderobe wechselten.

Es endete mit der Tatsache, daß jeder sich selbst oder anderen etwas vormachte, und der fundamentale Unterschied, so schien mir, lag einzig und allein darin, wer dafür bezahlen mußte.

Ich erklärte Tanya, welche Personen aufgetaucht waren und was sie gesagt hatten. »Erinnern Sie sich an irgendwas davon?« fragte ich.

»Nein«, antwortete sie und berührte ihre Krawatte. Immer wieder sah sie darauf hinunter. Vielleicht fand sie den Schlips einfach hübsch, vielleicht war er auch ein Sinnbild für alles in ihr, was sie nicht verstand.

»Keine Ahnung, wovon sie geredet hat.«

»Welche?« fragte ich.

»Beide«, erwiderte sie und sah mich schließlich an. »Ich kann mich an gar nichts erinnern. Auch nicht an irgendwelche Männer. Oder daß ich ›Baby‹ genannt worden bin. Ich glaube nicht, daß irgendwas davon wirklich geschehen ist. Carrie wollte vielleicht nur Aufmerksamkeit erregen, die blöde kleine Lügnerin.«

Die letzten Worte spuckte sie förmlich aus sich heraus, und ich war über ihre Heftigkeit überrascht. Ich beschloß, sie nicht mit dem Haß auf sich selbst zu konfrontieren. Sie hatte wahrlich keinen guten Tag heute. Außer einer bedeutungsvollen Rückblende hatte sie noch mehrere Persönlichkeiten durchlebt, und ich nahm an, daß sie ziemlich geschafft war.

»Was erinnern Sie aus Ihrer Vorschulzeit?«

»Nichts.« Sie schien verlegen, wie jemand, der ohne Führerschein von einem Polizisten angehalten wurde. Wahrscheinlich ist Gedächtnisverlust ähnlich peinlich wie der Verlust des Führerscheins.

»Gar nichts?«

»Nichts.« Wieder sah sie auf ihre Krawatte hinunter.

»Weihnachten?« hakte ich nach, »Geburtstage?«

»Ich sage doch, rein gar nichts«, beharrte sie. »Es fängt mit der ersten Klasse an.« Sie hielt inne, und ich wartete. Tastend fuhr sie fort: »Selbst da kann ich mich nur an die Schule erinnern, nicht an zu Hause. Meine Erinnerungen daran beginnen erst viel später.«

»Wie waren Sie in der Grundschule?« Wenn die Umstände, die Carrie beschrieb, stimmten, dann war klar, warum Tanya solche Symptome zeigte.

»Ich weiß nicht. Ich hatte nicht viele Freunde, glaube ich. Und ich erinnere mich, daß ich vor einem unserer Lehrer unheimlich Angst hatte. Andauernd hatte ich Alpträume –

einen davon jahrelang. Selbst jetzt noch manchmal. Ein großer Vogel mit schlagenden Flügeln stößt auf mich runter. Dann kommen noch mehr Vögel, und alle hacken auf mich ein. Es ist sogar noch ein bißchen schlimmer. Sie reißen mir Fleischstückchen raus und hauen damit ab, dann kommen sie wieder und holen noch mehr. Hoffentlich bewerten Sie das jetzt nicht über. Ich glaube nicht, daß es was bedeutet.«

Natürlich nicht! Jeder Mensch spaltet sich in verschiedene Persönlichkeiten, greift sich in den Schritt, wenn er einen Mann mit Zigarette sieht und schreit dabei »bereit, bereit«. Abgesehen davon, daß fast jeder seine ganze Kindheit total verdrängt hat – zumindest die daheim – und einen wiederkehrenden Alptraum hat, in dem ihm Fleischstücke aus dem Leib gerissen werden. Natürlich alles kein Grund, dem irgendeine Bedeutung beizumessen.

»Aber es ist dann besser geworden.« Tanya schien bemüht, mich zu beruhigen. »Wirklich.«

Sie hatte meine Skepsis richtig gedeutet. Wenn man bedachte, in was für einem Zustand sie als Erwachsene war, konnte man sich nur schwer vorstellen, daß sich irgend etwas gebessert hatte. »Okay, erzählen Sie mir davon.«

»An viel kann ich mich nicht erinnern. Nur, daß ich weniger Angst hatte. Die Alpträume ließen nach. So ungefähr in der fünften oder sechsten Klasse wurde mir plötzlich klar, daß ich nicht mehr sterben wollte. Es war irgendwie komisch. Ich weiß noch, daß ich dachte, irgendwas würde nicht stimmen, weil das Gefühl, leben zu wollen, so was Wichtiges und Neues für mich war. Davor hatte mich der Wunsch zu sterben so im Bann gehalten, und plötzlich nahm ich ihn kaum noch wahr. Ich habe keine Ahnung, was der Auslöser dafür war.«

»Hat es irgendwelche Veränderungen in Ihrer Familie gegeben? Hat jemand mit Trinken aufgehört, eine Therapie angefangen, kam jemand ins Gefängnis oder so was ähnliches?«

»Nicht, daß ich wüßte.«

»Erinnern Sie sich, ob Ihr Vater plötzlich anders war?«

»Keine Ahnung. Mom und er hatten sich getrennt, als ich zehn oder so war.«

Großer Gott. Was man den Leuten alles aus der Nase ziehen mußte. Ein Kardiologe hatte mir erst kürzlich erzählt, daß keiner, der einen Herzinfarkt hat, raucht. »Früher«, sagen sie alle. »Doch ich habe damit aufgehört.« Dann hat er sich angewöhnt, danach zu fragen, wann sie denn das Laster aufgegeben hätten. »Gestern abend«, antworten sie. Es wurde also besser, als sich Tanyas Eltern trennten. Natürlich kein Grund, diesem Detail irgendeine Bedeutung beizumessen.

»Und wann ist es dann wieder schlimmer geworden?« In Tanyas ursprünglicher Geschichte hatte es geheißen, daß sie mit dreizehn oder vierzehn von ihrem Onkel sexuell mißbraucht worden sei. Von einem möglichen Mißbrauch aus ihrer Kindergartenzeit war mir bis heute nichts bekannt. Es klang aber logisch. Fast niemand entwickelt eine multiple Persönlichkeitsspaltung, wenn er erst während der Jugendzeit mißbraucht worden ist, und – so schlimm Mißbrauch auch in diesem Alter war – in ihrem Fall klang es nicht gravierend genug, um solche Symptome hervorzubringen.

»Jeannie, was ist . . .« Ich brach ab. Warum hatte ich sie nur Jeannie genannt? Jeannie war meine kleine Patientin, die die Puppe erwürgt hatte. Ich haßte es, während der Therapie Fehler zu machen. Wie konnte mir das nur passieren, Tanya mit dem falschen Namen anzureden? Meine Güte, sie hatte nun wirklich genug Persönlichkeiten. Wenn mir also schon so ein Fauxpas passieren mußte, warum kam ich dann auf einen Namen, den sie zufällig nicht hatte?

Ich erwartete nicht, daß sie darüber einfach so hinwegging. Und richtig. »Jeannie? Vielleicht wissen Sie ja mehr als ich, aber ich glaube, hier ist heute keine Jeannie.«

Es überraschte mich nicht, daß ihre Stimme etwas scharf klang. Sie kam sich sowieso wertlos vor. Und jetzt vergaß ihre Therapeutin auch noch ihren Namen . . . »Es tut mir leid, Tanya. Keine Ahnung, wie ich auf Jeannie komme.«

Nachdem sie weg war, dachte ich noch eine Weile darüber nach. Wieso war mir Jeannie rausgerutscht? Anders als die meisten Therapeuten glaube ich nicht, daß jeder Versprecher meiner Patienten gleich eine tiefere Bedeutung hat, aber bei meinen eigenen Fehlleistungen sah das schon anders aus. Was hatten Jeannie und Tanya gemein? Tanya war irgendwann ziemlich offensichtlich einem Sadisten begegnet. Denn nur ein Sadist konnte ein Kind mit einer brennenden Zigarette traktieren, wenn es nicht schnell genug die Beine breit machte.

Der Täter in Jeannies Fall war aber doch angeblich einer von der softeren Sorte gewesen, die zu manipulieren versteht und mit Vertrauensbruch argumentiert. Zumindest hatte Jeannie ihn in dieser Art beschrieben. Aber vielleicht stimmte das ja auch nicht. Denn wenn es zutraf, warum erdrosselte Jeannie dann eine Puppe auf so zwanghafte und eindeutige Art? Ich rief mir die Berichte über Jeannies Täter ins Gedächtnis. Er hatte eine ganze Reihe von Kindern belästigt, aber in keinem Fall war irgendwie von Sadismus die Rede. War mir was entgangen? Schon wieder?

Vielleicht lag die Verbindung zwischen Tanya und Jeannie auch ganz woanders. Mehrfacher Mißbrauch? Viele Leute – mehr als die Öffentlichkeit ahnte – wurden mehrmals im Leben das Opfer von Triebtätern. Wenn ein Kind einmal mißbraucht worden ist, sinkt sein Selbstbewußtsein normalerweise enorm, und es wird dadurch zur leichten Beute. Es sah mir so aus, als wäre Tanya im Vorschulalter einem sadistischen Triebtäter begegnet – vielleicht ihrem Vater – und später, in ihrer Jugend, einem ganz normalen Feld-, Wald- und Wiesen-Pädophilen. War so was Ähnliches auch mit Jeannie passiert? Wie vielen Triebtätern konnte ein Kind in fünf Lebensjahren ausgeliefert sein? Zu vielen, wie ich von einigen meiner anderen kleinen Patienten wußte.

Beiden war es eine Weile gutgegangen, aber jetzt hatte sich ihre Verfassung wieder verschlechtert. Tanyas Zustand war schlimmer geworden, weil ein weiterer Täter ins Bild trat. Lag es bei Jeannie ähnlich? Aber momentan verschlimmerten sich ja mehrere Fälle. Bestand denn die Möglichkeit, daß die Hälfte meiner Patienten von einem neuen Täter belästigt wurde? Nein. Ein unmögliches Zusammentreffen. Nicht alle gleichzeitig. Es sei denn ... Ich erstarrte.

Das Telefon läutete, und geistesabwesend ging ich dran. Hatten die Kinder, deren Zustand sich in letzter Zeit verschlechtert hatte, etwas gemein? Gingen sie in dieselbe Jugendgruppe, oder hatten sie den gleichen Musiklehrer? Nein, ich war mir ziemlich sicher, daß das nicht der Fall war. Sie waren verschieden alt und wohnten in unterschiedlichen Gegenden. Sie hatten nichts gemein außer der Tatsache, daß sie meine Patienten waren.

Ich wurde aus meinen Überlegungen gerissen, als Melissa mir mitteilte, daß mich Gene, der Wachmann aus dem Gefängnis, sprechen wolle. War Sharon etwas passiert? O Gott. Ich wollte nicht noch mehr Hiobsbotschaften. Erwartete mich wieder so ein Anruf wie von Carlotta, als sie mir eröffnete, daß die Kinder tot waren? Gene meldete sich.

»Michael, hier ist Gene«, meldete er sich. »Haben Sie einen Augenblick Zeit?«

»Natürlich«, antwortete ich und hielt den Atem an. »Alles in Ordnung?«

»Ja und nein«, meinte er. »Ich hab eine Schwester im Norden, und es ist ein Wunder, wenn sie nicht demnächst von ihrer vierzehnjährigen Tochter umgebracht wird.«

»Großer Gott, Gene«, seufzte ich. »Sie haben mich zu Tode erschreckt. Ich dachte schon, Sharon sei was passiert.«

»Sharon?« Gene klang verwundert. »Sharon geht's gut. Arthur ist gerade bei ihr.« Die Art, wie er »Arthur« sagte, klang nicht gerade so, als seien die beiden Busenfreunde.

Ich lehnte mich im Stuhl zurück. »Entschuldigen Sie. Erzählen Sie von Ihrer Schwester.«

»Sie ist so ein liebes Mädchen, und sie hat es immer schwer gehabt. Hat uns alle großgezogen, nachdem unsere Mutter krank wurde. Wir waren sechs, und wenn ich mich recht erinnere, hat keiner einen Finger gerührt, um ihr zu helfen. Dann hat sie so ein Arschloch aus dem Flachland geheiratet, der sie verließ, als sie Cheryl bekam. Sie hat das Mädchen ganz allein großgezogen, meistens mit doppelten Schichten in der Ethan-Allen-Fabrik. Man sollte meinen, daß die Kleine dankbar sein müßte, aber nein: Cheryl brüllt sie nur an, bleibt die ganze Nacht weg und hängt mit ihrer Clique rum. Meine Schwester ist mit ihrem Latein am Ende. Ich hab ihr geraten, vor Gericht zu gehen oder zum Jugendamt. Sie braucht doch nur zu sagen, daß sie nicht mit Cheryl fertig wird und sie in ein Heim stecken lassen. Aber sie hört nicht auf mich.«

»Moment mal, Gene, stop. Vielleicht kommt es mal zu so einer Maßnahme, aber das kann doch wirklich nur die letzte Möglichkeit sein.« Irgendwas nagte an mir während des Gesprächs. »Okay, wie kann ich Ihnen helfen? Wenden Sie sich an mich, damit ich mit ihr rede oder sie an jemanden überweise oder was?« Es war Zeit, zur Sache zu kommen. Diffuse Gespräche, die so dahinplätscherten und nie ankamen, konnte ich nicht ausstehen. Für Leute, die nur ihre

Sorgen loswerden wollten, war ich der falsche Gesprächspartner.

»Nein, sie wohnt ja viel zu weit weg und ihr Auto ist im Winter auch nicht gerade sicher. Ich bin bloß der Ansicht, daß die meisten Berater nichts taugen und dachte, daß Sie vielleicht dort oben jemanden kennen, der seinen Arsch von einem Erdloch unterscheiden kann.«

»Und Sie vertrauen einer Empfehlung von Gloria Steinem? Sie haben Glück, daß wir Feministinnen nicht so verrückt sind, wie Sie meinen.«

Ich nannte ihm den Namen einer guten, soliden, praktisch veranlagten Erziehungsberaterin in dem nördlichen Bezirk, dennoch fragte ich mich die ganze Zeit, warum ich mich so unwohl fühlte. Vielleicht lag es nur an der paranoiden Welle, die mich wegen der Verschlechterung des Zustands meiner kleinen Patienten überschwemmte. Vielleicht wurde ich auch wunderlich. Ach, hätte ich nur Carlottas praktisches Wesen.

»Und wann gehen Sie mal mit mir jagen, Michael?« Genes Frage kam unerwartet. »Einer der Jungs sagt, daß er Sie auf dem Schießplatz gesehen hat und daß Sie die Zielscheibe niedergemacht haben.«

»Wenn ein Hirsch auf mich schießt, Gene, dann schieß ich vielleicht zurück. Aber bis dahin herrscht zwischen uns Waffenstillstand.«

»Michael, bitte erzählen Sie mir jetzt nicht, daß Sie Jagen auch nicht leiden können. Wir verringern doch nur den Bestand. Wenn wir es nicht machen, tut es die Natur.«

»Also, wenn ihr Burschen nur den Bestand verringern wollt, dann macht ihr aber etwas falsch. Soviel ich weiß, sucht sich die Natur die alten und kranken Tiere aus. Ihr seid doch aber hinter den Zwölfendern her. Seit wann nützt es dem Bestand, wenn man die Größten und Besten abschießt?«

Ich hatte die Nase gründlich voll von den Leuten, die Mord rechtfertigten. Kein Zweifel, wenn man den Mörder von Andrew und Adrienne schließlich erwischt hatte, würde er ebenfalls eine Entschuldigung parat haben. Das war doch immer so.

Gene gab es auf, und ich hängte ein. Etwas stimmte nicht mit diesem Gespräch. Hatte es mit der Nichte zu tun? Oder betraf es vielleicht Gene?

Ich nahm den Hörer noch mal ab. »Gene«, fragte ich, als ich ihn an der Strippe hatte, »woher kennen Sie eigentlich Arthur?«

»Ich kenne ihn überhaupt nicht. Wie kommen Sie denn darauf?«

»Es hörte sich vorhin so an, als würden Sie ihn kennen. Er kann Ihnen jedoch nicht vom Gefängnis her bekannt sein, weil es sein erster Besuch war.«

»Ich hab keine Ahnung, wieso Sie annehmen, daß es sein erster Besuch war. Er ist zwei- bis dreimal die Woche gekommen, seit sie drin ist.«

Tatsächlich? Merkwürdig. Ich war mir ziemlich sicher, daß er bei unserer Begegnung erwähnt hatte, es sei sein erster Besuch. Was sollte diese Lüge?

Ich legte auf und dachte darüber nach. Warum hatte Arthur behauptet, daß es sein erster Besuch sei? Oder spielte mein Gedächtnis verrückt? Ein Freund von mir witzelte mal, daß man um die Vierzig nicht Alzheimer, sondern »Zeitweiler« habe. Vielleicht hatte mein Gedächtnis »Zeitweiler«, aber eigentlich war ich sicher, daß Arthur von seinem ersten Besuch gesprochen hatte.

Doch das war noch nicht alles. Warum hatte Gene so mißbilligend geklungen, als er auf Arthur zu sprechen kam? Er konnte doch nichts dagegen haben, daß Sharon etwas Zuspruch bekam? Ich rief ihn noch mal an.

»Ehrenwort, Gene, es ist das letzte Mal. Nur noch eine Frage.«

»Kein Problem, Michael. Mit Ihnen würde ich den ganzen Tag plaudern.«

Gene stand irgendwie immer unter Strom, wenn er mit mir sprach. Ich spürte förmlich diese Wellen von Beflissenheit, die von ihm ausgingen. Das war aber auch schon alles. Wie kommt es nur, daß manche Männer so völlig ohne Wärme auf Frauen reagieren – egal, worum es geht? Wahrscheinlich hätte er meinen Kopf am liebsten ausgestopft neben seinen Geweihen gesehen. Und viellcicht nicht nur meinen. »Was halten Sie von Arthur? Mal im Ernst.«

Er schwieg eine Weile. »Ich kenne ihn ja nicht. Er spricht eigentlich kaum einmal mit einem von uns. Ich habe nichts gegen ihn. Es ist nur . . .«

»Nur was?«

»Ja, also, sie ist danach immer ziemlich niedergeschlagen.«

»Inwiefern?«

»Ich weiß auch nicht. Bei jedem anderen Besuch geht es ihr hinterher ganz normal. Sie weint zwar immer und so weiter, aber sie ist nicht verändert. Aber wenn dieser Typ kommt, ist sie fix und fertig, und zwar ziemlich lange. Es fällt allen auf. Sogar die von der Nachtschicht behaupten, daß sie es ihr noch anmerken, wenn er da war. Sie steht nachts viel öfter auf.«

Was hatte das alles zu bedeuten?

26

Völlig geistesabwesend stolperte ich durch den restlichen Tag. Wenn mich meine Patienten für das bezahlen würden, was tatsächlich in einer Sitzung passierte – an Interpretationen, an einfühlsamen Bemerkungen, an Umdeutungen einer Zwangssituation –, dann hätte ich ihnen was zurückzahlen müssen (mal vorausgesetzt, daß es meine unspezifischen Grunzer kostenlos gab). Ich kam mir vor wie auf der High-School, wo meine Gedanken regelmäßig abgeschweift waren und ich immer verzweifelt versucht hatte, diesen Eindruck zu vertuschen. Ich redete mir ein, daß dieser Zustand nicht allein meine Schuld war. Wenn ich angelogen wurde, war es ja wohl völlig in Ordnung, der Lüge nachzugehen – wenn man auch einwenden konnte, daß meine totale Ignoranz allem anderen gegenüber ein bißchen zuviel des Guten war.

Der letzte Patient verließ mich schließlich nach einer Sitzung, die mir wie eine halbe Ewigkeit vorkam. Als ich meine Praxis verließ, war es schon nach sechs, und die psychiatrische Ambulanz war bereits geschlossen. Der Korridor war so still wie der Klang vom »Einhandklatschen«, um es in der Sprache des Zen auszudrücken. Die Stille war genau das richtige für meine Nerven. Manchmal, wenn meine Gedanken rasen, geht es mir besser, wenn die Außenwelt völlig ruhig ist.

Auf dem Weg hinaus sah ich, daß in Marvs Arbeitszimmer das Licht brannte und die Tür etwas offenstand. Bestimmt machte er mal wieder Überstunden, wie üblich. Ich zögerte, dann klopfte ich leise und fühlte mich von Marvs freundlichem »Herein« ermutigt. Genau wie er selbst sah auch sein Arbeitszimmer aus: gemütlich unordentlich. Tabellen und

Akten türmten sich auf seinem Schreibtisch. Die Wände waren mit ein paar kleinen, interessanten Bildern geschmückt, weder zu groß noch zu auffallend, um den Raum zu beherrschen oder die Besucher abzulenken. Eine kleine Bronzefigur stand auf dem Tisch, etwas seitlich hinter dem Stuhl, in dem die Patienten Platz nahmen. Mir war bisher noch nie aufgefallen, daß die kleine Statue so aufgestellt war, daß Marv sie betrachten konnte, ohne dabei ertappt zu werden, wenn er mit seinen Patienten sprach.

Ich weiß nicht, warum ich mich in Marvs Zimmer so wohl fühlte. Es enthielt mehr Zeug als mein gesamter Hausstand. Aber gemütlich ist es dort, wo man sich wohl fühlt, und mit der üblichen Erleichterung sank ich in Marvs Sessel.

»Ein Mann hat mich heute angelogen«, begann ich.

»Na so was«, bemerkte Marv trocken. »Ein Triebtäter oder ein Anwalt?«

»Vielleicht beides«, sagte ich. »Wie wäre es mit Arthur als Mörder?« Ich erzählte Marv von den vielen Besuchen Arthurs im Gefängnis und erörterte, was für und gegen Arthur als Mörder sprach. Von meiner Freudschen Fehlleistung mit Tanya erwähnte ich nichts. Ich wußte nicht, wie ich davon erzählen sollte, denn mir war nicht ganz klar, was ich davon halten sollte. Ich würde das nachholen.

Dann fuhr ich fort. »Alle Kriterien von Adam passen auf ihn. Er kennt sich gut mit dem Fall aus. Er kennt mich ziemlich gut. Er war öfter bei mir in der Praxis und hätte das Buch mitgehen lassen können. Er hatte Kontakt zu den Kindern. Zum Kuckuck, er war schließlich ihr Prozeßbevollmächtiger und verbrachte viel Zeit mit ihnen. Sie wären sicher mitgekommen, wenn er sie abgeholt hätte.«

Marv schien unbeeindruckt. »Aber wie soll er – oder überhaupt jemand außer Nathan oder Sharon – in Sharons verschlossenes Haus reingekommen sein?«

»Keine Ahnung, aber da fällt mir sicher auch noch was ein. Er ist sehr belesen. Er ist der einzige Beteiligte an diesem Fall, von dem ich mit Sicherheit sagen kann, daß er Toni Morrison gelesen hat. Mir ist so, als hätte ich sogar mit ihm darüber geredet.« Vielleicht bildete ich mir das aber auch nur ein, das sagte ich jedoch nicht.

Marv hatte Tee in einer kleinen chinesischen Teekanne aufgebrüht, während ich erzählte. Ich schenkte mir etwas ein, nur um die blaue Tasse mit dem kunstvollen Muster betrachten zu können.

»Ich glaube, du arbeitest zu viel«, sagte er schließlich.

»Wie meinst du das?« fragte ich mißtrauisch.

»Du kennst doch den Spruch von Psychiatern: ›Wenn man Hufschlag hört, soll man nicht gleich nach Zebras Ausschau halten.‹ Du hältst nach Zebras Ausschau.«

»Was für Zebras?«

»Na, Arthur zum Beispiel.«

»Und wer ist das Pferd?«

»Nathan. Er ist doch der Naheliegendste. Er mißbraucht Kinder und verabscheute seine Exfrau. Vielleicht war er wütend auf die Kleinen, weil sie ihn verraten haben. Die Kinder waren unter seiner Obhut, als sie ermordet wurden. Er hatte wahrscheinlich Zutritt zum Haus seiner Frau. Warum hast du ihn nur so kurz in Erwägung gezogen und dich dann auf Arthur gestürzt? Es weist doch wirklich nicht viel auf ihn.«

»Er hat mich angelogen.«

»Töricht.« Marv lächelte ironisch. »Aber kein Beweis, daß er zu Mord fähig ist. Selbstmord vielleicht, aber nicht Mord. Wahrscheinlich hatte er seine Gründe, dich anzulügen. Außerdem, wo besteht deiner Ansicht nach der Zusammenhang zwischen seinen Gefängnisbesuchen und dem Mord an den Kindern?«

»Ich weiß nicht.«

»Das müßte erst mal bewiesen werden, finde ich. Also, warum hast du Nathan so rasch fallenlassen? Du gibst dir große Mühe, ihn nicht für den Killer halten zu müssen.«

»Das ist doch Blödsinn«, entfuhr es mir. »Ich hoffe sogar, daß er der Killer ist.«

Marv erwiderte nichts. Er nahm einen Schluck Tee und wartete.

Auch ich schwieg und war über mich selbst überrascht. Bis ich es ausgesprochen hatte, war mir nicht klar gewesen, daß es stimmte, was ich da sagte.

»Nathan wäre mir nur zu recht«, wiederholte ich langsam. »Unter uns gesagt, meiner Ansicht nach ist er der reinste Abschaum. Der Scheißkerl hat die Kinder erst mißbraucht, und, nachdem sie ihn verraten haben, hat er sie dann als Lügner hingestellt. Wenn er sie wirklich umgebracht hat, heißt das nur, daß er noch schlimmer ist, als ich dachte. Das ist alles. Ich fühle mich nicht blamiert, wenn er es ist.«

»Und wenn er es nicht ist?« fragte Marv.

»Dann bin ich blind wie eine Fledermaus.« Ich hatte das sichere Gefühl, daß Marv mir weit voraus war, und zwar schon lange. Dennoch sprach ich den nächsten Gedanken aus. »Wenn er es nicht ist, dann muß es jemand sein, den ich kenne, mag oder sonst etwas. Wir beide wissen, daß es kein Fremder ist.«

»Und warum beschuldigst du dann den Gärtner, die Putzfrau oder den Teddy der Kinder?«

»Weil mir persönlich ganz viel daran liegt, daß Nathan es war, deshalb befürchte ich, daß ich nicht objektiv bin.« Ich schwieg abrupt, weil mir plötzlich auffiel, wie idiotisch das klang. Mama hatte zwar angenommen, daß Elrod der Mörder war, nur weil er schlechte Manieren hatte, aber das änderte nichts an der Tatsache, daß er wirklich der Mörder war.

Ich könnte wetten, daß solche Dinge für Mama leichter sind. Ich kann mir einfach nicht vorstellen, daß sie Anfällen von Selbstzweifeln unterliegt oder ihren eigenen Gefühlen nicht traut. Während sie sich vielleicht zu wenig in Frage stellt, tue ich das zu häufig. Vielleicht gehören Zweifel ja auch zu dem Erbgut, das manchmal eine Generation überspringt.

Marv sagte nichts. In seiner Gegenwart konnte Schweigen jedoch so angenehm wie Reden sein. Schließlich beendete ich unser Schweigen mit einem Lachen und schüttelte den Kopf. »Es ist total verrückt. Mama hält jemanden für den Mörder, weil sie ihn nicht leiden kann, und ich will ihn nicht dafür halten, weil ich ihn nicht leiden kann. Ich frage mich manchmal, ob ich nicht genau wie Mama bin, nur mit umgekehrtem Vorzeichen.«

Marv war klug genug, nichts dazu zu bemerken. Genau wie ich wußte er, daß es die Kategorie von Bemerkung war, die einen Streit ausgelöst hätte, wenn sie von einem anderen gekommen wäre – auch wenn mir dieser andere nur zugestimmt hätte.

Er ignorierte sie einfach. »Michael, wir haben noch gar nicht über die Niederlage vor Gericht geredet. Ich wollte dich schon lange fragen, ob du glaubst, daß meine ziemlich erbärmliche Vorstellung der Hauptgrund dafür war.« Ich sah von meinem Tee auf und entdeckte den angespannten Ausdruck auf Marvs Gesicht. Ach du Schreck. Hatte er das mit sich rumgeschleppt? Glaubte er, daß wir den Fall hätten gewinnen können, wenn er nicht gepatzt hätte, oder womöglich, daß die Kinder noch am Leben wären?

»Ganz und gar nicht. Du warst nicht gerade stark in dem Fall, und ich habe auch ein schlechtes Gewissen, daß ich dich da reingezogen habe, aber wegen dir haben wir nicht verloren. Er war nicht zu gewinnen. Man kann nicht mehr tun, als den Leuten die Gelegenheit zu bieten, etwas zu glauben. Wenn sie es von vornherein nicht glauben wollen, dann tun sie es auch in der Folge nicht. Der Richter war voreingenommen. Als er die Wörter ›Sorgerechtsklage‹ und ›Anklage wegen sexuellen Mißbrauchs‹ in einem Atemzug genannt hörte, war er nicht mehr zu überzeugen, egal wie auch die Fakten aussahen.«

Marv seufzte, und die Anspannung wich etwas aus seinem Gesicht. »Ich weiß nicht, wie du das schaffst«, sagte er. »Der Gerichtssaal ist das fürchterlichste, unbarmherzigste, ungerechteste Forum, das ich kenne. Ich weiß nicht, wie es dir gelingt, tagtäglich in den Zeugenstand zu treten. Es kommt mir vor wie russisches Roulette mit richtiger Munition. Wir haben einen Fall, den wir hätten gewinnen müssen, verloren, nur weil der Revolver geladen war. Ich kann nur hoffen, daß ich nie mehr in den Zeugenstand gerufen werde und das schreckliche Bild eines ehemaligen Gouverneurs anglotzen muß.« Marv schauderte bei der Erinnerung an das Gemälde. Es schien ihn mehr aufgeregt zu haben als die Fragen.

Ich lachte. Mir war noch nie aufgefallen, was im Gerichtssaal an den Wänden hing. »Auch wenn das System offensichtliche Mängel aufweist«, erwiderte ich, »ermöglicht es grundsätzlich schon, eine Sache zu einem Gerichtsfall zu machen. Und das macht uns erst zu Menschen.«

Marv zog beide Brauen hoch. »Tatsächlich? Ich dachte eher, es sei umgekehrt.«

»Denk mal darüber nach. Bei jedem anderen Lebewesen auf der Welt gilt das Recht des Stärkeren. Was man fangen kann, darf man fressen. Schon klar, daß die meisten der Ansicht sind, der Löwe müsse ja fressen. Aber entschuldige, das muß das Zebra doch auch. Wieso soll das Leben des Löwen mehr wert sein als das des Zebras? Keine Ahnung. Nur: Niemand in der freien Wildbahn stellt überhaupt die

Frage, ob es fair ist, daß der Löwe sein Leben auf Kosten des Zebras erhält.

Natürlicher Lebenskreis. Quatsch. Alles Walt Disney. Der Löwe frißt die Zebrakuh, wenn sie in der Blüte ihres Lebens steht und zwei Junge hinter ihr im Gras liegen, die verhungern, wenn sie nicht von einem anderen Löwen gefressen werden. Der Löwe stirbt schließlich an Altersschwäche, und ein anderes Zebra ernährt sich von dem Gras, das er gedüngt hat. Aber den toten Löwen schert das doch einen Dreck. Wie man es auch dreht und wendet: Der Löwe hat ein besseres Schicksal.

Die Menschen sind die einzigen Lebewesen, die sich fragen, ob etwas gerecht ist oder nicht. Löwen und Zebras setzen sich nach vollendeter Tat nicht zusammen, um auszuklamüsern, ob der Löwe jemand hätte fressen dürfen oder nicht. Wir versuchen wenigstens – manchmal auch mit Erfolg – die Beutemacher zur Rechenschaft zu ziehen. Du liegst falsch, Marv. Die Natur ist das fürchterlichste, unbarmherzigste, ungerechteste Forum, das es gibt. Vor Gericht zu gehen ist wie Zuckerschlecken, verglichen mit der freien Wildbahn.«

»Michael«, bemerkte Marv mit einem warmen Lächeln, »ich habe mich immer gefragt, was in dir vorgeht.«

»Ach? Und jetzt meinst du es zu wissen?« Ich war etwas beunruhigt bei dem Gedanken, von Marv durchschaut worden zu sein.

»Sagen wir mal, ich hab so eine Ahnung.«

27

Ich hatte das Verlangen, auf irgendwas zu schießen. Ich muß gestehen, daß ich oft Lust habe zu schießen, aber diesmal beschloß ich, etwas dagegen zu unternehmen. Der Schießplatz hatte bis zehn Uhr geöffnet, also fuhr ich hin. Wegen dieser ganzen Mordgeschichte hatte sich etwas in mir aufgestaut, ein Knoten, der sich nicht lösen wollte. Ich konnte ihn nicht entwirren, auch nicht durch reden. Nicht mal eine andere Perspektive half.

Ich stellte mein Auto auf dem Parkplatz neben einem Geländewagen ab. Das war nichts Ungewöhnliches. Auf dem Platz dominierten Geländewagen oder Kleinlaster. Nur gut, daß wir nicht Boxauto spielten: Mein kleiner roter Honda nahm sich zwischen den anderen Wagen wie ein Zwerg aus. Einige der Brummer hatten Räder, die so groß waren wie mein Auto.

Ich nahm meine 66 357er Magnum aus dem Handschuhfach – seit einiger Zeit führte ich sie wieder ständig mit. Die meisten stellen sich unter einer Magnum eine Riesenkanone vor, aber meine war nur etwa so groß wie meine Hand. Ich hab sogar schon mal eine Fünfundvierziger gesehen, die noch kleiner war – kaum größer als meine Handfläche – aber je kürzer der Lauf, desto geringer war der Sichtradius, und desto schwieriger war es zu zielen. Ich hatte allerdings sowieso nicht vor, aus weiter Entfernung auf jemanden zu schießen: Die Person, die mich bedrohte, würde sich wohl eher im selben Zimmer aufhalten. Trotzdem: Wenn die Situation so ernst würde, daß ich den Abzug ziehen mußte, wollte ich nicht danebenschießen.

Dann war da noch die Sache mit dem Rückstoß. Je kleiner der Revolver, desto heftiger ist er. Selbst mein Typ einer

Magnum hatte eine so kräftige Stoßwirkung bei 357er Munition, daß ich eher geneigt war, Kaliber 38 Special Plus P. zu verwenden.

Meine Beziehung zu Waffen ist mir selbst nicht ganz klar. Die 357er lag gut in meiner Hand. Das Gewicht stimmte. Die Rundung des Stahlgehäuses fühlte sich gut an. Wie gesagt: Ich mag Revolver, fühle mich wohl damit – was eigentlich unverständlich ist, wo ich Gewalt doch eigentlich nicht ausstehen kann.

Ich betrat den Vorraum der Halle mit den Schießständen und atmete den scharfen, bitteren Geruch der abgefeuerten Munition ein. Über den Bahnen hinten hing ein leichter, blauer Dunst, der bestimmt fast genauso krebserregend wie Asbest war. Dennoch mochte ich diesen Duft. Außerdem roch es leicht nach Ammoniak von den Reinigungsmitteln, die hier verwendet wurden, und vor allem nach Zigarettenqualm. Er schwebte ebenfalls als dichter blauer Schleier über der ganzen Halle. Darauf konnte ich allerdings verzichten. Sogar hier im Vorraum war der Lärm, der von den Bahnen ausging, beträchtlich.

Vor mir lag die Empfangstheke und daneben ein kleiner Wartebereich. In den abgewetzten Sesseln saßen zwei junge Frauen und sahen fern. Dem Kleinkind, das auf dem völlig verdreckten Boden spielte, schenkten sie keinerlei Beachtung. Die ganze Szene störte mich. Was zum Teufel hatte ein Kind um diese späte Stunde hier verloren, bei all dem Lärm und Zigarettengestank? Es gehörte nach Hause ins Bett. Gott schickte wahrlich nicht nur denen Kinder, die sie verdienten. Und warum saßen die beiden Frauen eigentlich hier, während sich ihre Männer im Schießstand aufhielten? Was glaubten sie denn, wer in Gefahr war – die Männer?

Wahrscheinlich handelte es sich um die Neuengland-Version einer Ehe. Die Frau hatte eine feste Anstellung. Der

Mann jobbte gelegentlich in der Landwirtschaft, als Holzfäller oder auf dem Bau, wenn er was bekam. Er zahlte die Raten für den Pick-up-Laster, sie den Rest, nämlich das Haus, das Schneemobil, das Motorrad, den Videorecorder, das Haushaltsgeld und, ohne Zweifel, auch die Knarren. Oje, heute konnte es mir wohl keiner recht machen. Mir kam dieser alte Janis-Joplin-Song in den Sinn: »And I don't like anybody very much.«

Ich trat an die Theke. »Guten Abend, Michael«, sagte der Typ dahinter. »Sie haben Glück. Eine Bahn ist noch frei.«

Revolver und Munition hatte ich dabei, aber ich lieh mir Ohrenschützer aus und kaufte ein paar Zielscheiben. Es gab Rundscheiben oder menschliche Silhouetten. Eigentlich waren mir Rundscheiben lieber. Mir war irgendwie nicht wohl dabei, auf eine menschliche Gestalt zu zielen. Aber warum sollte ich mir was vormachen? Frauen kaufen Knarren, um sich vor verrückten Männern zu schützen. Wenn ich jemals auf eine Person schießen müßte, wollte ich auch instinktiv auf den richtigen Körperteil zielen können. Erfahrungsgemäß mußte man eine Sache drei- bis fünftausend Mal wiederholen, bis sie automatisiert ablief, und so oft hatte ich noch lange nicht auf Silhouetten gezielt.

Ich setzte die Ohrenschützer auf und öffnete die Tür zu den Bahnen. Der Lärm, der schon im Vorraum beträchtlich war, wäre ohne Schutz ohrenbetäubend gewesen. Mir gefiel an den Bahnen am meisten, daß sie zu laut für eine Unterhaltung waren. Für mich der ideale Ort, wenn meine Mißgelauntheit ein fortgeschrittenes Stadium erreicht hat. Ich ging hinter den Schützen durch auf Bahn vier und drückte den Knopf in der Wand. Der Clip zum Anklemmen der Zielscheibe erschien, und ich hängte die erste Silhouette auf. Ich betätigte den Knopf erneut, und die Zielscheibe glitt ans Ende der Bahn.

Ich nahm die Magnum aus dem Halfter und lud die einzige Kammer, die noch nicht bestückt war. Ich ließ immer eine leer, und zwar so, daß diese nach oben schaute. Das war eine Art Kompromiß. Auf der einen Seite wollte ich, wenn ich die Knarre mal benötigte, nicht erst laden müssen. Andererseits war ich trotzdem nicht bereit, ständig mit einer schußbereiten Waffe rumzulaufen.

Ich hob den Revolver mit beiden Händen und gestreckten Armen hoch und hielt ihn ruhig. Ich konzentrierte mich auf das vordere Visier und stimmte es mit dem hinteren ab. Das Anvisieren war eigentlich einfach. Die kleine Erhöhung vorne mußte genau mit der Kerbe hinten am Lauf übereinstimmen. Bei jedem Durchatmen geriet diese Deckungsgleichheit jedoch wieder ins Wanken.

Es heißt, daß Olympiaschützen den Abzug zwischen zwei Herzschlägen betätigen können. Davon war ich natürlich noch meilenweit entfernt. Ich konnte nur zwischen zwei Atemzügen abdrücken. Langsam zog ich den Abzug bis auf den Bruchteil eines Zentimeters zurück, justierte das Visier nochmals, bevor endlich der Schuß losging. Ich schoß sechsmal hintereinander, immer mit ein paar Sekunden Abstand. Ein Wyatt Earp war ich nicht gerade: Ich schoß nicht besonders fix, denn es brachte ja nichts, schnell und dafür schlampig zu schießen. Ich würde mit der Zeit schon noch schneller werden.

Ich drückte wieder auf den Knopf und wartete auf die Zielscheibe. Alle sechs Schüsse hatten ungefähr eine Fläche von der Größe meiner Hand getroffen, und alle waren ziemlich genau in der Herzgegend eingeschlagen. Ich erschauerte. Vielleicht sollte ich mir doch lieber runde Zielscheiben besorgen. Die Silhouetten waren mir bisher irgendwie nie so echt vorgekommen, und ich hatte mir deshalb keine Gedanken darüber gemacht. Aber diesmal war mir, als würde ich tatsächlich üben, um auf eine Person zu schießen.

Eine halbe Stunde reichte hin. Da ich nicht so oft trainiere, wird mein Abzugfinger ziemlich schnell müde, vor allem weil ich mich sonst eigentlich immer nur auf Doppelschüsse beschränkt hatte. Außerdem hatte ich ja auch nicht vor, in einer großen Schießerei mit zu ballern, die länger als eine halbe Stunde dauern würde. Als ich meine Ohrenschützer abgab, bemerkte ich, daß der Typ am Empfang meine Zielscheibe anstarrte. Ich schaute mich um. Die beiden Frauen waren jetzt endlich weg. Was wohl aber nicht hieß, daß sich jetzt jemand über das Kleine beugte und es in Schlaf wiegte. Ein paar Männer standen herum und unterhielten sich, zwei davon sahen mich neugierig an. Komisch irgendwie. Ich habe noch nie jemanden auf dem Schießplatz kennengelernt.

Ich machte mich auf den Weg zum Auto. Der Revolver steckte sicher in meiner Gürteltasche. Traurig aber wahr, daß bei Nacht nur diejenige Frau einen verlassenen Parkplatz ohne Angst überqueren konnte, die eine geladene Waffe bei sich hatte. Aber auch ein geladener Revolver hilft nur bis zu einem gewissen Grad. Man ist deshalb nicht weniger traurig oder wütend über den Zustand der Welt. Aber wenigstens fühlt man sich nicht so hilflos und verängstigt. Um noch mal Janis Joplin zu zitieren: »That was good enough for me.«

Ich stieg in den Wagen und fuhr los. Der heutige Tag nagte nicht mehr an mir. Das Schießen hatte meine Nerven beruhigt. Das Konzentrieren und Stillhalten, das man benötigte, um gut zu treffen, hatte etwas Zen-artiges. Genaugenommen half mir jede Art von Konzentration, meine grauen Zellen zu regenerieren. Jetzt mußte ich nur noch eine Weile im Whirlpool liegen und durch das Laub den Mond betrachten. Was hatten wir eigentlich für einen Mond? Ich stoppte an einer roten Ampel und hielt durch das Autofenster nach dem

Mond Ausschau. Dem Wagen, der neben mir in der linken Spur anhielt, schenkte ich keinerlei Beachtung.

Auch als er das Fenster runterließ, reagierte ich nicht. Es dauerte sogar eine Sekunde, bis ich bemerkte, daß jemand nach mir rief. Verschollen im Weltraum. Als ich mich schließlich umdrehte, fühlte ich, wie sich alle Muskeln in meinem Körper verkrampften. Langsam kurbelte ich das Fenster runter.

»Dr. Stone, wie ich höre, haben Sie im Krankenhaus Nachforschungen über mich angestellt. Ich wollte Sie nur folgendes wissen lassen: Wenn Sie etwas sagen oder tun, was mich verleumdet oder meinen Ruf schädigt, dann verklage ich Sie bis zur letzten Instanz. Und Rufmord bedeutet für einen Chirurgen Einkommenseinbuße, mit anderen Worten, ich verklage Sie auf Schadensersatz.«

Ich sah zu Nathan rüber. Zu meinem Erstaunen saßen zwei Kinder bei ihm im Wagen. Ich hatte das Verlangen, den kleinen Jungen neben ihm anzusehen, aber ich hielt den Blick fest auf Nathan gerichtet. Aus den Augenwinkeln konnte ich immerhin feststellen, daß der Junge ungefähr sechs oder sieben war, braune Haare hatte und Augen wie kleine dunkle Teiche. Sein Gesicht war ausdruckslos – ohne ein Leuchten, ohne eine Spur von Lebhaftigkeit. Vielleicht war er müde oder krank. Vielleicht litt er auch an Dissoziation. Er sah zwischen mir und Nathan hin und her, ohne seinen starren Gesichtsausdruck zu verändern. Man hätte nicht mal sagen können, wen von uns beiden er kannte. Vom Rücksitz lehnte sich ein etwa neun- oder zehnjähriges Mädchen nach vorne. Sie starrte Nathan mit leicht geöffnetem Mund an. Vielleicht hatte sie ihn bisher noch nicht wütend erlebt. Ich hoffte es für sie.

Dieser Scheißkerl. Seine Hand lag auf der Rücklehne des Sitzes, nur wenige Zentimeter von dem Jungen entfernt.

Diese Begegnung war nicht zufällig, sondern der gottverdammte Narzißmus von Triebtätern.

»Leiten Sie doch so viele Verfahren ein, wie Sie für nötig halten«, entgegnete ich und versuchte, so nüchtern und unbeeindruckt wie möglich zu klingen. »Das ist Ihre Angelegenheit. Wenn sich dieser Fall noch lange genug hinzieht, kann ich nur hoffen, daß jemand auftaucht, der meine Theorie unterstützt. Irgendwann reden sie alle. In fünf Jahren, in zehn Jahren, früher oder später rücken sie damit raus.« Nun sah ich den Jungen doch direkt an. »Wenn dich dieser Mann auf eine Weise berührt, die dir nicht recht ist, dann erzähl es jemandem. Erzähl es so lange, bis dir irgendeiner glaubt.« Die letzten Worte hatte ich kaum ausgesprochen, da gab Nathan Gas. Ich konnte noch sehen, wie sich das Mädchen auf dem Rücksitz nach mir umdrehte, während der Wagen davonschoß. Sie sah mich an, bis sie außer Sicht war.

Seelenfrieden ist mitunter eine flüchtige Sache. Meiner jedenfalls entschwand mit Nathans Wagen. Wessen Kinder das wohl waren? Hatte er schon eine neue Freundin? Seine Kinder waren kaum unter der Erde, und schon fuhr er mit neuen Kindern durch die Gegend, was nur bedeuten konnte, daß er sich bereits einschmeichelte, wenn er sie nicht sogar schon belästigt hatte. Sharon verweigerte noch immer das Essen, und ihr Exmann startete schon wieder seine fiesen Sachen. Vielleicht hatte Marv ja recht. Vielleicht hatte dieser Kerl sie umgebracht. Aber was konnte ich tun? Allein der Gedanke, daß er ungeschoren davonkam, machte mich verrückt.

Während ich heimfuhr, war ich wie besessen von dem Fall. Die ganze Zeit hatte ich gegrübelt, wer der Täter sein könnte, aber ich hatte mir nie überlegt, was passierte, wenn ich es herausfand. Wie schrecklich, wenn ich am Ende feststellte, daß es Nathan war – und ihm dennoch nichts passieren würde. Noch schlimmer, wenn er wußte, daß es mir klar war und mich deswegen verhöhnte. Dazu kam, daß wir beide am Klinikum arbeiteten und ich mich ihm nicht entziehen konnte. Die Vorstellung, mit jemandem unter demselben Dach zu arbeiten, der seine Hände um den Hals eines Kindes gelegt hatte, war fürchterlich. Vielleicht sollte ich noch mal mit Adam reden. Ich wollte unbedingt von ihm hören, daß sie Fortschritte in dem Fall machten.

Ich bog in die Einfahrt, fuhr aber noch mal ein Stück zurück. Ein Kuvert schaute zur Hälfte aus meinem Briefkasten. Was machte dieser Umschlag dort? Meine ganze Post kommt zu Carlottas Haus. Kaum jemand hatte meine neue Privatadresse. Nicht mal Werbung landet hier.

Ich schaltete die Innenbeleuchtung ein und starrte den Umschlag an. Der Absender bestand lediglich aus Initialen, die in die obere linke Ecke gesetzt waren. Sie waren betont sauber hingeschrieben, fast eher in Zier- als in Handschrift. Ich wußte, von wem sie kamen. Willy hatte mich einmal einige seiner Tagebücher lesen lassen. Seine Handschrift war unverkennbar.

Dieser Tag wurde Stunde um Stunde schrecklicher. Sharon sah aus wie eine Auschwitz-Überlebende. Arthur hatte mich aus unerklärlichen Gründen angelogen. In irgendeiner Ecke meines Hirns spukte eine Frau herum, die sich für eine Dreijährige hielt und murmelte: »Bereit, bereit, bereit.« Nathan belästigte wieder Kinder und wollte, daß ich es wußte. Und zu guter Letzt meldete sich jetzt auch noch Willy. Was hatte er mir zu sagen? Lustlos riß ich den Umschlag auf, obwohl es sicher klüger gewesen wäre, damit bis zum nächsten Tag zu warten. Doch ich gehörte nun mal zu der Sorte Frau, die aufs Gas drückte, wenn Kreuzungen in Sicht kamen.

»Dr. Michael, ich habe mir erlaubt, Ihnen zu schreiben, weil ich glaube, daß ich Informationen habe, die im Hinblick auf den Southworth-Fall für Sie von einigem Interesse sein könnten.« Willys Stil war so gestelzt wie seine Handschrift. »Ich würde zu Ihnen kommen, aber die derzeitigen Umstände sind etwas hinderlich. Bitte suchen Sie mich auf, so bald es Ihnen möglich ist.«

Er weiß also, wo ich wohne. Woher hat der Scheißkerl nur meine Adresse? Die kannte doch kaum einer. Und dann noch die Anspielung, daß er kommen würde, wenn er könnte.

Aber er hatte mich beim Wickel. Ich würde hingehen. Es war mir wichtiger zu wissen, wer Adrienne und Andrew auf dem Gewissen hatte, als Willy auszuweichen. Die Chance, daß er tatsächlich was wußte, konnte ich mir einfach nicht entgehen lassen. Großartig, ich beendete meinen Abend in dem Bewußtsein, von einem Sadisten abhängig zu sein.

Ich nahm den Revolver aus dem Halfter und hielt ihn in der Hand, während ich das Haus betrat. Nachdem ich mir einen Eistee gemacht hatte, ging ich auf die Terrasse – den Tee in der einen und die Kanone in der anderen Hand. In letzter Zeit trug ich den Revolver ganz schön viel mit mir herum. Es war auf einmal nicht mehr so gemütlich wie sonst, allein auf dem Land zu leben.

Ich setzte mich in den Schaukelstuhl und blickte hoch. Die Äste der überhängenden Tannen bildeten einen schwarzen Baldachin gegen den mondhellen Himmel. Endlich lag dieser Tag hinter mir. Er war der gültige Beweis des Zenonschen Paradoxes, das folgendes behauptet: Man schafft es einfach nicht, von A nach B zu gelangen, weil man dazu erst die Hälfte der Strecke zurücklegen muß, und um dieses Teilstück zu bewältigen, muß man wiederum erst die Hälfte von der nächsten Hälfte schaffen und so weiter und so fort. Theoretisch hören also die Hälften nie auf. Kurz, der Tag hatte Jahrzehnte gedauert.

Der Bach suchte sich murmelnd seinen Weg durch die Steine, und ich wartete darauf, daß der Druck in meinem Kopf endlich nachließ. Der Spitzenbaldachin über mir, die Brise, die mein Gesicht streichelte, das Geräusch des Baches – näher konnte ich dem gelobten Land doch wirklich nicht mehr kommen.

Ich wartete. Es dauerte eine ganze Weile, bis mir klar wurde, daß das nichts brachte. Nicht nur mein Kopf – mein ganzer Körper war so angespannt, daß ich bestimmt wie ein Ball abgeprallt wäre, wenn ich jetzt versucht hätte, mich hinzulegen. Manche Dinge kann man einfach nicht wegschießen oder wegstreicheln.

Ich ging ins Haus und nahm den Telefonhörer ab. Es war noch nicht allzu spät. »Carlotta«, sagte ich, als sie endlich dranging. »Weißt du, was Freeman Dysons Job im Zweiten Weltkrieg war?«

»Nicht direkt. Wer ist überhaupt Freeman Dyson?«

»Ein Physiker. Ein echt kluger Weltklassephysiker. Er mußte Berechnungen anstellen, in welchem Abstand die britischen Bomber fliegen konnten. Je enger aneinander sie flogen, desto mehr Unfälle gab es durch Zusammenstöße. Je weiter weg sie voneinander waren, desto leichter fiel es den Deutschen sie abzuschießen. Er mußte entscheiden, welchen Abstand sie hielten. Scheißjob.«

»Und was heißt das konkret für dich?« wunderte sich Carlotta. Sie hatte ganz offensichtlich nicht ihre übliche Geduld mit mir.

»Willy«, erwiderte ich. »Es hat was mit Willy zu tun und wie nahe man einer Schlange kommen darf, um eine andere zu fangen. Nur glaube ich, daß ich nicht so clever wie Freeman Dyson bin.«

»Du mußt ja auch nicht so clever wie Freeman Dyson sein«, klärte mich Carlotta auf, »du mußt nur so clever wie Willy sein.«

Vielleicht war es der Tag, der hinter mir lag. Das klang nämlich auch nicht gerade aufbauend.

28

Ich fuhr aus dem Schlaf hoch. In der Nacht war mir etwas eingefallen. Was war es noch gleich? Ich sprang aus dem Bett und rannte nach unten in die Küche. Meine Güte. Natürlich! Auf der Spüle stand eine Kaffeetasse. Nur daß ich sie dort nicht hingestellt hatte. In meinem Haushalt gab es nicht mehr als vier Kaffeetassen, und ich nahm immer dieselbe – meine Lieblingstasse, die mir Carlotta einmal geschenkt hatte. Ich hatte sie gestern morgen gefüllt und sie mitgenommen. Ich war sicher, daß ich nichts auf der Spüle gelassen hatte, als ich das Haus verließ.

Ich setzte mich hin und versuchte nachzudenken. Wie kam es, daß ich sie gestern abend nicht bemerkt hatte? Ich war in der Küche gewesen, um mir Eistee zu machen, und die Tasse hatte dort gestanden. Mein Unterbewußtsein hatte sie ganz eindeutig wahrgenommen, denn beim Aufwachen war sie mir ja eingefallen. Aber mein Bewußtsein hatte sie einfach verdrängt. Und ich halte mich für paranoid? Ich bin nicht mal so wachsam, um ohne Eskorte über die Straße zu dürfen.

Ich griff zum Telefon. Der Anruf war lächerlich. Carlotta hatte einen Schlüssel, aber sie würde niemals bei mir reinschauen, ohne eine Nachricht zu hinterlassen. Trotzdem rief ich sie an. Das Telefon klingelte eine Ewigkeit, dann hörte ich ihre verschlafene Stimme. »Von zu viel Schlaf kriegt man Krebs«, warnte ich sie.

»Na prima, daß ich eine Freundin wie dich habe«, bedankte sie sich gähnend. »Ich werde steinalt.«

»Hast du gestern zufällig bei mir reingeschaut?«

»Nein, warum fragst du?« Carlottas Stimme war auf einmal hellwach.

Ich machte einen Rückzug, untertrieb und spielte die Sache runter. Es half nichts. Carlotta gefiel das Ganze überhaupt nicht, und zweifellos würde sie mich in der nächsten Zeit zu Tode bemuttern.

Ein paar Minuten später beschloß ich, es bei Jack zu versuchen. Warum zu Teufel auch nicht. Vielleicht hatte ich ihm in einem Anfall von geistiger Umnachtung einen Schlüssel geliehen und erinnerte mich nicht mehr daran. Ich piepste ihn direkt im Krankenhaus an. Alle Ärzte hatten Piepser, und es war privater, als auf der Inneren anzurufen und nach ihm zu fragen. Wenn es sich nicht um Patienten handelt, rufen Ärzte immer sofort zurück.

Vielleicht konnte ich diesmal geschickter vorgehen. »Hi, Jack«, sagte ich. »Hast du einen Augenblick Zeit?«

»Sicher.« Jacks Stimme klang etwas beunruhigt. Ich weiß nicht, was er befürchtete.

»Ich hab gestern in der Klinik rumgeschnüffelt, um etwas über Nathan rauszukriegen. Ich bekomme ihn einfach nicht in den Griff. Angeblich ist er der liebenswürdigste Mann der Welt. Und doch hat mir eine der Schwestern erzählt, daß sie mal miterlebt hat, wie er seine Frau anschrie. Sie glaubte, daß Nathan kurz davor war, seine Gattin zusammenzuprügeln. Wie gut kennst du ihn? Kannst du mir was über ihn sagen?«

»Ich hab ab und zu mit ihm zusammengearbeitet. Er ist fachlich absolut kompetent. Aber . . .«

»Aber was?«

»Ehrlich gesagt, ich weiß nicht, was ich von ihm halten soll. Er ist ungeheuer höflich, fast unterwürfig, Frauen gegenüber, aber auf der Herrentoilette oder im Umkleideraum macht er unglaublich feindselige und gemeine Witze über sie. Diese beiden Seiten von Nathan passen irgendwie nicht zusammen.« Natürlich nicht. Zumindest nicht für jemanden, der von Triebtätern keine Ahnung hatte. Und Jack wußte nichts davon, denn er ließ mich nie davon erzählen. Er glaubte, daß das Triebtäter-Problem sich von allein erledigte, indem man es ganz einfach ignorierte. Je weniger man über Triebtäter sprach, um so besser, fand Jack.

Jack klang jetzt entspannter, und das machte es auch mir leichter. In beruflichen Dingen kamen wir immer sehr gut miteinander aus. So hatte ja auch alles angefangen zwischen uns – mit einem gemeinsamen Fall. Ich mochte Jack. Es war doch kein Verbrechen, mit einem ins Bett zu hüpfen, den man mochte. Steht vielleicht in den Zehn Geboten, daß man jemanden lieben muß, um mit ihm zu schlafen? Trotzdem hatte ich jetzt jedesmal Schuldgefühle, wenn ich mit Jack redete. Ihm war es inzwischen ernst und mir nicht, deshalb kam ich mir mies vor.

Ich hörte ihm wieder zu und merkte, daß Jack immer noch seine Reaktion auf Nathan zu erklären versuchte. »Ich kenne eine Menge Männer, die irgendwie so ähnlich sind. Aber so kraß habe ich die beiden Seiten noch nie bei einer Person erlebt. Es war mir immer unangenehm. Ich weiß nicht, welches der echte Nathan ist. Vielleicht ist er ein netter Kerl, der glaubt, daß sein Pimmel zu klein ist und deshalb im Umkleideraum den Macho raushängen läßt. Oder er mag Frauen eigentlich nicht und überkompensiert, wenn sie in der Nähe sind. Keine Ahnung. Das ist doch mehr deine Baustelle. Hilft dir irgendwas von dem weiter?«

»Ja. Ich glaube, daß das Entscheidende ist, was er über Frauen denkt. Übrigens«, fragte ich ganz nebenbei, »hast du gestern zufällig reingeschaut?«

»Wo reingeschaut?«

»Hier bei mir.« Es folgte Schweigen.

»Wie kommst du darauf?«

»Ach, es ist eigentlich nichts. Es hat nur so ausgesehen, als ob jemand hier war.«

»Wie meinst du das, es hat so ausgesehen, als ob jemand hier war?«

»Unwichtig, ich sag's doch. Ich wollte nur wissen, ob du da warst.« Jack schwieg. »Wirklich keine wichtige Sache. Mein Gedächtnis ist in letzter Zeit wie ein Sieb. Es stand Geschirr auf der Spüle, und ich kann mich nicht erinnern, es dort gelassen zu haben.«

»Auf der Spüle? Das klingt aber gar nicht nach dir. Hast du Carlotta gefragt?«

»Ja. Sie war es nicht.«

»Schließt du das Haus nicht ab?«

»Natürlich schließ ich ab.« Meistens wenigstens. Ich erwähnte nicht, daß ich es damit bis zum Tod der Kinder nicht so genau genommen hatte. Ich hab mein Haus, sagen wir mal, fast immer abgeschlossen. »Hör mal, ich hab' dir doch schon erklärt, daß es unwichtig ist. Wahrscheinlich spielt mein Gedächtnis verrückt.«

Es folgte eine weitere Pause.

»Ich halte dich nicht gerade für einen hysterischen Typ. Am besten ich komme und bleibe ein paar Tage bei dir. Ich kann auch auf der Couch schlafen, wenn dir das lieber ist.«

Jetzt war es an mir zu schweigen. Einen Augenblick lang. »Und deine Ehe? So was täte deiner Ehe nicht gerade gut.«

»Meiner Ehe tut gar nichts gut. Das Entscheidende ist doch, daß es jemanden gibt, dem es kein Problem bereitet hat, zwei Kinder zu ermorden, denen du ziemlich nahegestanden hast. Vielleicht glaubt er, du weißt was.« Ich hatte Jack schon lange nicht mehr so erlebt. Genauso war er, wenn es einem Patienten schlechtging: klar, entschlossen und bestimmt. Zwischen uns war es seit kurzem so verworren und verschwommen geworden, daß ich diese Seite an ihm ganz aus den Augen verloren hatte.

»Jetzt übertreib mal nicht. Wenn der Killer in meinem Haus gewesen sein sollte, glaubst du, er hätte eine Tasse rumstehen lassen?« In Wirklichkeit fielen mir gleich ein paar Leute ein, die eine Tasse stehen lassen würden. Ich kannte den Typ von Täter, der bewußt darauf aus war, daß man merkte, wenn er einen ausgetrickst hatte. Ich war ihm in all den Jahren mehr als einmal begegnet. Solche Täter sahen es als eine Art Visitenkarte an, etwas Unordnung zurückzulassen.

Ich legte auf und starrte das Telefon eine Weile an. Eine Visitenkarte. Es paßte zu Willy. Spontan griff ich zum Hörer und begann, die Nummer vom Gefängnis zu wählen. Dann hielt ich inne und legte wieder auf. Was war nur los mit mir? Wonach wollte ich mich denn erkundigen – ob Willy letzte Nacht ausgebrochen war? Wenn er aus irgendeinem Grund Freigang gehabt hätte, wäre mir das zu Ohren gekommen. Ich setzte mich langsam. Allmählich wurde ich doch hysterisch. Ich mußte ein bißchen nachdenken.

Es konnte Willy gewesen sein. Passen tat es jedenfalls zu ihm. Und er mußte es ja nicht selbst ausgeführt haben. Es gab keinen einzigen logischen Grund auf der ganzen Welt, daß Willy mir auflauerte außer der kleinen Tatsache, daß er zu jeglicher Art von Zuneigung unfähig war und daß die Angst anderer Menschen riesige chemische Explosionen in seinem Hirn verursachte. Der Trip, den das bei ihm auslöste, war Grund genug. »Besser als Crack«, hatte er einmal geschwärmt, »besser als Kokain.« Die Tatsache, daß er auf meinen Besuch drang, paßte dazu. Leuten angst zu machen brachte nichts, wenn man nicht ihre Reaktion verfolgen konnte. Na klasse, wenn ich Willys neuestes Projekt war, hatte ich mir ganz schön was aufgeladen.

Andererseits, wenn Jack recht hatte und der Killer befürchtete, daß ich irgend etwas wußte – was leider gar nicht der Fall war –, dann war ich möglicherweise noch schlimmer dran. Vertrackte Lage. Meine letzte Hoffnung war noch, daß ich an frühzeitiger Vergreisung litt und die Tasse selbst stehengelassen hatte.

Ich erhob mich und ging durch das Haus, was ich so lange wie möglich rausgezögert hatte. Ich mußte herausfinden, ob sonst noch etwas verändert war, und danach stand mir nicht gerade der Sinn.

Mit angehaltenem Atem untersuchte ich alles. Ein echter Vorteil, nur zweihundertfünfzig Dinge zu haben, wenn man den Atem anhält, während man alle überprüft.

Nichts sah verändert aus. Aber immerhin hatte es das auch nicht getan, als die Seite aus dem Buch gerissen worden war. Sie hätte tatsächlich – soviel mußte ich mir eingestehen – aus dem Haus entwendet werden können. Wenn das stimmte, dann hatte er es sich vielleicht schon zur Gewohnheit gemacht, bei mir reinzuschauen. Ein wirklich beruhigender Gedanke.

Jeder braucht doch einen Ort, der unangetastet bleibt. Es gibt Glückspilze, die ihn in sich tragen. Vor Jordans Tod war das auch bei mir so gewesen. Dann hatte der Kummer die innere Kammer zerstört, und dieses kleine Haus war zu meiner Zuflucht geworden. Ich ließ keine Post herkommen. Ich konnte die Leute, die mich hier besuchen durften, an den Fingern einer Hand abzählen. Die meisten wußten nicht mal, daß es existierte. Hier hörte die Außenwelt auf. Und jetzt war jemand irgendwie eingedrungen – vielleicht sogar mehrmals – und hatte mir damit eins ausgewischt. Oder aber meine grauen Zellen spielten endgültig verrückt . . .

Nichts zu ändern. Carlotta wollte bestimmt, daß ich eine Weile zu ihr zog. Oder Jack hatte vor, eine Weile zu mir zu ziehen. Aber beides kam nicht in Frage. Die ganze Angelegenheit spielte natürlich meiner schlimmsten Schwäche in die Hände. Harmlos wie ein Paradesoldat marschierte ich in voller Montur und ohne Deckung weiter. Mein Gegner – und es schien immer wahrscheinlicher, daß es ihn gab – war offensichtlich ein Heckenschütze. Die Erfolgsquote von Paradesoldaten im Duell gegen Heckenschützen war – das sagte die Erfahrung – nicht gerade umwerfend.

29

Die Fahrt zum Gefängnis führte bergauf und bergab, vorbei an alten Neuengland-Farmen und Milchgehöften. Nirgends in Vermont war es mehr als hundert Meter lang flach, es ging permanent sanft auf und ab. Die Täler, die man von der Straße aus sah, und die Hügel, zu denen man hinaufblickte – wenn ich in guter Verfassung war, fand ich das alles wunderschön. Doch heute erschien es mir so kitschig wie ein Abziehbild.

Eine Weile lang murrte und schimpfte ich und schmollte vor mich hin. Jede Kleinigkeit ging mir auf die Nerven. Aber irgendwann beschloß ich, alles abzuschütteln und auf Leerlauf zu schalten. Von dem Gespräch mit Willy hing zu viel ab, um es durch meine Zicken zu verderben. Das gesamte Getriebe mußte jetzt geschmiert laufen, und ich hatte rausgefunden, wie das am besten ging: Indem ich es nicht zu Tode heizte, sondern den Motor einfach eine Weile im Leerlauf ließ. Es blieb noch genug Zeit, um wieder hochzuschalten.

Erst als ich das Haupttor passiert hatte, schmiß ich das Räderwerk in meinem Kopf wieder an. Während ich meine

Autoschlüssel und den Führerschein abgab, beschloß ich, nichts davon zu erwähnen, daß Willys Brief bei mir zu Hause gelandet war. Entweder wußte er, wie weit draußen mein Haus lag und daß kaum jemand meine Adresse kannte, oder er hatte keine Ahnung davon. Wenn letzteres zutraf, dann mußte ich ihn nicht mit der Nase draufstoßen. Wenn er es wußte, wollte ich auf keinen Fall den Eindruck verstärken, daß ich mich dadurch in meiner Privatsphäre verletzt fühlte. Egal was ich sagte, er konnte und würde es gegen mich verwenden.

Der Wachmann am Empfangspult meldete mich im Trakt der Triebtäter an. Willy arbeitete bisweilen im Bildungszentrum, und dort befand er sich auch jetzt. Ich war keineswegs überrascht. Es war der einzige Ort im Gefängnis, wo er Zugang zum Computersystem hatte.

Ich trug mich in der kugelsicheren gläsernen Empfangsloge für das Bildungszentrum ein und begann meinen Marsch durch das Labyrinth der Stahltüren. Erst öffnete sich eine, und ich trat ein. Die Tür schloß sich hinter mir, und eine zweite ging auf. Ich kam mir vor wie in einem langsam vorrückenden Käfigwagen. Vor langer Zeit war man mal auf die schlaue Idee gekommen, daß niemand entkommen konnte – solange immer eine Stahltür den Weg versperrte. Gute Idee. Tatsache ist, aufgrund der Stahltüren, der bewaffneten Wachen, der ausgeklügelten Zellenverriegelungen und des Stacheldrahtes entkommen tatsächlich nicht viele. Es ist im allgemeinen viel leichter, sich über die Bewährungs- oder Gnadeninstanz rauszumogeln, als einen erfolgreichen Ausbruch zu starten.

Auf dem Weg zum Bildungszentrum hatte ich mir eine Strategie zurechtgelegt. Ich entdeckte Willy an einem der Computer und setzte mich ihm gegenüber. »Guten Morgen, Mr. Willy.«

Willy sah auf, als ob er überrascht sei. »Oh, Dr. Michael, Sie sind aber früh auf den Beinen.«

»Ich hab ein volles Programm, Mr. Willy. Und ich wollte mal hören, ob Ihnen noch etwas Sachdienliches zum Southworth-Fall eingefallen ist.« Ich betonte das »ob« ein wenig, was Willy jedoch unbeachtet ließ.

»Sie kommen ohne Umschweife zur Sache, wie immer, Dr. Michael. Lassen Sie sich nie ablenken?«

»Von solchen Bemerkungen jedenfalls nicht.« Ich wartete. Ich überlegte, ob ich auf die Uhr schauen sollte, entschied mich aber dagegen. Man mußte ja nicht gleich übertreiben.

»Ach, wissen Sie, vielleicht sollten wir uns dann lieber weiter unterhalten, wenn Sie mal mehr Zeit haben. Ich muß nämlich ein wenig ausholen und will nichts auslassen, nur weil ich hetzen muß.« Willy lehnte sich zurück und verschränkte die Arme. Jetzt wartete er auf meine Reaktion. Uns war beiden klar, was er damit meinte. »Ich sag dir, was ich dir sagen will – in kleinen Häppchen –, und zwar nur dann, wenn ich Lust dazu habe. Entweder so, oder du gehst.« Das allerdings paßte mir ganz und gar nicht. Ich wollte mich darauf auf keinen Fall einlassen.

»Mr. Willy, wenn Sie mir etwas mitzuteilen haben, dann schießen Sie los, und ich höre Ihnen zu. Und wenn es wichtig genug ist, komme ich gerne zurück, sobald ich mehr Zeit habe, damit wir darüber reden können. Aber ich bin nicht bereit, dauernd die Autobahn rauf und runter zu brettern, nur weil Sie Ihre Mätzchen machen. Und obwohl ich den größten Respekt vor Ihrem Wissen zu dem Thema habe, ist mir eigentlich nicht so recht klar, wie Sie überhaupt etwas Erhellendes zu dem Fall beisteuern können. Sie haben doch nichts außer den Zeitungsberichten.« Meine Achillesferse war vielleicht die sture soldatische Haltung, die von Willy war sein Narzißmus. Er konnte es nicht ertragen, daß ich annahm, er wisse nichts.

»Na gut. Hat er schon Kontakt aufgenommen?« Mein Magen rutschte ein paar Stockwerke tiefer.

»Ich verstehe nicht . . . mit mir?«

Willy nickte. Seine Augen blitzten wie die Gläser in einer Calgonit-Werbung.

»Warum sollte er mit mir in Kontakt treten?« Wenigstens hatte ich meine Stimme unter Kontrolle.

»Er macht es, wenn er es nicht schon getan hat.« Willy wandte sich wieder seinem Computer zu und schlug so ganz nebenbei ein paar Tasten an. »Aber ich habe den Verdacht, daß es bereits geschehen ist. Es hängt alles mit dem Zeitpunkt zusammen. Das Timing war kein Zufall, wissen Sie.«

»Das Timing – wovon?«

»Von den Geschehnissen, den Begegnungen – wie immer Sie es auch nennen wollen.«

»Ich nenne es Mord, Mr. Willy.«

»Wie auch immer.« Willy lehnte sich zurück, legte die Fingerspitzen aneinander und begann zu dozieren.

»Überlegen Sie sich doch mal. Warum wurden die Kinder gerade zu diesem Zeitpunkt umgebracht? So dramatisch. Kaum ist der Gerichtstermin vorbei, da sterben sie. Warum war dieser Zeitpunkt so wichtig? Die einzige Person, dem dies schaden konnte, waren Sie.«

»Mir konnte der Zeitpunkt schaden?«

»Denken Sie nach, Dr. Michael. Was wäre geschehen, wenn er die Kinder vor Ihrer Aussage getötet hätte? Sie wären aus dem Schneider gewesen. Sie hätten sich doch vor Gericht niemals die Blöße gegeben und zugegeben, daß Sie die Mutter für geeignet hielten und daß sie das Sorgerecht bekommen solle. Bedenken Sie weiter, was geschehen wäre, wenn man die Kinder erst zwei Monate später umgebracht hätte. Ihre Aussage wäre seit den ›Geschehnissen‹ schon viel zu sehr in Vergessenheit geraten, um in die Schlagzeilen zu kommen. Nein, die einzige Möglichkeit, Sie zu diskreditieren, bestand darin, die Kinder direkt nach Ihrer Aussage sterben zu lassen.«

»Wirklich interessant, Mr. Willy, aber es hat ja nicht viel gebracht, der Mutter die Schuld in die Schuhe zu schieben. Sicher, sie ist noch im Gefängnis, aber es stellt sich mehr und mehr heraus, daß sie es nicht war.«

»Ich prophezeie Ihnen, Dr. Michael, daß ihre Entlassung auf Seite zehn abgehandelt wird, während ihre Festnahme auf Seite eins stand. Kurz und gut, Ihre Glaubwürdigkeit ist bereits beschädigt worden.«

Wirklich ein aufmunternder Gedanke.

Ich konnte nicht an mich halten. »Aber Sie behaupten doch nicht im Ernst, daß zwei Kinder ermordet worden sind, nur um mich zu diskreditieren?« Ich merkte, daß ich mich an die Armlehnen klammerte. Langsam löste ich wieder die Hände.

»Na, na, Dr. Michael. Was für eine erstaunlich egozentrische Bemerkung. Natürlich nicht. So wichtig sind Sie wiederum auch nicht. Sie hören nicht halb so gut zu, wenn Sie . . . aus der Fassung sind. Ich habe gesagt, der Zeitpunkt wurde gewählt aus dem Wunsch, Sie zu diskreditieren – nicht der Mord.« Er hatte sich tatsächlich die Chance entgehen lassen, mir weh zu tun. Warum, das mußte ich mir später genauer überlegen.

»Das ist ja höchst interessant, Mr. Willy. Aber ich als Zielscheibe – das ist doch eher unwahrscheinlich. Es ist niemand an dem Fall beteiligt, der irgendwas gegen mich hat.« Außer Nathan natürlich, aber das wollte ich vor Willy nicht zugeben.

Willy lachte. »Man braucht keinen bestimmten Anlaß, um etwas gegen Sie zu haben.«

»Wieso nicht?«

»Ihre selbstgerechte Entrüstung, Dr. Michael, Ihr Gefühl von moralischer Überlegenheit, Ihr arrogantes Selbstvertrauen in Ihre eigene Effizienz – alles macht Sie zur idealen Zielscheibe.« In Willys Stimme lag ein gewisser Unterton, der äußerst unangenehm klang. »Aber es gibt übrigens noch eine weitere Möglichkeit – eine, die viel zwingender ist.«

»Und die wäre?«

»Stellen Sie sich vor: Jemand, der Ihnen nahesteht – sehr nahe –, will mit seinen liebgewonnenen Gewohnheiten weitermachen, mit Dingen, die Sie absolut nicht tolerieren können. Bitte sehr! Er muß befürchten, daß Sie eines Tages über seine Aktivitäten stolpern. Immerhin haben Sie mit der gleichen Gruppe von Leuten zu tun wie er – siehe die Southworth-Kinder. Also plant er seinen spektakulärsten Fall so, daß Sie in einer Weise diskreditiert werden, die alle zukünftigen Beschuldigungen ziemlich sinnlos machen würde.«

Ich überlegte. »Und warum sollte er Kontakt aufnehmen?«

»Es würde von ungeheurer Disziplin zeugen zu gewinnen, ohne seinem Gegner klarzumachen, daß man gewonnen hat. Und außerdem wissen Sie ja – oder Sie sollten es inzwischen wissen –, daß im Risiko ein ungeheurer Kitzel liegt. Es erhöht das Empfinden unglaublich. Und wer könnte wohl ein besserer Zuschauer sein als Sie?«

»Die Polizei. Warum nimmt er nicht mit der Polizei Kontakt auf? Der Polizei ein Schnippchen zu schlagen müßte doch mehr Spaß machen als mir.«

»Wohl kaum. Sie sind diejenige, die will, daß er geschnappt wird. Er spielt sein Spielchen mit Ihnen. Also gut, nun seien Sie auch fair. Hat er Kontakt mit Ihnen aufgenommen?«

»Kann schon sein«, antwortete ich.

Während der Rückfahrt dachte ich darüber nach. Es gab noch eine andere Möglichkeit: Willy trieb sein Spiel mit mir. Er konnte jemanden angeheuert haben, der bei mir eingedrungen war. Daraufhin hatte er sich seine Vielleicht-vielleicht-auch-nicht-Geschichte zusammengesponnen. Er macht mir erst eine Heidenangst, dringt in meine Privatsphäre ein, wird dann mein Vertrauter und kontrolliert seinen Erfolg – alles gleichzeitig.

In diesem Fall hatte das Ganze allerdings nichts mit den Morden zu tun, denn Willy hatte die Kinder auf gar keinen Fall getötet. Nicht, daß er es nicht gewollt hätte oder daß es nicht seine Art gewesen wäre, aber Willy wollte selber töten. Dabei zu sein, das war ja gerade das Aufregende für ihn. Wenn Willy jemanden zum Töten angeheuert hätte, wäre das so gewesen, als würde ein normaler Mensch jemanden anheuern, der für ihn mit einem anderen schlief. Sehr unwahrscheinlich.

Aber einer Person den Auftrag zu geben, mir Angst einzujagen, das war was anderes. Der Kick lag darin, meine Reaktion darauf zu verfolgen, daß die Tasse an einem Ort stand, wo sie nicht hingehörte. Also, wieviel hatte ich verraten? Schwer zu sagen.

Der Rückweg verging viel rascher als der Hinweg, und ich fühlte mich ziemlich erleichtert. Das lag nicht nur an meinem Gefühl, daß vielleicht ein Kumpel von Willy – und nicht der Killer – die Person war, die in mein Haus eingedrungen war. Es beruhte auch auf der Erkenntnis, daß Willy mich eigentlich nicht kannte.

Das ganze Gefasel von wegen meiner Arroganz und meinem Selbstvertrauen in meine Effizienz! Willy hatte schon recht – früher war es so gewesen. Aber es stimmte nicht mehr. Jordans Tod hatte jedes Gefühl von Schlagkräftigkeit ausgelöscht, das ich irgendwann einmal besessen hatte. Bestimmt wußte Willy, daß ich mein Kind verloren hatte. Es stand ja in der Zeitung, und heutzutage hatte man per Computer Zugang zu allen Archiven. Aber er hatte ganz eindeutig keinen blassen Schimmer, was es für mich bedeutete, ein Kind zu verlieren. Da er nicht fähig war, Zuneigung zu entwickeln, kannte er auch Kummer nicht. Zu verrückt. Ich hatte einen Ort, den Willy nicht erreichen konnte. Und was für einen. Echt stark.

30

Carlotta erwartete mich bereits, als ich in meine Privatpraxis kam. Keine Chance, ihr zu entgehen. Sie ließ sich auf der Couch nieder, als hätte sie vor, eine ganze Weile zu bleiben.

Glücklicherweise blieben mir nur ein paar Minuten, bis mein erster Patient kam. »Und, was ist los?« fragte sie. Wenn sie wollte, konnte sie schneller zur Sache kommen als ich.

»Also, es ist wahrscheinlich wirklich jemand im Haus gewesen, aber ich glaube nicht, daß es der Killer war.« Ich berichtete ihr, was Willy gesagt hatte und was ich davon hielt.

Carlotta dachte eine Weile nach. Ich überlegte höchstens eine Minute, ehe ich sprach. Bei Carlotta konnte es eine Ewigkeit dauern. Wenn ich doch nur einmal erleben könnte, daß Carlotta etwas Spontanes tut. Vielleicht sind ihre Seidenpyjamas deshalb nie zerknittert.

Schließlich erkundigte sie sich: »Was ist, wenn Willy recht hat?«

»Das ist ja gerade das Bestechende an Willys Art zu

denken. Er könnte recht haben«, gab ich zu, »aber ich glaub es nicht.«

»Weil du es nicht glauben willst?«

»Möglich. Aber ich hab mich viel mit ihm beschäftigt. Das hier wäre typisch für ihn.«

»Andererseits ist er verdammt noch mal schlau genug zu wissen, daß du das annimmst. Hätte Willy Spaß daran, wenn dir etwas geschehen würde?«

»Kann schon sein. Ich glaube kaum, daß mein Wissen ihm was ausmacht, wenn er je entlassen wird. Aber es würde ihn auf jeden Fall stören, wenn ich ihm bei seinen Machenschaften ins Gehege käme. Das ist es nämlich, Carlotta. Alles, was Willy gesagt hat, trifft auf ihn selbst zu. Er kann meine ›moralische Überlegenheit‹ nicht leiden. Er will nicht, daß ich mich in seine Machenschaften einmische. Er würde mich gerne blamiert sehen, für den Fall, daß er irgendwann rauskommt. Ich glaube, er hat von sich selbst geredet.«

»Und was ist, wenn du unrecht hast und Willy dich reinlegt? Was, wenn er versucht, dich in Selbstgefälligkeit einzuwickeln, weil tatsächlich ein Killer hinter dir her ist und es Willy nur zu recht wäre, wenn er dich erwischt? Was ist, wenn Willy genau weiß, daß du nur *ihn* verdächtigst, wenn er dir seine Theorien verklickert, und du dem Southworth-Mörder dann um so schutzloser ausgeliefert bist?«

»Dann ist Willy um einiges cleverer als ich, und mir könnte wirklich was zustoßen. Wobei ich nicht wüßte, wie ich mich anders verhalten sollte, selbst wenn ich davon ausginge, daß es wirklich der Southworth-Mörder *war,* der bei mir eingebrochen ist. Ich sage ja nur, daß ich nicht glaube, in Panik geraten zu müssen, weil jemand in mein Haus eindringen könnte. Ich bin wirklich der Ansicht, daß Willy sein Spiel mit mir treibt. Und was soll ich da schon machen, Carlotta? Ich kann mich nur auf meine Zielsicherheit verlassen, und aus.«

»Verdammt noch mal, Michael«, fuhr mich Carlotta an. »Wenn du dir selbst scheißegal bist, dann denk doch wenigstens an deine Freunde. Ich will meine beste Freundin nicht aus bloßer Dummheit verlieren. Es geht hier nicht um eine riskante Aussage im Zeugenstand. Es geht um ein riskantes Spiel mit einem, der zwei Kinder umgebracht hat.«

»Schrei mich nicht an«, erwiderte ich. »Ich gehe kein Risiko ein. Nicht mal Willy glaubt, daß der Typ mir was antun will.«

»Wie bitte? Michael, zum Teufel noch mal, wenn Willy recht hat, dann ist der Eindringling bei dir daheim ein Mörder. Benutz deinen Grips. Macht es dir keine Angst, daß der Typ bei dir ein- und ausgeht – vielleicht, während du schläfst? Hör auf zu träumen. Übernachtest du heute hier?«

»Nein.«

»Also gehst du das Risiko ein.«

»Mein Patient kommt.«

Carlotta machte den Eindruck, als wolle sie nicht gehen. Ich mußte sie loswerden. »Ich denk darüber nach, in Ordnung?«

Sie schüttelte den Kopf, aber sie stand auf. Ich weiß nicht, warum sie so beunruhigt war. »Michael, es gibt überhaupt keine Veranlassung für dich, heute nacht allein draußen auf dem Land zu bleiben.«

»Doch, die gibt es.«

»Und die wäre?«

»Ich wohne dort.«

»Arsch.« Sie machte sich auf den Weg, dann wandte sie sich um. »Erinnerst du dich an das Gedicht, das Carl mal für dich geschrieben hat?«

»Carl? Der Dichter, der in New York verheiratet war?« Carlotta sah mich unbewegt an. »Ganz vage«, sagte ich.

Wieso hatte Carlotta diese Verse noch im Kopf? Ich wandte mich zur Wartezimmertür, um nach meinem Patienten zu sehen, drehte mich jedoch wieder um und trat an den Schreibtisch. Es war irgendwo da drin. Ich stöberte herum, und zu meiner Verblüffung fand ich es.

Bestenfalls
hat sie den Kopf eines Rennpferdes.
Blaß
Und intelligent.
Herausgemeißelt
Die Angst zu verlieren.

Kühn
Mit der sturen Entschlossenheit
Die nur zu finden ist
Bei Vollblütern
Und Südstaatlern
Und hirngeschädigten Kindern.

Ich lachte. Was sollte ich sagen. Ich hatte es völlig verdrängt, aber vielleicht war ja was dran. Ich hörte die Tür zum Wartezimmer aufgehen und trat hinaus. Statt meines Patienten stand Arthur da. »Ich sollte Joseph herbringen«, erklärte er, »aber er hat sich gesträubt mitzukommen. Tut mir furchtbar leid. Er hat sich einfach geweigert, und ich konnte ihn ja schlecht zwingen. Die Tagesmutter und ich haben ihn mit allen Mitteln zu überreden versucht.«

Na wunderbar. Bei der einen Hälfte meiner jungen Patienten verschlimmerten sich die Symptome, die andere Hälfte weigerte sich zu kommen. »Arthur«, sagte ich, einer Eingebung folgend, »wollen wir Mittag essen gehen? Ich hab bis auf weiteres keine Patienten.« Ich mußte mit ihm darüber reden, warum er mich angelogen hatte.

Arthur willigte ein – wenn auch, wie mir schien, etwas zögernd – und wir gingen ins *Sweet Tomatoes.* Es gab keine bessere Wahl. Wenn man eine Person mit etwas konfrontieren mußte, dann am besten bei einer Portion Pasta im *Sweet Tomatoes.* Man konnte wenigstens das Essen genießen, egal, wie auch die Auseinandersetzung verlief. Wir ließen uns nieder, und ich gratulierte mir zu meiner Beherrschung. Ich unterdrückte mein eigentliches Anliegen, bis wir bestellt hatten.

»Ich hab eine Frage, Arthur«, sagte ich mit größtmöglicher Zurückhaltung. »Wie oft haben Sie Sharon eigentlich besucht, seit sie im Gefängnis ist?«

Arthur senkte den Blick und rückte sorgfältig seine Gabel gerade. »Wieso fragen Sie?«

»Ich bin einfach neugierig. Oder ist das ein Geheimnis, über das Sie nicht sprechen möchten?«

»Nein, nein. Es ist nur . . . Also, ich hab sie öfter besucht.«

»So zwei oder drei Mal die Woche?«

»Ich bezweifle, daß es so oft war.«

»Die Wachleute nicht. Aber mein Problem, Arthur, ist nicht, wie oft Sie Sharon besucht haben, sondern warum Sie mich in dieser Hinsicht angelogen haben.«

Er sah zum erstenmal auf, überrascht. »Ich habe Sie doch nicht angelogen.«

»Doch, genau das haben Sie. Sie sagten zu mir, daß Sie es nicht über sich gebracht hätten, Sharon zu besuchen, bis sich abzeichnete, daß sie nicht die Mörderin war. Also erst vor ganz kurzem. Wieso haben Sie die Unwahrheit gesagt?«

Arthur legte die Gabel weg, mit der er herumgespielt hatte, und faltete die Hände. Er wirkte verlegen. Was ging da bloß vor?

»Sharon und ich sind . . . Freunde«, gestand er.

»Freunde«, hakte ich nach, »oder ein Liebespaar?« Ich

war nicht nur überrascht – ich war beinahe sprachlos. Warum, weiß ich nicht. Er war älter als Sharon, in den Sechzigern vielleicht, aber so was war ja eigentlich nichts Ungewöhnliches.

»Um Himmels willen, nein«, antwortete er. »Das hätte sich nicht geschickt. Befreundet zu sein ist schon problematisch genug.«

»Wieso, ist das etwa verboten?« fragte ich.

»Mehr oder weniger, wenn man als Prozeßbevollmächtigter ein Sorgerechtsgutachten für die Kinder erstellen muß.«

»Das heißt, Sie sind befreundet seit . . . seit wann?«

»Vom Standpunkt unseres Rechtssystems aus gesehen zu lang. Aber ich kann beschwören, daß es mein Gutachten nicht beeinflußt hat. Nathan hat die Kinder mißbraucht, da bin ich sicher, und sie hätte das Sorgerecht bekommen müssen. Es ist nur . . .«

»Nur was?«

»Na ja, wenn das Gericht erfahren hätte, daß wir befreundet sind, dann hätten sie das Gutachten abgelehnt.«

»Das Gutachten abgelehnt«, entfuhr es mir so laut, daß sich die Leute an einem Nachbartisch nach uns umdrehten. »Ist das Ihr geringstes Problem? Man könnte Ihnen die Lizenz entziehen. Man sollte Ihnen sogar die Lizenz entziehen. Sie hätten sich in dem Moment als Prozeßbevollmächtigter zurückziehen müssen, als Sie persönlich beeinflußbar waren.«

»Ich weiß«, sagte er, »aber . . .«

»Aber was . . .?«

»Aber ich habe schon befürchtet – Nathan ist ja so raffiniert – ich habe schon befürchtet, daß die anderen sein Theater nicht durchschauen und ihm das Sorgerecht übertragen würden. Es hat sie förmlich umgebracht.«

»Arthur, die ganze Angelegenheit ist hinfällig, weil der

Richter nicht auf Sie oder mich gehört hat und weil die Kinder jetzt sowieso tot sind, aber was haben Sie sich bloß dabei gedacht? Wenn Sharon das Sorgerecht bekommen hätte, dann wäre es Nathan möglich gewesen, das Urteil mit dem Verweis auf Ihre Voreingenommenheit anzufechten.«

»Er hätte es ja gar nicht herausgefunden. Ich war bereit, mich völlig zurückzuziehen, um ihn nicht darauf zu stoßen. Es ist doch nichts passiert, Michael. Ich meine, aufgrund dieser Ereignisse. Es ist jetzt doch völlig nebensächlich.«

»Aber dennoch nicht aus der Welt. Ich muß Sie beim Ethikausschuß der Staatlichen Anwaltskammer melden.«

»Warum? Ich schwöre Ihnen, mein Bericht wäre keinen Deut anders ausgefallen, auch wenn ich nicht mit Sharon befreundet gewesen wäre. Der Richter hat meinen Empfehlungen sowieso nicht stattgegeben, der Fall hat sich aufgelöst, und das, was mit den Kindern geschehen ist, hat nichts, rein gar nichts mit meiner Beziehung zu Sharon zu tun.«

»Lieben Sie sie?«

Zum erstenmal sah er mir direkt in die Augen. »Das geht Sie verdammt noch mal nichts an«, entgegnete er.

Wir schwiegen beide. Großartig. Ganz offensichtlich liebte er sie und spielte sich verrückterweise als eine Art Artus-Ritter auf, der seine Dame beschützte.

»Hören Sie«, meinte er schließlich, »ich bin bereit, mich für immer als Prozeßbevollmächtigter zurückzuziehen. Können Sie's dabei nicht bewenden lassen? Sharon hat schon genug Schmerz und Leid durchgemacht.«

»Ich weiß nicht, Arthur. Was mir besonders zu schaffen macht, ist folgendes: Wenn Sie auf Nathans Seite gewesen wären, dann hätte ich Sie unweigerlich gemeldet. Wie kann ich es dann verantworten, bei Ihnen anders zu verfahren, nur weil Sie auf meiner Seite gestanden haben? Ich kann doch nicht anfangen, unterschiedliche Maßstäbe anzulegen, sonst bin ich doch wirklich so voreingenommen, wie es die Verteidiger vor den Geschworenen immer hinstellen.«

Was für eine beschissene Geschichte. Egal wie sie ausging, Arthurs Tage als Prozeßbevollmächtigter waren gezählt. Entweder zog er sich freiwillig zurück, oder ich mußte Meldung machen. Jammerschade. Er hatte die Sache der Kinder schlagkräftig vertreten, und es gab nicht viele wie ihn. Sollte ihn die ganze Angelegenheit auch noch seine Anwaltslizenz kosten? Ich mußte mir noch mal genau überlegen, wie ich mich verhalten würde.

Arthur setzte mich wieder an der Privatpraxis ab, und ich ließ halbherzig ein paar Patienten an mir vorüberziehen. Ich war immer eine gute Therapeutin gewesen, die sich gewöhnlich genau überlegte, was sie während einer Therapiesitzung tat. Inzwischen war ich schon froh, wenn ich die richtigen Namen meiner Patienten erinnerte. Am Spätnachmittag beschloß ich, meine Sachen einzupacken. Ich mußte noch an ein paar Gerichtsfällen arbeiten, aber das konnte ich genausogut zu Hause machen.

Während des Heimwegs flogen meine Gedanken immer noch zwischen Willys Spekulationen und Arthurs Enthüllungen hin und her. Arthurs Geschichte klang logisch bis auf . . . was? Bis auf Genes Bemerkung, daß es Sharon nach Arthurs Besuchen immer schlechter ging, viel schlechter. Warum? Eigentlich ging es den Leuten doch eher besser, wenn ein enger Freund da war. Das hat doch etwas Aufbauendes und erschöpft einen nicht.

Je mehr ich darüber nachdachte, desto merkwürdiger kam mir die Geschichte vor. Spontan wendete ich den Wagen und fuhr ins Gefängnis. Sharon war die einzige, die mir Auskunft geben konnte. Vielleicht wußte Arthur nicht mal, daß es ihr nach seinen Besuchen schlechter ging.

Gene schien erfreut, mich zu sehen. »Michael, sagen Sie bloß, daß Sie in bezug aufs Jagen Ihre Meinung geändert haben«, empfing er mich.

»Im Leben nicht, Gene. Haben Sie als Kind nie Bambi gesehen? Hab ich's mir doch gedacht: Sie sind derjenige, der seine Mutter erschossen hat!«

Gene lachte. »Sie sind vielleicht eine Nummer, Michael. Wollen Sie zu Sharon?«

»Jawoll, wenn's geht.«

»Sie sind gerade noch rechtzeitig. Die Besuchszeit ist in einer Viertelstunde um.«

»Keine Sorge, sie wirft mich schon eher raus.«

Gene hob die Augenbrauen, sagte aber nichts dazu. Er begleitete mich in das Besuchszimmer, und ich wartete, während er Sharon holte. Ich war nicht darauf gefaßt, diesmal bei ihrem Anblick zu erschrecken – schließlich hatte ich sie vor kurzem erst gesehen –, aber innerlich mußte ich sie etwas schöngeschminkt haben, denn es versetzte mir wieder einen kleinen Schock, als sie eintrat. Wie konnte jemand nur so fertig aussehen? Sie wirkte hohlwangig, und ihr Blick erschien mir abwesend, fast etwas irritiert. Kummer hatte eine auszehrende Wirkung.

»Sharon«, begann ich sanft, »es tut mir leid, daß ich Sie noch mal belästige, aber ich wollte Ihnen ein paar Fragen zu Arthur stellen. Ich habe heute mit ihm gegessen, und er hat mir von Ihrer Beziehung erzählt.«

»Was für Fragen?« Ihre Stimme klang scharf.

Bevor ich antworten konnte, fuhr sie fort: »Wollen Sie ihn melden? Er hat behauptet, daß Sie das täten, wenn Sie dahinterkämen, und dann würde er seine Zulassung verlieren.«

»Ich weiß nicht, Sharon. Genau darüber wollte ich eigentlich auch mit Ihnen reden.«

»Tun Sie es nicht, Michael. Nehmen Sie mir nicht das einzige, das ich noch habe.«

Oha. Das klang nicht gerade nach platonischer Beziehung.

»Wie lange besteht Ihr Verhältnis schon?«

»Was hat er Ihnen erzählt?«

»Ich hab ihn nicht nach der Dauer gefragt.«

»Ich kann mich nicht genau erinnern.«

»Ungefähr?«

»Ist das wichtig? Wieso sind Sie überhaupt hergekommen? Meine zwei Kinder sind tot, und Sie machen sich Gedanken, seit wann ich ein Verhältnis habe! Was bedeutet das denn jetzt noch? Darüber rede ich mit Ihnen nicht.« Sharons Stimme hob sich. Sie war sowieso labil, und ich hatte nun wohl noch einen neuralgischen Punkt getroffen. »Arthur war so ritterlich. Um mich zu schützen, hat er es in Kauf genommen, daß man ihn wegen eines Standesrechtsvergehens anklagt. Wie können Sie auch nur überlegen, ihn dafür zur Verantwortung zu ziehen?«

»Sharon, Ihr ›Ritter‹ hätte mit dem Verhältnis ja auch bis nach der Verhandlung warten können. Was er getan hat, ist gegen das Berufsethos und hätte außerdem schlimm ins Auge gehen können.«

»Als ob das jetzt noch eine Rolle spielt. Er hat recht gehabt. Sie verstehen das nicht. Halten Sie sich da raus, Michael. Sie haben schon genug Unheil angerichtet. Denken Sie bloß nicht daran, ihn zu melden. Ich liebe ihn, und er ist alles, was mir geblieben ist.«

Sie ging hinaus, zurück in ihre Zelle, und ich saß einen Moment lang da und schäumte. Arthur hatte mich wieder angelogen. Mit Tränen in den Augen hatte der Scheißkerl geleugnet, ein Verhältnis mit ihr zu haben. Zweimal daneben.

31

Ich war drauf und dran, vom Gefängnis aus anzurufen, aber es gab nirgends ein privates Plätzchen. Dann wollte ich von einer Zelle aus anrufen, aber in den blöden Dingern hört man so schlecht. Ich überlegte, vom Auto aus anzurufen, aber womöglich baute ich dann noch einen Unfall. Ich fuhr also in Richtung Privatpraxis, bis mir einfiel, daß mein Arbeitszimmer in der Psychiatrie näher lag.

Ich zog nicht mal den Mantel aus und wählte gleich seine Nummer. Er hatte eine zirpende Sekretärin, die fröhlich in den Hörer säuselte, daß er heute nicht mehr kommen würde. Ich legte auf. Es war schließlich kein Notfall und konnte bis morgen warten. Ich reagierte schließlich auch allergisch, wenn mich Leute zu Hause anriefen, ohne daß ein Notfall vorlag. Es war nicht so dringend, um ihn daheim zu stören.

Egal! Ich griff nach meinem Rolodex und nahm den Hörer ab. Ich war einfach zu verärgert, um noch länger zu warten. »Hier spricht Arthur Morrison«, sagte die Stimme auf seinem Anrufbeantworter knapp. »Bitte hinterlassen Sie eine Nachricht nach dem Signalton.« Wenigstens keine Musik! Nur Sadisten hatten Musik auf ihrem Anrufbeantworter.

»Arthur, ich bin's, Michael«, sagte ich. »Ich muß noch was mit Ihnen besprechen, so bald wie möglich. Es geht um den Southworth-Fall. Ich bin in meinem Büro im Institut. Bitte rufen Sie mich an.«

Das war nicht schlecht. Ich konnte zwar die Schärfe in meiner Stimme nicht verbergen, die, das war mir klar, total verärgert klang. Aber immerhin hatte ich nicht gesagt, daß er ein verdammter Lügner sei und daß ich ihm beide Daumen brechen würde, sobald ich ihn erwischte.

Dann saß ich da und schmorte. Womöglich würde er erst

morgen zurückrufen. Vielleicht war er gar nicht in der Stadt. Die Sekretärin hatte behauptet, nicht zu wissen, wo er steckte, aber wenn ich nicht wie ein erzürnter Schuldeneintreiber geklungen hätte, wäre ihr Gedächtnis vielleicht besser gewesen. Hatte er vielleicht einen Piepser? Sie hatte nichts erwähnt. Oder ein Autotelefon?

Mein Apparat läutete. Geistesabwesend nahm ich ab. »Hallo Michael«, sagte Arthur. »Sie haben nach mir gesucht?« Verblüfft setzte ich mich auf. Seine Sekretärin hatte ganz offensichtlich die Möglichkeit, ihn zu finden, und zwar schnell. Er hatte also einen Piepser oder Citycall. Ich warf einen Blick auf die ISDN-Anzeige. Wo steckte er?

Typisch, das blöde Ding funktionierte nicht. Dabei hatte ich es gerade erst einrichten lassen. Also wirklich, da sollte doch nicht die eigene Nummer erscheinen, sondern die des Anrufers. Ich sah noch mal genauer hin. Etwas stimmte nicht. Ich war im Institut, und die Nummer auf dem Display war meine Privatnummer.

Es traf mich wie ein Schlag. Du großer Gott! Der Scheißkerl rief aus meinem Haus an. Er war bei mir daheim. In meinem Haus. Ich schluckte. Es waren schon zu viele Sekunden verstrichen.

»Entschuldigen Sie, Arthur«, sagte ich. »Sie haben mich mit vollem Mund erwischt.« Meine Stimme klang ganz und gar nicht normal. Was machte er bei mir zu Hause? Also war doch jemand dort gewesen? Was suchte er da? Wollte er herausbekommen, wieviel ich wußte? Oder fand er es nur aufregend, in meinen Sachen herumzuschnüffeln? »Ich möchte mit Ihnen reden, aber lieber nicht am Telefon.« Mach bloß, daß du aus meinem Haus kommst. »Spielen Sie heute abend Basketball? Ich könnte Sie ungefähr eine halbe Stunde früher in der Sporthalle treffen.« Es war das Nächstbeste, was mir spontan einfiel. Auf einem Basketball-Court fühlte ich mich immer sicher. Und es würde schwierig sein, einen belebteren Ort zu finden.

»In Ordnung«, sagte Arthur. »Bis später.« Ich legte auf und starrte das Telefon an. Ich nahm ab und hängte wieder ein. Offensichtlich wußte er nicht, daß ich im Büro ISDN mit Anruferkennung hatte. Aber wieso nicht? Er sah es doch an meinem Privatapparat. Vielleicht vermutete er, daß ich an meinem Schreibtischtelefon über kein Display verfügte, weil ich im Büro ja eine Sekretärin hatte. Genau, so war's. Ich hatte es ja auch erst vor einer Woche einrichten lassen, weil ich häufig noch arbeitete, wenn die Sekretärin schon längst fort war. Es waren gut zwei Wochen vergangen seit seinem letzten Besuch bei mir im Büro. Vielleicht hatte er den Apparat da überprüft und an ihm kein ISDN-Display festgestellt. Ich wollte den Hörer wieder abnehmen, als mir klar wurde, daß das, was ich vorhatte, zu riskant war. Er konnte ja genauso wie ich das Display ablesen.

Ich rannte rüber zu Marvs Büro und riß die Tür auf. Daß er einen Patienten haben könnte, kam mir überhaupt nicht in den Sinn. Gott sei Dank war das nicht der Fall. Er hatte die Füße aufs Sofa gelegt und schrieb auf seinem kleinen Laptop. »Mensch, Marv, du wirst es nicht für möglich halten«, keuchte ich, stürzte ins Zimmer und riß seinen Telefonhörer von der Gabel. »Ich wähle jetzt meine Nummer, und du sprichst etwas auf den Anrufbeantworter. Sag einfach bloß, daß ich dich zurückrufen soll.« Ich redete so schnell, daß man meinen konnte, ich hätte Speed genommen. Marv stellte erschrocken die Füße auf den Boden und starrte mich an. »Sag sonst nichts. Es ist jemand dort.«

Marv sah mich weiterhin einfach nur an. Mein Gott, dieser Mann ist wie Sirup. Ich wählte meine Nummer und gab ihm den Hörer. Er riß sich zusammen. »Michael, hier spricht Marv«, sagte er. »Ruf mich doch bitte zurück.«

Ich riß ihm den Hörer wieder aus der Hand, dann gab ich meinen Fernabfragecode ein. Falls Arthur sich über diesen Anruf wunderte, beruhigte ihn hoffentlich die Nachricht von Marv. Als der Signalton erklang, drückte ich die Ziffer sieben. Ich hatte mich immer gefragt, wofür diese Funktion gut war, mit der man den Raum abhören konnte, in dem der Anrufbeantworter stand. Mir war kein Anwendungsfall eingefallen, aber gerade deshalb hatte sich die Taste bei mir eingeprägt. Durch den Hörer konnte ich Schritte hören und dann etwas, das wie Papierrascheln klang. Unfaßbar! Er war tatsächlich in meinem Haus. Mir wurde übel bei dem Gedanken, daß er meine Sachen durchstöberte. Meine Bücher, meine Papiere, meine vierzig Badezimmerutensilien. Abrupt ließ ich mich auf einen Stuhl fallen; meine Hand legte sich automatisch über meinen Mund. Es war so, als würde mich jemand vergewaltigen. Er war an meinen Sachen.

»Was ist denn los?« fragte Marv besorgt. Aber ich konnte nicht reden. Ich war zu sehr damit beschäftigt, mir zu überlegen, was das alles zu bedeuten hatte. Ich legte den Hörer auf, ohne Marvs immer verzweifelter werdende Fragen zu beantworten. Natürlich. So war es gewesen. Wenn ich mich beeilte, würde mir gerade genug Zeit bleiben, um Sharon zu sehen und es zu überprüfen. Ich sprang auf und wandte mich zur Tür.

»Michael, wohin gehst du?« fragte Marv. »Was geht denn hier eigentlich vor?« Trotz meiner Eile bemerkte ich, wie besorgt er klang.

»Ich gehe in die Sporthalle«, erwiderte ich, »Basketball spielen. Ich ruf dich später an. Danke.« Ich weiß nicht mal, ob er das Danke noch hörte. Als ich es rief, war ich schon ziemlich weit weg.

Ich brauchte nicht sehr lange bis zum Gefängnis. Wenn es nötig war, fand ich zu meinem alten Fahrstil zurück. Aber wie konnte es angehen, daß einem in der Eile alles so viel langsamer erschien? Je schneller man fuhr, je gehetzter man war, desto mehr zog sich die Zeit hin. Man schien einfach nicht anzukommen, wenn man es besonders eilig hatte. Vielleicht war das ja das Geheimnis der Relativität. Das Zeitempfinden verhielt sich im umgekehrten Verhältnis zu der Geschwindigkeit, mit der man sich bewegte.

Auch um mich abzulenken, nahm ich das Autotelefon ab. Außer Sharon gab es noch eine Person, die mir etwas über Arthur erzählen konnte. Wie durch ein Wunder war sie gleich am Telefon. Je mehr sie erzählte, desto idiotischer kam ich mir vor. Warum hatte ich nicht daran gedacht, seine Geschichte zu überprüfen?

Ich fuhr bis an das Gefängnisgebäude heran, ließ das Auto vor dem Eingang stehen und rannte hinein. Gene war noch am Empfang. Schlitternd kam ich zum Stehen. »Sie müssen mir einen Gefallen tun«, sagte ich. »Ich muß Sharon noch mal sprechen. Ja, ich weiß, daß die Besuchszeit vorbei ist, aber es ist wahnsinnig wichtig, und wenn Sie mich nur fünf Minuten zu ihr lassen, schenke ich Ihnen ein Playboy-Abo auf Lebenszeit.« Ich war für eine Art von flexiblem Feminismus.

Gene starrte mich an, als hätte ein Tornado gerade die Tür eingedrückt. »Einverstanden«, sagte er.

Ich sprintete ins Besucherzimmer und ging ungeduldig auf und ab, bis Sharon auftauchte. Wieder sahen wir uns durch die Glaswand an. »Sharon, nur eine Frage«, begann ich. »Sagen Sie mir bitte die Wahrheit. Haben Sie Arthur einen Schlüssel zu Ihrem Haus gegeben?«

Sharon blickte weg. Das genügte mir nicht. »Haben Sie?« drängte ich. »Lassen Sie mich nicht raten, Sharon. Haben Sie ihm einen Schlüssel gegeben, oder haben Sie nicht?« Wahrscheinlich war es gut, daß uns die Glaswand trennte.

»Ich wußte, daß Sie so was denken würden.« Sie seufzte.

»Sharon, haben Sie ihm einen Schlüssel gegeben oder nicht?«

»Ja, er hatte einen Schlüssel, aber es war nicht so, wie Sie denken«, beharrte sie starrköpfig.

Plötzlich war ich auf den Beinen. »Und das haben Sie nicht der Polizei gesagt!« Ich schrie sie praktisch an. »Ihre Kinder sind ermordet worden. Die Tür ist abgeschlossen, während die Kinder tot drin liegen, und Sie erzählen der Polizei nicht, daß jemand einen Schlüssel zu Ihrem Haus hatte? Was haben Sie sich dabei bloß gedacht? Sagen Sie mir: Was haben Sie sich dabei gedacht?«

»Er hat es nicht getan«, entgegnete sie. Ihre Stimme hob sich, während sie gleichzeitig aufstand. »Er hat die Kinder nie im Leben angerührt. Sie hätten sehen sollen, wieviel Zeit er mit ihnen verbrachte. Nathan hat sich nie so lange um sie gekümmert. Er war ja viel zu sehr damit beschäftigt, im Krankenhaus seine Punkte zu sammeln. Und ich bin sicher, daß Nathan auch einen Hausschlüssel behalten hat. Wenn ich der Polizei von Arthur erzählt hätte, wäre ihm daraus ein Strick gedreht worden, obwohl es doch Nathan getan hat. Es war Nathan. Ich weiß, daß es Nathan war. Ich konnte ihn nicht davonkommen lassen.«

Ich schloß die Augen. Also hatte ich doch von Anfang an recht gehabt. Sie war komplett verrückt. Der Haß hatte sich wie ein Krebsgeschwür in ihrem Körper ausgebreitet. Schon vor langem war ihr Herz davon befallen worden, jetzt hatte es auch ihr Gehirn zerfressen. Ich stand auf und ging.

32

Ich war vor ihm in der Sporthalle. Das war gut so. Korbwürfe mit dem Basketball beruhigten mich mehr als alles andere auf der Welt. Ich warf und fing den Rebound auf, warf, fing den Rebound auf und versuchte dabei, einen bestimmten Rhythmus zu erreichen, der meinen Herzschlag reduzierte auf, na ja, sagen wir mal, auf das Doppelte seiner normalen Frequenz.

Ich stand am Rand des Freiwurffeldes und warf von einem Halbkreis aus, als er hereinkam. Er zog schweigend seine Sportschuhe an, stellte sich unter dem Korb auf, wo er den Ball fing, wenn er durchs Netz sauste, und ihn danach zu mir zurückwarf.

»Ich habe darüber nachgedacht«, begann ich und machte einen Sprungwurf, »wie sich alles ereignet hat.« Ich fing den Ball, dribbelte zweimal nach rechts und warf wieder. »Ein Kinderarzt hat mir mal folgende Geschichte erzählt: In einem Jahr kamen mal fünf Kinder mit Analverletzungen in seine Praxis.« Ich fing den Ball auf. »Er glaubte, daß alle fünf an Verstopfung litten.« Ich täuschte nach rechts an, dribbelte einmal links herum und näherte mich mit einem Hakenwurf. »Und war nie auf die Idee gekommen, daß diese Fälle etwas miteinander zu tun hatten. Merkwürdige Sache.« Der Ball kam härter zurück als bislang. »Sie gingen alle in dieselbe Kindertagesstätte.

Und jetzt kommt das Erstaunliche: Obwohl ich die Geschichte kannte, ist mir das gleiche passiert.« Ich täuschte nach oben an und ließ einen Druckwurf folgen. »Da sitze ich mit meinen kleinen Patienten, denen es allen auf unerklärliche Weise trotz Therapie schlechter geht.« Arthur warf den Ball besonders hart zurück. »Und ich frage mich nicht ein einziges Mal, was sie verbindet. Oder wer, genauer gesagt.«

Sein Gesicht war völlig ausdruckslos. Die stille, leere Sporthalle machte allmählich den Eindruck eines verlassenen Lagerhauses. Arthur stand nur da und warf mir den Ball zurück, wenn auch – so schien es mir – jedesmal ein bißchen heftiger und schneller. Ich ignorierte das, dribbelte in den Freiwurfraum, wandte den Rücken zum Korb und drehte mich zu einem rechten Hakenwurf herum.

»Erstaunlich. Ich habe nicht mal in Betracht gezogen, daß die Kinder allesamt wieder sexuell belästigt werden könnten, von einem neuen Täter – zumindest habe ich das nicht bewußt in Betracht gezogen.« Arthur warf den Ball so hart, daß er mir fast durch die Finger rutschte. Ich war gerade erst gekommen, und dennoch froh darüber, daß die anderen bald auftauchen würden. Vielleicht hätte ich doch nicht allein mit ihm sein sollen, um ihn mit der Geschichte zu konfrontieren.

»Komisch irgendwie, ganz tief in meinem kleinen Hirn habe ich schon registriert, daß die Kinder, die zu Ihnen kamen, diejenigen waren, die immer mehr verfielen und denen es immer schlechter ging, nachdem sie bei Ihnen gewesen waren. Ich weiß, daß es mir aufgefallen sein muß, denn ich habe davon geträumt.«

Ich fing an, Sprungwürfe von der Seite zu trainieren. Es ist immer schwieriger, von der Seite aus zu werfen, weil man das Brett nicht als Hilfe hat. Ich verfehlte ein paarmal den Korb und fragte mich, ob das an dem Winkel oder an meinen Nerven lag. Ich sagte mir, daß die anderen Leute ja bald hereinströmen müßten. Bei diesem Gedanken löste sich der Knoten in meinem Magen etwas. Sein Schweigen, seine harten Würfe machten mich nervös. »Ich hab nämlich von einer Frau geträumt«, fuhr ich fort, »die Selbstmord begeht, nachdem ein Mann sie verläßt. Das läßt sich eindeutig als ›symptomatisches Ausagieren‹ bezeichnen. Ich glaube, mein Unterbewußtsein wollte mich einfach nur fragen, mit wem die Kinder zusammen waren, als ihr Zustand anfing sich zu verschlechtern. Ich hätte mich nur darauf konzentrieren müssen: Die einzige Person, mit der alle diese Kinder zu tun hatten, waren Sie.«

Ich versuchte eine Reihe von Nahsprungwürfen, um meine Treffsicherheit zurückzugewinnen. Daß ich den Traum zunächst anders gedeutet hatte, verschwieg ich Arthur. Ich hatte wie selbstverständlich angenommen, daß Verlust der Auslöser war – daß die Frau Selbstmord beging, weil der Typ sie verlassen hatte. Ich neigte dazu, immer gleich an Verlust zu denken, auch wenn es möglicherweise nicht zutraf.

»Die Wachleute haben erwähnt, daß es Sharon nach Ihren Besuchen schlechter ging. Aber das hatte andere Gründe, stimmt's, Arthur?« Ich hatte mit den Korbwürfen aufgehört und dribbelte nur noch herum, wobei ich den Ball mal mit der einen, mal mit der anderen Hand führte und von Seite zu Seite tänzelte. »Es ging Sharon schlechter, weil Sie gezielt ihren Kummer schürten. Das ist nämlich typisch für einen Sadisten, und Sie sind ein Sadist. Aber wie haben Sie das angestellt? Was haben Sie mit ihr gemacht? Sich beschreiben lassen, wie süß die Kinder waren, oder Sharon ermuntert, von ihren schönsten Momenten mit den Kindern zu erzählen? Oder indem Sie sie dazu aufgefordert haben, Ihnen zu erzählen, wie sie sich bei der Geburt gefühlt hat?«

»Direkte Manndeckung?« Arthur erschreckte mich mit seiner Zwischenfrage. Seine Stimme klang emotionslos und monoton. Sie hatte etwas Bedrohliches.

»Warum nicht.« Wollte ich ihm wirklich so nah gegenüberstehen? Aber wir waren ja, Gott sei Dank, in einem öffentlichen Gebäude, in einer Sporthalle, und sobald die ersten

Leute eintrudelten, würde mir meine Nervosität nur noch lächerlich vorkommen. Auf keinen Fall jedoch sollte er merken, daß ich Angst vor ihm hatte. Ich warf ein letztes Mal aus dem Sprung.

Arthur trat mir schweigend gegenüber und reichte mir den Ball. Ich fing erneut zu dribbeln an. »Und dann«, nahm ich den Faden wieder auf, »gab's da noch diesen literarischen Einfall von Ihnen. Der mußte Sie einfach verraten.« Ich täuschte links an, wandte mich nach rechts und warf den Ball mit einem Unterhandangriff unter seinem Arm durch. Er schlug mir zwar auf den Wurfarm, aber der Ball traf trotzdem sein Ziel.

Arthur schien mit seinen Gedanken nicht beim Spiel zu sein. Ich konnte mich in jeder Lebenslage auf Basketball konzentrieren, selbst wenn ich mit einem Mörder spielte. Er nahm den Ball und trat an den Rand des Freiwurfraums. »Wer gewinnt, verliert«, sagte er und meinte damit die Regel, daß nach einem Korbtreffer der Ball in Besitz des Gegners wandert.

Er begann mit einem Dribbling. »In dem Phantasiestück, das Sie sich da zusammengebastelt haben, bleibt unklar, warum mich der ›literarische Einfall‹ verraten haben sollte?« Er täuschte plötzlich ganz leicht eine Wurffinte an und machte dann einen Ausfallschritt nach links. Dieser Trick brachte mich jedoch nicht sehr aus der Bahn, so daß ich noch ziemlich eng am Mann war, als er mit dem rechten Ellbogen zum Wurf ausholte und mich dabei in die Magengrube traf. Während er warf, schubste er mich zurück. Ich reklamierte nicht. Irgendwie erschien es mir lächerlich, bei einem Mörder ein Foul zu monieren.

Ich schnappte mir den Ball und trat an die Freiwurflinie. Wieder tanzte ich dribbelnd von einer Seite zur anderen. »Sharon Southworth war nicht der Typ, der *Menschenkind* lesen würde«, erläuterte ich. »Während meiner Besuche bei ihr zu Hause habe ich nie ein Buch gesehen, und sie hat auch keines erwähnt. Ich glaube, sie liest überhaupt nicht. Im Gegensatz zu Ihnen, nicht wahr, Arthur? Als Alleinlebender, ohne Frau und Kinder. Auf einmal erinnere ich mich auch. Wir waren bei mir im Büro und unterhielten uns nach der ersten Besprechung zu diesem Fall. Sie haben *Menschenkind* in die Hand genommen und eine Bemerkung über diesen Roman gemacht – daß er der glaubwürdigste in der gesamten Literatur sei. Nur eine einzige flüchtige Bemerkung. Ich kam einfach nicht mehr darauf, von wem ich dieses Urteil gehört hatte.«

Ich täuschte einen Korbwurf an, und er sprang hoch. Ich warf ein zweites Mal, als er wieder auf die Füße kam. Es war einfacher, einen Wurf von außen anzusetzen, wenn jemand so richtig massiv wurde. Der Ball tanzte rund um die Kante des Rings. Ich fing den Rebound, täuschte rechts an und umlief Arthur links. Ich war mitten im Sprung nach dem Ball, als er mich anrempelte.

»Freiwurf«, forderte ich. Okay, also doch das Foul reklamiert, auch bei einem Mörder. Mir ging es gegen den Strich, so ein fieses Verhalten auf dem Basketball-Court einfach durchgehen zu lassen.

Ich begann erneut zu dribbeln. »Aber das Gericht wird sich natürlich mehr für Ihre Vergangenheit interessieren.« Ich kam ein paar Schritte heran, wandte den Rücken zum Korb, täuschte und drehte mich zu einem linken Hakenwurf. »Ich habe die Freundin, die Sie aus Boston kannte, auf dem Weg hierher angerufen. Wegen der Sie ein bißchen beunruhigt wirkten, als ich im Gefängnis erwähnte, daß ich jemand getroffen hätte, der etwas über Sie wußte.«

Der Ball trudelte vorbei. Ich mußte noch an meinem linken Hakenwurf arbeiten. »Kein Wunder. Zu dumm, daß wir bei dem ersten Gespräch nicht dazu gekommen waren, unsere Aufzeichnungen zu vergleichen. Sie waren nämlich nie verheiratet, Arthur, obwohl Sie das behauptet haben. Sie galten jedoch überall als ein äußerst angesehenes Mitglied der Gemeinde, haben offenbar Baseball und Fußball trainiert und dabei junge Leute unter Ihre Fittiche genommen.«

Arthur war im Ballbesitz und trat an die Freiwurflinie. »Wenn sie erst mal anfingen in Ihrem Leben rumzustöbern, Arthur, bestand dann nicht das Risiko, daß sie hier oder dort auch ein Opfer entdeckten, das auspacken würde? Kein Wunder also, daß Sie nicht vor den Untersuchungsausschuß wollten! Wer wußte denn, was so alles rauskam, wenn man Sie erst mal genauer unter die Lupe nahm.« Er tauchte unter dem Korb durch und warf von der anderen Seite, aber der Ball ging daneben. Arthur schien mit den Gedanken immer noch nicht beim Spiel zu sein. Ich schon, wenn auch so sehr, daß mir überhaupt nicht auffiel, daß die anderen schon längst hätten dasein müssen.

Arthur fing den Rebound und warf einen ganz erbärmlichen Ball; es schien fast wie Absicht. Ich wollte mir den Rebound schnappen, doch diesmal rempelte er mich so heftig an, daß ich an die Wand knallte. Ich begann zu fallen, er kam hinter mir her, packte mich, drückte mich an die Wand und preßte mir seinen Unterarm an die Kehle. Ich japste nach Luft.

»Sie selbstgerechte blöde Zicke!« Sein Gesicht schwebte dicht über meinem. »Es war ein Kurzschluß. Das kann passieren. Doch sie hätten mich verraten. Was sollte ich denn machen? Ich hatte keine andere Wahl.«

»So ein Quatsch«, zischte ich. Ich konnte nicht lauter reden, weil er mir fast die Kehle zudrückte. »Kein Mensch zieht einem Kind eine Plastiktüte über den Kopf, weil er nicht anders kann. Sie haben einen hochgekriegt, das war der Grund. Und Sie haben jede Sekunde genossen, Sie Scheißkerl, Sie verdammter.«

Arthur hatte bis zu diesem Augenblick noch etwas unsicher gewirkt. Doch jetzt veränderte sich seine Miene schlagartig. Er wurde plötzlich völlig ruhig, schien fast erleichtert. Langsam zog er eine Plastiktüte aus der Tasche.

»Seien Sie doch nicht blöd, Arthur«, beschwor ich ihn. »Jeden Moment kommen die anderen.«

»Das glaub ich kaum«, erwiderte er. »Ich hab die Türen abgeschlossen und draußen eine Notiz aufgehängt – Halle geschlossen. Uns wird niemand stören.

Du arrogante Scheißfotze, du hältst dich wohl für superschlau. Weißt du, wie oft ich in deinem Haus war? Ich hätte den Arm ausstrecken und dich in der Dusche berühren können.« Arthur bemerkte meinen fragenden Blick und lachte. »Es war kinderleicht. Carlotta hatte den Schlüsselbund in der Handtasche. Ich hab ihren Schlüssel mitgehen und einen Nachschlüssel machen lassen. So schnell, daß sie nicht spitzgekriegt hat, daß ihr Schlüssel fehlte.« Klar. Carlotta und Arthur saßen ständig gemeinsam in Gerichtssitzungen oder Konferenzen, und Carlotta schleppte eine Menge mehr Kram mit sich herum als ich. Klar, daß sie nichts gemerkt hatte.

Meine Überlegungen kamen zu einem abrupten Ende, als Arthur seinen Unterarm spannte und mir fast den ganzen Atem nahm. »Du hast keine Ahnung, mit wem du es zu tun hast. Bitte mich. Ja, bitte mich. Runter auf die Knie, du Stück Dreck, und sag mir, daß du alles tust, was ich will, wenn ich dich nur leben lasse.«

Ich fühlte, wie sich etwas Hartes in seiner Hose gegen mich drückte. Ich wußte, das Ding würde größer werden, wenn ich ihn anflehte. Ich könnte etwas Zeit schinden und vielleicht schreien, wenn ich draußen jemanden hörte.

Ich öffnete den Mund. Arthur ließ etwas mit dem Druck auf meine Gurgel nach. »Wenn Sie mich umbringen«, zischte ich, »dann gehen Sie besser nie wieder schlafen, weil ich Ihnen im Dunkeln den kalten Finger auf den Nacken legen werde.«

Das hätte Mama sagen können.

Zum Teufel, Mama hätte genauso reagiert.

Arthur drückte erneut zu. Ich konnte die Knorpel krachen hören. Mir wurde schwarz vor Augen. Alles verschwamm, und ich schlitterte in eine Art Delirium. Es war mir, als ob eine große 45er an Arthurs Schläfe gedrückt würde. »Wie komisch«, dachte ich, »man sollte meinen, daß mir eher meine niedliche kleine 66er erscheinen würde, nicht so eine große, häßliche Bullenkanone.«

Ganz von fern vernahm ich eine Stimme, die befahl: »Laß sie fallen.« Nichts passierte, und die Stimme wurde etwas lauter: »Laß sie fallen, oder ich schieße.« Plötzlich sank ich zu Boden und sog in köstlichen, tiefen Zügen Luft in meine Lungen. Ich schlug auf, ehe das Licht wieder zurückkam. Ich hörte das Geräusch klickender Handschellen, dann war Adam an meiner Seite. Sofort bemerkte ich, wie ernst und besorgt er aussah – aber gut, er sah so gut aus.

»Ich muß einen Notarztwagen rufen«, sagte er, »ich bin gleich wieder zurück.«

»Nein«, flüsterte ich. Überrascht stellte ich fest, daß ich Schwierigkeiten mit dem Reden hatte. »Laß mich nicht mit ihm allein.«

Ich versuchte aufzustehen und klammerte mich an seinen Ärmel. Er legte mir den Arm um die Taille, um mich zu stützen, und ich kam langsam auf die Füße. Wir schleppten uns zur Tür. Ich sah Arthur nicht direkt an, aber aus den Augenwinkeln konnte ich erkennen, daß er an die Tribüne gekettet war.

Es klappte nicht besonders mit dem Gehen. Ich stand unter Schock, und mein Hals tat so weh, daß mir die Tränen über die Wangen liefen. Immer noch konnte ich nur mit Mühe atmen, nicht richtig gehen. Es wäre einfacher gewesen, mich zu tragen. Aber das wollte ich nicht, und Adam schien das zu wissen. Geduldig half er mir hinauszuhumpeln.

»Woher wußtest du«, fragte ich schluchzend. Tränen liefen mir übers Gesicht. »Woher wußtest du, wo ich bin?«

»Marv hat mich angerufen«, erwiderte er. »Er sagte, du würdest dich ›hypomanisch‹ oder ›kontraphobisch‹ verhalten oder so. Als ich ihm sagte, daß ich ihn nicht verstehen würde, hat er ins Telefon geschrien: ›Unbesonnen, sie tut etwas Unbesonnenes!‹«

Es hatte geregnet, und die Oberfläche von allen Dingen war schwarz und glänzend. Ich sah auf den Boden in eine Lache von schimmerndem, schwarzem Wasser. Ausnahmsweise ging ich drum herum. Solche Tümpel muß man meiden, dachte ich. Da sind sie drin. Da sind die Schlangen, in solchem Wasser, schwarz und schimmernd.

Es ging mir nicht so schnell besser, wie ich gehofft hatte. Mein Hals heilte genausowenig wie meine angeschlagene Psyche. Ich kannte mich ja von Berufs wegen mit den ganzen Symptomen von posttraumatischen Streßbeschwerden aus, und ich hatte fast alle. Innerhalb einer Woche ließ ich die teuerste Alarmanlage der Welt installieren und fühlte mich dennoch nicht sicher. Ich schlief unruhig und unregelmäßig. Wenn jemand meiner Kehle zu nahe kam, schnappte ich nach Luft.

Und es gab noch andere Probleme. Man hatte mich gerettet. Eine erniedrigende Erfahrung. Trotzdem wollte ich mit Adam zusammen sein. Wenn er da war, fühlte ich mich sicher. Überhaupt nicht kam ich dagegen mit der Tatsache zurecht, daß ich mich schutzlos fühlte, wenn ich nicht in seiner Nähe war. Die ganze Sache war mir unangenehm und peinlich.

Das leichteste war abzuhauen. Ohne Zweifel eine Möglichkeit: Adam eine Weile nicht zu sehen. Die Dinge zur Ruhe kommen lassen. Ich dachte lange über alles nach, dann tätigte ich zwei Anrufe. Ich rief Jack an und anschließend Adam.

Im Restaurant wartete ich nervös. Adam hatte gesagt, daß er kommen würde, aber ich war bisher nie zum Essen mit ihm verabredet gewesen. Vielleicht hatte er kalte Füße gekriegt. Vielleicht hoffte ich auch, daß er nicht auftauchen würde. Dieser Abend jedenfalls würde unsere Beziehung in die eine oder andere Richtung verändern, und woher wußte man schon, ob das gut war?

Er war ganz pünktlich und sah viel entspannter aus als ich. Er kam auf den Tisch zu, und ich bemerkte dabei wieder, wie sehr ich es einfach genoß, ihn anzuschauen – es schon immer genossen hatte. Ich betrachtete seine Hände und stellte mir vor, wie sie sich auf meinen Brüsten anfühlen würden. Dann versuchte ich, nicht mehr daran zu denken. Es war meiner Konzentration nicht gerade zuträglich.

Wir sprachen über den Fall. Er berichtete, daß er von einer weiteren Anzeige gegen Nathan wegen sexueller Belästigung von Kindern gehört habe. Anscheinend hatte er doch mit Athena geschlafen und sie zum Schweigen gebracht, indem er so »nett« zu ihren Kindern war. Athenas zehnjährige Tochter hatte ihrer Mutter schließlich erzählt, wie »nett« Nathan wirklich gewesen war, woraufhin Athena ausgerastet und – viel wichtiger – zur Polizei gegangen war. Ich wollte wissen, wie die Kinder aussahen, und löste damit das Rätsel jenes abendlichen Zusammentreffens mit Nathan.

Ich gestand Adam, daß ich froh sei über die Bestätigung

meiner Theorie. Ich wäre bis an mein Lebensende davon überzeugt gewesen, daß Nathan ein Triebtäter sei, selbst wenn sonst niemand daran glaubte. Aber irgendwie war ich noch mehr froh darüber, daß die Aussage von Andrew und Adrienne endlich bestätigt worden war. Sie hatten die Wahrheit gesagt, und Fishbein war ein Arsch, der ihnen nicht geglaubt hatte – Richter hin oder her. Nathan war ein Triebtäter – nur eben kein sadistischer. Und was konnte Arthur Besseres passieren, als sich im Schatten eines anderen Verdächtigen zu verstecken?

Im Verlauf des Essens sprachen wir auch darüber, wie es mit mir stand. »Bei meinen Patienten habe ich posttraumatische Streßbeschwerden ich weiß nicht wie oft erlebt«, erklärte ich. »Ich habe Vietnamveteranen behandelt und Vergewaltigungsopfer und sogar einen Überlebenden aus einem Konzentrationslager. Aber was für ein Unterschied, wenn du selbst derjenige bist, der die Beschwerden hat und nicht die Person, die sie behandelt.«

»Was für Beschwerden?«

»Die Erinnerungen. ›Intrusive Erinnerungen‹ heißt das in der Fachsprache. Man hat gar keine Wahl, ob man über das Geschehene nachdenken will oder nicht. Die Erinnerung läuft einfach wie auf einer Art zweiten Leinwand in deinem Kopf ab.«

»Auch jetzt?«

»Auch jetzt. Und ich kann nicht schlafen. Wenn jemand auch nur den Arm um mich legt, flippe ich aus. Ich kann es nicht ertragen, wenn jemand meinem Hals zu nahe kommt. Das ist alles noch Teil der ›intrusiven Phase‹. Ich wäre schon gern in der ›ausweichenden Phase‹, in der man sich taub stellt dagegen und alles vermeidet, was einen an die Geschehnisse erinnert. Aber es scheint mir nicht zu gelingen, dahin zu kommen. Und nicht zu vergessen: meine übertriebene Schreckhaftigkeit. Das Telefon klingelt, und ich falle fast in Ohnmacht.«

»Es würde weniger oft klingeln, wenn du ab und zu mal drangehen würdest.«

»Ich weiß. Ich habe einfach Zeit gebraucht.«

»Ich befürchtete schon, daß du nichts mehr mit mir zu tun haben willst.«

»Das ist mir auch durch den Kopf gegangen.«

»Es wäre vielleicht zu voreilig, daß du dich jetzt schon entscheidest. Ich habe im Katastrophendienst ziemlich viel über PTSB gelernt, und es scheint mir momentan nicht die richtige Phase zu sein, um irgendwelche größeren Entscheidungen zu treffen.«

»Ehrlich gesagt, ich habe schon eine getroffen.« Unser Essen war beendet, und wir waren bereits bei der zweiten Tasse Kaffee. Ich konnte es nicht länger hinausschieben.

»Ich gehe eine Weile fort. Es wird hier nicht schnell genug besser mit mir, und vielleicht brauche ich nur mal einen Tapetenwechsel. Ich fahre nach Kauai. Es ist viel ländlicher, als die meisten Leute annehmen. Alle meinen, es sei wie Honolulu, aber Honolulu ist groß und städtisch, und Kauai hat kleine Sträßchen und nur ein paar Restaurants und massenhaft Strände. Ich habe für ein paar Wochen ein Ferienhaus am Strand gemietet, und da fahre ich hin.« Ich konnte es nicht weiter rausschieben. Ich mußte es jetzt loswerden.

»Ich habe ein Ticket für heute abend, für den Neunuhrflug.« Ich zog das Flugticket raus. »Um genau zu sein, ich habe zwei.« Ich legte noch ein Ticket auf den Tisch. »Ich wollte dir dafür danken, daß du mir das Leben gerettet hast, und, na ja, ich wäre auch gerne eine Weile mit dir zusammen – ich weiß, das kommt etwas plötzlich. Aber so bin ich nun mal, und ich verstehe vollkommen, wenn du nicht so

Knall auf Fall von der Arbeit weg kannst. Vielleicht hast du auch einen Hund oder andere Verpflichtungen, doch das ist kein Problem. Denn siehst du, dein Ticket ist offen – meins ist fest gebucht. Ich fliege heute abend um neun, aber du kannst die Reise machen, wann du willst. Ich möchte mich wirklich bei dir bedanken und ehrlich, ich versteh ja, daß du nicht so urplötzlich weg kannst.« Meine Stimme versagte so allmählich, aber wenigstens hielt ich endlich den Mund.

Adam nahm das Ticket und schlug es auf. Dann schüttelte er den Kopf und sah mich an. Er stieß den Rand des Tickets auf die Tischkante. »Wirklich«, sagte er und lehnte sich im Stuhl zurück. »Also wirklich.« Er schüttelte wieder den Kopf und lachte.

GOLDMANN

Das Gesamtverzeichnis aller lieferbaren Titel erhalten Sie im Buchhandel oder direkt beim Verlag.
Nähere Informationen über unser Programm erhalten Sie auch im Internet unter:
www.goldmann-verlag.de

★

Taschenbuch-Bestseller zu Taschenbuchpreisen
– Monat für Monat interessante und fesselnde Titel –

★

Literatur deutschsprachiger und internationaler Autoren

★

Unterhaltung, Kriminalromane, Thriller
und Historische Romane

★

Aktuelle Sachbücher, Ratgeber, Handbücher und Nachschlagewerke

★

Bücher zu Politik, Gesellschaft, Naturwissenschaft und Umwelt

★

Das Neueste aus den Bereichen
Esoterik, Persönliches Wachstum und Ganzheitliches Heilen

★

Klassiker mit Anmerkungen, Anthologien und Lesebücher

★

Kalender und Popbiographien

★

Die ganze Welt des Taschenbuchs

★

Goldmann Verlag • Neumarkter Str. 28 • 81673 München

Bitte senden Sie mir das neue kostenlose Gesamtverzeichnis

Name: ____________________________

Straße: ____________________________

PLZ / Ort: ____________________________